Jenny Colgan

Jenny Colgan est une romancière britannique auteure de nombreuses comédies romantiques et d'autant de délicieuses recettes de cuisine. Après *La Petite Boulangerie du bout du monde* (2015), Jenny Colgan a publié *Une saison à la petite boulangerie* (2016), puis *Noël à la petite boulangerie* (2017) ; le dyptique composé de *Rendez-vous au Cupkake Café* (2017) et *Le Cupcake Café sous la neige* (2018) ; puis la série formée par *Une saison au bord de l'eau* (2018), *Une rencontre au bord l'eau* (2019), *Noël au bord de l'eau* (2020) et *L'Hôtel du bord de l'eau sous la neige* (2021). *La Charmante Librairie des jours heureux* a paru en 2020, suivi de *La Charmante Librairie des flots tranquilles* (2021) et *La Charmante Librairie des amours lointaines* (2022). Tous ses ouvrages sont publiés aux éditions Prisma et repris chez Pocket.

Retrouvez toute l'actualité de l'auteure sur :
www.jennycolgan.com

LA CHARMANTE LIBRAIRIE DES FLOTS TRANQUILLES

ÉGALEMENT CHEZ POCKET

La Petite Boulangerie du bout du monde
Une saison à la petite boulangerie
Noël à la petite boulangerie

—

Rendez-vous au Cupcake Café
Le Cupcake Café sous la neige

—

Une saison au bord de l'eau
Une rencontre au bord de l'eau
Noël au bord de l'eau

—

La Charmante Librairie des jours heureux
La Charmante Librairie des flots tranquilles

JENNY COLGAN

LA CHARMANTE LIBRAIRIE DES FLOTS TRANQUILLES

Traduit de l'anglais
par Laure Motet

ÉDITIONS PRISMA

Titre de l'édition originale :
THE BOOKSHOP ON THE SHORE

MIXTE
Papier issu de sources responsables
FSC® C003309

L'éditeur de cet ouvrage s'engage dans une démarche de certification FSC® qui contribue à la préservation des forêts pour les générations futures.

Pour en savoir plus :
www.editis.com/engagement-rse/

ISBN : 978-2-266-32144-0
Dépôt légal : juin 2022

Introduction

Quand j'étais petite, j'ai lu tous les livres du rayon enfants de notre minuscule bibliothèque municipale (excepté le gros tome vert sur les reptiles et les amphibiens, qui me terrifiait).

J'ai dévoré des ouvrages sur la calligraphie, le tennis de table, le scoutisme (j'étais une jeannette épouvantable ; je détestais cela et je n'ai obtenu qu'un badge – celui de lectrice, bien sûr), des volumes qui expliquaient comment devenir espion, des écrits sur la Bible, ainsi que tous les livres de contes qui étaient en rayon.

Je pensais que c'était le but de la lecture : lire tous les livres du monde. À treize ans, quand j'ai obtenu la carte adulte, je me suis fadé une demi-étagère de westerns de Louis L'Amour avant de comprendre que ce n'était sans doute pas mon truc (même si j'ai lu un nombre surprenant de romans d'espionnage signés Tom Clancy pour une adolescente).

Bref, cela étant dit : bonjour et merci d'avoir choisi *La Charmante Librairie des flots tranquilles* – je sais que vous avez l'embarras du choix. Et je sais de quoi je parle ☺.

Ce roman n'est pas une suite directe de *La Charmante Librairie des jours heureux*. Vous y recroiserez certains personnages, comme Nina et Surinder, mais il raconte avant tout l'histoire de Zoe.

Avec ce récit, je voulais aussi montrer que l'amour des livres offre une protection contre le monde extérieur. Je sais que cela semble étrange, mais j'en suis intimement persuadée.

D'après moi, avoir le goût de la lecture signifie qu'on ne se fie pas à sa seule perception. Cela permet d'embrasser d'autres points de vue, de mener d'autres vies. Mon fils n'est pas un grand lecteur (ce n'est pas un enfant très précoce), mais je me rappelle quand il a lu la série des *Harry Potter*. Il est venu me voir et m'a dit, étonné : « Ce n'est pas comme un film, maman. On dirait qu'on est *dans* l'histoire. » La lecture permet d'avoir directement accès au cerveau de quelqu'un d'autre et, à mes yeux, reste la meilleure forme de communication inventée par l'homme – enfin, jusqu'au jour où Facebook nous obligera à porter des implants.

La lecture permet de s'échapper. J'aime tout particulièrement observer les gens dans les transports en commun, indifférents à la grisaille matinale, plongés dans l'Angleterre de Thomas Cromwell, les univers extraterrestres de Michel Faber ou les forteresses imprenables de George R. R. Martin.

Dans *La Charmante Librairie des jours heureux*, j'ai rapidement évoqué mes habitudes de lecture, et nombre d'entre vous ont eu la gentillesse de me faire part de leurs idées. Un point intéressant a alors été soulevé : la différence entre les « vrais livres » et les livres audio ou électroniques. D'aucuns se sont montrés catégoriques, répétant à l'envi : « Rien ne vaut un vrai livre. » Mais ce qui m'a semblé intéressant, c'est qu'un plus grand nombre de personnes aiment pouvoir transporter leur bibliothèque dans leur téléphone ou leurs poches, et la liberté que cela leur confère. Sans oublier une chose : je remarque que de plus en plus de gens utilisent leur liseuse dans une grande police de caractères, ce qui leur évite d'avoir à porter des lunettes loupe – pratique, non ?

On peut en outre facilement utiliser une liseuse quand on fait de la gym. Ou la prendre dans son bain : je le fais tous les jours (je tourne les pages avec mon nez) et je ne l'ai jamais fait tomber, alors que, croyez-moi, je suis d'une maladresse folle. J'aime aussi les livres audio : grâce à eux, on peut lire quand on a les deux mains prises, comme quand on sort promener le chien.

Malgré tout, une petite chose me manque avec les livres électroniques : je ne peux plus regarder en douce ce que les autres lisent. Et j'aimerais que le titre figure en haut de chaque page, parce que j'oublie constamment le titre de ma lecture du moment. Du coup, quand on me demande : « Qu'est-ce que tu lis, ces jours-ci ? », j'ai un moment d'hésitation, et on me regarde, l'air de dire : « Oh, je vois, pardon. Je *croyais* que tu étais une grande lectrice », ce qui a le don de m'horripiler.

Oh, et aussi, une fois, je me suis énervée lors d'un dîner : une femme rabâchait qu'elle ne lirait jamais sur une liseuse, que rien ne valait un vrai livre, et (je vous assure que, en général, je ne suis jamais impolie, mais elle était réellement imbuvable) je lui ai répondu :

« Oui, mais les liseuses conviennent surtout aux *grands* lecteurs », ce qui n'était pas très gentil, mais très satisfaisant.

Pour conclure, ce que j'essaie de vous dire, c'est : prenez plaisir à lire. Enrichissez votre vie avec des livres, tous types de livres. Si un ouvrage ne vous plaît pas, essayez-en un autre* – la vie est bien trop courte. J'ambitionne toujours de lire tous les livres du monde. Vous aimez lire. Vous savez de quoi je parle.

Avec toute mon affection,

Jenny

xxx

* Sauf celui-ci, bien sûr. Je vous écrirai en personne pour vérifier que vous l'avez fini, et je joindrai peut-être un petit quiz.

Première partie

— D'ici, la vue est différente, expliqua Robert le pigeon voyageur en déployant une de ses ailes. Quand on regarde toujours les choses du même point de vue, rien ne change. Mais quand on change de perspective, tout change subitement.

— Mais ça ne ressemble pas du tout à ma ville ! s'exclama Wallace avec étonnement. Il n'y a que du ciel ici.

— Absolument, répondit Robert le pigeon voyageur en posant ses yeux perçants sur le garçonnet un rien crasseux. Il existe de nombreux types de ciels.

Extrait du roman *Sur les toits*

Chapitre 1

— Alors, parlez-moi des pleurs.

Cette dame, gentille, mais un tantinet formaliste, était assise derrière un vieux bureau miteux, tout rayé, de la Sécurité sociale. Une affiche était accrochée au mur : elle suggérait de se rappeler un acronyme alambiqué, si on pensait faire un accident vasculaire cérébral.

L'idée de devoir se rappeler un acronyme en cas d'AVC rendit Zoe très anxieuse ; encore plus que le fait de se retrouver dans cette pièce. Un store vénitien dégoûtant recouvrait à peine une fenêtre minuscule qui donnait sur un autre mur de briques rouges, et les dalles de moquette rugueuses au sol étaient tachées de café.

— Eh bien, c'est surtout le lundi, commença Zoe en admirant les beaux cheveux bruns, brillants, de cette femme.

Les siens étaient longs et bruns, eux aussi, mais, en ce moment, ils étaient grossièrement attachés avec ce qu'elle espérait être un élastique à cheveux, et non, disons, un bout de caoutchouc arrivé avec le courrier.

— Et puis, vous savez, quand le métro est en retard ou que je n'arrive pas à faire entrer la poussette dans la rame. Ou quand quelqu'un manifeste son mécontentement et me lance des regards accusateurs, parce que j'essaie de faire entrer la poussette ; parce que si je ne la prends pas, j'aurais une heure de retard, même s'il est trop grand pour ça, je le sais, merci. Ou quand je suis retenue au travail et que je compte les minutes, calculant combien ça va me coûter jusqu'à ce que je passe le chercher, ce qui rend inutile ma journée de travail. Ou quand je me dis qu'on devrait prendre le bus, mais que, pile au moment où on arrive à l'arrêt, le chauffeur ferme les portes, alors qu'il m'a vue, parce qu'il a la flemme d'attendre la poussette. Ou quand on n'a plus de fromage, mais que je n'ai pas les moyens d'en racheter. Vous avez vu le prix du fromage ? Ou…

La femme eut un sourire bienveillant, mais parut un peu anxieuse.

— Je parlais de votre fils, madame O'Connell. À quels moments pleure votre fils ?

— Oh ! s'exclama Zoe, confuse.

Les deux femmes regardèrent le petit garçon aux cheveux bruns, qui jouait précautionneusement avec une ferme miniature dans un coin de la pièce. Il leur jeta un coup d'œil circonspect.

— Je… je n'avais pas compris…, s'excusa Zoe, craignant soudain de fondre de nouveau en larmes.

Le Dr Baqri, pleine d'attention, lui tendit une boîte de mouchoirs qu'elle gardait sur son bureau, ce qui n'aida pas du tout Zoe.

— … et c'est « mademoiselle », ajouta la jeune femme d'une voix tremblante. Eh bien, il va bien… Enfin, il pleure de temps en temps, mais il ne…, répondit-elle, sachant qu'elle allait se mettre à pleurer pour de bon. Il ne… Il ne parle pas du tout.

* *

Au moins, songea Zoe, après s'être débarbouillée, puis avoir de nouveau légèrement craqué avant de se ressaisir en réalisant, horrifiée, que le rendez-vous à la Sécurité sociale qu'ils attendaient depuis de si longs mois arrivait presque à son terme et qu'elle en avait passé la plus grande partie en larmes, à regarder le Dr Baqri avec des yeux à la fois pleins d'espoir et de désespoir, Hari se tortillant désormais sur ses genoux… Au moins, le Dr Baqri n'avait pas dit ce qu'on lui disait toujours…

— Vous savez, Einstein…, commença le médecin.

Zoe grogna intérieurement. Et voilà !

— … n'a parlé qu'à l'âge de cinq ans.

Zoe esquissa un sourire.

— Je le sais, merci, répondit-elle en serrant les dents.

— Mutisme sélectif… A-t-il subi un traumatisme ?

Zoe se mordit la lèvre. Mon Dieu, elle espérait bien que non.

— Eh bien, son père… va et vient, pourrait-on dire. Mais… mais c'est assez courant, n'est-ce pas ? ajouta-t-elle d'un ton légèrement implorant, comme si elle cherchait l'approbation du médecin. Tu aimes voir papa, hein ?

À l'évocation de son père, le petit minois de Hari s'illumina, comme toujours, puis le garçonnet enfonça un doigt dodu dans la joue de sa maman d'un air interrogateur.

— Bientôt, lui dit-elle.

— Quand l'avez-vous vu pour la dernière fois ? se renseigna le médecin.

— Euh… Trois… six…

Elle essaya de se le rappeler. En vérité, Jaz avait été absent tout l'été. Elle n'arrêtait pas de se dire d'arrêter de suivre son Instagram, mais elle était comme accro. Il avait assisté à pas moins de quatre festivals. Il postait beaucoup de photos de lui, affublé de différents chapeaux multicolores.

— Bon, il souffre de phobie sociale, conclut le médecin, après avoir fait une partie de cartes et joué à coucou-caché avec Hari, puis lui avoir appris à claquer des doigts et fait chercher des objets qu'elle avait dissimulés dans la pièce, activités que le petit de quatre ans avait toutes essayé de faire, nerveux, se précipitant constamment sur les genoux de sa mère, ses yeux noirs tout ronds, apeurés.

— Je sais.

— Il est très inhabituel qu'un enfant ne parle pas au moins à l'un de ses parents, expliqua le médecin en examinant ses notes. Y a-t-il quelque chose qui pourrait le perturber à la maison ?

Ils vivaient au rez-de-chaussée d'un horrible bâtiment victorien réhabilité, sur l'un des axes principaux de Wembley, dans la banlieue de Londres. La tuyauterie était bruyante ; le voisin du dessus rentrait souvent saoul et mettait la musique à fond jusqu'à pas d'heure. Il ramenait parfois des amis, qui claquaient la porte et riaient aux éclats. Trouver l'argent nécessaire à la caution d'un nouvel appartement (sans parler du loyer) relevait de l'utopie. L'organisme chargé du parc HLM lui avait proposé de la loger dans un *bed and breakfast*, mais elle s'était dit que ce serait sans doute encore pire. Sa mère ne pouvait pas l'aider : installée en Espagne depuis quelques années, elle trouvait la vie de plus en plus chère. Subsistant grâce à l'argent de sa pension de retraite payée en livres sterling, elle travaillait dans un bar affreux, qui avait des photos d'œufs au plat collées sur sa vitrine.

Sans compter que, depuis qu'elle était tombée enceinte de Hari par accident, Zoe avait passé beaucoup de temps à faire semblant d'avoir la forme, à prétendre que tout allait pour le mieux dans le meilleur des mondes, devant sa famille et ses amis. Elle ne parvenait pas à se confronter à la gravité de la situation. Or cela avait des conséquences dramatiques.

Le Dr Baqri remarqua la petite mine de Zoe.

— Je ne… Je ne rejette pas la faute sur vous.

La lèvre de la jeune femme se remit à trembler.

— Vous savez, vous semblez soudés. Il est timide, mais je ne pense pas qu'il soit traumatisé. Parfois… ça arrive, c'est tout.

Un très long silence s'ensuivit.

— C'est la chose la plus gentille qu'on m'ait dite depuis longtemps, lui confia Zoe tout bas.

— En général, on commence par un système de récompenses, lui expliqua le Dr Baqri en lui tendant un paquet de documents et une liste d'objectifs. Rien que des encouragements, bien sûr. Un mot gentil pour un murmure… un petit cadeau pour une chanson.

Zoe cligna des yeux, se demandant où elle pourrait bien trouver de l'argent pour des petits cadeaux, alors qu'elle redoutait déjà l'arrivée du froid et le moment où Hari ne pourrait plus porter ses sandales.

— Si ça ne marche pas, on pourra essayer les médicaments.

Zoe la dévisagea. Droguer son beau garçon. Elle refusait d'aller plus loin, littéralement : après être restés sur liste d'attente pendant huit mois pour consulter un spécialiste du langage, il leur avait fallu deux heures pour traverser Londres, sous une chaleur accablante.

— Est-ce que vous lui parlez beaucoup ?

— Oui, oui, répondit Zoe, se réjouissant que, pour une fois, quelque chose ne semble pas être sa faute. Oui ! Ça, je le fais ! Tout le temps !

— Eh bien, assurez-vous de ne pas trop parler. Si vous comprenez ses désirs et ses besoins, vous n'avez aucune raison de le faire. Parlez-lui que lorsque c'est nécessaire.

Le Dr Baqri se leva, puis, voyant le visage accablé de Zoe, sourit.

— Il n'y a pas de recette miracle, je sais que c'est dur, dit-elle en rassemblant ses brochures.

Zoe sentit de nouveau la boule dans sa gorge.

— Ça l'est, répondit-elle.

Ça l'était.

* *

Zoe s'efforça de faire un sourire encourageant à son petit garçon. Mais le long trajet retour l'accabla : les deux bus étaient bondés, bruyants, n'avançaient pas ; des écoliers surexcités criaient, hurlaient en regardant des vidéos à plein volume sur leur téléphone ; il y avait trop de monde, et elle avait la jambe engourdie, ayant dû prendre Hari sur ses genoux pour faire de la place aux autres passagers. Elle essayait de déterminer ce que cette consultation lui avait coûté, en l'obligeant à poser une nouvelle journée de congé, craignant que ses nombreuses absences ne mettent à bout Xania, sa patronne, consciente de ne pouvoir se permettre de perdre ce travail. Et, même une fois arrivée à bon port, après avoir refermé la porte en aggloméré toute crasseuse derrière eux, Hari tombant de fatigue, elle trouva une lettre dans le tas de courrier jonchant le tapis de l'entrée, qui allait encore un peu plus lui gâcher la vie.

Chapitre 2

— Et les personnes à qui vous avez loué la grange ? Elles ne peuvent pas t'aider ?

Surinder Mehta, assise dans la cuisine de sa petite maison de Birmingham, essayait de donner par téléphone des conseils constructifs à son amie Nina, qui faisait ce que les gens font généralement en pareil cas : les réfuter point par point.

Nina gérait une librairie mobile dans les Highlands, en Écosse. Mais la situation s'apprêtait à se corser provisoirement : elle était tombée amoureuse d'un agriculteur très séduisant, l'hiver avait été particulièrement long, sombre et feutré, et, enfin, c'étaient des choses qui arrivaient. Tout là-haut, en Écosse, elle caressa son petit ventre rond avec colère. Ils n'avaient pas trouvé le temps de mettre la grange en location.

— On la prête aux ouvriers agricoles ! Qui sont là pour travailler !

— Quelqu'un doit bien pouvoir te donner un coup de main, non ? Et cette fille qui t'aidait à ranger le van ?

— Ainslee est partie à la fac. Il n'y a… Tout le monde occupe trois emplois par ici. C'est comme ça dans le coin. Nous ne sommes tout bonnement pas assez nombreux.

Nina regarda par la fenêtre de la ferme. En pleine saison des moissons, tout le monde était à pied d'œuvre. Elle discernait des silhouettes courbées au loin. Une lumière dorée illuminait les champs d'orge, qui ondulaient sous la brise. Elle y échappait cette année, mais il fallait malgré tout qu'elle nourrisse tout le monde, et elle était donc revenue à la ferme pour faire de la soupe pour ceux qui travaillaient tard.

— Bref, finit-elle par ajouter. Réfléchis-y.

— Je ne vais pas quitter mon boulot pour te remplacer pendant ton congé maternité ! s'exclama Surinder. Mais ça ne veut pas dire que je ne t'aime pas, alors ne déforme pas mes propos.

Après avoir raccroché, Nina resta assise dans la cuisine. Elle poussa un soupir. Tout avait si bien commencé. Elle se remémora cette journée : Lennox surveillait une mise bas dans le champ du haut ; le printemps s'étant fait attendre, de nombreux agneaux étaient nés dans des conditions difficiles, sous des bourrasques cinglantes ou même, pour nombre d'entre eux, sous la neige. Elle ignorait comment Lennox allait réagir. Il avait déjà été marié, et elle ne voulait pas qu'il pense qu'elle exigeait quoi que ce soit de lui : leur relation la rendait parfaitement heureuse. Et il n'aurait pas voulu qu'elle en fasse des tonnes ; il n'était pas du genre à aimer les chichis.

Ce jour-là, au van, elle avait été si distraite qu'elle avait failli vendre deux fois le même roman de Dorothy Whipple à Mme McGleachin, ce qui aurait à coup sûr provoqué un incident diplomatique majeur. Elle avait aussi distribué les mauvais cahiers de révision aux étudiants et se dépêchait de cacher dans son dos *À quoi s'attendre quand on attend un enfant ?* chaque fois que quelqu'un montait les marches pour entrer dans le petit van, avec ses étagères bleu pâle et son lustre qui se balançait au plafond, son coin enfants avec ses fauteuils poires, et son minuscule bureau, désormais équipé d'un système de paiement sans contact dont Nina était très fière (quand il fonctionnait, si le wi-fi soufflait dans la bonne direction), mais que de nombreux anciens de Kirrinfief dénonçaient comme étant de la sorcellerie.

Nina avait fini par revenir à la ferme, en haut de sa colline, où elle avait vérifié le ragoût qu'elle avait laissé mijoter le matin même, puis accueilli un Lennox épuisé avec un sourire tendre et un profond baiser.

— Un peu de lecture ? lui avait-elle suggéré après le dîner.

— Oh, Nina. Les vaches m'ont donné du fil à retordre, tu sais, avait-il répondu, avant de voir son visage défait. Bon, d'accord, juste un peu, avait-il ajouté en attrapant Persil, le chien de berger, pour qu'il s'allonge près de lui.

Le cœur battant la chamade, Nina avait sorti le livre qu'elle avait choisi du petit sac en papier recyclé dont elle s'était servie pour ne pas abîmer la couverture. L'ouvrage, sobrement intitulé *Bonjour*, magnifiquement illustré, décrivait la façon dont un enfant apprenait à voir : d'abord en noir et blanc, avec des contours flous, les dessins impressionnistes se coloraient au fil des pages, devenaient de plus en plus nets (représentant le mouvement des nuages ou la sensation du vent), jusqu'au tout dernier, de belle facture, très détaillé, qui montrait un bébé et sa maman en train de se regarder dans les yeux, et était accompagné d'un unique mot : « Bonjour. »

Au lieu de se laisser gagner par le sommeil, comme il le faisait habituellement, Lennox était resté immobile tout du long, raide, la voix de Nina tremblotant à chaque nouvelle page. Il l'avait fixée, comme s'il ne l'avait jamais vue. Même Persil, sentant l'atmosphère dans la pièce, était resté éveillé.

À la fin de sa lecture, les mains un peu tremblantes, Nina avait refermé le petit livre cartonné d'un air déterminé, avant de baisser les yeux. Un long silence s'en était ensuivi ; il n'y avait pas un bruit, excepté le tic-tac de la vieille horloge, qu'il fallait toujours remonter une fois par semaine, sur le buffet en bois. Tic-tac, tic-tac.

Cette attente lui avait été insupportable. Elle avait alors lentement relevé les yeux vers Lennox, qui la fixait, incrédule.

— Tu devrais peut-être me dire si tu es content ou non, lui avait-elle reproché à toute vitesse.

— Oh ! Ça alors, avait-il répondu, fidèle à lui-même, peu démonstratif.

Nina l'avait dévisagé, anxieuse.

— Je sais qu'on n'en a jamais discuté. Mais, d'un autre côté, on n'a jamais dit non plus qu'on était contre…

— C'est vrai, avait-il répondu en opinant du chef.

— C'est le genre de choses dont il va falloir qu'on discute. Il va falloir que tu me parles, tu sais. Je veux dire, est-ce que tu es content ? Est-ce que tu es heureux ?

Il l'avait regardée, l'air consterné.

— Bien sûr, avait-il lancé, comme ébahi qu'elle ait pu envisager le contraire.

— Je veux dire, on le fait très, très souvent, avait-elle marmonné. C'est plus ou moins la suite logique.

— Merci, oui, je sais, je suis agriculteur.

Il l'avait alors attirée contre lui pour la mettre sur ses genoux et l'embrasser tendrement. Elle lui avait fait un grand sourire, et il avait posé ses mains sur son ventre.

— Il n'y a que moi. Je crois que ce n'est encore qu'un petit pois.

— Eh bien, je l'aime déjà. Alors, c'est pour quand ?

— Novembre. Je me suis dit que ce serait sympa d'avoir un anniversaire à fêter pendant un mois très maussade et humide, où il n'y a pas grand-chose à faire.

Il avait poussé un long soupir, puis avait appuyé sa grosse tête contre la sienne, toute petite.

— Eh bien. Ça va être… ça va être…

— Dis quelque chose, l'avait-elle supplié en riant.

Il y avait eu un long blanc, et il l'avait serrée encore plus fort dans ses bras.

— Parfait, avait-il fini par dire tout bas. Ça va être parfait.

Puis ils étaient restés très longtemps enlacés.

De ce côté-là, tout allait donc bien. Pour tout le reste… pas vraiment.

Chapitre 3

Zoe passa un coup de fil à Jaz. Elle ne l'avait pas vu depuis des semaines.

Elle se demandait, comme souvent, comment elle avait bien pu se retrouver dans une telle situation. Et comment les gens faisaient pour s'en sortir.

Oh, Jaz. Le DJ superstar. Originaire de Birmingham, il avait toujours fait beaucoup plus jeune que ses vingt-huit ans.

Ils n'avaient jamais vécu ensemble ; elle n'avait jamais rencontré sa famille – stade auquel Zoe sait que vous pensez : *Mais quelle idiote, pourquoi es-tu tombée enceinte ?* Ce qui, croyez-moi, reflète bien les propos que lui ont tenus sa mère et tous ses amis, quoique avec plus de virulence.

À la décharge de la jeune femme (même si cet argument paraissait bien faible à présent, plus faible encore que la somme sur son compte en banque), Jaz était incroyablement séduisant, avec des cils recourbés, si longs qu'ils touchaient presque ses cheveux, des épaules larges, de longues jambes… Zoe avait essayé. Vraiment. Et Jaz aussi, un temps. Mais rester cloué à la maison avec un gamin, ce n'était pas son style, bébé, il le lui avait dit en toute sincérité.

Ils avaient loué un studio miteux à Wembley, que Zoe avait repeint de son mieux, même si la tapisserie était cornée, que le hall d'entrée empestait la nourriture et qu'elle n'arrivait pas à rentrer la poussette à cause des vélos des autres locataires.

Elle avait pris le congé maternité le plus court possible (ironie de la chose, elle travaillait dans une crèche huppée – bien trop huppée pour pouvoir y inscrire son propre enfant), et Jaz avait essayé de se poser en acceptant un travail de bureau. Puis Hari était arrivé (un accouchement simple et tranquille, d'après la sage-femme, mais, pour Zoe, l'expérience avait plutôt été traumatisante et, en même temps, extraordinaire).

Pendant une courte période, ils avaient oublié tout le reste, se délectant de sa beauté ; il était parfait, magnifique, avec ses ongles minuscules, les cils de son père, ses yeux endormis et sa petite moue. C'était un bébé très calme, facile à vivre ; adoré, au plus haut point. Leurs amis, qui étaient tous encore jeunes et passaient leur temps en boîte ou en festivals, étaient passés les voir, leur offrant des cadeaux qu'ils n'avaient pas de place pour ranger, aux petits soins pour eux, et la mère de Zoe était rentrée d'Espagne pour leur rendre visite, larmoyante, tel un personnage de la série *EastEnders*, et, pendant un moment, un tout petit moment, Zoe s'était dit que tout se passerait peut-être bien.

Puis Jaz avait décidé de sortir boire une pinte ou deux avec ses copains, s'était remis à s'entraîner aux platines, avait commencé à arriver en retard au travail. Et puis, bien sûr, il n'avait plus voulu s'occuper de Hari ; leur garçon était adorable, mais le truc avec les bébés, avait réalisé Zoe, c'était qu'ils étaient là en permanence, à chaque instant, et que, si on les laissait sans surveillance ne serait-ce qu'une milliseconde, ils risquaient de mourir étouffés ou quelque chose comme cela.

Alors, pour mettre un terme à leurs disputes, Jaz était rentré de moins en moins souvent. Il avait fait si chaud, cet été-là. Ils n'avaient pas d'extérieur, nulle part où aller, et Zoe passait ses journées à fixer les quatre murs du studio, se prenant pour cette héroïne de film, prisonnière d'une pièce sécurisée.

Sauf que Zoe n'était prisonnière de rien, si ce n'était de son manque de moyens. Elle ne faisait que travailler et garder son bébé ; rien d'autre. Tombant dans un cercle vicieux typiquement londonien, elle avait repris son emploi dans sa crèche huppée, géniale, où on servait de la nourriture bio aux petits privilégiés et leur enseignait les maths selon la méthode Kumon, mais seulement parce qu'elle laissait Hari chez la nounou la moins chère qu'elle avait trouvée, qui se contentait sans doute d'allumer la télé.

Si elle interrogeait Jaz à propos de l'avenir, il provoquait aussitôt une énorme dispute, partait en claquant la porte et ne revenait pas avant plusieurs jours. Elle nourrissait alors Hari avec des purées bon marché et attendait dans son studio, se demandant comment elle avait pu en arriver là, elle, Zoe O'Connell, vingt-huit ans, jeune professionnelle prometteuse, qui avait envisagé de passer son master pour un jour diriger sa propre crèche. Et elle en était là. Dans l'impasse. Avec des céréales Weetabix plein les cheveux et un enfant chez qui quelque chose clochait. Pour couronner le tout, après avoir pris deux bus pour se rendre dans un hôpital à l'autre bout de la ville, où on lui avait simplement dit de s'en sortir toute seule, elle venait de rentrer chez elle pour trouver une « révision » de loyer dans le courrier.

Elle s'y attendait. Elle l'avait vue venir. Un nouveau café bio au coin de la rue. Un poissonnier. Des rumeurs de magasin *Waitrose*. Pour la plupart de ses voisins, c'étaient de bonnes nouvelles ; pour elle, des signes de changement de mauvais augure. Son propriétaire souhaitait la voir partir pour louer l'appartement à de jeunes professionnels fortunés. En effet, le primeur avait accroché des guirlandes lumineuses blanches sur sa devanture et repeint sa façade en vert pâle ; la quincaillerie avait changé de stratégie, se déclarant « vintage ». Le bruit courait que Banksy allait œuvrer dans le quartier (Zoe avait envie de le tuer). La gentrification étendait ses griffes à coups de peinture Farrow and Ball. Et Zoe était sa nouvelle proie.

La lettre était toujours posée là où elle l'avait laissée, sur la table, dans l'entrée. Zoe n'arrivait pas à comprendre qu'un objet aussi inoffensif puisse paraître aussi malveillant, mais elle avait peur ne serait-ce que de la toucher.

Elle ne pouvait pas payer, c'était impossible. Totalement impossible. Et les aides sociales ne suffiraient pas. Si Jaz ne pouvait pas participer au loyer, réalisa-t-elle en fixant le document, elle se retrouverait à la rue et devrait s'en remettre au bon vouloir de l'organisme HLM du quartier de Brent, une perspective atroce : qui savait où ils atterriraient. Elle ne le pouvait pas. Elle ne pouvait pas devenir sans-abri. C'était ridicule. Absurde.

Sinon, elle pourrait aller en Espagne, vivre dans le minuscule studio de sa mère, trouver un travail de serveuse… les places de serveuse ne manquaient pas, là-bas. Mais déménager dans un autre pays… Son fils ne parlait déjà pas dans sa propre langue.

Zoe commença à paniquer, son cœur battant à mille à l'heure, alors même que Hari allait chercher leur vieille tablette à l'écran fissuré.

Que pouvait-elle faire ? Sa main tremblait. Il y avait de nombreuses offres d'emploi de nounou à domicile, mais personne n'accepterait un enfant supplémentaire. Aucun des postes de jour qu'elle pourrait trouver ne paierait assez. Elle étouffa un sanglot, puis passa un coup de fil à Jaz ou, plutôt, elle lui envoya un message sur WhatsApp, puisqu'il ne décrochait jamais son téléphone s'il voyait que l'appel venait d'elle, et insista pour qu'ils se voient.

Chapitre 4

Bien sûr, Jaz était en retard. Bien sûr. Alors qu'elle avait dû lui envoyer un million de textos pour réussir ne serait-ce qu'à convenir d'une heure de rendez-vous. Une fois, elle avait essayé de lui demander ce qui se passerait si Hari avait un problème ; s'ils étaient à l'hôpital. Comme d'habitude, il avait fait la sourde oreille, répondant avec un haussement d'épaules : « Ne t'inquiète pas. Envoie-moi juste un texto, bébé. »

Zoe jeta un œil à la carte. Ils avaient rendez-vous dans un café cher, rempli de mamans blondes et minces et de papas grands et beaux qui portaient leur bébé sur leurs épaules : tous achetaient de somptueux plateaux de boissons et de gâteaux hors de prix, comme si l'argent n'était rien pour eux, avant de retrouver leurs amis, équipés de frisbees et accompagnés de labradors.

Elle se jucha au bout d'une grande table, Hari sur les genoux, sans rien commander. Or de plus en plus de personnes se joignaient à un immense groupe de gens qui portaient des prénoms comme Fizz, Charlie, Ollie et Fifi. Armés de cerfs-volants, de ballons, de paniers pique-nique et de boîtes bento branchées, ils se réjouissaient du beau temps. Alors Zoe et Hari se firent de plus en plus petits, s'excusant de prendre de la place. Quand elle finit par commander une tasse de thé, la consommation la moins chère qui lui vint à l'esprit, elle eut droit aux regards compatissants des blondes toutes minces qui garaient leur poussette de luxe contre le pied de son tabouret. Elle se concentra sur le nouveau Michael Lewis que la bibliothèque lui avait mis de côté. Les livres : ils ne l'avaient jamais laissé tomber, et ils étaient bien les seuls. « Tout le temps le nez fourré dans un bouquin ! On aurait pu penser que ça t'éviterait de te retrouver en cloque ! » lui disait parfois sa mère, quand elle avait un coup dans le nez (ce qui arrivait assez souvent), avant d'ajouter : « Oh, chérie, tu sais bien que je te charrie. »

Jaz finit par entrer dans le café d'un pas traînant. Il paraissait rajeunir, Zoe ne put s'empêcher de le remarquer. Dans son tee-shirt et son short, il ressemblait à un gros bébé, et sa barbe trop soignée lui donnait un air adolescent. Zoe, elle, avait l'impression de vieillir de jour en jour, comme écrasée par le poids du monde.

Il était toujours beau, bien sûr, avait toujours ce joli sourire indolent.

En le voyant, Hari, aux anges, ouvrit la bouche toute ronde, puis se débattit pour descendre.

— On dit : « S'il te plaît ! » lui lança une des mamans blondes d'un ton jovial, comme pour plaisanter, mais en réalité très sérieuse.

Zoe poussa un soupir, mais préféra ne pas relever, pas maintenant. Elle se contenta donc de poser Hari par terre, en se sentant jugée. Le petit se précipita vers son père, qu'il adorait, de toutes les fibres de son minuscule corps.

— Mon pote ! s'écria Jaz en le soulevant pour le faire tourner dans les airs.

Zoe n'aimait pas qu'il l'appelle comme cela (ils n'étaient pas potes, et cela ne l'aidait pas), mais Jaz appelait tout le monde comme ça. C'était pratiquement un tic nerveux.

— Qu'est-ce que tu as à me dire, aujourd'hui ?

Hari, naturellement, ne répondit rien, mais fit un grand sourire à son père, qui le tenait au-dessus de sa tête. Ces preuves d'amour inconditionnel donnaient envie de jurer à Zoe, parce qu'elle était à jamais liée à Jaz (et devait se montrer cordiale avec lui, par-dessus le marché), mais elle se promettait de tout faire pour que cet amour ne faiblisse pas, qu'il ne meure jamais. Autrefois, Zoe avait cru l'aimer, elle aussi. Mais c'était avant de s'apprêter à devenir sans-abri par sa faute.

— Comment ça va ? l'interrogea-t-il avec désinvolture.

Zoe se rendit compte que tous les regards, ou presque, étaient désormais braqués sur eux. Être le centre de l'attention n'avait jamais dérangé Jaz.

— Est-ce que ça te dit d'aller te balader ? lui proposa-t-elle, ne souhaitant pas exhiber ses malheurs devant cette foule de familles nucléaires, unies et aisées, suffisantes dans leurs vêtements Boden, adeptes du yoga, vivant dans des souplex et profitant du week-end, qu'elle aurait bien aimé détester, mais dont elle était en réalité atrocement jalouse.

— Attends une seconde, bébé. Je prends un café… Tu veux quelque chose ?

Par habitude, elle secoua la tête, puis le regarda dépenser 9,75 livres pour un grand café latte et deux énormes muffins, dont un pour Hari, qui le fixa, l'air de se demander s'il était capable de manger un aussi gros gâteau (il le fut, ce qu'ils regretteraient par la suite).

Ils finirent par fuir l'ambiance exécrable qui régnait dans le café pour se frayer un chemin à travers la longue pelouse (qui était recouverte de jeunes gens paresseux, seuls ou en groupes, en train de lire ou de se bécoter, ayant tout le loisir de traîner au parc et de profiter de cette journée ensoleillée) en direction de la mare aux canards.

Hari déambulait, le visage maculé de muffin, et ce de façon si uniforme que Zoe se dit qu'elle n'avait pas besoin de lui mettre de crème solaire, ce qui constitua un soulagement, ce genre de choses coûtant une petite fortune.

— Quoi de neuf ? finit par lui demander Jaz, sur la défensive.

— Le loyer, se contenta-t-elle de répondre.

Jaz opina du chef.

— Ouais, mais, bébé…, gémit-il. J'ai perdu mon travail.

Il tendit les deux mains, comme pour dire : « Que veux-tu que j'y fasse ? » Zoe ne lui demanda pas pourquoi. Elle l'avait vu faire, quand il venait à l'appartement. Il se levait tard, se faisait porter pâle quand il avait la flemme d'y aller, se plaignait de ses patrons, qui attendaient de lui qu'il mette la main à la pâte, à l'occasion.

— Ils vont augmenter le loyer, poursuivit-elle fermement.

Jaz poussa un soupir.

— Je suis désolé. Je ne peux pas. Je n'ai pas d'argent.

Zoe y avait réfléchi. Il le pouvait. Il pouvait trouver l'argent. S'il le disait à ses parents, ils l'aideraient sûrement. Ils vivaient à Birmingham et gagnaient bien leur vie ; ils avaient assez d'argent pour lui payer une voiture. S'ils savaient qu'ils avaient un petit-fils… ils seraient sans doute sous le choc, dans un premier temps, mais ils finiraient bien par s'y faire…

Les lèvres de Jaz se pincèrent, ne formant plus qu'un trait, comme chaque fois que Zoe mentionnait ses parents. Sous aucun prétexte. Aucun.

— Ce serait juste pour un an, l'implora-t-elle. Après, il ira à l'école : je pourrai faire plus d'heures, et on se débrouillera.

— Et pourquoi tu n'irais pas chez ta mère, hein ?

— En *Espagne* ?

Il eut au moins la décence de paraître gêné.

— Hé ! lança une voix.

C'était l'un des papas parfaits du café, irritant avec son chino repassé, son maillot de rugby et ses cheveux impeccables.

— Est-ce que c'est votre fils là-bas ?

Ils firent tous deux volte-face. Hari était au bord de la mare, sur le point de tomber, un énorme canard à l'air mauvais se dirigeant droit sur son muffin.

Comme d'habitude, il ne faisait aucun bruit.

— HARI ! hurlèrent-ils d'une même voix.

Le garçonnet se retourna, au moment même où le canard s'emparait de son gâteau, lui faisant perdre l'équilibre. Jaz le rejoignit en un éclair. Il le rattrapa, le prit dans ses bras, puis enfouit sa petite tête barbouillée de muffin dans son blouson tape-à-l'œil.

— Ça va, bonhomme, bredouilla-t-il, le serrant fort contre lui, les yeux de Hari s'emplissant de larmes silencieuses, qui se mirent à tomber, salissant la chemise de marque de son père. Ça va. Ça va, mon bonhomme. Je suis là. Je suis là.

Mais ce n'était pas vrai, songea Zoe avec âpreté sur le chemin du retour. Père inconséquent. Nounou bas de gamme. Pas d'argent. Trouble du développement. Rien à faire et nulle part où aller, si ce n'était rester à l'appartement ou faire un saut à la bibliothèque (pour la petite histoire, la gentille bibliothécaire avait été la première à lui demander si elle était inquiète que Hari ne parle pas encore).

Et, à présent, ils étaient fichus. Complètement fichus.

Chapitre 5

Surinder sut que quelque chose clochait à la façon dont Jaz tourna sa clé dans la porte après lui avoir dit par texto qu'il venait à Birmingham, ce qui était déjà étonnant en soi.

Mais c'était son frère. Elle l'aimait. Elle savait que ce n'était pas facile pour lui : leurs deux aînés étaient ophtalmologues ; elle dirigeait une entreprise d'import-export ; Jaz n'avait pas encore trouvé sa voie. Leur père gagnait déjà bien sa vie à la naissance de Jaz, et Surinder pensait intérieurement qu'il avait été trop gâté – on lui achetait des voitures, des vêtements de marque. Ses parents avaient travaillé dur ; elle savait qu'ils aimaient faire plaisir à leur magnifique petit dernier. Mais, d'une certaine manière, cela l'avait encouragé à rester un bébé.

Et là, il était assis dans sa cuisine en train de lui dire qu'il avait lui-même un bébé. Lui. Elle n'en revenait pas.

Même pas un bébé, d'ailleurs : un enfant de quatre ans. Qu'il avait eu avec une Blanche, à Londres.

Jaz était avachi sur la table. La pièce était désormais épurée, moderne, équipée d'un îlot central et d'un robot de cuisine pastel hors de prix dont Surinder ne se servait jamais. Les grandes piles de livres qui recouvraient chaque surface quand Nina vivait encore ici lui manquaient parfois.

— Mais…, commença-t-elle avant de secouer de nouveau la tête. Mais comment… comment t'es-tu débrouillé pour avoir un bébé ?

Jaz leva les yeux au ciel.

— Eh bien, tu vois, il y a une fleur et une abeille…

— Arrête. Quand comptais-tu en parler aux parents ?

Il remua sur sa chaise, mal à l'aise.

— Eh bien. Tu sais, c'est juste… c'est juste arrivé comme ça.

— Je ne sais rien du tout. On ne fait pas un bébé par accident. Mon Dieu. Je suis de nouveau tata ! Montre-moi des photos ! Non… je suis furieuse contre toi. Non, montre-moi. Non.

Il y eut un blanc, puis il sortit son téléphone, qu'il surveillait toujours de près.

— Passe-moi ça. Je pensais que tu faisais attention à ton téléphone, parce que tu avais une copine… Oh, tu as aussi ce genre de photos, pas vrai ?

Il rougit jusqu'aux oreilles.

— Alors, pourquoi est-ce que tu m'en parles maintenant ?

Il haussa les épaules.

— Eh bien, je ne décolle pas vraiment en tant que DJ et…

Surinder lui jeta un regard noir, digne de l'ours Paddington, qu'il fit mine de ne pas voir.

— Est-ce que tu viens me demander de l'argent ?

— C'est vraiment dur, tu sais. Les gens ne me comprennent pas.

— Oh, je te comprends, moi, répondit Surinder de façon menaçante, avant d'ouvrir la boîte à biscuits d'urgence et de se servir sans en offrir à son frère.

— Est-ce que tu vas en parler à papa et maman ?

— Ils vont me tuer ! se récria Jaz.

— Ils ne vont pas te tuer. Ils vont être déçus.

— C'est encore pire !

— Oh, bon sang !

— J'ai juste… Elle a besoin d'aide…

— Eh bien, tu as frappé à la mauvaise porte. Ce que tu saurais, s'il t'arrivait d'ouvrir un journal et si tu avais entendu les mots « Brexit », « taux de change », et si tu travaillais dans l'importation.

Il se frotta la nuque.

— Qu'est-ce que tu comptes faire ?

— Je comptais faire le tour des festivals… mettre le paquet pour devenir DJ, tu vois ? Gagner assez d'argent pour qu'on s'en sorte.

— Je vois, répondit Surinder d'un air sombre. Tu prévois d'acheter des haricots magiques.

— Tu regretteras tes paroles quand je serai devenu célèbre.

— Où est sa famille, à elle ?

— En Espagne. Elle n'a que sa mère.

Dans sa tête, Surinder s'imaginait une espèce d'empotée, fainéante, qui restait les doigts croisés en attendant que Jaz paie tout pour elle.

— Tu es un vrai idiot. À quoi est-ce qu'elle ressemble ? Tu as une photo ?

Il n'en avait pas, découvrit Surinder avec effroi.

— Oh, c'est une fille bien. Elle passe son temps à bouquiner. Comme ton ancienne coloc. Ça l'obsède. Les livres, les livres, les livres. C'est barbant.

Un ange passa.

— Quoi ? demanda Jaz.

— Rien. Juste… Oh, je suis sûre que ce n'est rien.

Chapitre 6

Les saisonniers avaient repris la route, mais il faisait encore doux, la lumière était dorée, et une petite brise soufflait sur les champs fraîchement moissonnés. Les soirées restaient longues, même si on sentait dans l'air limpide, de façon imperceptible, que l'automne se profilait. Les oies avaient commencé à tournoyer dans le ciel, se préparant pour leur long périple vers le sud.

Nina était passée au magasin de Mme Murray, dans le village, pour acheter de l'estragon afin d'accompagner le poulet qu'elle comptait faire rôtir le soir, ainsi que quatre brioches à la cannelle, en se promettant d'en garder au moins une pour Lennox ou, du moins, de tout faire pour.

— Ooh, mais regarde-toi ! s'exclama la commerçante.

Nina considéra son ventre.

— Tu es énorme !

— Je pensais être dans la moyenne, ronchonna la jeune femme.

Cela lui rappela (son infirmière à domicile n'arrêtait pas de le lui répéter d'un ton péremptoire) qu'elle avait déjà beaucoup grossi, compte tenu de l'état d'avancement de sa grossesse. Elle avait découvert qu'elle était enceinte en même temps qu'une célébrité très connue, qui avait commencé à l'obséder, et qui exhibait son minuscule ventre rond, à peine visible, dans différents endroits branchés du monde, tandis qu'elle, Nina, avait déjà du mal à se pencher pour faire ses lacets.

— Dis donc, combien y en a-t-il, là-dedans ? lui demanda Mme Murray, qui avait toujours été du genre directe.

— Oui, j'ai compris, répondit Nina en décidant de se passer des brioches.

La vieille dame releva les yeux.

— C'est une merveilleuse nouvelle, finit-elle par dire. Je n'aurais jamais cru revoir Lennox heureux.

Nina sourit, pas franchement ravie qu'on lui rappelle qu'elle n'était pas la première compagne de Lennox.

— Alors, qu'est-ce que tu vas faire de ton van ?

Au même moment, la porte de la petite boutique s'ouvrit en tintant, et une jeune fille qu'aucune d'elles ne connaissait entra. Elle pleurait. Svelte, elle avait des pommettes hautes, des cheveux clairs, et s'exprimait avec un fort accent polonais.

— Est-ce que je peux vous aider ? l'interrogea Mme Murray, presque timidement.

La jeune fille se frotta le visage, séchant ses larmes.

— Quand passe bus, s'il vous plaît ?

— Eh bien, ça dépend d'où vous allez, répondit la commerçante en fronçant les sourcils.

— Je m'en fiche, répliqua âprement la jeune fille.

Mme Murray et Nina échangèrent un regard.

— Mardi.

— Est-ce que ça va ? l'interrogea doucement Nina.

La jeune fille secoua la tête.

— Ce sont des monstres !

— Qu'est-ce que tu veux dire ? la pressa Nina, inquiète.

— Oh ! s'écria Mme Murray, qui venait de comprendre. Tu es à la maison, en haut de la colline.

— Plus maintenant.

— Quelle maison ?

— La grande maison ! répondit Mme Murray, comme si Nina était idiote.

— Vous savez, commença la jeune fille. Ce sont… ce sont…

Elle les regarda tour à tour.

— Des loups, cracha-t-elle. De minuscules petits loups.

Sans faire de commentaires, Mme Murray saisit le prix de la tablette de chocolat que Nina avait ajoutée dans son panier sans même s'en rendre compte.

— Je vois.

— Moi pas rester là… Mardi ?

— Il y a un bus pour Inverness… Il y a un aéroport là-bas.

La jeune fille opina du chef en silence, avant de s'éclipser, traînant son gros sac derrière elle.

— Oh, cette maison ! lança Mme Murray.

— Qu'est-ce qu'elle a, cette maison ?

Cela ne faisait qu'un an que Nina vivait là. Elle avait fait la connaissance de nombreux habitants, mais la loyauté entre eux était forte, et, en général, les ragots ne lui parvenaient aux oreilles qu'après les autres, quand ils y parvenaient. Ce qui lui allait très bien. Chaque fois qu'ils l'incluaient davantage (un café par ici le matin, une invitation à dîner pour Burns Night, quand ils célébraient le poète Robert Burns), elle se sentait de plus en plus acceptée, pour celle qu'elle était : quelqu'un qui allait rester, pas une touriste de passage.

Sans oublier, à leur décharge, que, ces derniers temps, la plupart des ragots l'avaient concernée, ainsi que Lennox et son ex-femme. Les gens avaient donc tendance à se taire, au cas où. Si elle avait espéré que l'arrivée du bébé calme les choses, elle aurait été très, très déçue.

— « The Beeches » ?

— Oh oui…, dit Nina, se rappelant vaguement quelque chose. Je crois avoir rencontré le propriétaire… Un grand bonhomme. Il s'est cogné la tête contre la porte du van.

— Du Ramsay tout craché, répondit Mme Murray avant de pousser un soupir. C'est moche.

— Ooh, racontez-moi, lui demanda Nina, qui souhaitait à tout prix détourner son attention des brioches.

— Sa femme l'a quitté. Ses enfants et lui.

— Mon Dieu, vraiment ? C'est terrible. Combien a-t-il d'enfants ?

— Trois, intervint la jeune Polonaise, qui venait de repasser la tête à l'intérieur, une pluie torrentielle s'étant soudain mise à tomber (ce qui était tout à fait normal par ici, au point que Nina avait appris à ne pas faire de commentaires. Le temps en Écosse était comme partout ailleurs. Il changeait juste un peu plus vite). Tous méchants.

— Voyons, la reprit Mme Murray d'un air réprobateur. Ces p'tits n'ont pas de maman.

— Que lui est-il arrivé ? demanda Nina. Où est-elle ?

— Je ne la vois jamais, répondit la jeune fille.

— Personne ne le sait.

— Vraiment ? Pourquoi ne suis-je pas au courant de ça ? Est-ce qu'il l'a tuée ? Est-ce qu'elle est folle et enfermée dans le grenier ?

Personne ne répondit.

— Elle n'était pas facile, finit par répondre Mme Murray. Mais non, elle est juste partie.

— Est-ce que vous en êtes sûre ?

— C'est la grande maison. Des choses étranges s'y passent.

Chapitre 7

La chaleur était écrasante, le jour où Surinder partit en direction du sud. Elle ne le faisait pas pour s'amuser ; ce n'était pas une expédition à la plage. Le train était bondé ; l'air, moite, chaud, désagréable. Des enfants surexcités geignaient, pleuraient ; le wagon empestait la transpiration. Descendre du train n'arrangea rien. La gare était noire de monde, animée, suffocante ; les annulations se succédaient à cause des lignes et des passagers en surchauffe ; toute la ville de Londres paraissait étrangement hostile.

Jaz l'avait suppliée de ne pas venir, mais elle l'avait menacé de tout dire à leurs parents, alors il n'avait pas eu le choix.

Zoe était enthousiaste et, en même temps, nerveuse. Était-ce le début de quelque chose ? Jaz allait-il la faire entrer dans sa vie, afin qu'ils se construisent un avenir ensemble ?

Elle fut profondément déçue de voir Surinder descendre seule du train.

Elle avait voulu mettre sa plus belle tenue à Hari, mais avait remarqué qu'elle lui était déjà trop petite.

Avec un soupir, elle l'avait donc changé, optant pour la salopette en jean qu'elle avait achetée à la boutique solidaire. Le petit s'était tortillé, l'air énervé, et sa colère avait redoublé quand elle avait décidé de se passer de la poussette pour essayer de le faire marcher jusqu'à l'arrêt de bus. Il ne l'avait pas entendu de cette oreille, et elle avait fini par devoir le porter sur la majeure partie du long trajet. Il avait gigoté, s'était débattu avec force, si bien qu'à présent, elle était en sueur, nerveuse, elle se sentait moche, et cette belle fille pleine d'assurance en train de descendre du train était forcément la sœur de Jaz, elle le vit tout de suite.

Bien sûr qu'il n'était pas là.

Zoe leva la main sans conviction.

Surinder la considéra. Ce n'était pas sa belle-sœur, mais quand même. Bon sang. Elle ne ressemblait pas du tout à ce qu'elle s'était imaginé. Mince (« maigrichonne » serait un terme plus exact, en réalité, puisque personne ne lui aurait envié sa minceur), petite, avec des cheveux bruns en bataille plus ou moins attachés en queue-de-cheval, et des cernes sous les yeux. Elle ne jeta toutefois qu'un coup d'œil à Zoe, avant que son regard ne se porte sur le petit garçon qui se cachait derrière ses jambes. Son visage s'épanouit alors en un grand sourire.

— Bonjour ! s'exclama-t-elle. Bonjour !

Elle s'accroupit aussitôt. Le petit garçon la dévisagea entre les jambes de sa mère.

— Est-ce que tu es Hari ?

Le petit ne répondit pas.

— Est-ce que…, commença Zoe, consciente que sa voix trahissait sa nervosité. Est-ce que Jaz t'a expliqué ?

Surinder se redressa. Elle était si jolie, si confiante. Zoe eut aussitôt envie d'être son amie. Elle ne se serait jamais retrouvée enceinte par accident, elle, se surprit-elle à penser sombrement. Elle était bien trop raisonnable.

— M'expliquer quoi ? Bonjour, au fait. Je m'appelle Surinder. Désolée que mon frère soit un gros blaireau.

— Euh… ça va. Est-ce qu'il t'a expliqué pour Hari ?

— Qu'est-ce qu'il a ?

— Il ne… Il ne parle pas.

— Oh, répondit Surinder, sourcils froncés. Ça ne ressemble pas à un Mehta.

Elles étaient encore au milieu du hall de gare plein à craquer.

— Est-ce qu'il y a un endroit sympa où on pourrait aller boire un thé ? Et je ne pense pas à un lieu « branché », juste à un endroit où il ne ferait pas 10 000 °C.

Il n'y avait pas beaucoup de cafés près de la gare d'Euston, mais elles finirent par trouver un petit parc avec des balançoires. Hari les considéra, sans oser s'en approcher.

— Bon, finit par dire Surinder, après être allée leur chercher un thé dans une buvette voisine.

Hari grimpa sur les genoux de sa mère. Surinder essaya d'interagir avec lui à plusieurs reprises, mais il détournait sans cesse la tête.

— Il est timide, lui expliqua Zoe.

— Je vois ça.

Une question terrible leur traversa alors la tête à toutes les deux : si Hari avait été un enfant plus extraverti, un garçon charmant, bavard, Jaz aurait-il assumé ses actes plus tôt ?

Mais c'était un enfant magnifique, songea Surinder : de longs cils noirs, une peau parfaite.

Zoe soupira.

— Qu'est-ce qui se passe ? Est-ce que c'est dur ?

Zoe sentit les larmes lui monter aux yeux.

— Oh oui, enfin, tu sais, la vie de maman célibataire… tu sais. Enfin, non, tu ne sais pas. Mais ce n'est pas facile.

— Jaz ne t'aide pas ?

— Il le faisait ! se récria Zoe, prenant aussitôt sa défense. Quand il travaillait, il le faisait. Mais il n'y a qu'une chose qui l'obsède : devenir un satané DJ, et il sera incapable de garder un travail tant qu'il n'aura pas essayé…

— C'est sympa de ta part de le défendre. Écoute. On a envie de t'aider. Enfin, j'en ai envie…

— Vos parents ?

— Jaz est inflexible, répondit Surinder en haussant les épaules. Je suis désolée.

— Ce n'est pas grave. Est-ce que c'est parce que je ne suis pas indienne ?

— Oh non ! Ils adorent Angela, répondit Surinder avec un petit rire, avant de se rendre compte qu'elle avait manqué de tact. C'est la femme de mon autre frère… Écoute. Peu importe. Montre-moi où vous vivez.

À la seconde où elle vit l'appartement, avec son papier peint décollé et son méchant radiateur électrique, Surinder prit la décision. Elle connaissait quelqu'un d'autre à qui la grande ville n'avait pas convenu. Qui avait eu besoin d'un peu d'espace pour respirer.

— Dis-moi. Est-ce que tu t'y connais bien en livres ?

— Je lis beaucoup, répondit Zoe avant de relever les yeux vers elle. Et je suis prête à… enfin, on a besoin d'un endroit où loger. Mais si tu entends parler d'un bon boulot… je te le promets. Je te promets que je peux travailler dur. Vraiment.

Surinder regarda autour d'elle. Le minuscule studio était horrible, mais soigné, d'une propreté impeccable, tout comme Hari.

— Je ne peux rien te promettre, mais je vais voir ce que je peux faire.

Elle se pencha. Une fois encore, le petit fila aussitôt se cacher derrière les jambes de sa mère.

— Et la prochaine fois que je te verrai, jeune homme, j'espère que tu seras plus gentil avec tata Surinder.

Chapitre 8

Nina cessa d'y penser (tout allait bien, tout irait bien, une solution se présenterait, Ainslee reviendrait de l'université, ou quelque chose comme cela. Elle ne pouvait pas embaucher la gringalette dont lui avait parlé Surinder, c'était ridicule), quand une femme entra dans le van. Elle l'avait déjà vue dans le village, mais ce n'était pas une habituée.

— Est-ce que je peux vous aider ?

Cette dame semblait contrariée ; vieille, un peu bossue, elle se tenait les bras croisés, une expression sévère au visage.

— Voui, répondit-elle. Est-ce que je peux mettre une annonce ?

— Oui, c'est une livre par semaine.

— C'est du vol, rétorqua cette femme avec une petite moue.

— Je ne vous force pas.

Elle s'approcha en ronchonnant pour tendre l'argent à Nina, ainsi qu'une offre d'emploi : « Jeune fille au pair, soirs et week-ends, envoyez votre candidature à Mme MacGlone, résidence “The Beeches”. » Nina fronça les sourcils, se souvenant de la jeune Polonaise. Elle relut l'annonce, avant de relever la tête.

— Est-ce qu'une certaine Surinder vous a appelée ? l'interrogea-t-elle avec suspicion.

— Quoi ?

Nina considéra de nouveau l'annonce.

— Venez-vous… venez-vous de la grande maison ?

— Voui.

— Et vous avez besoin… Il y a trois enfants, c'est ça ?

— Voui.

Nina gardait les yeux rivés sur l'annonce.

— Et vous offrez le gîte ?

— On ne manque pas de place, répondit cette femme avec un haussement d'épaules.

Nina fixa longuement le bout de papier.

— D'accord, dit-elle au bout d'un moment. Laissez-moi votre annonce. C'est gratuit.

La femme la lui tendit, surprise.

— Est-ce que je peux vous conseiller un livre ? lui proposa Nina au moment où elle tournait les talons pour partir.

— Oh, non. On a plus qu'assez de ces machins à la maison.

Sur ce, elle sortit, pour s'éloigner d'un pas affairé sur les pavés gris.

Chapitre 9

La soirée était très fraîche, aussi Nina ferma-t-elle les rideaux – si elle les laissait ouverts, Lennox jetterait un œil par la fenêtre, même après la tombée de la nuit, et se ferait du souci pour son agneau noir. Elle alluma le poêle et prépara un hachis Parmentier, le plat préféré de Lennox, dans l'espoir de le mettre de bonne humeur et de le rendre loquace, ou, du moins, un peu plus que d'habitude. Quand elle lui apporta une tasse de thé sur le canapé, il la regarda d'un air méfiant.

— C'est plutôt moi qui devrais t'apporter ton thé, non ? Toi, tu veux quelque chose.

— Parle-moi de « The Beeches », lui répondit-elle sans préambule.

— Pourquoi essaies-tu de me soudoyer avec une tasse de thé pour que je te parle de ça ? répliqua-t-il avec bonhomie. Est-ce que c'est une barre chocolatée Penguin que je vois, là ?

— Oui.

— Combien en reste-t-il dans le paquet ?

— Tu ne veux pas le savoir.

Il sourit.

— Eh bien, Ramsay est le jeune *laird* du domaine « The Beeches ». Le propriétaire… Enfin, il en est le propriétaire tout court, maintenant, j'imagine…

— Oui, jusque-là, je suis au courant. Dis-moi juste s'il a tué sa femme.

Lennox esquissa un sourire triste.

— Ne me dis pas que tu crois à cette histoire ?

— Les hommes tuent toujours leur femme, rétorqua Nina en s'installant sur le canapé.

— Non, répondit-il doucement. Les gens tuent très rarement les autres. Mais, quand c'est le cas et que le meurtrier est un homme, il tue sa femme, c'est vrai, ajouta-t-il après y avoir réfléchi une seconde.

— Donc…

— Je n'ai rencontré Elspeth Urquart qu'une fois, poursuivit-il d'une voix lointaine. Elle était si belle. On aurait dit une fée. Elle était toute petite. Une masse de cheveux blonds vaporeux lui encadrait le visage. Elle avait des yeux verts. Un menton pointu.

— Et une robe en toile d'araignée ? Que lui est-il arrivé ?

Lennox secoua la tête.

— Elle était… comme absente. Comme si elle venait de se réveiller et ne comprenait pas ce qui lui était arrivé. Elle était belle, et tout est allé très vite entre eux, je suppose…

— Quoi ?

— Eh bien, le jeune Urquart, Ramsay, était à la fac à Cambridge quand son père est mort subitement. C'était le vieux *laird*. Ramsay a donc dû revenir pour s'occuper de la maison, qui était dans un sale état… qui l'est toujours, d'ailleurs. Un jour, cela faisait à peine trois mois qu'il était rentré, il a débarqué avec elle. Ils ont eu les enfants, puis… elle est repartie. Je ne suis pas certain qu'elle était faite pour vivre dans le monde moderne. C'est ce que les gens ont dit.

— Donc il l'a tuée ?

Lennox éclata de rire, puis leva la main.

— Écoute. Je le sais. Les gens se trompent, quand ils croient que quelqu'un ne peut pas être violent. Ils se récrient : « Oh, mais c'était un si bon père de famille », et tout le tintouin. Mais je connais Ramsay depuis tout gamin… On était à l'école ensemble. Je ne l'ai jamais vu s'énerver ni en vouloir à qui que ce soit. Je le sais, tu vas me dire que rien n'est impossible. Mais ne crois-tu pas que la police lui serait tombée dessus ? Il y aurait eu des battues, des pétitions, des photos sur les réverbères ; on aurait lancé des appels, confectionné des tee-shirts, et ainsi de suite. Une mère de famille, jeune et jolie, qui disparaît ?

— D'après Mme Murray, l'affaire a été étouffée.

— D'après Mme Murray, le 11-Septembre était l'œuvre de lézards.

— C'est vrai, admit Nina. Qu'est-ce que tu en penses, toi ?

— Je pense que la vie lui est devenue insupportable. Les enfants avaient très peu d'écart. Cela peut perturber une femme, ce genre de choses. J'imagine qu'elle est partie quelque part où la vie lui est devenue supportable… très loin… ou qu'elle s'est suicidée.

— Mais pourquoi les gens ne le savent-ils pas ?

— Parce que ce ne sont pas nos oignons. Quoi qu'il en soit, cela a été terrible pour lui. Il a eu le cœur brisé. Tu ne l'as sans doute jamais rencontré…

— Si, il est venu chercher un exemplaire de *Sur les toits*. Un grand bonhomme. La taille parfaite pour tuer sa femme.

— Hum. Eh bien, j'en doute. Les policiers ne sont pas stupides. C'est juste une histoire très triste. En général, c'est le père qui part. Mais, parfois, c'est la mère. Des tas de gens vivent des choses tristes. Ils se lèvent le matin et gardent le sourire, alors qu'ils ont vécu des choses qu'on ne peut même pas imaginer.

Nina y réfléchit, avant d'acquiescer.

Il l'attira tout contre lui, puis les enveloppa dans la couverture en tartan toute douce qui était posée sur le dossier du vieux canapé.

— J'espère qu'il ne nous arrivera jamais rien de mal.

— C'est impossible, le rassura-t-elle en se blottissant contre lui et en le serrant fort.

Il posa alors sa grosse tête sur son épaule.

— Je suis d'accord avec toi, murmura-t-il, et ils restèrent cramponnés l'un à l'autre, la lumière des flammes dansant sur les murs, tandis que Persil gémissait et se retournait dans son sommeil.

Chapitre 10

En réalité, la grossesse de Nina ne se déroulait pas comme elle l'avait imaginé en voyant le trait apparaître sur le test. Elle vomissait à longueur de temps, oubliait tout, avait des pannes d'oreiller et passait ses journées soit en larmes, soit à courir en tous sens, prise d'une frénésie de rangement, avant de fondre de nouveau en larmes.

Et elle était harassée. Elle ne s'y attendait pas du tout. C'était comme si le bébé la dévorait de l'intérieur. Elle avait beau être au comble du bonheur, son cœur avait beau déborder d'amour, elle était également submergée par les nausées, les ballonnements, les remontées acides, et le besoin d'aller aux toilettes toutes les cinq minutes. Porter les lourds cartons de livres allait bientôt devenir problématique, même si Lennox faisait tout pour l'aider, et, bien sûr, il y avait toujours le risque que le van tombe en panne. Elle s'était forcée à lire les manuels d'entretien qu'ils avaient en stock. Cela l'avait agacée, mais c'était une question de bon sens : il fallait bien qu'elle sache changer une roue, vérifier le niveau d'huile et tout le tralala (qu'elle en soit capable avec des seins qui débordaient de tous ses vêtements et un ventre qui semblait bien parti pour faire de même, ça, c'était une tout autre histoire).

Elle examina de nouveau le CV que cette Londonienne lui avait envoyé. Elle avait de très bonnes références – mais en qualité d'auxiliaire de puériculture, pas de libraire. D'un autre côté, elle semblait honnête, travailleuse…

Nina poussa un soupir. Dehors, la matinée était tranquille, ce qui était étrange, puisque la *haar* au-dessus du loch s'était levée et que le temps était frais et agréable. C'était la particularité des Highlands, avait-elle réalisé. Le temps était épouvantable, alors on s'habituait à rester au chaud et puis, tout à coup (même si cela pouvait se produire deux ou trois fois par semaine), pour votre plus grand plaisir, le soleil faisait une apparition-surprise, se hissant au-dessus des montagnes empourprées, illuminant la rosée matinale, et, une fois de plus, on pardonnait à l'Écosse ses matinées humides et ses soirées obscures, pour savourer une journée vraiment idéale.

Personne n'avait envie de s'enfermer dans le van, songea Nina, quand le monde extérieur vous invitait à faire une balade à vélo ou même, pour les plus audacieux (et ceux en possession d'un plaid waterproof), un pique-nique, à condition de se trouver un coin au soleil, mais à l'abri du vent.

Bref. Elle s'était entretenue avec la dame de la grande maison pour lui dire qu'elle avait peut-être trouvé quelqu'un. Cette dernière lui avait posé une unique question : « Est-ce une criminelle ? » Nina lui avait répondu que non, et cette femme lui avait lancé : « Oh, c'est dommage. » Quand Nina lui avait demandé si la personne à laquelle elle pensait devait rencontrer les enfants, elle s'était vu répondre qu'il ne valait mieux pas.

Elle s'empara du téléphone.

Chapitre 11

Surinder aimait se considérer comme un genre de bonne fée, un être extraordinaire qui avait été capable de tout arranger ; une reine de l'organisation.

Mais tout le monde ne voyait pas les choses ainsi. Les autres avaient plutôt l'impression d'opter pour la moins pire des solutions.

Pour commencer, Zoe se retrouva dans une situation délicate lors de sa conversation téléphonique avec Nina. Nerveuse, gardant un œil sur Hari, qui jouait sur sa tablette, elle eut un gros trou de mémoire quand Nina lui demanda ce qu'elle avait lu récemment.

Un seul titre lui vint à l'esprit : *Le Gentil Facteur*, livre que Hari adorait plus que tout et qu'il lui demandait d'emprunter dès qu'ils se rendaient à la bibliothèque. Nina était une grande fan de ce livre illustré, elle en vendait des exemplaires en pagaille : il aurait donc mieux valu que Zoe lui donne cette réponse, plutôt que de bredouiller, cherchant désespérément quelque chose, pour finir tant bien que mal par opter pour une trilogie de romance érotique qui avait rencontré un franc succès quelques années plus tôt. Elle entendit presque le sourire crispé de son éventuelle nouvelle patronne à l'autre bout du fil.

Lors de son second entretien, elle put à peine en placer une. Il s'avéra que Mme MacGlone était la gouvernante de la maison dans laquelle elle allait séjourner. Cette dernière lui expliqua tout d'un seul trait, comme si elle avait l'habitude d'engager des jeunes filles au pair. Elle était là la journée, mais Zoe devrait se charger des matinées et des soirées, en échange du gîte, du couvert et d'un petit salaire. Les repas étaient fournis, mais, lui précisa Mme MacGlone, comme par défi : « On mange simplement, ici. » Elle faisait le ménage et la lessive, mais ne s'occuperait pas de ceux de Zoe, elle fut très claire sur ce point, et elle aurait besoin d'aide de temps à autre, si possible.

— Que pouvez-vous me dire sur la famille ? l'interrogea Zoe, question qu'elle croyait tout à fait innocente.

Un long silence s'ensuivit, lui laissant penser que ce n'était peut-être pas le cas.

— Eh bien, le père s'appelle Ramsay, répondit Mme MacGlone (elle roulait les « r »). Il passe son temps à travailler. À votre place, j'éviterais de le déranger.

— Entendu. Et la maman ?

— La jeune femme ne vous a rien dit ? grommela la gouvernante. Oh, vous autres, les Anglais, vous n'êtes bons à rien.

Zoe, interloquée, se demanda ce qu'elle pouvait bien vouloir dire par là.

— Leur mère est partie. Il y a deux ans. C'est pour ça qu'on a besoin de vous. Mais il ne faut pas en parler ; ça les chamboule.

— Mon Dieu. Pourquoi…

— Je viens de vous le dire, il ne faut pas en parler. À monsieur non plus, il n'aime pas ça.

— D'accord, j'ai compris, mentit Zoe, qui ne comprenait presque rien. Et les enfants ?

— Shackleton a douze ans, Mary, neuf, et Patrick, cinq.

— Oh, génial ! s'exclama Zoe, ravie à l'idée que Hari ait un petit copain. Mon fils a quatre ans.

— Oui, enfin, Patrick n'est pas un enfant de cinq ans comme les autres.

— Hari non plus n'est pas un enfant de quatre ans comme les autres, répondit Zoe tout bas, pour qu'il ne l'entende pas.

Mme MacGlone fit un petit bruit sarcastique, comme pour dire qu'ils en reparleraient en temps voulu.

— Entendu, alors. Vous aurez une période d'essai de six semaines.

— Mons… Leur père ne veut-il pas s'entretenir avec moi ? demanda Zoe, prise au dépourvu.

Mme MacGlone poussa un profond soupir.

— Il me fait confiance.

— Bien sûr, se dépêcha de répondre la jeune femme. Bien sûr.

Et l'affaire fut réglée.

* *

Zoe détestait son propriétaire (qui, depuis quelque temps, parlait fâcheusement d'augmenter le loyer et dont elle prenait congé ce matin-là), mais, quand il parcourut du regard l'horrible studio, ne jetant qu'un œil rapide à la tache d'humidité sans cesse plus étendue, avant de lui rendre toute sa caution en espèces, elle fut si surprise, elle ressentit une telle gratitude à son égard, qu'elle aurait pu l'embrasser.

Tout s'était passé si vite. Surinder… Surinder savait y faire. Elle avait balayé toutes les objections et les inquiétudes de Zoe avec une logique infaillible : elle ne pouvait pas rester dans cet appartement, n'est-ce pas, et une chambre libre l'attendait dans une maison, où elle devrait s'occuper d'enfants et vendre quelques livres – juste un peu, par-ci, par-là, elle serait libre la plupart du temps. Sans oublier que l'Écosse avait des crèches gratuites. Comment dire non ?

Quel autre choix avait-elle, de toute façon ? Jaz était déjà parti : d'après son Instagram, il était à Ibiza en train de « décrocher des sets » (Zoe ne savait pas si ces derniers étaient payés, mais craignait bien que non), et il prenait des photos de lui ridicules, devant des levers ou des couchers de soleil, chapeau sur la tête et jeune femme au bras.

Avec le remboursement de la caution, elle put acheter leurs billets de car en direction du nord (un marathon de dix-sept heures, perspective qui ne l'enchantait guère) et un nouveau manteau pour Hari, mais aussi, ô joie, une doudoune et deux pulls remisés, qu'elle dégota dans le rayon vêtements du supermarché. Il allait faire un froid de canard en Écosse : les gens ne lui parlaient que de cela. Enfin, du froid et du monstre du loch Ness, puisque c'était leur destination. Chaque fois que quelqu'un évoquait le monstre, Hari ouvrait de grands yeux ronds, puis courait se cacher derrière le futon. Elle disait donc aux gens d'arrêter d'en parler, mais cela n'arrêtait personne. Et puis, elle ne tenait pas vraiment à ce que tout le monde sache qu'elle partait, au cas où elle devrait revenir dans six semaines, après avoir échoué lamentablement. Mais elle ne pouvait pas se permettre ce genre de pensée.

Elle en était capable. Elle s'en sortirait très bien. Elle économiserait son salaire jusqu'à se remettre à flot, se jetterait à corps perdu dans le travail. Et ces pauvres bouts de chou sans maman ! Comme ils seraient contents de la voir. Bien sûr, elle ne remplacerait jamais leur mère, mais elle pouvait les aider. Tout se passerait à merveille. Pour la première fois depuis longtemps, Zoe se sentait optimiste et laissait libre cours à son imagination.

Malgré tout, entendre le soulagement dans la voix de Jaz quand il avait compris que Surinder avait tout arrangé lui avait été insupportable. Elle avait réalisé que, tout au fond d'elle, enfoui si profondément qu'elle ne pouvait se l'avouer à elle-même, elle caressait l'espoir, le fol espoir que Jaz lui dirait : « Hé, j'ai réfléchi. Je vais arrêter d'être DJ pour trouver un vrai travail et me poser. Je vais être un bon père de famille. Pourquoi est-ce qu'on n'emménagerait pas dans un chouette appart tous les trois ? J'ai changé. »

Mais, bien sûr, il en était incapable ; il était tout bonnement incapable de changer. La maternité avait métamorphosé Zoe, en profondeur, mais, chez Jaz, le changement était resté superficiel. En un sens, devenir père avait constitué un désagrément pour lui, Hari et elle faisant intrusion dans la vie de play-boy international qu'il menait dans sa tête.

Mais non. Même s'il était revenu ce week-end-là, il ne lui avait pas proposé de les emmener en Écosse avec sa voiture débile. Il était juste passé leur dire au revoir, avait-il marmonné, à la suite de quoi Zoe lui avait fait remarquer qu'elle n'allait qu'en Écosse et qu'il pourrait faire des allers-retours le week-end, mais il avait paru très dubitatif et elle, très en colère.

Quoi qu'il en soit, il avait à l'évidence culpabilisé, parce qu'il était revenu le dernier soir, une fois toutes leurs affaires emballées, excepté les couettes et la bouilloire. Il était arrivé avec un curry à emporter (il les régalait rarement de la sorte), puis avait pris Hari sur ses genoux, le laissant jouer avec son téléphone toute la soirée. Et sa patience, sa douceur envers son fils, et le dévouement de Hari, muet, mais profond, vis-à-vis de son papa avaient de nouveau brisé le cœur de Zoe.

* *

Zoe jeta un dernier coup d'œil par la fenêtre du studio, à travers les voilages crasseux qui refusaient de redevenir blancs, peu importait la quantité de javel qu'elle utilisait. Elle regarda cette rue quelconque, bordée de bâtiments bas ; pleine de détritus balayés par le vent et d'ados en train de crier, postés dans un coin, comme toujours, le soir, quand il faisait chaud ; inondée des lumières du carrefour, plus bas, au niveau de la grand-rue, où se trouvait actuellement un méli-mélo de rôtisseries, de boutiques solidaires et de vendeurs de cigarettes électroniques peu scrupuleux, mais qui, si son propriétaire avait raison, s'apprêtait à devenir le quartier le plus branché depuis Hackney.

L'appartement était modeste, elle le savait. En réalité, elle le détestait : la pièce défraîchie ; la moquette fatiguée ; le courrier des autres locataires qui s'accumulait près de la porte d'entrée bruyante, venant s'ajouter aux prospectus de livraison de pizzas, aux tracts politiques et à toutes sortes de déchets ; l'éternelle bataille entre les vélos et la poussette pour le minuscule espace devant les compteurs électriques.

Mais c'était leur chez-eux. L'endroit où elle était revenue à la sortie de la maternité, accompagnée par un Jaz anxieux, qui n'arrêtait pas de fixer son téléphone et de lever les mains, ne sachant quoi faire, nerveux, brassant de l'air ; où ses amies étaient venues la voir, s'extasiant devant le petit, souvent les premières semaines, puis de plus en plus rarement, puisqu'elle ne pouvait plus faire de sortie entre copines, d'enterrements de vie de jeune fille ni de soirées, sans s'inquiéter de devoir payer une baby-sitter ; où Jaz était rentré de moins en moins souvent, jusqu'au moment où il avait cessé de répondre au téléphone ; où elle était restée assise, après une visite éclair de sa mère, qui, en route pour un autre endroit, leur avait apporté un paquet de biscuits tout simples, puis avait regardé autour d'elle avec mépris (comment un si petit enfant pouvait-il produire autant de linge sale ? Il n'y avait plus de place nulle part ; du linge séchait dans tous les coins, à tel point que Zoe avait parfois l'impression de vivre dans un souk de l'Antiquité), avant de les abandonner à leur sort, rien qu'eux deux.

Pour autant, cet appartement, avec ses fenêtres cliquetantes en simple vitrage et sa porte d'entrée qu'il fallait maintenir ouverte à l'aide d'une cale, était leur chez-eux. Le seul chez-eux qu'ait connu Hari. Et là, elle s'aventurait en territoire inconnu.

En mettant le dernier carton dans la voiture de Jaz (il avait au moins accepté, de mauvaise grâce, de lui garder quelques affaires), Zoe s'efforça de ne pas se rendre malade à l'idée que cela ne marche pas. Tous ses amis pensaient qu'elle était folle. Mais, bien sûr, tous ses amis avaient la vie facile, ils vivaient en colocation ou avaient acheté un bien immobilier avec leur partenaire.

Elle était toutefois en partie responsable. Lors des rares occasions où elle osait sortir, elle faisait bonne figure ; elle affichait un grand sourire, disait que tout se passait à merveille, économisait pour pouvoir payer sa part en feignant de ne pas faire attention à l'argent.

Elle se remémora une soirée quelques jours plus tôt : pour une fois, sa mère avait gardé Hari, et elle était allée au pub avec des copines pour leur dire au revoir. Elle aurait dû se livrer davantage. Leur dire combien c'était difficile. Après deux bouteilles de prosecco bas de gamme, Tamali leur avait confié qu'elle n'était plus attirée par son mari depuis la naissance de son bébé ; Yasmin leur avait avoué trouver la maternité très fastidieuse ; Cathy s'était mise à évoquer leurs dettes. Pour une raison ou une autre (peut-être parce qu'elle s'en allait), ce déluge de confessions, les yeux dans les yeux, à des années-lumière des vies et des bébés parfaits que ses amies affichaient sur Facebook et Instagram, l'avait bouleversée. Elle avait subitement réalisé ce dont elle s'était privée, ces quatre dernières années, en n'expliquant pas aux autres qu'elle se sentait seule, livrée à elle-même, que tout était beaucoup plus difficile que ce qu'elle s'était imaginé. Il ne lui était jamais venu à l'esprit que d'autres mères, quelle que soit leur situation personnelle, puissent ressentir exactement la même chose qu'elle.

Elles avaient fini la soirée en se faisant des câlins et des déclarations d'amour avinées, puis Zoe, se demandant ce qui lui prenait de quitter ces femmes formidables, avait juré de rester en contact.

Et ce matin, en quittant l'appartement, elle se sentait mal, elle était terrifiée. Subitement, la ville de Londres, moche et crasseuse, lui semblait rassurante, et se rendre au milieu de nulle part… ridicule. Toutes ses copines lui avaient dit qu'elle était courageuse de repartir de zéro, mais elle ne se sentait pas du tout courageuse ; elle avait plutôt l'impression de faire une bêtise, en réalité. Elle en était pourtant là. Jaz était pressé de partir, pour éviter que ces « nazis » de pervenches ne lui tombent dessus – chose qui semblait plus l'inquiéter que le fait qu'elle emmène son fils dans un autre pays.

Hari, qui adorait la voiture de son père, était tout tremblotant, déçu de pas avoir le droit de partir en balade. Jaz ne pouvait soutenir le regard de Zoe. Il savait, dans une certaine mesure, qu'ils avaient tous les deux échoué ; échoué à gérer la chose la plus élémentaire qui soit – avoir un enfant, rester unis, l'élever dans un lieu confortable, chaud et sûr. Ils ne parlèrent pas beaucoup, excepté pour se dire qu'ils aviseraient au bout de ses six mois d'essai.

Zoe était incapable de penser à l'avenir, à ce qu'elle ferait si cela se passait mal ; pas pour le moment. À chaque jour suffisait sa peine.

— Bon, marmonna Jaz.

Il portait un survêtement en daim marron qui ne lui allait pas du tout, ce qui signifiait qu'il avait sans doute coûté une petite fortune.

— À bientôt, mon pote.

Il donna un petit coup de poing sur le bras de Hari, puis lança un sourire triste en direction de Zoe. Elle se remémora la première fois qu'elle l'avait vu, un soir, dans un bar, après un rencard atterrant avec un autre type : la tête inclinée en arrière, en train de rire aux éclats, dévoilant ses dents blanches. Il l'avait repérée, alors qu'il était avec des amis. Il avait vu que son rencard tournait mal (l'homme avec lequel elle passait la soirée, dont elle ne se rappelait pas le prénom, était devenu rouge de colère quand elle avait timidement exprimé son désaccord avec ses idées politiques, puis elle avait tremblé en le voyant retourner l'addition, qu'il comptait bien partager, tout en gardant un sourire figé aux lèvres et un œil sur sa montre). Quand ce mec était allé aux toilettes, Jaz l'avait accostée d'un pas nonchalant.

— Nan, lui avait-il lancé avec effronterie.

Zoe avait été si surprise, et si soulagée, qu'elle avait éclaté de rire.

— Je me suis mise sur mon trente-et-un, et tout et tout !

— Je vois ça, mais, lui, on dirait une vieille tranche de jambon.

— Et il en a l'odeur aussi, avait-elle répondu d'un air sombre.

— Dis-lui juste au revoir et rejoins-nous pour boire un verre.

Il était avec ses copains dans le fond de la salle. Cela lui avait semblé tellement plus sympa que ce qu'elle s'était apprêtée à faire. Dès que ce type était revenu, elle s'était levée, avait souri comme si elle venait de passer un entretien d'embauche (ce qui avait été le cas, bien sûr), l'avait remercié pour la soirée, puis l'avait poussé vers la sortie avant qu'il n'ait eu le temps de lui expliquer la théorie géniale qu'il avait élaborée dans les toilettes, selon laquelle les femmes devraient être distribuées de façon équitable entre les hommes.

Jaz lui avait déjà commandé une bière. Quel prétentieux. Elle était aussitôt tombée sous le charme.

Et ils en étaient là aujourd'hui. Elle aurait sans doute mieux fait de partir avec l'homme-jambon.

— Au revoir, alors, lui dit-elle. On se téléphone bientôt.

— Mmm, grommela-t-il en surveillant la route pour vérifier qu'il n'y avait pas de contractuel en approche. OK. D'accord. Cool.

Il se dirigea vers sa voiture. Mais, à la toute dernière seconde, au moment où il ouvrait sa portière, il fit demi-tour, en vitesse, sans regarder Zoe, prit son fils dans ses bras et enfouit son visage dans son joli petit cou.

Puis il le reposa, avant de s'éloigner dans un nuage de gaz d'échappement. Hari lui fit au revoir de la main, tout content. Il était habitué à voir son papa partir loin de lui.

Deuxième partie

— Mais comment le saurai-je ? se renseigna Wallace. Comment saurai-je qu'ils m'apporteront leur aide ?

— Pose-leur trois questions, lui conseilla le pigeon. Demande-leur un bol d'eau, un bol de graines pour oiseaux et une blague. Si tu obtiens les trois, ils t'apporteront leur aide.

— Je n'aime pas les graines pour oiseaux.

— Moi non plus, répondit le pigeon, appuyé sur sa canne. Demande-leur des frites. Cela fera sans doute l'affaire.

Extrait du roman *Sur les toits*

Chapitre 1

Zoe n'allait pas tarder pas à apprendre de nouveaux mots : le *gloaming* et la *haar*.

Le *gloaming* était la brume qui descendait des collines au crépuscule. La *haar*, celle qui flottait au-dessus du loch le matin, parfois si épaisse qu'on aurait presque pu la manger à la cuillère. Souvent, la *haar* ne s'évaporait pas complètement : elle tenait toute la journée, jusqu'à se fondre dans le *gloaming*, rendant le monde entier nébuleux jusqu'au coucher du soleil, qui, fin août, était encore tardif.

Même s'ils ne le savaient pas encore, Zoe et Hari arrivèrent donc dans le *gloaming* en descendant du bus après leur long périple, qu'ils avaient tous les deux passé à dormir. Zoe ne s'était pas vraiment rendu compte que ces jours et ces semaines – non, ces mois – passés à se faire du souci au sujet de l'argent, de Hari, de son travail et de l'appartement, lui avaient tant pesé.

Elle avait beaucoup à perdre : elle n'avait plus de logement, si ce n'était celui que lui offrait un inconnu, et elle s'apprêtait à prendre un emploi auquel elle n'entendait rien, dans un lieu où elle ne connaissait personne.

Mais, en cet instant précis, après avoir vu les kilomètres et les stations-service défiler, la route prendre de l'altitude, les villes et les villages s'espacer de plus en plus, et le paysage changer, passant des champs impeccables du Sud aux collines escarpées et aux espaces sauvages du Nord, toujours plus au nord, elle ne pouvait plus rien faire. À propos de rien. Et, en un sens, elle trouvait cela étrangement libérateur.

Pour le moment, au moins, cela ne dépendait plus d'elle. Le mouvement lent du car l'avait bercée ; elle s'était endormie, la petite tête toute chaude de Hari contre sa poitrine, eux deux contre le reste du monde, et, à son réveil, un peu vaseuse, comme après une sieste, elle ne savait plus où elle était ; elle savait seulement qu'il y avait du brouillard, qu'elle sentait le froid passer par les fenêtres, que le chauffeur avait changé sans qu'elle s'en aperçoive et que de nombreux passagers étaient déjà descendus ; ils étaient presque les derniers.

Elle avait voulu regarder par la fenêtre, mais le brouillard était trop épais pour distinguer quoi que ce soit ; elle n'avait eu que des impressions de pavés, de ponts et de flèches d'église, basse et carrée.

— Inverness ! *INBHERNISH !* avait alors annoncé le nouveau chauffeur.

Il avait un drôle d'accent… enfin, un accent écossais, avait-elle supposé, avant de se dire d'arrêter de penser cela : il n'allait pas faire exception.

— Oh oui, on descend là ! s'était-elle exclamée en réveillant Hari.

Le car s'était immobilisé en poussant un soupir d'épuisement, le chauffeur était descendu ouvrir la porte latérale, et Zoe, très nerveuse, un Hari toujours somnolent dans les bras, avait pour la première fois mis le pied en Écosse.

Ils avaient quitté la chaleur moite de Londres le matin même. Cela lui semblait incroyable. Le vent froid la cingla, la brume semblait se déposer partout autour d'eux ; il y avait de l'humidité dans l'air, mais pas d'odeur, si ce n'était celle de la gare routière, tandis qu'elle extrayait leurs vieux bagages miteux des entrailles du car.

Tout autour d'elle, des étudiants et des jeunes gens enjoués attrapaient des sacs légers avant de partir d'un pas désinvolte, allant Dieu savait où. Elle ne parvenait pas à porter Hari, qui n'arrêtait pas de lui glisser des bras, et leurs bagages en même temps. Deux valises à roulettes, deux manteaux, un enfant de quatre ans qui pesait son poids, et un sac à main. Elle regarda autour d'elle, en vain : le chauffeur était déjà remonté dans son car, ayant fini de décharger et de charger les sacs, et tous les autres passagers avaient disparu dans la brume.

— Allez, Hari, il faut que tu marches.

Elle n'avait pas voulu lui parler si brusquement. À cela vint s'ajouter le froid glacial : Hari, qui n'avait qu'un tee-shirt sur le dos, se mit à pleurer en silence. Il resta figé, puis commença à glisser lentement le long de sa jambe vers le sol du terminal parfaitement dégoûtant. « INVERNESS BUS STATION » était inscrit en grandes lettres bleues sur un mur en pierre, qui paraissait ancien, mais le brouillard dissimulait tout le reste.

— Non. Non, non, non, non, non, non, Hari, s'il te plaît…

Parfois, il n'y a rien à faire : si un enfant veut se rouler par terre, il se roulera par terre, peu importe le nombre de sacs que vous avez dans les bras. Une de leurs valises, trop remplie, bien bombée, tomba de l'autre côté de la route, forçant le chauffeur du bus en direction d'Aberdeen à faire une embardée pour éviter de l'écraser.

— Hari, s'il te plaît, lève-toi, lève-toi, lève-toi.

Sans main libre, elle ne pouvait pas ramasser la valise au milieu de la route ; mais, si elle lâchait Hari, il pourrait se retrouver sous les roues du prochain car qui passerait.

Le petit se roulait par terre, de plus en plus sale, énervé et frigorifié, en la fixant, les yeux écarquillés, comme si tout était sa faute – ce qui était le cas, bien sûr, dans une certaine mesure. Le vent froid la transperça, et elle jura entre ses dents, à plusieurs reprises, avant de se rappeler, une fois de plus, que c'était elle l'adulte. Elle était la seule adulte, elle était responsable de lui, et elle devait faire avec, qu'elle le veuille ou non. Et voilà qu'un autre bus arrivait !

— S'il te plaît, Hari, lève-toi ! S'il te plaît ! Je t'achèterai… je t'achèterai une glace !

Le garçonnet fronça les sourcils. Ce serait un geste très inhabituel. En général, c'était son père qui lui achetait des glaces. Il faisait presque nuit, froid. L'idée de manger une glace le déroutait. Il resta allongé sur le sol crasseux, réfléchissant à la question.

— GLACE ? GLACE ? GLACE ? répétait désespérément Zoe, quand une jolie jeune femme, très enceinte et un rien soucieuse, fit subitement son apparition, sortant du brouillard, tout près d'eux, avant de s'arrêter net.

Chapitre 2

Nina se dépêcha de ramasser la vieille valise de Zoe et de la poser sur le trottoir, ce dont lui fut très reconnaissant le chauffeur du bus en direction d'Aberdeen, qui avait pris du retard. Zoe s'agenouilla pour attraper Hari, désormais d'une saleté sans nom, recouvert de gasoil et de Dieu savait quoi d'autre, les cheveux collés au crâne et la bouche grande ouverte, dans laquelle il mit l'un de ses doigts dégoûtants, ce qui signifiait, sans le moindre doute : « Oui, j'y ai réfléchi et je ne serais pas contre une glace. » Il répéta son geste, de plus en plus vite, puis mit son autre paume, tout aussi dégoûtante, sur le visage de Zoe, pour la forcer à le regarder.

L'autre femme restait plantée là. Zoe, anxieuse, fut prise de court.

— Euh… Êtes-vous… ? commença-t-elle.

Cela n'augurait rien de bon. Une grosse sieste ; un très long voyage ; une petite panique. Elle avait totalement oublié le prénom de la femme qu'elle devait retrouver. Elle l'avait dans son téléphone, qui était dans son sac, lui-même à ses pieds, si bien que, à ce stade, il aurait tout aussi bien pu être sur la lune.

Cette femme ne fit rien pour combler le silence : elle la considérait avec une expression presque horrifiée. En réalité, en regardant Zoe, Nina avait eu la vive impression de s'être emballée en apprenant sa grossesse, d'avoir idéalisé les choses, cédé au romanesque : voilà à quoi allait ressembler sa vie avec un bébé, elle en avait la preuve toute crasseuse sous les yeux. Elle en avait le souffle coupé, avait subitement très peur, et était incapable de penser à la pauvre Zoe.

— Euh…

— Pardon, je dois faire erreur, dit Nina, juste au cas où elle se tromperait vraiment et était tombée sur une clocharde par accident. Qui cherchez-vous ?

Hari avait réussi à s'emmêler une main dans les cheveux de sa mère ; il tirait fort dessus, la douleur se lisait sur le visage de Zoe. La valise tomba de nouveau par terre, et la jeune femme, en avisant le bus en direction d'Aberdeen, envisagea de monter dedans.

* *

— La dame… la dame de la librairie, réussit-elle à dire au bout d'un moment.

Nina s'efforça de sourire.

— Bonjour ! s'exclama-t-elle, avant de se reprendre. Salut. Je suis Nina. Tu dois être épuisée.

La femme que Nina avait sous les yeux faisait bien plus que vingt-huit ans. Ses cheveux bruns étaient tout ébouriffés d'un côté, là où elle avait posé la tête en dormant ; ses yeux étaient cernés, et ses vêtements, tachés. L'enfant s'agitait toujours dans ses bras.

Ce sera bientôt moi, songea Nina, horrifiée. *Ce sera bientôt moi.*

* *

Mon Dieu, se dit Zoe, catastrophée. C'était exactement… Elle avait envie de pleurer. Elle pensa à la première impression qu'elle aurait aimé donner : son beau petit garçon, sage comme une image ; elle, prête, professionnelle. Malheureusement, elle n'avait pu se permettre d'aller chez le coiffeur et avait donc tenté de s'épointer les cheveux avec des ciseaux de cuisine (ne faites jamais cette bêtise). À son réveil dans le bus, elle avait voulu faire un brin de toilette, mais les W-C étaient d'une saleté indicible et trop petits pour poser Hari pendant qu'elle essayait de les arranger un peu. Elle s'était acharnée sur leurs deux figures avec un mouchoir, mais n'avait fait qu'étaler la crasse, et Hari était d'humeur grognonne.

Et cette femme, avec sa jupe courte en tweed et son pull violet qui mettait en valeur ses cheveux roux… elle semblait parfaitement à sa place, elle se fondait dans le paysage, même si elle tentait manifestement de cacher son désarroi.

Zoe ferma les yeux. Bon. Il était trop tard pour faire machine arrière, de toute façon.

Nina s'empara de leurs valises, l'air résolu.

— Tu ferais mieux de me suivre, lança-t-elle en avançant avec précaution sur les trottoirs entre les arrêts de bus.

Zoe se sentait coupable de la laisser porter leurs bagages, mais elle ne pouvait y arriver seule.

Hari comprit aussitôt : pas de glace pour lui. Il enfouit la tête dans le tee-shirt de sa mère, colla une main sur sa poitrine (habitude héritée de ses mois d'allaitement), puis se mit à pleurer en silence, trempant son tee-shirt de ses larmes. Nina les regarda un instant, puis se retourna pour continuer à avancer, tirant la valise en piteux état de Zoe avec efficacité, tandis que Zoe, essoufflée, tentait de suivre le rythme en traînant son sac à main, une poussette et un enfant de quatre ans inconsolable, et étonnamment lourd.

— Tu veux bien monter dans ta poussette, Hari ? murmura-t-elle.

Mais le petit secoua vivement la tête. Franchement, elle ne pouvait pas lui en vouloir. Le brouillard était si épais au niveau du sol qu'ils avaient du mal à voir où ils étaient. En passant les portes principales de la gare routière, elle aperçut dans l'obscurité un grand bâtiment en grès, flanqué d'une colonnade, sur lequel était crânement inscrit « BIBLIOTHÈQUE MUNICIPALE ». Une fois dehors, Nina se dirigea vers un van bleu absolument ravissant.

— Nous y voilà, annonça-t-elle avec le sourire avant de s'assombrir. Oh non. Je pensais… Je suis sincèrement désolée, dit-elle en regardant de nouveau Zoe. Je pensais que tu apporterais un siège bébé.

— J'ai voulu, tenta de lui expliquer la jeune femme. Mais je n'avais pas assez de mains !

— Bien sûr ! C'est évident. Je suis sincèrement désolée. Est-ce que tu vas pouvoir le prendre sur tes genoux ?

— Naturellement.

Nina y réfléchit un instant.

— Ou… Attends une seconde.

Elle disparut à l'arrière du van avec les bagages de Zoe, avant de reparaître armée de trois gros livres.

— On pourrait le rehausser un peu.

Zoe les considéra.

— Oh, ne t'en fais pas. Ce sont des livres qui expliquent comment cacher les légumes pour les faire manger aux enfants, je ne les aime pas. Tant qu'il ne fait pas pipi dessus, ça devrait aller.

Sur ce, elle eut un petit sourire nerveux, que lui rendit Zoe.

— Allez, mon bonhomme, on grimpe.

— Il est très calme, fit remarquer Nina.

Surinder n'avait pas mentionné le mutisme de Hari : elle considérait cela comme de la simple timidité.

— Il ne parle pas, lui expliqua Zoe. Enfin, pas encore. Il le fera sans doute, quand il sera prêt.

Pour la première fois, Nina regarda attentivement le petit garçon. Si on faisait abstraction des miettes et de la morve, il était adorable. Elle voyait un peu de Surinder en lui.

— Est-ce qu'il pleure ? demanda-t-elle avec curiosité.

— Pas fort, répondit Zoe avec une gaieté feinte, comme toujours, pour cacher son inquiétude. Tu es parfait, hein, Hari chéri ?

Le garçonnet renifla, puis s'essuya le nez dans sa manche, semblant sur le point de se remettre à pleurer. Honnêtement, il paraissait tout sauf parfait, mais elles préférèrent ne pas le mentionner, tandis que Nina, son ventre touchant le volant, faisait prudemment une marche arrière pour sortir de la gare routière.

Chapitre 3

Surinder, comme de nombreux extravertis, ne comprenait pas vraiment ce que ressentaient les personnes timides. Toute sa vie, Nina avait été une lectrice avide, repliée sur elle-même ; s'installer en Écosse, dans une minuscule communauté, l'avait aidée à s'ouvrir, mais elle était toujours nerveuse en présence d'inconnus. Zoe, de son côté, était si épuisée, se sentait si malmenée par la vie, qu'elle avait le sentiment d'avoir perdu toute résilience et de ne pas savoir comment la retrouver.

Sans compter que le temps était exécrable, ce soir-là. Nina culpabilisait de déposer Zoe dans cette grande maison bizarre. Elle devrait la ramener chez elle, la nourrir, prendre soin d'elle, mais elle ne s'attendait pas à tomber sur un oiseau blessé (à l'évidence, Surinder avait exagéré en la portant aux nues).

— Alors, qu'est-ce que tu as lu dans le car ? finit-elle par lui demander.

Cette fois, Zoe était prête.

— *Anna Karénine* ! répondit-elle d'une voix forte.

Enfin, elle l'avait emporté. Elle l'avait acheté dans un magasin d'occasion pour pouvoir répondre à cette question. Non pas qu'elle ne lise pas (elle lisait), mais elle avait perdu l'habitude à la naissance de Hari et, par la suite, s'était rendu compte qu'elle n'arrivait plus aussi bien à se concentrer.

— Vraiment ? J'ai du mal à lire de gros pavés dans les transports… Incroyable !

Le silence se fit à l'avant du petit van.

— Euh… Et aussi…

Zoe lui montra un roman de la série *Jack Reacher* qu'elle avait également emporté.

— Je vois, dit Nina en souriant. Dis-moi qu'il a changé de sous-vêtements !

— Pas depuis trois jours…

— Pouah ! fit Nina, et Zoe lui rendit son sourire.

— Alors, la famille Urquart… Est-ce qu'ils sont gentils ?

Nina grimaça. Elle aurait dû, réalisa-t-elle, aller leur rendre visite, s'assurer que tout convenait. Mais elle se sentait si mal désormais, au quotidien. Elle n'en parlait pas à Lennox, afin de ne pas l'inquiéter. Elle se traînait jusqu'au van pour la journée, puis s'effondrait devant le feu le soir, mais était incapable de plus.

— Je suis sûre que oui. Je pense juste… qu'ils viennent de traverser une période difficile.

Zoe opina du chef. La crèche huppée dans laquelle elle travaillait auparavant était pleine d'enfants de riches divorcés. D'après son expérience, « Ils viennent de traverser une période difficile » voulait dire : « Attachez vos ceintures. »

Sur sa poitrine, de nouveau endormi, Hari renifla, avant de pousser un long soupir.

* *

Ils finirent par atteindre ce qui, aux yeux de Zoe, ressemblait à une énième route tortueuse en cherchant leur chemin sur une carte imprimée (le réseau de téléphonie mobile, avait-elle tout de suite réalisé, était un brin capricieux dans la région). Mais elle comprit, horrifiée, que Nina n'était jamais venue auparavant.

— Je ne descends pas, dit cette dernière en rougissant. Il était à l'école avec mon petit ami, ajouta-t-elle, comme si cela rendait la chose acceptable.

— Euh, d'accord, répondit Zoe, serrant fort Hari dans ses bras.

Dehors, un hibou hulula. Ils passèrent entre deux poteaux en briques installés de chaque côté de la route, là où avait dû se trouver un portail autrefois, aujourd'hui disparu. Sur une pancarte légèrement décrépite était inscrit le nom du domaine : « THE BEECHES ».

Zoe jeta un coup d'œil à Nina, qui, faisant mine de ne rien remarquer, eut un petit rire forcé.

— Ah ! Cet endroit donne la chair de poule, dis donc !

— Mmm, fit Zoe en couvrant les oreilles de Hari et en essayant de se rappeler, comme les poteaux disparaissaient derrière eux dans le brouillard, seul le hululement du hibou pénétrant dans l'habitacle, que, bien sûr, elle ne croyait pas aux fantômes. Pas du tout.

Les poteaux, s'avéra-t-il, ne marquaient que l'entrée de la propriété. Ils en étaient encore loin. Ils suivirent un chemin interminable, plongé dans l'obscurité, puis une longue allée en gravier, qui manquait d'entretien, tous deux entourés de fourrés bruissants. Ils passèrent devant des haies humides et de petites dépendances, avant que la maison ne finisse par apparaître.

De toute sa vie, Zoe n'avait jamais vu d'endroit aussi terrifiant.

* *

La demeure était typique d'un style architectural que Zoe ne connaissait pas, mais dont elle apprendrait vite qu'il était courant dans la région : le style baronnial écossais. En briques grises, elle était flanquée de nombreuses tourelles, qui surgissaient de ses hauts murs, et à l'entrée se trouvait une grande porte de bois, en haut d'un large escalier. Les tourelles et les tours étaient ornées de girouettes et de flèches en métal ; toutes ressemblaient à la tour de Raiponce, telle qu'un enfant l'aurait dessinée. Des fenêtres perçaient les murs du rez-de-chaussée et des tours, de simples meurtrières pour certaines, même si, à l'évidence, la demeure avait été construite à une époque où les flèches ne constituaient plus un danger depuis longtemps.

Elle était époustouflante. Et effrayante.

— Je… Je croyais que c'était une maison, dit Zoe en secouant la tête.

— C'en est une. C'est juste une très, très grande maison.

La voiture ralentit, le vieux gravier craquant sous ses pneus. Une silhouette de femme se tenait devant l'entrée, bras croisés, l'air de mauvaise humeur, et Zoe n'eut pas besoin d'être devin pour savoir qu'il s'agissait forcément de Mme MacGlone.

Chapitre 4

Quand Zoe ouvrit sa portière, la première impression qu'elle avait eue de la demeure, la voyant comme un magnifique château, s'atténua un peu. Elle vit les briques abîmées, les mauvaises herbes qui poussaient sur les fenêtres les plus hautes, et se demanda si la maison ne comptait pas plus de pièces que ses habitants ne pouvaient en utiliser.

La femme imposante qui se tenait devant l'entrée, les bras toujours croisés, avança d'un pas.

— Apparemment, elle n'est pas aussi terrible qu'elle en a l'air, murmura Nina.

Zoe lui jeta un coup d'œil.

— On dirait Mme MacDanvers, dans *Rebecca*, répondit-elle tout bas, et Nina ne put s'empêcher de sourire.

Zoe sortit de la voiture. Un vent mordant lui ramena ses cheveux bruns en pleine figure. Ils avaient vraiment besoin d'une bonne coupe. Ainsi que d'un lavage, d'un brushing et d'une rapide inspection des racines.

Mme MacGlone examina Zoe des pieds à la tête.

— Bonjour, dit-elle d'un ton qui trahissait que ce n'était pas la première jeune fille au pair qu'elle accueillait. Zoe, c'est bien ça ?

— Et Hari, répondit la jeune femme en montrant le petit paquet somnolant posé contre son épaule.

— Bien, dit Mme MacGlone.

Indifférente, elle regarda ensuite Nina sortir les lourds bagages du van, malgré son gros ventre, puis les deux filles les monter ensemble sur le perron. La peinture de l'imposante porte en bois était passée, s'écaillait, remarqua Zoe en s'en approchant. Mme MacGlone fronça les sourcils.

— On se sert de l'autre porte, lui expliqua-t-elle.

Zoe ne put s'empêcher de grimacer. Une entrée de service ! Elle était à Downton Abbey ou quoi ? Elle regarda autour d'elle : la lune sortait, à peine visible derrière l'épais rideau de nuages, et elle constata que le temps était comme figé. Elle aurait été incapable de dire en quelle année on était.

Une lourde odeur de pivoine parfumait l'air. Et la nuit tombait – une nuit noire, pas l'obscurité phosphorescente d'une rue londonienne où les camions et les voitures n'arrêtaient jamais de circuler, où tout restait ouvert sept jours sur sept et vingt-quatre heures sur vingt-quatre.

Excepté un hululement lointain et quelques bruissements, Zoe n'entendait aucun bruit. Elle se demanda subitement si elle avait déjà entendu pareil silence auparavant.

Puis, comme elles faisaient le tour de la maison, le gravier craquant sous leurs pieds (Nina, tombant de fatigue, prise de nausée, était repartie, l'air contrit, en lui disant qu'elle la verrait le lendemain ; les Urquart avaient une voiture dont Zoe pourrait se servir), Zoe entendit l'énorme porte d'entrée grincer, puis vit une lumière briller à l'intérieur. Elle entraperçut une chose blanche, qui passa en un éclair, puis entendit un éclat de rire un brin sinistre. Zoe se dépêcha de tourner la tête, mais ne vit rien. Mme MacGlone semblait n'avoir rien remarqué, le silence retombant de nouveau.

La porte de derrière (toute simple, faite de quatre grands carreaux) ne grinça pas : elle était à l'évidence très utilisée. Elle menait dans un couloir dallé. Sur la droite, une grande pièce était remplie de bottes en caoutchouc, de cannes et d'imperméables.

— Laissez vos manteaux dans le local à bottes, lui dit Mme MacGlone avec une petite moue.

Zoe fut interloquée. Elle n'avait jamais entendu parler d'une telle chose. Hari, qui s'était réveillé, ouvrait de grands yeux et regardait autour de lui avec étonnement. Zoe ressentait plus ou moins la même chose que lui.

Mme MacGlone entra d'un air affairé dans une grande cuisine, basse de plafond, qui accueillait une longue table en son centre. La pièce était froide (il n'y avait aucun tapis au sol) et assez humide, avec un grand évier en céramique. On n'entendait que le ronronnement, très fort, du vieux frigidaire, et aucune odeur de nourriture ni de cuisine ne flottait dans l'air, remarqua Zoe.

— Voilà la cuisine, dit Mme MacGlone avec obligeance. Je ne cuisine pas.

— Mais… Qu'est-ce que vous mangez ?

— Oh, on se débrouille.

— Bien, dit Zoe, cédant à l'épuisement. Vous pourriez me faire visiter la maison demain ? J'aimerais coucher Hari…

Mme MacGlone considéra le petit, comme si elle trouvait étrange de voir un enfant de quatre ans endormi à onze heures du soir, fit une nouvelle fois la moue, puis ressortit dans l'étroit couloir. Elle leur fit emprunter un escalier en colimaçon, les valises de Zoe cognant contre chacune des marches en pierre, puis ils passèrent par une porte dérobée dissimulée sous le vieil escalier en bois, qui donnait manifestement sur le vestibule de la demeure, où se trouvait l'imposante porte d'entrée.

Ici, tout n'était que bois lustré sentant la cire. Ces boiseries foncées, associées aux lourdes moquettes en tartan fixées à l'aide d'épaisses tringles dorées au large escalier, avec sa rampe et ses pignons sculptés, créaient une sensation oppressante. Une grosse horloge de parquet trônait sur le palier. Elle fonctionnait vraiment. Zoe ne pensait pas en avoir déjà vu une en état de marche.

De nouveau, elle crut entendre un éclat de rire, au loin.

— Est-ce que les enfants ont voulu rester debout pour me rencontrer ? demanda-t-elle, pleine d'espoir.

— Au lit ! cria Mme MacGlone en direction de l'étage, et il n'y eut plus un bruit.

— Bien, dit Zoe. D'accord. Et M. Urquart ?

— Il n'est pas là.

— Ah bon ? lâcha Zoe, profondément surprise. Ce n'est pas plus mal que je sois là, alors.

Mme MacGlone fit la moue, comme s'il était bien trop tôt pour affirmer une telle chose.

Chapitre 5

Zoe suivit Mme MacGlone, traînant toujours ses bagages derrière elle. Un autre escalier de service se cachait derrière une porte dérobée qui jouxtait celle d'où ils étaient sortis. En colimaçon, il débouchait, trois étages plus haut, sur un long couloir dans le grenier.

La première porte était ouverte : elle donnait sur une chambre minuscule, qui contenait deux lits simples et un petit lavabo. On aurait presque dit une cellule. Une haute fenêtre avait vue sur l'obscurité la plus complète. Néanmoins, pleinement soulagée, Zoe mit Hari au lit : il se tourna aussitôt, en grognant, puis s'endormit profondément. Il n'y avait pas de couette, juste une couverture rêche, dans laquelle elle l'enroula. Il faisait un froid glacial dans la pièce.

— Où se trouve… ?

— La salle de bains est au bout du couloir. Je vous montrerai le reste demain. Je pars.

— Vous partez… ailleurs ?

— J'ai travaillé de nuit depuis le départ de l'autre fille. J'en ai assez. Je reviendrai demain matin. Au revoir.

Zoe la regarda s'éloigner, se rendant compte avec effroi qu'elle ne savait pas où se trouvait le bout du couloir – les couloirs semblaient interminables, et elle risquait de se perdre. Ou de se faire tuer par un fantôme, lui disait son subconscient, mais elle ne l'écoutait pas. Pas vraiment.

Et puis elle mourait de faim. Elle réalisa qu'une partie d'elle avait espéré arriver… Non, pour être honnête, elle avait sincèrement espéré arriver dans une jolie maison écossaise, accueillante, un feu brûlant dans la cheminée, un plat traditionnel l'attendant sur la table – du haggis, peut-être ? Elle n'en avait jamais mangé. Peut-être un bon bol de soupe, d'adorables bambins ravis de la voir, un gentil papa la remerciant d'être là, une chambre douillette et…

Le robinet du lavabo gouttait avec solennité. Un craquement s'éleva des profondeurs de la maison. Zoe alluma son téléphone. Elle n'avait pas de réseau, mais elle pouvait quand même écouter de la musique – ce qu'elle fit, tout bas, simplement pour se sentir moins seule.

Elle fouilla dans son sac à main et, tout au fond, eut la joie de découvrir un demi-paquet de galettes de riz à moitié grignotées. Accompagnées d'un verre d'eau (étonnamment pure et fraîche à la sortie du vieux robinet en cuivre), elles devraient faire office de repas, supposa-t-elle.

Eh bien. Elle regarda autour d'elle : les lits nus, l'armoire ancienne, vide, la minuscule fenêtre. Il fallait voir le bon côté des choses. C'était… différent. De toute sa vie, elle ne s'était jamais sentie aussi isolée.

Elle s'assit sur le lit. Le matelas était si fin qu'elle sentait les ressorts du sommier. Pendant combien de temps faudrait-il qu'elle voie le bon côté des choses ? Bon. Demain était un autre jour. Non ?

Chapitre 6

Quand elle ouvrit les yeux à l'heure habituelle – à cinq heures trente, un petit garçon lui étant grimpé sur le ventre pour lui signifier qu'il avait envie d'aller aux toilettes –, Zoe, qui n'était pas bien réveillée, ne se rappelait plus où elle était ni ce qui s'était passé.

Et puis, tout lui revint subitement en mémoire.

Vite, sans réfléchir, elle se précipita hors de la chambre avec Hari, pas certaine de savoir où se trouvaient les toilettes : il y avait huit portes dans le couloir, chacune pouvant mener n'importe où, mais elle se rendit compte que la plupart étaient fermées à clé. Argh, cet endroit était vraiment sinistre, surtout quand on était transi de froid, avec un besoin pressant.

À son grand dam, la salle de bains se trouvait tout au bout du couloir, aussi piquèrent-ils un sprint sur le lino. Elle était équipée de toilettes à l'ancienne de la marque Thomas Crapper, avec une longue chaîne et une poignée en émail, ainsi que d'une énorme baignoire à pattes de lion, qui datait de Mathusalem, mais il n'y avait pas de douche. Zoe grimaça. Après son long voyage de la veille, elle aurait volontiers pris une douche brûlante, mais cela semblait exclu.

Pendant que Hari faisait pipi, elle essaya de leur faire couler un bain.

De grandes gerbes d'eau jaune jaillirent du mitigeur (il n'avait visiblement pas servi depuis longtemps), et Zoe chercha la bonde à tâtons, avant d'attraper le minuscule savon, de la taille de ceux qu'on trouve dans les hôtels, à côté du lavabo. Il ne lui était pas venu à l'esprit d'apporter du shampoing. En essayant de réduire leurs bagages au minimum, elle s'était dit qu'elle achèterait ce genre de produits ici, une fois installée, qu'elle pourrait en emprunter en arrivant à la maison ou aller faire un saut dans un magasin.

Or elle ne se rappelait pas avoir vu un seul magasin la veille au soir, en arrivant d'Inverness.

L'eau chaude continua à couler dans le fond de l'énorme baignoire, mais, arrivée à environ cinq centimètres de haut, elle devint subitement froide. Zoe la fixa, consternée. En était-il ainsi ? Les gens vivaient-ils vraiment comme cela, ici ?

D'un autre côté, il fallait qu'elle se lave, cela ne faisait aucun doute. Quand on commençait un nouveau travail, c'était plutôt recommandé.

À contrecœur, tremblant de froid sur le carrelage glacé de la pièce non chauffée, elle se déshabilla, puis ôta son pyjama à Hari, qui protesta vigoureusement, se tortillant en tous sens. Ils restèrent debout, et elle les frotta tous les deux avec le minuscule savon, du mieux possible, ce qui n'était pas terrible. Elle n'osa pas prendre le risque de leur laver les cheveux. Cela devrait attendre.

Hari lui montrait sa bouche.

— Je sais. Je sais que tu as faim, mon chéri. On va déballer toutes nos affaires et on ira prendre le petit déjeuner, d'accord ?

Cela ne suffit pas à calmer le petit, qui sembla sur le point de faire des siennes. Elle attrapa une vieille serviette, qui avait été lavée et séchée à de nombreuses reprises, sur une pile dans un coin de la pièce, puis y enveloppa son petit corps tremblant, le serrant tout contre elle.

— Ne t'inquiète pas, lui dit-elle dans un murmure, autant pour lui que pour elle. Je sais que c'est nouveau. Et étrange. Et différent. Mais ce n'est pas grave. Parfois, la vie prend un tour inattendu. Mais tout ira bien, je te le promets.

Il lui apparut soudain, avec force, que, dans cette maison étrange, avec ses couloirs étranges et ses drôles d'escaliers, ces enfants mystérieux, ce père mystérieux… il lui apparut soudain qu'il n'y avait peut-être pas de télé. Elle en fut horrifiée. Le gros chien Oua-Oua et tous ses copains ne pourraient exercer leur pouvoir d'apaisement ; *Les Octonauts* ne détourneraient pas son attention, quand il aurait besoin d'être réconforté et de se calmer. En retournant dans leur chambre, elle prit donc sa vieille tablette. Juste un peu, jusqu'à ce qu'il se sente mieux. Ils pourraient la brancher en bas.

Le silence régnait quand ils descendirent les escaliers. En plein jour, Zoe put constater que la demeure était en piteux état : de la poussière et des toiles d'araignées recouvraient tout, excepté dans le vestibule reluisant, toujours plongé dans l'obscurité, l'imposante porte d'entrée étant fermée. Un salon semblait le jouxter, mais ses volets étaient eux aussi fermés. Et le rez-de-chaussée de la partie avant de la maison correspondait au premier étage de la partie arrière, le terrain étant en pente, réalisa-t-elle.

La cuisine glaciale était plus à son avantage le matin, la douce lumière du soleil y pénétrant par de grandes fenêtres sales. Une porte donnait sur une petite terrasse pavée, envahie par les mauvaises herbes, puis directement sur la pelouse, qui s'étirait jusqu'au muret d'un jardin potager que traversait un étroit sentier de gravier.

Il ne semblait pas y avoir de bouilloire électrique, mais un vieux modèle en fonte, noir, énorme, trônait sur l'antique four électrique. Cela ferait l'affaire pour l'instant, se dit Zoe. Elle la remplit d'eau – elle pesait une tonne –, puis la mit sur le feu.

Après avoir dit à Hari de ne pas s'approcher de la cuisinière (il se cramponnait à sa tablette tel à un talisman ; ils avaient trouvé une prise, et il ne souhaitait manifestement pas l'accompagner), elle s'enroula bien dans son pull, puis sortit dans la fraîcheur du petit matin.

L'herbe était encore humide de rosée, mais l'épais brouillard dans lequel était enveloppée la maison la veille au soir commençait à se dissiper, même s'il en subsistait encore quelques lambeaux ; il tournoyait, se mouvait, telle une créature vivante. Zoe n'avait jamais rien vu de tel ; elle avait l'impression d'être au milieu d'un nuage.

Toutefois, juste au-dessus de sa tête, les tout premiers rayons de soleil s'efforçaient de percer l'épais manteau gris : ici et là, l'un d'eux jaillissait, transformant les gouttes de rosée déposées sur les brins d'herbe en diamants étincelants.

Zoe prit une profonde inspiration, remplissant ses poumons d'air frais.

Il était grisant. Si pur ; elle y perçut une pointe de fraîcheur et un soupçon de soleil ; une odeur de mousse, d'herbe et de feuilles, une touche prononcée de sapins centenaires et la trace de millions de jacinthes des bois, de perce-neige et de jonquilles, qui refleurissaient tour à tour, année après année.

Zoe inspira de nouveau profondément. Cet air aurait pu l'enivrer ; il était si riche, si intense. Elle ouvrit les yeux, puis regarda dans la cuisine pour s'assurer que Hari allait bien. Elle le voyait par la porte ouverte, le dos courbé, totalement absorbé par ce qu'il était en train de regarder, dans son monde à lui.

— Viens, Hari ! l'appela-t-elle doucement, mais il lui jeta à peine un regard avant de secouer la tête.

La belle et longue pelouse était quelque peu envahie par les pâquerettes et les fleurs sauvages, mais ne s'en portait pas plus mal. Un mur en briques recouvert de lierre menait à une parcelle close qui abritait des arbres fruitiers, dont seule la cime dépassait. La maison était dans son dos : ici et là, les flèches et les girouettes qui ornaient ses tourelles accrochaient la lumière du jour. Sur sa gauche, Zoe fut stupéfaite de voir (elle n'avait rien remarqué de tel la veille) que le terrain moussu descendait jusqu'à une petite crique (juste là, en face de la maison), où une vieille barque, qui aurait bien mérité d'être poncée et repeinte, était amarrée. Derrière elle, une immense étendue d'eau verte miroitait sous les rayons du soleil, qui dansaient à la surface. Le loch lui-même : le loch Ness. Zoe avait cru comprendre qu'il était proche. Mais pas à ce point.

— Hari ! Hari ! Viens voir ! s'exclama-t-elle en retournant dans la cuisine.

La bouilloire sifflait, et Zoe versa de l'eau dans une tasse, avant d'y ajouter un sachet de thé un brin fatigué qu'elle avait trouvé dans un placard autrement vide.

— Eh bien, tu pourrais dire bonjour, lança une voix.

Zoe fit volte-face, manquant de renverser l'eau bouillante. Cette voix, qui appartenait manifestement à un enfant, était sortie de nulle part. L'espace d'un instant, de manière grotesque, elle se dit qu'il s'agissait peut-être… Non. C'était ridicule.

Un petit garçon aux cheveux châtains ébouriffés, vêtu d'un très vieux pyjama en flanelle trop court pour lui, se tenait dans l'embrasure de la porte. En dépit de son apparence incongrue, il semblait plein d'assurance.

Zoe en resta éberluée. Quand elle comprit, elle afficha son plus grand sourire.

— Bonjour ! Est-ce que tu es… ? commença-t-elle, incapable de se rappeler qui était qui. Est-ce que tu es Shackleton ?

— Non. Beurk. Ce serait horrible, sûr et certain. Je suis Patrick.

— Oh, oui, bien sûr ! Bonjour, Patrick. Je suis Zoe.

Le garçonnet fronça les sourcils.

— Eh bien, je ne tiens pas du tout à me souvenir de ça. Tu es…

Il regarda ses doigts.

— … notre nounou numéro sept. Je t'appellerai donc Nounou Numéro Sept.

— Appelle-moi Zoe, s'il te plaît.

Patrick s'approcha doucement, puis s'installa d'un bond, avec précaution, sur l'un des tabourets de la cuisine, qui étaient un peu trop grands pour lui.

— Je ne crois pas, non. Toast, Nounou Numéro Sept !

Zoe le fixa. À sa grande surprise, Hari posa sa tablette, se leva, puis s'approcha à pas de loup de ce nouveau venu. Cela ne lui ressemblait pas du tout.

— Qui es-tu, toi ? l'interrogea Patrick.

— C'est Hari, répondit Zoe. Il vit ici, lui aussi.

Patrick considéra le garçonnet d'un air méfiant. Hari jeta un coup d'œil inquiet à sa mère, qui lui sourit, comme pour le rassurer.

— Hum. Tu ne parles pas beaucoup, finit par dire Patrick. Ça me plaît. Moi, j'aime BEAUCOUP parler. Est-ce que tu aimes les dinosaures ?

Hari opina du chef.

— Très bien, dit Patrick avec insouciance. Deux toasts, Nounou Numéro Sept !

— Attendez une seconde, commença à répondre Zoe quand elle aperçut une autre silhouette se diriger nerveusement vers la porte de la cuisine.

— Bonjour ! roucoula-t-elle.

Elle aurait tant aimé que Mme MacGlone soit là. Devoir faire les présentations seule était trop étrange. Elle eut alors une pensée effrayante : Mme MacGlone était partie pour de bon, elle ne la reverrait jamais et allait devoir se débrouiller seule, mais elle la chassa vite de son esprit.

La fillette devait avoir une dizaine d'années. Elle ne semblait pas encore pubère, mais était grande et longiligne, comme une tige. Elle avait de longs cheveux bruns, qui avaient désespérément besoin d'un shampoing, et un visage d'une pâleur extrême avec un long menton pointu. Son visage n'était pas nécessairement beau, la première fois qu'on le voyait. Mais cette petite avait l'air intéressant, curieux, différent. Elle portait une chemise de nuit blanche qui traînait derrière elle ; combinée à ses cheveux bruns, elle lui donnait un air sinistre.

— Je m'appelle Zoe.

La petite fille fit la moue, la fixa de façon désobligeante, mais ne répondit pas.

— C'est Mary, expliqua Patrick. Elle est horrible.

— Tais-toi, espèce de gros gamin.

— Tu vois, poursuivit le garçonnet.

Mary se dirigea vers un placard que Zoe n'avait pas remarqué pour en extraire une boîte de céréales. Puis elle sortit carrément de la pièce, avant de revenir avec une bouteille de lait UHT infect.

— Je suis votre nouvelle jeune fille au pair.

— J'ai neuf ans, répondit Mary d'un ton monotone. Je n'ai pas besoin de jeune fille au pair.

— Si, tu en as besoin, sûr et certain, dit Patrick. Tu es in-cor-ri-gi-ble.

— Tu ne sais même pas ce que ça veut dire, espèce de gros gamin, alors tais-toi.

— Je le sais, en fait. Ça veut dire horrible, vilaine et méchante avec ses frères.

— Oh ! Eh bien, dans ce cas, c'est une bonne chose, répliqua Mary en versant la moitié du lait sur ses céréales.

Le bol déborda, le lait maculant la table, mais la fillette ne prit pas la peine de faire quoi que ce soit à ce sujet.

— J'aime bien votre maison, lança Zoe d'un air distrait.

Mary lui jeta un tel regard que Zoe en resta ébahie : elle avait seulement neuf ans, pas quatorze, elle n'agissait pas sous le coup des hormones.

— Tu peux venir la visiter quatre fois par an, en payant, siffla-t-elle. Pourquoi est-ce que tu ne ferais pas ça, plutôt ?

Hari se leva, un vieux bout de couverture en lambeaux qu'il aimait trimballer en situation d'urgence collé au visage, le pouce dans la bouche.

— Et voici mon fils, Hari, qui va vivre avec nous aussi.

Mary l'ignora royalement (cela mit Zoe dans une colère noire), puis sortit un téléphone sur lequel elle se mit à pianoter de manière très ostentatoire. Zoe ne s'attendait pas à tant de modernité dans une si vieille demeure.

Au bout d'un moment, Patrick l'imita, et tous deux restèrent assis là, le nez plongé dans leur portable. Zoe fit le tour de la table sur la pointe des pieds pour apporter des céréales à Hari (Mary la fusilla du regard en la voyant faire, comme si elle était en train de les voler), puis débarrassa les tasses et les assiettes sales qui traînaient. Elle constata avec effroi qu'il n'y avait pas de lave-vaisselle. Comment une famille nombreuse pouvait-elle survivre sans lave-vaisselle ? Elle poussa un soupir. La lumière du soleil continuait d'inonder la pièce. Elle prit Hari par la main, puis posa sa tablette.

— Laisse-moi te montrer quelque chose, chuchota-t-elle.

Chapitre 7

Zoe ne s'était pas attardée dans la cuisine, mais le temps avait déjà changé : la *haar* avait continué de s'évaporer, et la pelouse était mouchetée de flaques de soleil. Hari regarda autour de lui, étonné. Zoe l'avait emmené à Brighton une ou deux fois, mais la ville était noire de monde et s'allonger sur la plage de galets rugueuse n'était pas agréable.

Ici, en revanche…

Ils descendirent d'un pas tranquille jusqu'à la petite crique sablonneuse. La plage avait une couleur dorée, que Zoe n'aurait pu imaginer. Ces gens devaient avoir leur propre plage. Leur propre plage. C'était extraordinaire ! Elle secoua la tête, ébahie.

Le lac – ou le loch, supposa-t-elle – était immense ; il semblait s'étendre jusqu'à l'horizon. Elle n'en distinguait pas les contours, dans aucune direction, sauf droit devant elle, où de grandes montagnes surgissaient du brouillard, mais elle aurait été incapable de dire à quelle distance elles se trouvaient.

Il n'y avait pas un bruit, excepté le clapotis des vaguelettes qui venaient lécher la rive, à côté de la barque abandonnée. Elle s'agenouilla pour plonger la main dans l'eau. Elle était affreusement froide, incroyablement limpide, et sans doute potable, mais Zoe n'en avait pas envie pour l'instant. Elle préféra boire une gorgée de thé. Même dans une vieille tasse ébréchée, un thé sans lait ni sucre était délicieux, réalisa-t-elle avec étonnement, siroté sur une plage, au bord de l'eau, par une matinée splendide, quoique glaciale.

Soudain, une main saisit le bas de sa chemise de nuit pour se mettre à tirer dessus avec frénésie.

— Quoi ? Qu'est-ce qu'il y a ? lui demanda-t-elle en s'accroupissant.

Hari pointait le milieu du lac, comme un fou.

— Qu'est-ce qu'il y a, Hari ?

Il garda son doigt tremblant en l'air, s'acharnant à montrer quelque chose, mais il n'y avait manifestement rien à cet endroit.

Elle regarda bien. Des oiseaux tournoyaient au-dessus de l'eau.

— Je sais. Regarde ces oiseaux. Ils sont beaux, non ?

Au même moment, elle entendit un cri strident, qui la fit sursauter. Hari retint son souffle. Ils se retournèrent, le cœur battant, pour se retrouver nez à nez avec un paon gigantesque : la queue fermée, il les fixait de ses petits yeux noirs féroces, son bec pointu grand ouvert.

— CAAAAARK !

— Mince alors ! Tu m'as fait peur, monsieur le paon. Tiens, dit-elle en sortant le pain qu'elle avait emporté en quittant la cuisine. Essaie ça.

Elle en jeta quelques morceaux dans la direction du paon, puis en donna une tranche à Hari pour qu'il fasse de même, l'empêchant de le garder dans sa main afin d'éviter que l'animal ne s'approche trop ; il donnait l'air de pouvoir lui arracher les doigts.

— CAAAARK !

L'oiseau semblait les avertir que leurs offrandes ne l'amadouaient pas – même s'il les engloutissait malgré tout. Ils prirent donc soin de le contourner pour regagner la sécurité de la cuisine.

— C'est magnifique dehors ! s'exclama Zoe, toujours sous le choc.

Patrick fit la moue.

— Elles disent toutes ça, AU DÉBUT, fit-il remarquer, l'air sombre.

Une autre silhouette descendit alors d'un pas lourd. Physiquement, ce garçon était très différent des deux autres enfants. C'était le jour et la nuit : il était grand, grassouillet, et avait des cheveux blond-roux. La puberté se rapprochait dangereusement, et il semblait ne pas savoir quoi faire de sa peau. Il avait des pieds et des mains immenses, franchement disproportionnés par rapport au reste de son corps. Après avoir mis six tranches de pain à griller, il s'assit avec un soupir.

— Euh, bonjour.

Le garçon la considéra de la tête aux pieds.

— Nounou Numéro Sept ! lui souffla Patrick.

— Je n'ai pas besoin d'une nounou, répondit le garçon, et Zoe fut forcée d'admettre qu'il n'avait pas tort : il semblait prêt à participer au tournoi des Six-Nations.

— Bien, parce que je n'en suis pas une. Bonjour. Je m'appelle Zoe. Je suis ici pour être votre jeune fille au pair.

— Shackleton, grommela-t-il.

C'était un prénom si inhabituel pour un garçon de son âge.

— Ne fais pas de commentaires sur son prénom, il DÉTESTE ça, l'informa Patrick. Si j'étais né en premier, il me serait revenu. Et la propriété, aussi, ajouta-t-il d'un air songeur.

— Je te les laisse volontiers, minus, rétorqua Shackleton.

— D'accord. Et aucun de vous ne pourra venir. JAMAIS. JAMAIS. JAMAIS.

— Je ne partirai pas, dit Mary. Et toc.

— SI ! SI, tu quitteras ma maison, tu la QUITTERAS, espèce d'idiote !

Tout à coup, Patrick se jeta sur elle avec fureur. Poussée par son instinct plus que par autre chose, Zoe tendit les bras pour le rattraper.

À la seconde où elle le toucha, le petit se raidit.

— Laisse-moi tranquille !

— Oui, d'accord, mais… toi, laisse ta sœur tranquille.

— Oui, laisse-moi tranquille, répéta Mary en lui tirant la langue.

Zoe sentit que le petit garçon tremblait de colère.

— Qui veut des toasts ? proposa-t-elle en regardant le grille-pain avec espoir, mais Shackleton, qui avait généreusement enduit ses six tranches de pain d'un bon centimètre de beurre et de la quasi-totalité d'un pot de marmelade, était déjà en train de les mâcher, impassible.

— Désolé, dit-il, la bouche pleine, en recrachant des miettes. Je crois que je viens de les finir.

Chapitre 8

Zoe ne s'attendait pas à être aussi contente de voir Mme MacGlone arriver, à huit heures trente tapantes. Aucun des enfants ne prit la peine de lever la tête quand elle entra.

— Je vois que vous avez fait connaissance, dit-elle en enfilant ses gants de ménage.

— Eh bien, oui ! répondit Zoe en la suivant dans le vestibule.

Dès qu'elles furent loin des oreilles indiscrètes, Mme MacGlone se retourna avec un soupir.

— Oui, Mary est toujours comme ça. Oui, Patrick a un QI très élevé. Non, vous n'avez pas le droit de les gifler.

— Je n'avais pas l'intention de…

— Oh, croyez-moi, vous finirez par en avoir envie.

— Pourquoi ne sont-ils pas à l'école ?

Mme MacGlone fit la moue.

— Mary s'est fait exclure. Puis Shackleton s'est battu avec un enfant qui s'était moqué de sa sœur pour s'être fait exclure, et il a lui aussi été exclu. Patrick n'est censé commencer l'école qu'après Noël.

Zoe en resta coite. Il ne lui était pas venu à l'esprit de poser cette question auparavant. Mais qu'est-ce qu'ils pouvaient bien faire de leurs journées ?

— Pour combien de temps sont-ils exclus ?

— Ça dépendra de la directrice, j'imagine.

— Et que font-ils, toute la journée ?

— Qu'est-ce que j'en sais, moi, répondit la gouvernante en se mettant à astiquer la rampe d'escalier.

Elle estimait manifestement devoir s'occuper d'une partie de la maison, mais il ne s'agissait pas de la cuisine.

Shackleton lança alors un jeu vidéo, le volume à fond. Cela faisait un boucan d'enfer, qu'elles entendaient jusque dans le vestibule. Au moins, cela répondait à l'une des questions de Zoe.

— Ils s'occupent avec des trucs qui bipent, ajouta Mme MacGlone d'un ton sinistre.

Zoe contempla l'immense vestibule à la lumière du jour. Des peintures à l'huile ornaient le mur, ainsi que des tapisseries et une grosse tête de cerf avec des yeux brillants. Mme MacGlone passa devant elle pour aller tourner la grosse poignée d'une énorme porte en bois, lourde, qu'elle ouvrit lentement, dans un grand grincement.

La pièce était plongée dans l'obscurité, ses volets étant fermés.

— Allons, allons ! Je n'ai pas le temps de faire ça aujourd'hui. Je dois m'occuper de l'aile ouest, de la lessive, de l'aile des enfants et des deux escaliers…

Elle se déplaçait avec raideur, ce qui amena Zoe à se demander quel âge elle pouvait bien avoir.

— Vous ne chômez pas, dites donc.

— Vous pouvez le dire ! maugréa Mme MacGlone. Il remet ça, poursuivit-elle en se dirigeant vers les fenêtres pour ouvrir les volets.

Un grand soleil inonda alors la pièce, révélant les particules de poussière qui dansaient dans ses rayons. Éblouie, Zoe tourna la tête, puis releva lentement les yeux pour observer la pièce.

C'était une jolie pièce, avec un immense bow-window qui donnait sur l'avant de la maison, mais elle était très sale. Une chose était particulièrement saisissante : ses murs étaient entièrement recouverts d'étagères, de vieux rayonnages en bois faits sur mesure. Le plafond était lui aussi lambrissé, si bien que la pièce paraissait très sombre.

Mais tous ces livres ! Zoe n'en avait tout bonnement jamais vu autant au même endroit. Il devait y en avoir des centaines et des centaines ; des milliers, peut-être. Elle avait sous les yeux de vieux volumes reliés en cuir, des bibles et des encyclopédies séculaires, et ce qui ressemblait à des grimoires ; des ouvrages avec une reliure dorée et des manuscrits anciens délicatement maintenus ensemble. Derrière des vitres, bien protégés, étaient exposés plusieurs parchemins, mais aussi (Zoe ne put réprimer un petit cri de surprise en le voyant) un manuscrit enluminé. Un vrai, dans la maison d'un particulier ! Elle s'approcha d'un pas, fascinée, étonnamment émue par la minuscule silhouette d'un moine et un S tarabiscoté, autour duquel s'entortillaient des feuilles de vigne, des fruits et autres ornements microscopiques, méticuleusement dessinés à l'encre, secs depuis des siècles et des siècles.

Des étagères étaient remplies de Penguin Classics, à couverture orange et à couverture noire ; de grands atlas, accumulés au fil des différentes périodes de l'histoire ; de beaux livres cartonnés en différentes langues ; d'éditions originales de *James Bond*, ainsi que de toute une collection des œuvres de Dickens, centenaires, entoilées, que Zoe eut aussitôt envie de toucher, avant d'estimer qu'il ne valait mieux pas.

D'énormes tomes consacrés à l'histoire de l'art, de magnifiques livres pour enfants en langue allemande et d'innombrables autres volumes tapissaient tous les murs.

La pièce était peu meublée : deux fauteuils devant une gigantesque cheminée, et un grand bureau, avec un sous-main en cuir vert, sur lequel étaient posés un vieux téléphone à cadran, deux stylos et du papier buvard, et rien de plus.

— Ça alors ! s'exclama Zoe, en en perdant presque ses mots. Une bibliothèque.

— Ce n'est pas la bibliothèque, répondit Mme MacGlone, sourcils froncés. Personne ne se sert de cette pièce. Elle n'a aucune utilité.

— Vraiment ? s'étonna Zoe en pensant aux trois enfants entassés dans la cuisine, scotchés à leurs téléphones. J'aurais tendance à penser qu'elle pourrait être utile, surtout avec tous ces livres.

— Ah oui ?

La voix était basse, retentissante et étrangement amusée. Zoe fit volte-face, surprise.

Un homme immense se tenait là. Il semblait occuper tout l'espace. Sa tête ne passait pas sous la porte ; il était si grand que c'en était presque comique.

— Je fais juste visiter la maison à la nouvelle au pair, lui expliqua la gouvernante. On va vous laisser tranquille, monsieur.

— Empêchez-la juste d'entrer dans *ma* bibliothèque, répondit-il en insistant sur le « ma ».

— Naturellement !

Zoe se dit qu'elle ne devrait pas être étonnée de trouver deux bibliothèques dans cette même maison.

Il y eut un petit blanc, puis un grand bruit.

— PAPA !

Patrick entra dans la pièce, jaillissant du vestibule telle une balle d'un revolver. Mary le suivait de près.

— MARY est horrible ! Et Shackleton ne me laisse pas jouer ! En plus, il a fini la marmelade, parce qu'il est HORRIBLE, sûr et certain.

— Papa ! Dis à Patrick d'arrêter ! C'est un rapporteur, il est odieux, et je le déteste.

— On ne… On ne déteste personne, Mary, dit le grand monsieur en tendant les mains dans un esprit de conciliation.

— *Toi*, peut-être, rétorqua Mary, narquoise. *Moi*, si, ajouta-t-elle en regardant Zoe droit dans les yeux.

— Bien, bien, répondit l'homme d'un air distrait.

Zoe se sentait anormalement nerveuse. C'était l'homme dont la femme l'avait quitté. Ramsay Urquart. Que s'était-il passé ? Était-il cruel ?

— Et aussi ! poursuivit Patrick. Il y a un bébé dans la cuisine qui ne connaît pas son propre prénom.

— Vraiment ? Eh bien.

— Je vous présente Zoe, intervint Mme MacGlone sans enthousiasme.

Zoe résista à l'envie ridicule qu'elle avait de faire une révérence.

— Bonjour, dit-elle. C'est mon fils dans la cuisine.

— Je vois. Donc, vous êtes…

— Nounou Numéro Sept, intervint Patrick pour rendre service.

— D'accord. Bien, bien, répéta Ramsay, ce qui fit sourciller Zoe. Alors, bienvenue, je suppose, poursuivit-il. Essayez de tenir un peu plus longtemps que les autres ! Ah !

— J'aimerais beaucoup, monsieur… Dites-moi… Dites-moi juste ce qu'ils aiment, et je ferai en sorte qu'on passe de bons moments tous ensemble.

— Ils aiment se bagarrer, principalement, pour autant que je sache, répondit-il en grimaçant. Je… enfin, je travaille beaucoup.

— Que faites-vous ?

— Je suis dans le commerce de livres anciens.

Zoe parut déroutée.

— J'achète et je vends des livres anciens. Des livres très anciens. Je voyage beaucoup… dans tout le pays.

— Il est important de ne pas le déranger, précisa Mme MacGlone.

— C'est très important, sûr et certain, abonda Patrick, toujours accroché au pantalon de son père.

— Dans ce cas, laisse-le tranquille, pauvre mec, siffla Mary.

— TAIS-TOI ! hurla le petit.

— Allons, allons ! dit l'homme avant de regarder Zoe.

— Donc, euh… faites de votre mieux…

— Bien sûr.

Elle connaissait ce genre d'hommes, même si, en général, ils étaient un peu plus mielleux : toujours scotchés à leur téléphone ou dans un avion, ils considéraient leurs propres enfants comme des désagréments, qui perturbaient leur vie beaucoup plus importante, et elle ne les tenait pas en haute estime.

— Shackleton est-il encore sur son jeu vidéo ? interrogea-t-il Mme MacGlonc, qui opina du chef.

Il poussa un soupir, puis s'agenouilla pour prendre les deux petits dans ses bras, en leur caressant l'épaule d'un air embarrassé. Zoe se demanda s'il faisait cela pour l'aider, intuition qui fut confirmée quand elle l'entendit leur dire tout bas :

— Soyez gentils avec elle, s'il vous plaît. On ne peut pas continuer comme ça, hein ?

Aucun des enfants ne répondit, mais le visage de Mary resta de marbre. Il se releva.

— Parfait ! Formidable ! Mme MacGlone vous montrera la boîte pour l'achat des produits ménagers, elle vous dira l'essentiel. Juste une chose…

Patrick s'éloigna, l'air en colère.

— Ça va concerner la bibliothèque, sûr et certain, se dit-il tout bas en quittant la pièce.

— Juste… enfin. Oui. Empêchez-les d'entrer dans ma bibliothèque.

Chapitre 9

Zoe retourna dans la cuisine. On aurait dit qu'une bombe venait d'y exploser. Mme MacGlone courait en tous sens, ramassant les assiettes pour les mettre dans l'évier. À la grande surprise de Zoe, Hari se dirigeait vers Patrick, qui avait réquisitionné sa tablette pour lui montrer des choses sur les dinosaures.

— N'avez-vous pas de lave-vaisselle ?

Mme MacGlone lui lança un regard sévère.

— Je me méfie des gadgets à la mode.

Zoe n'en crut pas ses oreilles.

— M. Urquart ne tient-il pas à vous faciliter la vie ?

— Ah. Ramsay n'a pas la moindre idée de la façon dont se lave sa vaisselle.

— Les enfants vous aident-ils ? se renseigna Zoe, se risquant à recevoir un autre regard noir de Mme MacGlone, ce qui ne manqua pas.

— J'ignore quelles idées farfelues vous avez ramenées de Londres, mais, ici, on fait les choses dans les formes, asséna Mme MacGlone.

Ses propos ne manquaient pas d'ironie, puisque les enfants de la crèche huppée où travaillait Zoe n'avaient jamais rien rangé de leur vie. La seule différence était que, chez eux, leur mère avait des « jeunes filles au pair », pas des « serviteurs ».

Zoe jeta un regard en coin à Shackleton, qui n'avait même pas pris d'assiette pour son toast et sa marmelade et avait réussi à former un cercle de miettes quasi parfait autour de lui pendant qu'il jouait à son jeu vidéo. Un couteau tout collant, recouvert de beurre et de marmelade, était posé sur la table. Sa mère en aurait fait un infarctus.

Zoe s'en inquiéterait plus tard, mais ajouta mentalement ce problème à sa liste. Cette liste commençait à être longue. Très, très longue.

— Donc, voilà comment les dinosaures ont inventé la télé, conclut Patrick.

— Tu es pathétique, lança Mary avec mépris, assise à table.

— Eh bien, toi, tu es un cochon qui pue.

— Qui se ressemble s'assemble, cochon qui pue.

— Oh, alors comme ça, tu l'admets, cochon qui pue.

— Est-ce que je peux vous aider ? demanda Zoe à Mme MacGlone en commençant à ranger tout ce qui traînait, y compris les pieds dégoûtants de Mary qui étaient posés sur la table.

— Eh bien, il faudrait que ce genre de choses cesse. Et vite.

— Bon, dans ce cas, je vais passer voir Nina, ajouta-t-elle.

Le visage de la gouvernante s'adoucit.

— C'est la jeune femme qui tient le van-librairie, c'est ça ? Demandez-lui si elle a reçu de nouveaux romans de la série *Barden Towers*. Lui, il ne vend pas ce genre de choses. Juste des beaux livres.

— Oooh, j'adore les *Barden Towers*…

Zoe n'en dit pas plus, même si elle était bel et bien une grande fan de cette série, qui racontait l'histoire d'une modeste fille de cuisine dans une demeure au XIXe siècle : elle gravissait les échelons à la sueur de son front, finissait par tomber amoureuse du lord et… ah.

— Euh, j'ai *Le Triomphe de l'escalier*, si vous voulez, lui proposa-t-elle timidement.

— Bien, bien, fit Mme MacGlone, prise au dépourvu.

Zoe préféra ne pas insister : elle voyait bien que la gouvernante ne voulait pas accepter, qu'elle ne voulait surtout pas paraître sympathique, car ce serait un signe évident de faiblesse.

— Je le laisserai en bas, dit-elle, comme si Mme MacGlone était plus susceptible d'accepter si elles n'avaient pas à se croiser pour l'échange.

La gouvernante fit la moue.

— Bon… Au revoir, alors, dit Zoe en jetant un coup d'œil à la ronde.

Patrick et Mary se donnaient des coups de pied sous la table. Shackleton se versait des céréales pleines de sucre dans un bol. Il en mettait partout. Hari la regarda, dans l'expectative.

— Toi, tu viens avec moi, dit-elle, soulagée de pouvoir le soustraire à cet environnement.

Curieusement, le petit jeta un rapide coup d'œil à Patrick, puis secoua la tête.

— Si, tu viens.

Il secoua de nouveau la tête, plus vigoureusement.

— J'ai l'impression qu'il tient à rester avec moi, sûr et certain, commenta Patrick, ravi.

— Eh bien, ce n'est pas possible, répondit sèchement Zoe.

Hari sembla sur le point de faire une crise : il grimaçait et agitait frénétiquement les bras en direction de l'émission sur les dinosaures qu'ils étaient en train de regarder. Elle le prit malgré tout dans ses bras avant de se diriger vers la porte, Mme MacGlone lui tendant les clés de la « voiture de la nounou » avec réticence.

Au moment de sortir, Zoe se retourna pour dire au revoir. Shackleton avait le nez sur son téléphone. Mme MacGlone s'était volatilisée. Mais Mary, elle, se tenait dans l'embrasure de la porte.

— On ne veut pas de toi, ici, siffla-t-elle. On n'a pas besoin de toi et on ne veut pas de toi. Alors ce n'est pas la peine de revenir.

Chapitre 10

La « voiture de la nounou » s'avéra être une minuscule Renault verte, pleine d'éraflures, qui semblait plus vieille que Zoe elle-même. Il n'y avait presque plus de couche isolante, si bien qu'on voyait le métal du toit, et le chauffage était vraiment capricieux, mais il finit par se mettre en route. Zoe se dit qu'elle pouvait se passer de la direction assistée, si elle n'avait pas le choix. Mais elle ne pouvait le nier : elle aurait préféré l'avoir. Mary l'avait ébranlée, même si c'était ridicule : ce n'était qu'une enfant.

Zoe poussa un soupir, puis fit plusieurs fois le tour de la fontaine hors service pour prendre le coup de main, projetant du gravier dans toute la cour.

— Oh là ! lâcha-t-elle, avant de regarder Hari, assis à l'arrière sur un très vieux siège auto tout taché.

Il releva les yeux, inquiet.

— Ça va, le rassura-t-elle avant de faire un nouveau tour de fontaine. On s'amuse !

Sa voix sonnait creux, même à ses oreilles.

Elle s'entraîna encore un peu. Cela faisait très longtemps qu'elle n'avait pas eu de voiture – cela n'avait aucune utilité à Londres. Elle en avait eu une d'occasion quand elle avait décroché son permis ; c'était si excitant. Avec ses amis, ils s'étaient rendus à des festivals de musique, avaient fait des tours sur le périph, étaient allés à Brighton ; ils avaient fait les quatre cents coups, se baladant en fumant à la fenêtre, la musique à fond, sous le soleil caniculaire de Londres.

C'était le bon temps, songea-t-elle. Elle gardait le souvenir de journées parfaites. Et très, très courtes. Était-il possible, se demanda-t-elle avec effroi, qu'elle n'ait vécu que trois journées parfaites dans sa vie ? Que cette époque soit à jamais révolue ? Elle n'avait plus la voiture depuis longtemps, elle l'avait vendue pour acheter des affaires de bébé. Tant d'affaires.

Zoe jeta un coup d'œil en direction de l'imposante demeure à créneaux, grise et sombre. Étrangement, un immense vitrail ornait le deuxième étage. Il détonnait par rapport au reste de la maison. Tandis qu'elle le fixait, elle crut apercevoir une ombre, avant de réaliser subitement qu'elle faisait le tour de la fontaine depuis un moment déjà et ferait sans doute mieux de se mettre en route.

Puis, à la réflexion, elle se posa une question grotesque : était-ce une personne à la fenêtre ou… ?

Elle releva les yeux, mais la silhouette avait disparu.

* *

En sortant de « The Beeches », la Renault verte tourna à gauche, puis descendit en cahotant la route à voie unique, pendant ce qui sembla durer des heures.

Le trajet était direct jusqu'à Kirrinfief, le village où le van prenait le plus souvent ses quartiers.

La route était bordée de rangées de pins ; il y en avait un nombre incalculable. Et puis, soudain, plus rien. Zoe eut alors la surprise de voir un immense parking. Il était presque vide, mais des voitures étaient garées ici et là : des gens en sortaient, nombre d'entre eux vêtus d'un imperméable. Il y avait aussi plusieurs cars, énormes, qui crachaient de la fumée, quelques tables de pique-nique et des poubelles, ainsi qu'une vieille maison à pignons affublée d'une enseigne passée : « *NESS CENTRE AND CAFÉ* ». Zoe n'en revenait pas. Après le profond silence qui régnait au domaine, elle avait l'impression d'être tombée par hasard sur Piccadilly Circus.

Elle consulta sa montre. Nina avait dit dix heures, mais il n'était que neuf heures ; Zoe s'était sentie si mal à l'aise dans la cuisine qu'elle s'était empressée de les faire sortir de là au plus vite.

Elle s'arrêta donc un moment.

L'enseigne était traduite en anglais, en français, en allemand, en japonais et, depuis peu, aurait-on dit, en russe et en chinois. Elle était un peu abîmée ; l'inscription, estompée.

La maison était en grès rouge, de taille moyenne, avec des pignons verts écaillés. Dans la vitrine se trouvait une sélection un brin pathétique de vieilles peluches toutes poussiéreuses à l'effigie de Nessie. Zoe sortit Hari de la voiture, puis passa la tête à la porte. Une femme charmante vint à sa rencontre, l'air inquiet.

— Bonjour ! lança Zoe avec entrain. Je me demandais si vous faisiez du café à emporter ?

— Oh. Non, répondit cette dame, comme si cela ne lui était jamais venu à l'esprit jusque-là. Est-ce que vous pensez que je devrais ?

— Je ne sais pas. Mais il y a plein de monde dehors qui semble avoir fait un long trajet en bus.

— C'est vrai, répondit cette femme, qui s'appelait Agnieszka. Mais on fait des sandwichs à midi ! Fromage ou jambon-fromage ! s'exclama-t-elle, reprenant du poil de la bête.

— C'est noté, dit Zoe avec un sourire. Merci !

Ils ressortirent.

Les montagnes qui se dressaient au-dessus du loch se reflétaient dans l'eau comme dans un miroir, et le soleil automnal était doux, agréable, malgré le vent glacial.

Zoe eut pitié des touristes, qui cherchaient désespérément un monstre imaginaire – après tout, pourquoi ne pas plutôt profiter de ce qui était bien réel : la vue magnifique, le vent frais, l'odeur lourde qui flottait dans l'air ?

Puis elle regarda Hari avec étonnement : il pointait du doigt les peluches Nessie dans la vitrine du café, comme un fou, tout en lui tirant le bras. Il montra ensuite le loch, puis le jouet qu'un enfant trimballait derrière lui, le faisant traîner dans les joncs sablonneux.

— Je ne t'achèterai pas de peluche, Hari… Je ne suis pas ton papa, dit-elle en déposant un gros bisou sur sa joue. Il y aura plein de jouets à ta nouvelle crèche, promis.

Elle le sentit se raidir dans ses bras. Bon. Il fallait bien le lui dire, à un moment ou à un autre.

— Allez, viens.

Quand ils s'éloignèrent de la foule colorée et bruyante, il se passa une chose étrange. Ils laissèrent derrière eux les groupes de touristes étrangers (qui parlaient tous une langue différente, dans leurs anoraks et leurs imperméables bariolés), les cars qui se garaient, les voitures qui vrombissaient et les bateaux qui allumaient leur moteur sur le loch – toute cette agitation – et, au bout de vingt mètres à peine, tout redevint silencieux. Il n'y avait plus rien autour d'eux, si ce n'étaient des oiseaux qui prenaient lentement leur envol au-dessus de la route et des apparitions furtives dans les bois (des cerfs, sans doute), comme si cette partie du monde n'avait jamais été peuplée.

Chapitre 11

— Et maintenant, on va dans une ferme ! expliqua Zoe, tout excitée, à Hari.

Elle avait parfois l'impression qu'il était aveugle, de lui raconter le monde, comme s'il ne le voyait pas.

Mais elle avait tant de mal à déterminer ce qu'il comprenait ou non. Ce qu'il aimait ou non, cela, c'était assez clair. Or, pour tout le reste, elle ne faisait qu'interpréter ses silences. Même si certains semblaient la jalouser : « Oh, comme tu as de la chance d'avoir un bébé silencieux, j'aimerais que le mien soit comme ça ! » lui avait-on dit une ou deux fois, avec une cruauté à couper le souffle.

— Des vaches, des moutons, des poules ! ajouta-t-elle au moment où une poule se présentait d'un pas décidé devant la petite voiture, avant de s'arrêter net, droite comme un « i », pour les fixer de ses yeux perçants, tel un garde-frontière. Bonjour, madame la poule, dit-elle en ouvrant la portière. Est-ce qu'on peut passer, s'il vous plaît ?

La poule ne bougea pas d'un pouce. Zoe sortit Hari de la voiture avec précaution.

— Euh, il y a quelqu'un ? cria-t-elle.

Lennox ne lui aurait pas répondu, même s'il avait été là (on ne trouvait jamais un agriculteur chez lui pendant la journée). Quant à Nina, c'était malheureux à dire, mais elle dormait à poings fermés. Elle s'était levée à quatre heures vingt, en même temps que Lennox, pour lui préparer un thé pendant qu'il sortait traire les vaches – il faisait un froid glacial, mais Lennox avait été si touché par sa gentillesse qu'elle ne l'avait pas regretté.

Malheureusement, son gros ventre l'avait fatiguée, alors elle avait pris sa tasse de thé au lit, juste pour quelques minutes, jusqu'à ce qu'il revienne, le temps de lire quelques pages d'*Emma*…

Elle s'était aussitôt rendormie, et n'avait même pas bougé quand Lennox était rentré d'un pas lourd pour se doucher et se changer, avant de repartir aussi sec pour voir ce que les autres faisaient dans le pré du bas et pourquoi cela n'allait pas plus vite.

Lennox l'avait regardée, allongée dans le lit, les joues roses, ravissante, et absolument gigantesque – il se disait souvent qu'elle ne pouvait s'arrondir davantage, mais c'était pourtant chaque fois le cas. Il avait souri : il aurait tant aimé la rejoindre et enfouir son nez dans son cou, mais il s'était ressaisi et était parti chercher ses outils pour réparer son mur de pierres sèches.

* *

Zoe était donc seule dans la cour boueuse de la ferme, sous l'œil d'une poule mesquine, Hari regardant autour de lui avec de grands yeux, un peu déboussolé, comme si elle l'avait emmené sur la lune.

Elle finit par convaincre Hari, qui portait ses nouvelles bottes en caoutchouc jaunes (un cadeau de ses anciennes collègues de la crèche), de traverser une flaque de boue de façon à éviter la poule, qui continuait de les observer avec méfiance, faisant presque un tour complet de la tête pour suivre leur progression. Un instant, Zoe se demanda si la pauvre bête ne s'était pas embourbée.

Mais son attention fut vite détournée par le van qui était passé la chercher la veille. *Je n'ai pas pris un boulot, mais deux*, songea-t-elle, un rien navrée.

En plein jour, le van était charmant. Peint en bleu pâle, il avait un côté vintage.

Elle se dirigea vers la porte arrière, qui n'était pas fermée à clé. Et, quand elle l'ouvrit, elle en resta bouche bée.

* *

C'était vraiment inouï, tout ce qu'on pouvait faire entrer dans un espace qui ne semblait pas bien grand vu de l'extérieur.

On y accédait par des marches dépliantes, même si le van était aussi équipé d'une rampe dont Nina se servait pour les fauteuils roulants et les poussettes (quand c'était nécessaire), ainsi que pour charger les cartons de livres.

Un côté était consacré à la fiction ; l'autre, à la non-fiction. Le coin au fond, à droite, était recouvert de coussins colorés et accueillait une table minuscule : c'était l'espace dédié aux enfants.

Des cordes étaient tendues devant les rayonnages pour empêcher les livres de tomber dans les virages. La partie avant accueillait un petit meuble fixé au sol, dans lequel étaient rangés un peu de stock, des sacs en papier, la caisse et le lecteur de cartes, ainsi qu'un petit siège pour la personne qui servait.

D'autres étagères étaient construites dans le fond du van, en hauteur, pour ranger le reste du stock, et un magnifique lustre sculpté, décoré de têtes de cerf, pendait au milieu du plafond. Le sol était recouvert de vieux tapis persans que Nina devait aspirer quotidiennement, tâche dont elle espérait sincèrement être bientôt débarrassée.

Il y avait un espace entre l'habitacle et le toit, dans lequel se nichaient de minuscules fenêtres, très étroites, pour laisser entrer la lumière, qui pénétrait aussi par la porte ouverte. Le lieu entier était enchanteur.

Zoe fit encore un pas à l'intérieur ; Hari, lui, se précipita aussitôt vers le coin enfants, les yeux écarquillés.

— Non ! Mon chéri, tu n'as pas le droit de toucher les livres. Tu n'as pas le droit. Ils sont à vendre ; ils ne sont pas pour toi. Je te lirai une histoire, ce soir.

Il la regarda, avant de s'emparer d'un ouvrage sur les dinosaures qu'il avait repéré, d'un air de défi.

— Bon, d'accord, mais fais attention.

Le stock n'était pas énorme, bien sûr, mais, oh, il était présenté à la perfection, choisi avec soin, si bien que, qu'on ait envie de lire un thriller psychologique, une grande saga historique ou un essai politique moderne, on ne trouvait que les tout meilleurs spécimens du genre ; pas toujours les plus récents (même si des nouveautés étaient proposées des deux côtés de l'allée), mais il n'y avait aucune fausse note : c'était un aperçu, en miniature, des tout meilleurs livres en circulation. Et tous ceux que Zoe avait aimés dans sa vie semblaient être là.

Il y avait la série entière des *Chalet School*, en livres reliés, que sa mère lui laissait emprunter à la bibliothèque ; une collection complète, immaculée, des enquêtes de Matthew Shardlake ; tous les romans d'alpinisme pour lesquels elle s'était brièvement passionnée quand elle était ado ; un nombre étonnant de Philip Larkin pour une librairie plus petite que le salon de la plupart des gens ; et un vaste choix de manuels scolaires.

En découvrant autant de ses livres préférés dans cette sélection, Zoe pensa aussitôt que tous les autres ouvrages en rayon devraient aussi lui plaire, comme si la personne qui tenait la librairie avait déjà lu dans ses pensées et décrypté ses goûts. Et puis, même si, jusque-là, elle avait trouvé Nina très intimidante (ce qui aurait plus qu'étonné cette dernière), elle se dit que quelqu'un qui aimait autant de bons livres (regardez ! *Le Guide du voyageur galactique* ! Et *Ce que savent les anges* ! Et des Pat Barker, des Kate Atkinson, des Andrea Levy, des Louis de Bernières, et tous les bons romans) était forcément une personne bien. Même si c'était un concept étrange, Zoe était convaincue qu'on pouvait devenir ami avec quelqu'un rien qu'en explorant sa bibliothèque.

Elle attrapa une biographie scabreuse de la princesse Margaret et un vieux Antonia Forster, en très bon état, puis, sans bruit, rejoignit Hari sur sa pile de coussins.

Chapitre 12

Nina réalisa qu'elle avait eu une panne de réveil quand elle ouvrit les yeux, le soleil haut dans le ciel, la chambre en pagaille ; le thé froid à côté du lit. Elle se leva d'un bond, en pestant, se rappelant que c'était le premier jour de la nouvelle. Où était-elle ? Pourquoi ne l'avait-elle pas réveillée ? Elle aurait pu entrer et passer la prendre, non ? Que faisait-elle ? Elle restait assise dehors, comme une cruche ?

En réalité, Nina était énervée contre elle-même. En se regardant dans la glace, elle constata que ses cheveux étaient déjà vraiment abîmés. Au début de sa grossesse, ses seins étaient devenus si énormes que c'en était comique (ce que Lennox, malgré sa réserve habituelle, avait à l'évidence apprécié), mais, à présent, ils semblaient acquérir une vie propre : ils pointaient dans toutes les directions. Et elle ne se sentait vraiment pas dans son assiette. Elle en était au deuxième trimestre, bon sang ; elle était censée être rayonnante, pareille à une déesse, traversant la vie avec magnificence. Au lieu de cela, elle était au plus mal, à longueur de temps.

— Oh, ce n'est pas vrai ! siffla-t-elle en sautant dans la douche, avant de se rappeler de ne pas agir dans la précipitation, car, si elle tombait (elle avait failli glisser), elle ne pourrait jamais se relever.

Aussi était-elle de très mauvaise humeur quand elle approcha de la petite Renault verte de Zoe pour la trouver vide. La porte du van était grande ouverte, exposant le véhicule aux éléments. Elle se dirigea vers celui-ci au pas de charge, avec la ferme intention de faire remarquer à la nouvelle qu'interdire l'accès des librairies aux poules était une pratique qu'elle souhaitait vivement encourager. Malgré tout, elle ne put s'empêcher d'être un peu touchée en voyant cette fille et ce petit minot pelotonnés sur les coussins du coin enfants, tous deux captivés par leur lecture.

Elle toussota.

— Hum, hum.

Zoe se leva d'un bond, comme prise en faute.

— Euh, bonjour, dit-elle en refermant délicatement le livre avant de le remettre en rayon, comme si de rien n'était. Euh, désolée. J'étais juste… Je ne savais pas où…

— Pourquoi est-ce que tu n'as pas sonné ? l'interrogea Nina, qui était toujours en colère contre elle-même, mais passait ses nerfs sur Zoe pour la simple raison que la jeune femme voyait encore ses orteils.

— Je n'étais pas… Je ne voulais pas… Je veux dire, c'est bien votre maison, non ? balbutia Zoe, la détresse se lisant sur son visage.

— Eh bien, c'est évident.

— Je ne… Je ne savais pas quoi faire.

— Et tu n'as pas pensé à téléphoner ?

Zoe lui montra son portable prépayé bon marché.

— Je ne capte pas ici, je suis désolée… Vraiment désolée. Je ne…

— N'y pensons plus, répondit Nina en haussant les épaules. Allons-y. Est-ce que tu es passée voir la crèche ?

— Non, je pensais…

Le fait était que Zoe était terrifiée à l'idée de visiter cette crèche. Devoir tout expliquer, obtenir un certificat médical. Elle craignait que Hari ne soit épouvantablement malheureux et d'être incapable de l'aider ou de faire quoi que ce soit pour lui.

Elle promena son regard sur les champs et les nuages bas, menaçants, se sentant incroyablement seule.

— Je pensais qu'on prendrait nos marques pendant quelques jours… Est-ce que ça te convient ?

Nina fit la moue, puis regarda le petit garçon.

— D'accord, mais… pas de nourriture dans le van, d'accord ?

— Bien sûr, se hâta de répondre Zoe. Honnêtement, il est très sage. Je ferai en sorte qu'il ne nous dérange pas.

— Entendu, répondit Nina avant de pousser un soupir. J'imagine que je vais bientôt devoir gérer ça, moi aussi. Mais je suis certaine que je pourrai juste apporter la poussette et la poser dans un coin.

Ce fut plus fort qu'elle : Zoe laissa échapper un petit rire, qu'elle tenta désespérément de faire passer pour une crise de toux.

— Quoi ? lui demanda Nina, méfiante.

— Rien ! C'est juste… Ce n'est pas toujours facile quand ils sont dans leur poussette.

— Mais ils restent juste couchés dedans, non ?

— Certains, oui.

Cela agaça Nina. Elle lui rendait service, là ; elle n'avait pas besoin que cette fille la prenne de haut avec son expérience de la maternité.

— Bon, lança Zoe après un blanc un brin gênant. Est-ce que je peux commencer ?

* *

Nina les conduisit au bureau de poste, où les attendaient plusieurs cartons de livres.

— Oh oui, dit-elle en les examinant, un grand sourire aux lèvres. Un nouveau vide-maison. Plein de livres achetés neuf, mais jamais lus. C'est tellement triste, conclut-elle avec un soupir.

— Tu leur donnes une seconde vie, fit remarquer Zoe pour essayer d'être encourageante, mais aussi parce qu'elle sentait qu'elles étaient parties du mauvais pied, toutes les deux.

— Je l'espère. Mais c'est triste, quand même… On remet toujours à plus tard, on se dit qu'on a tout le temps de lire.

— Tu t'apprêtes à en avoir encore moins ! répondit gaiement Zoe avant de regretter amèrement de ne pas avoir tenu sa langue, le visage de Nina s'assombrissant de nouveau.

Elle avait voulu plaisanter ; mais Nina eut l'air de penser qu'elle lui donnait des conseils parentaux toutes les deux secondes. Aussi ajouta-t-elle aussitôt :

— Mais tu sais que tu peux lire pendant que tu allaites.

— Vraiment ? demanda Nina, étonnée.

— Oui ! Tu auras besoin d'un oreiller et, après, ça ira tout seul.

— Tu ne poses pas le livre sur la tête du bébé, quand même, si ?

— Non ! Enfin. Un peu, il faut le poser légèrement de travers. Il sera en train de manger, il s'en fichera.

Nina fronça de nouveau les sourcils, puis elles continuèrent à déballer les cartons en silence. Comme on ne s'occupait pas de lui, Hari en profita pour grimper dans un des cartons, où il fit semblant d'être à la barre d'un navire. Il était extrêmement déçu d'être si près de l'eau et de ne pas aller faire un tour. C'était son rêve. Il n'était jamais monté dans un bateau. Seulement dans le bus, de temps en temps, et, quand ils traversaient Londres du nord au sud, il fixait le fleuve animé, comme fasciné.

Or Zoe n'en avait pas du tout conscience. Ses dessins de bateaux n'évoquaient que de longues formes, et elle croyait qu'il dessinait des serpents et des vers. Du coup, un jour où il y avait des réductions, elle l'avait emmené au *Butterfly Park*, où on l'avait photographié avec des serpents autour du cou, mais cela avait eu l'air de ne lui faire ni chaud ni froid.

Nina retrouva le sourire en dénichant de nouveaux trésors dans un carton : des livres reliés intacts et une belle édition illustrée de *Peter Pan*.

— Je trouve la moitié de mon stock de cette manière, expliqua-t-elle en remballant d'une main experte les ouvrages qui ne l'intéressaient pas pour les envoyer à un vendeur d'occasion. Le reste, ce sont des livres neufs que j'achète chez des grossistes. Il faudra les déballer et les pointer. C'est difficile, parce que nous passons de petites commandes, mais ils sont très bien. Penses-tu pouvoir t'en charger ?

Zoe opina du chef, avant de soulever le carton qui contenait les livres rejetés pour le mettre de côté. Fronçant les sourcils, elle en récupéra un à l'intérieur. Il s'agissait d'un petit roman en très bon état, tout simple, avec une couverture en tissu rose poudré sur laquelle ne figurait aucun titre ; seule une petite paire de ballerines était imprimée dessus.

Elle l'ouvrit délicatement. Comme elle s'y attendait, c'était une des premières éditions du classique de Noel Streatfeild, *Ballet Shoes*, agrémentée de gravures colorées et de dessins au trait. Une légère odeur de vernis et de bois s'en dégageait, mais le livre était intact. Aucun nom n'était griffonné sur le frontispice. Toutefois, un bel ex-libris doré portait l'inscription suivante : « Pour Mme Violet Green, amicalement, Mary. »

Ce livre était tout bonnement magnifique.

— Euh, Nina…, commença Zoe, ne souhaitant pas outrepasser son rôle. Juste pour être sûre de la façon dont tu organises tout ça… Je ne comprends pas… Pardon, pourquoi ne veux-tu pas de celui-ci ?

Nina releva les yeux, prête à lui expliquer deux ou trois petites choses à propos de la vente de livres.

Elle n'était en rien prétentieuse, mais s'il y avait bien un domaine qu'elle connaissait, où elle était sûre d'elle, c'étaient les livres. Les livres qu'elle aimait. Ceux qui l'avaient transformée. Ceux qui n'étaient pas forcément les mieux écrits, mais qui l'accompagnaient. Ceux qui donnaient des sueurs froides aux gens ou les enthousiasmaient ; ceux qui faisaient rire les personnes tristes, leur faisant oublier leurs problèmes pour un petit moment. Elle s'y connaissait en livres. Elle allait donc devoir expliquer à Zoe que c'était une question d'intuition, de pressentiment ; il fallait sentir les livres qui allaient un jour entrer dans votre existence et être vos amis pour la vie.

— Eh bien, ce qu'il faut que tu comprennes, c'est…

Or, en voyant ce que Zoe avait dans les mains, elle s'interrompit.

— Oh ! s'exclama-t-elle, avant de prendre le livre avec révérence. Oh, regardez-moi ça.

Elle ouvrit la première page, puis poussa un petit cri de surprise.

— Ça alors, ça doit être la grossesse, je suis une vraie tête de linotte. Je dois…

Elle était furieuse contre elle-même.

— Je crois… Est-ce que tu savais que Noel Streatfeild s'appelait Mary, en réalité ?

Elle fit une rapide recherche sur Google, et cela ne rata pas : l'écriture était la même.

— Signé de l'auteure ! s'écria-t-elle en sifflant avant de regarder Zoe, embarrassée. Bien vu.

— J'adorais ce roman.

— Moi aussi, répondit Nina, qui aurait aimé pouvoir le prendre avec elle, retourner se coucher, se rendormir, puis recommencer cette journée.

Chapitre 13

Elles se garèrent dans le centre de Kirrinfief, où le van était en général attendu le mercredi matin. En outre, ce serait l'occasion pour Zoe de rencontrer les clients, et peut-être de faire un saut à la crèche. Elle passa un coup de chiffon sur les étagères (elle avait aspiré le van à la ferme), et Nina reconnaissait déjà que cette aide lui serait précieuse, surtout quand elle vit Zoe se lever sur la pointe des pieds pour atteindre celles du haut, ce que Nina avait de plus en plus de mal à faire : chaque fois qu'elle avait l'impression de trouver son centre de gravité, elle le perdait de nouveau.

Soudain, Zoe eut le trac. Sa grossesse avait beau dater de quelques années, elle n'avait jamais vraiment retrouvé sa silhouette. Chose étrange, elle faisait exactement le même poids qu'avant, mais tout semblait être réparti différemment. C'était un problème, et moins facile à régler que le manque d'argent. Elle était allée chez *Primark* pour s'acheter un haut et un pantalon noirs tout simples, qu'elle avait essayés d'accessoiriser avec un foulard vaporeux qui appartenait à sa mère, en se disant que ce n'était pas du tout son genre (et quand on n'est pas du genre à porter des foulards vaporeux, mieux vaut s'abstenir : ils ne font que nous agacer, nous gêner, parfois même nous rentrer dans la bouche ou rester collés au gloss), aussi finit-elle par l'enlever, et Hari, dans son bateau, le lui chipa pour s'en faire une écharpe de capitaine.

— Oh, regarde ! Il fait semblant d'avoir son serpent de compagnie. Il est complètement obsédé par les serpents.

Nina répondit d'un sourire poli.

— Est-ce que ma tenue convient ? poursuivit Zoe.

Nina releva les yeux. Elle avait dû renouveler toute sa garde-robe à son arrivée en Écosse : à présent, en général, son look se résumait plus ou moins à plusieurs fines couches de vêtements empilées (qu'elle se dépêchait parfois d'enlever, quand le soleil faisait son apparition), parachevées par un imperméable jaune vif qu'elle adorait, mais que Lennox trouvait hilarant. Même s'il l'aimait bien, car il la repérait à des kilomètres à la ronde, quand il arpentait ses collines à grandes enjambées. Désormais, elle ne mettait plus que ses tee-shirts les plus extensibles, qui étaient tous incroyablement détendus. L'imperméable, lui, lui allait encore à peu près.

— Tu es très bien, répondit-elle en la regardant à peine.

Puis, voyant le visage de Zoe, elle ajouta :

— Ça va aller. Honnêtement, tout le monde est très gentil.

Zoe sourit, courageuse.

— Bien ! dit-elle, et Nina ouvrit la porte arrière du van.

* *

Dehors, les nuages filaient dans le ciel. Zoe s'arrêta une seconde pour les admirer. À Londres, elle ne faisait jamais attention au ciel. Il était empli de grues et d'immeubles qui poussaient comme des champignons, de grandes boîtes vitrées qui s'élevaient dans les airs, vides, attendant que quelqu'un vienne s'y installer.

Ici, il donnait l'impression d'être pur, en perpétuel mouvement ; il se métamorphosait, comme on secoue une ardoise magique. Chaque fois qu'elle levait la tête, il semblait totalement différent. Elle avait des fourmis dans les doigts. Elle regarda derrière elle. Hari, dans la cabine, allait bien : il regardait un livre, qui serait presque à coup sûr déduit de son premier salaire. Bon. Le moment était venu. Quand Nina mit les cales sous les roues avant de retourner l'écriteau sur la porte pour signaler l'ouverture de la boutique, Zoe prit une profonde inspiration. Elle jeta un bref regard à sa patronne, espérant un sourire encourageant de sa part, mais cette dernière avait déjà les yeux braqués sur la route.

La première cliente arrivait, progressant lentement, à un rythme régulier. C'était une vieille dame, de minuscules lunettes à double foyer pendant à son cou au bout d'une chaîne, une expression un brin désapprobatrice sur le visage.

— Euh, bonjour, dit Zoe quand la vieille dame monta les marches.

Cette dernière la dévisagea, avant de regarder Nina.

— Qui c'est, celle-là ? demanda-t-elle d'une voix forte.

Nina poussa un soupir. Évidemment, il fallait que la première cliente soit la plus difficile. Évidemment.

Mme Wren, matriarche redoutée de la laiterie Wren, qu'elle dirigeait d'une poigne de fer, envoyant promener aussi bien les supermarchés que les buveurs de lait, les personnes intolérantes au lactose, les magasins locaux, les amateurs de jus et, disons-le, à peu près tous ceux qui n'étaient pas des vaches. Elle prétendait n'aimer que les livres qui parlaient de bovidés, mais, en réalité, pouvait facilement être orientée vers les romances historiques les plus tumultueuses que Nina avait en stock (et qu'elle gardait en rayon pour cette unique raison, même si leur place aurait plutôt été sous le comptoir, comme l'aurait remarqué n'importe quel autre client).

— Bonjour, madame Wren. Je vous présente Zoe. Elle va m'aider pendant ma grossesse.

La vieille dame renâcla.

— Les vaches se contentent de les expulser, lança-t-elle. Elles les expulsent et elles retournent à leurs occupations.

Compte tenu du fait que les deux seules occupations des vaches étaient de brouter de l'herbe et de produire du lait, et que celles de Nina se comptaient par centaines, elle préféra ne pas répondre, mais sourit poliment.

— Ah, vous savez, lâcha-t-elle, évasive.

— Bonjour, dit Zoe. Je suis ravie de faire votre connaissance. Avez-vous une idée de ce que vous cherchez ?

Un silence glacial s'abattit dans le van. Zoe cligna des yeux, pas certaine de comprendre quelle erreur elle avait commise.

— Avez-vous de nouveaux livres ? finit par demander Mme Wren. Qui parlent de vaches ?

Zoe regarda Nina. Elle n'en avait pas vu sur les étagères. Mais elle eut une inspiration soudaine et sortit un livre intitulé *Nos années sauvages*.

— Ça pourrait vous plaire, lui dit-elle.

Il lui avait beaucoup plu, à elle.

— Mais ça ne parle pas de vaches. Ça parle d'un singe. D'une fille dont la sœur est un singe.

— Une fille… dont la sœur… est un singe, finit par répéter Mme Wren en la fixant du regard, comme si elle venait de lui recommander un manuel pour tuer des chiots.

— C'est très drôle, bredouilla Zoe. Et triste. Et c'est juste… C'est très bien.

Mme Wren se tourna vers Nina.

— Une fille dont la sœur est un singe.

Nina leva les mains au ciel.

— Ou, sinon…, commença-t-elle en tendant les bras vers un renfoncement sur l'étagère la plus basse.

Un peu essoufflée, elle en sortit un livre à la couverture noire, ornée d'une illustration qui représentait une jeune femme aux formes avantageuses, l'air outré, vêtue d'un corset et d'une jupe rose très ample, ses cheveux lui tombant en cascade dans le dos, et un homme en costume de soldat d'époque qui la toisait d'un air sadique.

— J'ai *La Passion impossible du milliardaire Earl* !

Zoe fit la grimace.

— Est-ce qu'il y a des vaches dedans ? s'obstina Mme Wren.

— C'est un milliardaire, répondit Nina. Il a tout ce qu'il veut.

* *

— Est-ce qu'ils sont tous comme ça ? demanda Zoe après le départ de la vieille dame.

— Noooon.

Elle avait parlé un peu vite, puisqu'elle aperçut au même moment le colonel Gregor, qui remontait la rue d'un pas déterminé.

Ce personnage vif et bien mis adorait acheter des volumes d'histoire militaire onéreux (les meilleures ventes pour Nina ; les livres reliés rapportaient bien), puis venir lui expliquer toutes les erreurs qu'il y avait relevées, en s'aidant parfois des fournitures de bureau qu'elle gardait sur le comptoir. Cela valait le coup, car c'était un bon client, mais Nina ne savait pas trop comment l'expliquer à Zoe.

À la place, elle regarda donc le colonel rejouer la guerre d'indépendance espagnole, avec ses trombones dans le rôle des soldats bourbons, pendant que Zoe tournait autour d'eux, mal à l'aise. Cela mit Nina mal à l'aise, elle aussi, jusqu'à ce que les jumeaux Crombie, Bethan et Ethan, arrivent et entreprennent aussitôt de semer la pagaille dans le van, surtout en découvrant un petit garçon dans le fond.

— EST-CE QU'ON PEUT LE GARDER ? hurla Ethan quand Hari refusa de répondre à leur première question.

— Je ne crois pas que les petits garçons soient à vendre, répondit Kirsty Crombie avec lassitude, mais douceur.

Elle était institutrice à l'école du village.

— Bonjour ! s'exclama-t-elle. Est-ce que vous êtes nouvelle ? C'est votre fils ?

— Oui, répondit Zoe avec un grand sourire.

— Oh, c'est super. C'est toujours agréable de voir un nouveau visage. Bonjour, mon grand. Comment tu t'appelles ?

En réponse, Hari cligna des yeux.

— Il ne parle pas encore, se hâta d'expliquer Zoe, comme toujours.

— Oh, je vois… Va-t-il venir à l'école ici ?

— Je ne sais pas… Tout est encore nouveau.

— D'accord ! Où logez-vous ?

— « The Beeches », en haut de la colline.

Un silence de mort se fit dans le van.

Kirsty jeta un coup d'œil à Nina, qui fit semblant d'être très occupée à chercher les livres qu'elle achetait habituellement, (le plus souvent, des manuels pour quitter l'enseignement ou des bouquins sur la vie après l'enseignement et l'intérêt de l'enseignement en général. Quand on demandait à Kirsty si elle aimait son métier, elle répondait qu'elle l'adorait, à l'exception des enfants, du travail administratif, des copies à corriger, de ses collègues, du gouvernement, des horaires et du salaire).

— Euh… Qui a eu cette idée ?

Zoe regarda Hari, mais être inspecté dans son carton ne semblait pas le déranger.

— Oh, c'est Nina qui a tout organisé.

— Vraiment, elle a fait ça ? lança Kirsty, Nina virant au rouge vif. Et comment est-ce que ça se passe ?

— Eh bien, je viens tout juste d'arriver…

— Kirsty est la directrice de l'école, intervint Nina pour essayer de changer de sujet.

— Oh ! s'exclama Zoe. Pourquoi ne vont-ils pas à l'école ? Quand pourront-ils y retourner ?

Kirsty poussa un soupir.

— Ils ont été exclus. Jusqu'aux vacances de la Toussaint, j'en ai bien peur. La fille s'est attirée… enfin. Bien sûr, je ne peux pas en parler.

— MARY URQUART A MORDU ET TAPÉ STEPHANIE GILLIES ! hurla Bethan depuis le fond de la librairie. ON A DÛ LUI FAIRE DES POINTS DE SUTURE !

— ET SHACKLETON AUSSI !

— ELLE est SI méchante, ajouta Bethan, telle une petite mamie en train de raconter des ragots à ses voisins par-dessus la clôture de son jardin. Méchante, méchante, méchante, ajouta-t-elle en secouant tristement la tête.

— C'est… Tout le monde sait que ce n'est pas facile pour les enfants Urquart, dit Kirsty. Mais je leur ai envoyé plein de devoirs à faire à la maison. Euh. Bonne chance.

— Merci, répondit Zoe, embarrassée, comme Kirsty achetait *Topsy et Tim vont à l'hôpital*.

— Stephanie Gillies a dû aller à l'hôpital, elle aussi, fit remarquer Bethan à voix haute. Pour tous ses points de suture.

Les jumeaux en parlaient encore en s'éloignant dans la rue.

— Est-ce que tu étais au courant ? demanda Zoe en se tournant vers Nina.

— Non, je l'ignorais. Je suis désolée… Je savais qu'ils étaient difficiles, mais…

— Hari n'a que quatre ans. Et si elle le mordait ?

Nina ne savait plus où se mettre.

— La maison est grande. Tu pourrais essayer de les séparer ?

— Formidable, oui. Je pourrais l'enfermer dans une aile de la demeure.

Chapitre 14

À la suite de cela, une atmosphère glaciale régna dans le van, et Zoe fut soulagée de s'échapper pour aller voir la crèche. Elle avait l'esprit en ébullition. De nombreux enfants mordaient, se dit-elle. Peut-être pas des enfants de neuf ans, mais… Un instant, elle revit l'expression méprisante sur le visage de Mary. Bon. Au moins, Hari n'aimait pas être séparé d'elle, c'était déjà cela. Et la crèche serait peut-être formidable…

Elle suivit les indications de Nina. Il aurait été difficile de se perdre dans Kirrinfief. Le village avait une place centrale pavée, sur laquelle se trouvaient le pub d'Alasdair, le monument aux morts, l'arrêt de bus peu fréquenté et un petit parc agrémenté de parterres de fleurs sauvages (le conseil municipal l'avait commandé pour essayer de sauver les abeilles. Tous les ans, un enfant se faisait piquer, et la protection des abeilles était remise en cause, mais, jusque-là, les petits insectes l'emportaient, et les fleurs sauvages étaient vraiment très jolies).

Quatre rues partaient de la place. Deux d'entre elles descendaient vers le sud, jusqu'au loch. Les deux autres montaient en zigzag, à flanc de colline, et regroupaient la plupart des habitations – principalement des cottages gris de plain-pied, mitoyens, comme autrefois, même si leur toit n'était plus en chaume depuis longtemps et était souvent percé de petites lucarnes –, si bien que tous les villageois avaient vue sur le loch et la vallée en perpétuel changement, traversée par la longue voie ferrée qui étincelait sous les rayons du soleil. Bien sûr, tous devaient faire un peu d'escalade pour rentrer chez eux en revenant des courses, mais ils n'y pouvaient rien, et c'était sans doute bon pour la santé.

La crèche, elle, était située au pied de la colline, juste à côté de l'école. À l'origine, ce petit bâtiment bas avait été construit pour servir de maison de quartier, mais, à présent, la journée, il était traversé par une petite tornade. Le soir, il était utilisé à des fins diverses, y compris des cours de dressage de chiots, et bon nombre de parents qui venaient chercher leurs enfants en retard se demandaient pourquoi ils ne pouvaient pas utiliser certaines règles de dressage sur leur progéniture.

La crèche était tenue par une femme prénommée Tara. Zoe connaissait bien le genre, s'étant elle-même occupée d'enfants : voix autoritaire, condescendance complexe envers les tout-petits, inapte, la plupart du temps. Elle portait un tablier violet et avait un foulard rose vif avec des pampilles argentées noué dans les cheveux.

Sans surprise, l'intérieur de la crèche était sens dessus dessous ; une masse confuse de minuscules êtres couraient en tous sens.

— VOUS ÊTES ANGLAISE ! s'écria Tara d'une voix tonitruante. BIENVENUE ! J'ai un accent anglais, mais mon cœur est ici, dans les jolis Highlands de mon pays natal.

En effet, se dit Zoe, son accent donnait vraiment l'impression qu'elle venait du Surrey, dans le sud-est de l'Angleterre.

— Alors, ici, on aime que nos enfants s'expriment en toute liberté.

Du coin de l'œil, Zoe vit un garçon d'environ trois ans (mais très grand et costaud pour son âge) qui s'exprimait en frappant un autre enfant sur la tête à coups de petite voiture.

Tara adressa un regard apitoyé à Zoe, avant de s'agenouiller à côté du garçonnet.

— Alors, Rory, lui dit-elle d'une voix qu'elle pensait manifestement enjôleuse. Ça ne va pas, aujourd'hui ? Est-ce pour cela que tu n'es pas gentil et que tu tapes avec cette petite voiture ?

Rory répondit d'un simple grognement avant de lui arracher le jouet des mains.

— Voudrais-tu me donner cette petite voiture, que je te la garde ?

Rory ne le voulait pas. Pendant ce temps, l'enfant qui avait été frappé pleurait toujours en silence, totalement ignoré par Tara, occupée à amadouer son bourreau. Zoe ferma les yeux, se demandant s'il était possible qu'un village de la taille de Kirrinfief abrite une seconde crèche.

Sa conclusion : non.

Hari lui agrippait la main, d'une manière qui signifiait, elle le savait : « Sors-moi de là tout de suite. »

— Bon, je vais te laisser la petite voiture, juste pour cette fois, mon chéri, dit Tara à un Rory au visage toujours aussi mutin. Tant que tu me promets d'être gentil !

Rory ne fit aucune promesse, mais Tara passa vite à autre chose.

— On fait de la peinture ici, expliqua-t-elle en se rendant dans un coin totalement recouvert d'éclaboussures de peinture.

Une femme plus jeune, l'air épuisé, releva la tête, des cernes sous les yeux.

— Ah, Tara, est-ce que tu as une minute ?

— Je fais visiter la crèche à une nouvelle maman ! roucoula Tara. Je lui montre notre merveilleux esprit de groupe ! Et notre atmosphère conviviale !

Les mots de Tara sonnèrent comme une mise en garde, et cette jeune femme retourna séparer des fillettes qui étaient en train de se mettre de la gouache plein les cheveux.

Zoe serait sortie de là en courant ; elle n'aurait pas hésité une seconde.

Mais elle jeta un coup d'œil par l'immense fenêtre à l'arrière du bâtiment, qui donnait sur le jardin.

Ils avaient un espace extérieur à la crèche de Londres, auquel ils donnaient le nom de jardin, mais ce n'était qu'une minuscule terrasse avec quelques tricycles et une bande de gazon qui permettait de récolter une boule de neige de temps à autre, quand il neigeait, ce qui n'arrivait jamais. Parfois, ils mettaient les enfants dans des poussettes triples pour les emmener au petit parc mal entretenu de l'autre côté de la rue, terrifiés à l'idée que l'un d'eux ne se fasse enlever ou renverser par une voiture, tous emmitouflés dans des blousons haute visibilité. Et on parlait là d'une crèche huppée, hors de prix.

Ici, une immense pelouse s'étirait jusqu'à un haut mur de pierre. Il ne faisait pas particulièrement chaud, mais des enfants galopaient en tous sens, surveillés, en théorie, par une jeune femme qui avait les yeux rivés sur son téléphone. Ils sautaient, riaient, se jetaient dans de grands bacs à sable en toute liberté. Deux fillettes, assises dans un coin, s'étaient lancées dans la confection de guirlandes de pâquerettes. Un petit garçon était grimpé dans un arbre, où il faisait le cochon pendu avec ses petites jambes, mort de rire.

En le voyant faire, Zoe se figea, puis elle regarda Hari, qui se cachait derrière ses genoux, terrorisé.

Le laisser là lui semblait épouvantable ; presque cruel. Mais il en avait besoin. Il en avait besoin.

* *

Tara conduisit Zoe dans un bureau de belle taille au bout du couloir, puis ferma la porte.

— C'est là que je viens pour être un peu au calme ! avoua-t-elle en gloussant. Non pas que je n'aime pas ces petits bouts. Je les aime tous. Bref, avez-vous apporté tous vos documents ?

Elle devint très sérieuse, tout à coup. Zoe lui avait envoyé un e-mail à l'avance, auquel elle avait joint les informations concernant le diagnostic de Hari.

— Vous devez remplir ça pour que le gouvernement puisse nous rembourser. C'est tellement excitant qu'il soit handicapé ! A-t-il des besoins éducatifs spécifiques ?

— Non, il souffre juste de mutisme.

Tara enfila une paire de lunettes rouge vif, puis pencha la tête sur le côté.

— Vous savez, on n'appelle plus ça comme ça, aujourd'hui.

— Je le sais, rétorqua froidement Zoe. Mais il ne souffre pas de mutisme sélectif. Il ne parle pas du tout.

— Eh bien, il faudra quand même qu'on écrive « mutisme sélectif » sur le formulaire.

Zoe serra fort les poings, feignant l'impassibilité.

Hari ne la lâchait pas des yeux. À l'idée de devoir le laisser à la merci de tous ces enfants qui couraient en tous sens, le cœur de Zoe se serra. Mais, songea-t-elle, tous les parents ressentaient cela en laissant leurs enfants à la crèche. Cela leur arrivait à tous. Forcément.

— Je crois que je connais déjà votre adresse, chuchota Tara sur le ton de la confidence. Je me trompe ?

Quand Zoe opina du chef, le visage de Tara s'illumina.

— Racontez-moi. Comment est-ce ? Comment est-il ? Avez-vous vu Ramsay ? Comment va-t-il ? Pauvre homme. Ça a été une telle catastrophe, quand elle est partie. Elle a tout quitté. Cette grande maison. Ces adorables enfants. Je veux dire. Comment est-ce possible ? Quand on est mère ?

— Je ne l'ai vu qu'en coup de vent.

— Quelle tragédie. Enfin, c'est ce qu'on dit. Je veux dire, personne ne sait. Enfin… est-ce que ses vêtements sont encore là ? l'interrogea-t-elle, la tête toujours penchée. Et comment vont les bouts de chou ? Ils ne sont jamais venus ici, vous savez. Je n'ai jamais compris pourquoi… pourquoi ils n'auraient pas été mieux ici, dans un environnement créatif. Nous, on aurait pu les aimer comme nos propres enfants. J'aime tous ces enfants comme les miens.

Zoe lui sourit.

— Bon…, commença-t-elle avant de décider qu'il valait mieux mentir. C'est parfait. Quand Hari peut-il commencer ?

— Demain matin, ce sera très bien. C'est étrange, vous savez, on semble avoir perdu des enfants récemment. Enfin, ce sont des choses qui arrivent !

Sur ce, ils sortirent du bureau, traversant le chaos, Hari lui serrant la main si fort que c'en était douloureux. Et maintenant, songea Zoe, elle devait retourner dans cette grande maison, où étaient détenues des personnes apparemment violentes, et essayer de préparer un repas pour tout le monde.

La journée avait déjà été longue.

Chapitre 15

En entrant dans la cuisine, Zoe n'en crut pas ses yeux. On aurait dit que personne n'avait bougé de la journée. La pièce était en pagaille. Shackleton grognait dans un casque en jouant sur une vieille Xbox pleine de projections de nourriture, le volume à fond. Son langage était… fleuri. Mary était au téléphone, en train de hurler au sujet de quelque chose, et Patrick lisait un truc sur sa tablette, tout haut, d'une voix censée couvrir le bruit que faisaient les deux autres. La radio était si forte que cela cassait les oreilles, et elle ne voyait aucune trace de Mme MacGlone. Puis sa vision s'ajusta un peu, et elle vit quelqu'un dans la buanderie, en train de tirer sur un étrange système de cordes et de poulies, lourd, sur lequel séchaient des vêtements.

— Euh, je suis rentrée, annonça Zoe.

Mme MacGlone lâcha aussitôt le fil à linge, qui tomba avec un bruit sourd.

— Dieu merci, lança-t-elle en enfilant son manteau, son écharpe et son chapeau, sans un : « Je suis contente de vous voir » ni un : « Comment s'est passée votre première journée ? »

— Comment sont-ils ?

— Ce n'est pas mon travail, répondit la gouvernante avec un haussement d'épaules.

Elle sortit avant même que Zoe n'ait eu le temps de se découvrir.

— Bon débarras, vieille sorcière, cria Mary dans son dos, faisant éclater de rire les deux autres.

— Ce n'est pas vrai, dit Zoe, qui, à cet instant précis, aurait donné cher pour retourner dans son horrible studio, aussi moche soit-il, et préparer des tartines de haricots à la sauce tomate avant de se pelotonner avec Hari devant *La Pat' Patrouille*.

Elle savait cuisiner – sa mère était un vrai cordon-bleu ; maman célibataire, comme elle, elle avait dû faire beaucoup avec peu et était persuadée que sa fille devait apprendre à faire de même (jusqu'à ce que, bien sûr, elle aille à l'université, décroche un boulot de rêve et épouse un homme immensément riche). Sadie s'était efforcée, depuis l'Espagne, de ne jamais laisser paraître la tristesse que lui inspirait la situation dans laquelle se retrouvait Zoe. Mais elle n'avait pas eu à le faire : mère et fille se comprenaient sans avoir besoin de parler.

Et, dans pareille situation, Sadie ne serait jamais allée se coucher, songea Zoe. Elle aurait sorti sa poêle et dit : « Venez, mes chéris, voyons ce que nous avons là », comme elle le faisait en ce moment même en Espagne pour les touristes qui demandaient un petit déjeuner anglais, ravis qu'il soit en prime servi avec un bel accent cockney.

Elle entra dans la cuisine d'un pas décidé, puis se mit à inspecter le contenu des placards.

Il n'y avait absolument rien là-dedans. Non pas que les placards soient vides ; loin de là. Ils étaient tous bien remplis, mais ne contenaient rien de convenable pour le dîner. Il y avait de la confiture, plein de pain, des sachets de chips, des galettes de riz, des fruits dans un saladier et des tonnes de paquets de céréales. Personne n'affamait les enfants.

Mais il n'y avait pas de bouillon cube. Pas de tomates en conserve. Pas d'oignon, pas de viande hachée, pas de pâtes. Rien qu'elle puisse envisager de cuisiner.

Peut-être y avait-il une autre cuisine ? La maison était assurément assez grande pour cela.

— Euh, Shackleton ? dit-elle, mais il répondit d'un simple grognement et elle se rendit compte qu'elle ferait mieux de demander à Patrick. Patrick, où est rangée toute la nourriture ?

Le petit la dévisagea.

— Tout est là, sûr et certain, Nounou Numéro Sept !

— Qu'est-ce que tu veux dire ? Qu'est-ce que vous mangez ?

Il fronça les sourcils.

— Des toasts, commença-t-il en comptant sur ses doigts. Des pommes. Des bananes. Des saucisses. Du beurre de cacahuètes. Des tomates. Des biscuits au gingembre. De la rhubarbe. Des flocons de son. Des chips. Du céleri.

— Ce n'est pas possible.

Zoe les fixa, incrédule. Patrick plissa son petit front.

— Et, euh…

— Tu as oublié les fromages triangulaires, siffla Mary en levant les yeux au ciel.

— Et des fromages triangulaires ! répéta Patrick triomphalement. C'est tout.

Zoe secoua la tête. Elle n'en revenait pas.

— Mais Mme MacGlone…

Les trois enfants firent mine d'avoir des haut-le-cœur.

— Ne JAMAIS manger ce que prépare Mme MacGlone, récita Patrick d'une voix très sérieuse. C'est du poison, Nounou Numéro Sept. Du poison.

— Et les autres nounous que vous avez eues ?

— Elles passaient surtout leur temps à pleurer.

— Ou elles nous laissaient simplement manger nos toasts, elles s'en fichaient, ajouta Shackleton d'un air impassible. Ce qui nous va très bien. On devrait se contenter de faire ça.

Zoe était éberluée. En fin de compte, supposa-t-elle, leur régime alimentaire devait tout juste les empêcher d'attraper le scorbut. Mis à part cela… Mais qu'est-ce que leur père avait dans la tête ?

— Eh bien, pourquoi on ne ferait pas différemment aujourd'hui ?

— Parce que les toasts au beurre de cacahuètes, c'est très bon, Nounou Numéro Sept ?

Zoe faillit leur demander ce que leur mère leur cuisinait avant, mais réussit à se retenir, juste à temps. Avant de rentrer, elle avait fait des recherches sur Google à propos de la famille, mais n'avait rien trouvé, excepté un article au sujet d'un festival musical qui avait été organisé sur le domaine dix ans plus tôt. Elle avait fixé les minuscules photos, basse résolution, pendant une éternité et avait cru apercevoir une femme avec un bébé dans les bras, mais n'avait aucune certitude.

— Bien, dit-elle en relevant ses manches. Allons-y. Est-ce que vous avez du fromage qui ne soit pas triangulaire ?

Dans le congélateur, elle finit par trouver du poisson, que Wilby leur avait apporté pendant l'été et qui allait devoir faire l'affaire, ainsi que quelques petits pois surgelés. Et, dans le fond du garde-manger, elle dénicha de la très vieille chapelure et des pommes de terre toutes molles qu'elle pourrait couper en morceaux puis arroser d'huile pour les faire croustiller comme des frites. Elle avait littéralement raclé les fonds de tiroir, ou, plutôt, dans le cas présent, du congélateur.

Elle essaya ensuite de déterminer comment allumer le four, qui semblait marcher à moitié à l'électricité et à moitié au gaz et nécessitait de se servir d'une allumette.

— Hors de question que je mange ça, décréta Mary, les bras croisés.

— Tu ne sais pas encore ce que c'est, répondit patiemment Zoe.

— Eh bien, tu l'as touché, donc…

— Je vais juste faire des toasts, intervint Shackleton.

— Non, ne fais pas ça, s'il te plaît, l'implora Zoe, le visage rouge. Je pense que vous en avez assez…

— Qui ça intéresse, ce que tu penses ?

— S'il te plaît, je veux des toasts, sûr et certain.

Patrick surgit devant elle, et Zoe réalisa, exaspérée, que Hari était juste à côté de lui : opinant du chef, il montrait sa bouche avec insistance.

— Personne ne mangera plus de satanés toasts ! lâcha-t-elle, consciente que le poisson était en train de brûler d'un côté tout en ayant toujours l'air surgelé de l'autre.

Cela ne sentait pas très bon.

— Oh, alors, tu vas nous laisser mourir de faim ?

— Je ne pense pas que vous allez mourir de faim, siffla Zoe, en pleine concentration.

— Aïe !

Ils firent tous volte-face, la silhouette imposante de Ramsay apparaissant à la porte de la cuisine. Il venait de se cogner la tête contre le chambranle. Zoe lui jeta un coup d'œil. Il ne devait pas souvent mettre les pieds dans la cuisine, s'il ne savait même pas quelle hauteur faisait la porte. Elle repensa à ce qu'elle venait de dire : il était possible qu'elle ait menacé les enfants de les laisser mourir de faim. Pas idéal. Ramsay resta planté là, l'air mal à l'aise. Il était si grand que c'en était presque absurde – comment faisait-il pour se déplacer ? Zoe cligna des yeux. Elle était toute seule dans cette maison avec un homme qu'elle ne connaissait pas, dont l'épouse avait disparu, sur lequel Nina ne semblait rien savoir…

— PAPA ! hurla Patrick en lui enlaçant les genoux.

Patrick n'était pas petit pour son âge, mais il lui arrivait juste à hauteur des genoux.

— Bonjour, mon grand, dit Ramsay en se penchant pour lui caresser la tête. Qu'as-tu à me dire sur les dinosaures, aujourd'hui ?

— Ils pouvaient atteindre une longueur équivalente à sept bus londoniens, répondit le garçonnet du tac au tac. C'est quoi, un bus londonien ?

— C'est une longue histoire, dit Ramsay en le prenant dans ses bras. Salut, Mary, fit-il en s'approchant de la fillette, avant de poser timidement sa grosse main sur ses cheveux.

Elle se raidit aussitôt et se recula en détournant le regard. Zoe les observa.

— Où est Mme MacGlone ?

— Elle est rentrée chez elle, répondit Mary en boudant. Elle nous a laissés avec elle, là.

— Ne dis pas « elle », répondit-il sans réfléchir. Dis…

C'était peine perdue : il avait complètement oublié son prénom.

— Appelle-la Nounou Numéro Sept, en fait ! intervint Patrick.

— Non, ne dis pas ça non plus.

— Pardon, mais je dois vous poser la question…, les interrompit Zoe pour mettre fin à cette conversation. Qu'est-ce que vous mangez ?

— Comment ça ? Moi, personnellement ? l'interrogea Ramsay, comme si elle venait de lui demander s'il broutait de l'herbe.

— Non, vous tous.

— Oh, fit-il, un peu fuyant. Est-ce à propos du beurre de cacahuètes ?

— Elle va essayer de faire changer les choses, lança Mary. C'est toujours marrant, ce moment-là.

— Mary, tais-toi, lui intima son père avant de se passer la main dans les cheveux. D'après Mme MacGlone, on ne peut pas être sur tous les fronts en même temps.

Zoe était déjà d'avis que Ramsay n'était sur aucun front, mais n'allait certainement pas s'aventurer sur ce terrain-là.

— Quelque chose sent très, très mauvais, sûr et certain, lança une petite voix.

Zoe se précipita vers la cuisinière, où elle regarda le poisson dans la poêle. Il était complètement fichu. Elle piqua un fard.

— Je suis… Ce four est très difficile à faire marcher, vous savez ?

À présent, c'était à Ramsay d'avoir l'air gêné.

— Euh… oh. Vraiment ?

Sans un mot, Shackleton se leva pour se diriger vers le grille-pain. Patrick poussa alors des hourras, et Hari l'accompagna en sautillant sur place, fou de joie.

* *

Ramsay n'était pas resté longtemps. Il semblait, songea Zoe, étrangement déconnecté des enfants, comme s'il venait tout juste de les rencontrer, par hasard, dans sa maison. Il avait mis quelques fruits dans une assiette, puis avait de nouveau disparu dans les longs couloirs silencieux de la maison. Elle se demanda où il était allé. Dans l'aile principale, sans doute, tandis qu'elle, bien sûr, restait cantonnée aux quartiers des domestiques.

Elle ramassa les miettes du mieux possible, avant de prendre dans ses bras un Hari aux paupières tombantes.

— Avez-vous une heure pour aller au lit ? demanda-t-elle aux enfants, même si elle connaissait déjà la réponse.

Mary se contenta de ricaner.

— Non ! répondit Patrick. Bonne nuit, Nounou Numéro Sept.

Trop fatiguée pour discuter, en ayant déjà plus qu'assez de cette petite famille étrange, elle fit un signe de la main dans leur direction et les laissa se débrouiller, puis se dirigea vers sa chambre, où elle coucha Hari, ne rêvant que de prendre un bon bain chaud et de ne plus penser à rien. Elle laissa la porte de la chambre et celle de la salle de bains ouvertes. Elle aurait été extrêmement étonnée que Mary soit déjà montée ici, mais elle préférait prendre ses précautions, même si se déshabiller en voyant le couloir plongé dans le noir et en entendant les canalisations gargouiller lui donna la chair de poule.

Zoe avait été – était – pauvre. Vraiment pauvre. Elle avait eu du mal à payer sa facture d'électricité ; elle avait dû réfléchir avant de faire bouillir de l'eau pour se préparer un thé.

Malgré tout, elle avait plus ou moins réussi à prendre un bain chaque fois qu'elle en avait eu envie. Quand un filet d'eau froide et transparente commença à sortir du robinet, ce fut le coup de grâce. Elle s'écroula à côté de la baignoire, mit une serviette devant sa bouche, et pleura. Encore et encore. Sans pouvoir s'arrêter.

Chapitre 16

On ne peut pas pleurer indéfiniment, même si Zoe semblait s'y être efforcée. Tombant de fatigue, elle finit par aller s'allonger à côté de Hari, sur le ventre ; elle cala sa respiration sur la sienne, qui ressemblait à de petits reniflements réguliers, jusqu'à ce que le sommeil la gagne, elle aussi, exténuée, vidée.

Elle se réveilla de nouveau sans savoir où elle était. Tout était si calme. Il n'y avait pas un bruit ; elle avait l'impression de dormir sous terre. Hari venait de remuer. Elle le prit dans ses bras pour l'emmener aux toilettes. Il devait mourir de faim, lui aussi.

Les vieux rideaux étaient lourds de poussière – la maison avait besoin d'un bon coup d'aspirateur, cette ambiance était pesante. En les ouvrant, elle eut un petit sourire amusé. Tout avait beau lui sembler terrible… non, se corrigea-t-elle : tout était terrible. Elle était dans un pays étrange, entourée de gens étranges, et n'y pouvait absolument rien ; personne ne l'aimait, et certains lui vouaient même une haine farouche ; sans oublier qu'elle avait deux emplois, sans être particulièrement douée pour aucun d'eux.

Il y avait aussi les clients bizarres de la librairie ; la légère gêne de Nina, qui contredisait les dires de Surinder, selon laquelle son amie avait désespérément besoin de son aide ; et, aujourd'hui, elle allait devoir laisser Hari à la crèche. Oh non. Elle grimaça.

Mais, dehors, à travers la fenêtre (dont les carreaux auraient bien mérité un coup de chiffon), la vue était, il fallait bien l'admettre, ensorcelante.

La *haar* qui planait au-dessus du loch donnait un air abstrait au soleil, une teinte de pastel ; elle voilait les roses et les dorés qui pointaient à l'horizon, conférant aux différents éléments du paysage les contours flous d'une aquarelle. Zoe regretta tout à coup de ne pas savoir peindre. Elle prit Hari dans ses bras pour qu'il regarde par la fenêtre. Sa grenouillère pompier sur le dos, qui lui était bien trop petite, le garçonnet ouvrit la bouche, formant un O tout rond, puis montra l'eau du doigt.

— C'est beau, hein ? lui dit-elle en enfouissant son visage dans ses bouclettes brunes.

Même si elle n'avait plus rien d'autre, il lui restait encore cela.

— C'est beau, hein ?

* *

Nina engloutissait son second petit déjeuner, exaspérée.

— Non, elle est sympa, expliqua-t-elle à Lennox, qui était troublé par sa mauvaise humeur.

— Donc…

— Donc… Oh, je ne sais pas. Elle est juste si londonienne. Je ne sais pas si elle va comprendre comment sont les gens ici.

— Eh bien, on pourrait dire que tu étais très birminghamienne en arrivant, rétorqua Lennox avec un sourire.

— Hum. Bref, je ne crois pas que ce soit nous, le problème. Je crois que son autre boulot est un vrai cauchemar et qu'elle va s'en aller. Ça n'aura alors plus aucune importance qu'elle comprenne ou non ce que les gens veulent à la librairie, et je me retrouverai encore plus dans le pétrin qu'avant.

Elle poussa un soupir. Elle se sentait terriblement mal, mais Lennox avait déjà assez à faire, et elle ne voulait pas l'inquiéter. Il l'enlaça, puis la regarda, tout sourire.

— Dans ce cas, on trouvera une autre solution, lui dit-il de sa voix lente et fiable, qu'elle adorait habituellement, mais pas ce matin, car elle était irritable et difficile à calmer.

Elle enfouit la tête dans son torse.

— Pourquoi faut-il que les choses changent ?

— Parce que la vie change, répondit-il en désignant l'extérieur. Les saisons passent. Le monde tourne. De vieilles choses cèdent la place à de nouvelles…

Il lui caressa le ventre.

— Des choses nouvelles… de bonnes choses.

— Je sais, répliqua Nina avec colère. Je sais tout ça. Je me sens juste si… grosse.

— Tu n'as jamais été aussi jolie, la complimenta Lennox en toute sincérité. Mais tout change.

— Sauf toi, répondit-elle, un peu réconfortée.

— Oui, confirma Lennox, toujours debout, la serrant dans ses bras, solide comme un roc. Sauf moi.

Chapitre 17

Au moins, si on se levait suffisamment tôt, ne tarda pas à découvrir Zoe, on avait de l'eau chaude. Pas du tout d'humeur généreuse, elle se fit couler un bain, remplissant la baignoire le plus possible, et y resta dix minutes, toute seule, inhalant la vapeur brûlante, se prélassant, jusqu'à ce que l'eau ait suffisamment refroidi pour céder la place à Hari.

Après cela, elle se sentit un peu mieux. Avant de culpabiliser d'avoir utilisé tant d'eau chaude. Patrick pouvait peut-être prendre leur suite (elle le suggéra au petit, qui estima que ne pas être obligé de se laver était la meilleure chose qui pouvait lui arriver).

Heureusement, Mme MacGlone était de retour, l'air étonné que personne n'ait réduit la maison en cendres pendant la nuit.

— Vous ne devriez pas vous servir de ce four, il n'est pas sûr.

— Mais comment je fais pour cuisiner pour les enfants, moi ?

— Oh, ils s'en moquent. Des bananes, et ils sont contents, répliqua-t-elle en ôtant son manteau. Bien.

Je ferais mieux de m'y mettre. Je fais les lustres aujourd'hui. Et j'ai la cheminée de la salle de bal à ramoner.

Zoe la regarda s'éloigner. Elle supposait, à juste titre, que Mme MacGlone travaillait là depuis longtemps (elle sous-estimait toutefois la durée : Mme MacGlone était employée dans la maison depuis l'âge de quatorze ans) et qu'elle ne changerait plus ; autant essayer d'influer sur la météo. L'argent pour l'entretien de la maison était conservé dans une boîte à gâteaux : Zoe devait se servir pour les courses, puis elle aurait un chèque à la fin de chaque mois pour sa paie. Cela faisait des années que Zoe n'avait pas eu de chèque entre les mains. Elle avait bien suggéré à Mme MacGlone de lui faire un virement automatique, mais cette dernière l'avait regardée comme si elle lui avait demandé à être payée en bitcoins. Alors elle lui avait dit que les chèques conviendraient très bien, même si la banque la plus proche se trouvait à des kilomètres de là.

* *

Les enfants étaient toujours dans la cuisine, dépenaillés, scotchés à leurs appareils électroniques, si bien que Zoe se demandait s'ils étaient allés au lit.

Elle soulevait la lourde bouilloire, quand elle faillit se faire renverser par une énorme chose hirsute, qui semblait s'être matérialisée comme par magie, lui faisant une belle frayeur. Sans s'en rendre compte, elle devait avoir sursauté et poussé un petit cri, car Mary ricana avec mépris.

— Porteous ! hurla Patrick en se levant d'un bond pour courir vers cette bête, qui ressemblait à Pollux.

Ce chien avait tant de poils devant les yeux qu'il était difficile de dire dans quelle direction il regardait ; des dreadlocks d'une longueur impressionnante lui pendaient dans le cou. C'était impossible, mais on aurait dit qu'il se déplaçait dans un nuage de poussière noire, comme Pig-Pen, dans *Snoopy*. Zoe crut avoir la berlue. Mme MacGlone, elle, n'eut aucune réaction.

— Merci d'être revenu, Porteous ! poursuivit joyeusement le petit garçon en salissant aussitôt son tee-shirt blanc, qui n'était jusque-là pas encore trop sale.

Hari se leva d'un bond lui aussi, mais pour se cacher derrière les genoux de sa mère.

— Est-ce que c'est votre chien ? demanda Zoe. Je ne savais pas que vous aviez un chien.

N'ayant pas trop l'habitude de ces bêtes, elle recula un peu. Ses anciens voisins avaient un gros Staffordshire Bull Terrier qui avait l'air méchant, et elle craignait toujours un peu qu'il ne monte les escaliers pour mettre Hari en pièces, même si ses maîtres affirmaient que Sabre était très gentil, qu'il voulait jouer et faisait le fou quand il voyait le bébé.

Zoe avait essayé de les croire, elle était sûre qu'ils disaient la vérité, et on lui avait dit beaucoup de bien des staffies. En général, elle aimait bien les chiens, mais elle ne pouvait le nier : chaque fois qu'ils passaient dans l'entrée, elle voyait les mâchoires incroyablement puissantes de l'animal, qui grognait, et elle avait transmis sa peur à Hari, de manière subliminale. De fait, Hari était terrorisé par tous les chiens, même si Zoe avait essayé de l'encourager à caresser les chiots manifestement inoffensifs au parc ; les gentils lévriers du bout de la rue ; le cocker de son amie Mindy. Rien n'y avait fait. Hari se mettait à trembler dès qu'il voyait une queue. En cela, se disait-elle souvent, elle avait encore failli dans son rôle de mère.

— Bien sûr ! répondit Patrick. C'est mon chien, sûr et certain.

Sur ce, il passa ses bras autour du cou de la bête, qui resta plantée là, haletant gaiement. Zoe remarqua que Porteous avait des miettes de pain autour des babines. C'était ridicule. Toute cette maison était accro au gluten.

— Non, ce n'est pas ton chien.

Vêtue de sa petite chemise de nuit blanche, ses longs cheveux bruns flottant dans son dos, Mary avait une allure dramatique ce matin. Les petites filles qui vivaient dans de grandes demeures ne devraient pas porter pareille tenue, songea Zoe. C'était sinistre, surtout avec les cernes noirs qu'elle avait sous les yeux et son air fatigué.

— Bonjour, Mary ! s'exclama-t-elle pour essayer de repartir de zéro. Est-ce que tu as bien dormi ?

Faisant comme si elle n'était pas là, la fillette entra dans la cuisine sans un bruit, pieds nus, ce qui ne fit qu'accentuer son allure spectrale. Elle resta un moment devant la porte, avant de sortir dans la brume matinale, en direction du pré qui se trouvait au fond du domaine, laissant des empreintes de pas dans les hautes herbes couvertes de rosée. Zoe la regarda s'éloigner avec tristesse.

— Bon, dit-elle. Euh, est-ce qu'elle va retrouver des amis ?

— On n'a pas d'amis, répondit Patrick d'une voix forte, comme si cela lui était complètement égal, avant de se pencher. Sauf Porteous, qui m'aime.

— Faites sortir cette bête d'ici, dit Mme MacGlone. Il est tout sale.

— Alors, ce n'est pas votre chien ?

— Il appartient à Wilby, le jardinier. Patrick a mal compris et maintenant…

— JE T'AIME TANT, MON TOUTOU.

Hari s'avança de quelques centimètres.

— Est-ce que tu veux que je te présente mon toutou ?

Patrick avait tendu le bras vers la table pour prendre un autre bout de pain grillé, que Porteous attrapa en bavant. Hari avança de nouveau d'un pas. Zoe l'observa, fascinée, un peu ébahie. Il avait toujours une main accrochée à son jean, mais il tendait l'autre.

— C'est le MEILLEUR des toutous, l'informa Patrick en lui donnant un bout de toast pour Porteous.

Hari, interloqué, cligna des yeux, et tout le monde se tut dans la cuisine. Puis, très lentement, d'une main tremblante, il mit le bout de pain dans ses petits doigts pour le tendre au chien.

Zoe retint son souffle. Porteous tourna alors son imposante tête poilue et attrapa le pain d'un coup de langue, l'avalant d'un trait, avec un bruit de succion. Surpris, Hari sursauta, puis laissa échapper un petit bruit, qui ressemblait à un aboiement, que seule Zoe reconnut comme un rire. C'était si rare. N'en revenant pas, elle le prit dans ses bras et déposa un bisou sur son front, alors même qu'il se tortillait pour essayer de se libérer.

Chapitre 18

— Vous savez, je pourrais sans doute laisser Patrick à la crèche aussi, dit Zoe en se préparant à partir, toujours euphorique. Je suis sûre qu'ils ont de la place.

Ce serait bien que Hari ait un copain, se disait-elle. Mme MacGlone haussa les épaules.

— Je ne crois pas que monsieur verra cela d'un bon œil. Trop de…

Zoe ne comprenait pas où Mme MacGlone voulait en venir.

— Trop de… spéculations, poursuivit cette dernière, en prononçant tout bas le dernier mot et en jetant un regard en direction de Patrick. Nous avons déjà eu suffisamment d'ennuis à l'école.

— Mais il faudra bien qu'ils retournent à l'école. Est-ce que je peux demander…, commença-t-elle, décidant de parler sans détour.

Patrick et Hari étaient maintenant en train de pourchasser Porteous autour de la table en faisant un vacarme pas possible. De temps en temps, Shackleton tendait la jambe pour essayer de faire tomber son petit frère, qui répliquait en lui donnant de violents coups de pied.

— Non, la coupa Mme MacGlone avec une petite moue. Je n'encourage ni les ragots ni les spéculations, mademoiselle O'Connell. On a assez de moulins à paroles dans cette maison.

Sur ce, elle sortit de la cuisine d'un pas décidé, armée d'une boîte de pâte à polir et d'une pile de vieux journaux.

— Ça les perturbe, lança-t-elle en passant devant Zoe. Vous ne le voyez pas ? Ça perturberait tout le monde. Et ça ne plaira pas à monsieur. Pas du tout. Si vous voulez rester ici, mêlez-vous de vos affaires.

* *

Malgré tout, quand Zoe prit la route avec Hari, elle était plus optimiste que la veille. Elle aperçut Mary en train d'errer dans les hautes herbes, toute seule au bord de l'eau, et l'observa. Il ne viendrait jamais à l'esprit de la fillette qu'une méchante adulte comme elle puisse parfaitement comprendre ce qu'elle ressentait – la solitude et la perte. Elle la regarda s'emparer d'un caillou, puis le lancer : il forma un arc parfait dans l'air brumeux, avant d'atterrir dans le loch immobile avec un plouf qu'elle ne put entendre par-dessus le moteur bruyant de sa petite voiture.

Plus loin, en passant devant les cars qui entraient tranquillement dans le parking du *Ness Centre and Café*, elle ne put s'empêcher de penser que, si un monstre avait survécu des centaines d'années dans le loch, il aurait forcément appris à éviter les parkings bruyants, remplis de personnes à sa recherche.

Pour passer le temps, elle modifiait les paroles des chansons qui passaient à la radio, inventant des histoires rigolotes de chien pour Hari. Aujourd'hui, elle allait être en forme, ordonnée, serviable et plus ouverte avec Nina, pour essayer de la convaincre qu'elle n'avait pas commis d'erreur en l'engageant, qu'elle ne lui avait pas fait la charité.

Elle jeta un coup d'œil à Hari.

— Tu vas adorer la crèche, dit-elle en feignant un enthousiasme qu'elle ne ressentait pas vraiment. Honnêtement. Tout le monde va être très gentil avec toi. Je vais m'assurer que ce grand garçon ne te fasse pas de mal.

Hari la dévisagea. Elle fut totalement incapable de décrypter son expression.

* *

— Tiens donc ! s'exclama Tara en fondant sur eux. Voilà notre beau garçon, si gentil et si calme.

Zoe grimaça.

— J'ai transmis votre dossier, lui apprit Tara. On aura bientôt de l'aide ! Entrez, entrez, on a une patère pour lui… Oh, non, apparemment, on n'en a pas. Ce n'est pas grave !

Comme Hari restait figé sur place, Zoe s'agenouilla.

— Allez, chéri, l'encouragea-t-elle, sa bonne humeur s'envolant.

C'était ridicule. Tous les jours, des gens emmenaient leurs enfants à la crèche.

N'empêchait. Depuis sa naissance, il était tout à elle, elle le chouchoutait, jouait avec lui. Elle n'avait eu à le partager avec personne ; seulement avec Jaz, quand il prenait la peine de passer les voir. Le reste du temps, il n'avait été rien qu'à elle, dans les bons comme dans les mauvais moments – les seconds étant plus nombreux, il fallait le reconnaître. Mais, à présent, elle ne se rappelait plus que les soirées passées au chaud, absorbés par la lecture de *Prune, pêche, poire, prune* ; ses sourires paresseux, les froides matinées d'hiver ; lui, assis bien droit dans sa chaise haute, en train de tendre ses petites paumes pour réclamer du rab de compote de prunes ou de serrer les lèvres, déterminé, quand les brocolis étaient au menu ; la façon qu'il avait de sautiller sur place dans le métro ; sa mine réjouie quand elle se penchait pour lui faire un bisou esquimau dans sa poussette ; ses minuscules après-skis, que sa mère lui avait envoyés cet hiver glacial, qu'il adorait et qu'il avait insisté pour porter même une fois devenus trop petits pour lui ; les moufles qu'il n'arrêtait pas d'enlever avec ses dents, détendant l'élastique, et qui finissaient sous les roues de sa poussette.

Le tourbillon de la première enfance, épuisant, mais délicieux, qu'ils avaient laissé derrière eux quand ils avaient dit adieu au pot et au rehausseur Bumbo acheté d'occasion, dont ils ne se servaient jamais ; aux carrés de coton et aux grosses boîtes métalliques de lait deuxième âge ; aux minuscules cuillères en plastique et aux bonnets de naissance ; au Sudafed, aux lingettes et aux biberons stérilisés, bouillants, tout droit sortis du lave-vaisselle ; à ses minuscules draps décorés de hérissons et à son petit peignoir à capuche, dans lequel elle l'emmitouflait, tel un ourson, avant de jouer à coucou-caché, allongés sur le tapis bon marché, devant le petit radiateur électrique, et de lui faire de gros bisous sonores sous les bras tandis qu'il riait, encore et encore, sans se douter que le monde extérieur, hors de leur petit cocon chaleureux, était bien froid.

— Il faut juste pleurer un bon coup, ma chère, tonitrua Tara.

Cette intervention irrita Zoe, mais ne fut pas totalement inutile, puisque l'envie de pleurer lui passa aussitôt. Il était juste… si petit. Sans défense.

Au même moment, ce monstre de Rory chargea sur lui, un petit bateau dans les mains. Hari tendit les siennes pour l'attraper, mais Rory le frappa avec.

— Rory ! s'écria Tara. À la Crèche des Angelots, on ne se comporte pas de cette manière avec les autres. On parle de nos émotions et on extériorise.

— Vous savez quoi ? Pourquoi on n'essaierait pas une autre fois ?

— Mais il y a cours de méditation ce matin !

Zoe se sentait mal, elle était tiraillée. Et puis elle regarda de nouveau par la fenêtre, en direction du jardin. Il fallait le faire. Elle le savait. Elle ne pouvait pas le laisser avec ces enfants malheureux dans cette grande maison, pas plus qu'elle ne pouvait l'emmener tous les jours au travail. Elle ne pouvait pas le garder dans ses jupes, même si elle en mourait d'envie.

— Va dehors, lui murmura-t-elle. Va jouer dehors, mon chéri.

Ainsi, elle put partir sans regarder son visage, mais passa tout le trajet jusqu'à la ferme à pleurer.

* *

Nina, qui ne se sentait pas franchement dans son assiette, l'attendait avec impatience, surtout parce qu'elle n'avait pas envie de passer l'aspirateur.

— Comment ça s'est passé, à la crèche ? l'interrogea-t-elle, sourcils froncés.

Zoe répondit d'une grimace, puis contourna la poule qui ne semblait pas avoir bougé depuis la veille et hérissait ses plumes en la regardant, un brin agressive. Zoe se dépêcha de sécher ses larmes, puis regarda autour d'elle. Une grande silhouette escaladait la colline, un chien bondissant derrière elle. Cela devait être la moitié de Nina. Comme elle avait de la chance.

— La journée va-t-elle être chargée ? demanda-t-elle pour penser à autre chose.

— Je l'espère.

Nina se renfrogna. Elle aurait bien fait une autre grasse matinée.

— En général, je vais à Farr, mais la saison n'a pas vraiment commencé… Le salon du randonneur s'y tiendra dans un mois, environ ; les guides Wainwright se vendent bien, à ce moment-là.

Elle désigna une pile de guides de randonnées illustrés, que Zoe descendit pour les épousseter.

— Comment est-ce qu'on fait pour le thé ?

— Les gens disent que faire bouillir de l'eau dans un van qui se déplace, ce n'est pas une idée géniale.

— Oh oui, c'est sans doute vrai.

— Ce n'est pas grave, le pub me laisse utiliser sa bouilloire. Mais je déteste les tisanes. J'ai arrêté le café, l'alcool, le paracétamol et le fromage au lait cru ; le bébé me laissera bien boire une tasse de thé.

— Plus de sushis, non plus, ajouta Zoe.

— Non plus, oui, mais ça ne court pas les rues, par ici.

— C'est vrai. Je n'aurais pas pu m'en payer, de toute façon. Ooh, est-ce que tu as lu…

— Oui, la coupa Nina.

— Tu ne savais pas ce que j'allais dire.

— Si, je sais. Je gagne juste du temps.

Zoe sourit.

— Tu ne savais pas !

— Si ! *Une vie de rêve* ! Je sais que le livre s'appelle *Sushi for Beginners* en anglais !

— Ce n'était pas… Oh. Bon, d'accord.

Nina prit le volant, tendant les mains sur les côtés, comme toujours, pour contourner son ventre. Puis elle y réfléchit. Il ne pleuvait pas, et Lennox n'avait pas sorti le tracteur. Il y avait donc de la place dans la cour. Elle cria sur la poule, mais, décidément, Flossie était trop bête pour bouger, alors elle descendit du van pour l'attraper, puis s'installa sur le siège passager, la posant sur ce qui lui restait de genoux, ses griffes boueuses plantées dans sa chair.

— Bien, dit-elle. Il faudra que tu apprennes à conduire cet engin à un moment ou à un autre. Autant le faire maintenant.

La gorge de Zoe se serra.

— Vraiment ?

— Eh bien, tu as conduit jusqu'ici, non ? Je veux dire, tu sais conduire, c'est évident.

— J'ai passé mon permis, commença Zoe, se mettant à parler très vite. Enfin, tu sais, c'est dur à Londres. Enfin, je ne pouvais pas le passer à Londres, en fait. J'ai fini par le passer chez une amie, dans le Kent, parce que je savais qu'il y aurait beaucoup moins de circulation et que j'aurais moins peur et, d'accord, je l'ai passé plusieurs fois. Et, évidemment, je ne pouvais pas vraiment me permettre d'avoir une voiture à Londres, ça ne sert à rien, il y a tellement de transports en commun et…

— S'il te plaît, dis-moi que tu peux conduire ce van, la coupa Nina, abasourdie.

— Sans doute. Mais est-ce que tu es obligée de me regarder ?

— Oui, répondit Nina un peu durement. Au cas où tu ferais une marche arrière dans ma maison.

— Et la poule va me regarder, elle aussi ? poursuivit Zoe d'une voix moins audible.

— Elle ne te regarde pas.

La poule fixait toujours Zoe de ses petits yeux perçants.

— Bon, d'accord, concéda Nina. Elle te regarde, mais elle n'a aucune idée de ce que tu es censée faire.

— Comme ça, on est deux, répondit Zoe en se hissant sur le siège conducteur.

Elle avait l'impression d'être très en hauteur par rapport au sol. Elle voulut jeter un coup d'œil dans le rétroviseur. Il n'y en avait pas.

— Un van plein de livres nous sépare de la route, lui expliqua Nina. Utilise les rétroviseurs extérieurs.

Zoe baissa les yeux vers le levier de vitesse, qui était énorme, surmonté d'un pommeau blanc.

— C'est le levier de vitesse, lui expliqua Nina.

Zoe s'efforça de ne pas s'agacer.

— D'accord, d'accord, laisse-moi une minute… Bien vérifier les rétros et les commandes avant de manœuvrer…

Elle essaya de nouveau de regarder dans le rétroviseur inexistant, avant de pester.

— Je perds mes moyens.

— Je suis désolée, mais il faut que je sois là pour te montrer les feux, et tout et tout.

— C'est à cause de la poule, en fait.

— Oublie-la un peu !

— Cot ! approuva le volatile.

Virant au rouge vif, Zoe tenta de faire passer le lourd levier de vitesse en marche arrière, mais n'y parvint pas : à la place, le véhicule fit un bond en avant. Elles entendirent un bruit sourd, de mauvais augure, à l'arrière, et Nina fit de son mieux pour cacher une grimace. Sans comprendre ce qu'elle avait mal fait, Zoe essaya de nouveau. Cette fois, le van avança brusquement, s'enfonçant plus profondément dans la boue de la cour ; ses roues arrière, qui n'adhéraient plus au sol, se mirent à tourner dans le vide.

Nina s'efforça de se rappeler qu'elle avait eu beaucoup de mal à apprivoiser le van, elle aussi, et de se montrer plus compréhensive (d'autant qu'il ne contenait pas tout un précieux chargement, quand elle avait appris à le conduire, se souvint-elle un peu tard). Mais Zoe continuait de faire vrombir le moteur, et une légère odeur de brûlé se répandit dans l'habitacle. Nina sourcilla.

— Laisse-moi juste passer la marche arrière, dit-elle en débouclant difficilement sa ceinture avant d'entrebâiller sa portière pour descendre.

— Non, ça va, ça va, je vais y arriver ! répondit Zoe, prise de panique.

Elle réussit enfin à passer la marche arrière et appuya sur l'accélérateur en serrant fort l'imposant volant entre ses mains : le van recula alors avec une secousse, l'arrière chassant un peu. Cela surprit la poule, qui sortit par la fenêtre entrouverte en volant.

— OH NON, la poule ! s'exclama Zoe, avant de redonner un coup de volant dans l'autre sens.

Le van alla s'enfoncer encore plus profondément dans la boue. Il était maculé d'éclaboussures.

Le point positif, c'était que la poule allait parfaitement bien.

Chapitre 19

La poule allait bien, mais pas Nina. C'était alarmant. Dès qu'elle réussit enfin à éteindre ce satané engin, Zoe bondit hors du van pour se précipiter de l'autre côté. Nina était très pâle.

— Mon Dieu, est-ce que ça va ? Je suis tellement désolée ! Tellement désolée !

— C'est…

Nina fit une petite grimace.

— Désolée, j'ai juste… j'ai juste…

Sur ce, Nina vomit par la portière, évitant de justesse les pieds de Zoe (ce qui constitua un soulagement, car c'était sa seule paire de chaussures élégantes).

Zoe lui tendit la main.

— Tu… tu n'as vraiment pas l'air dans ton assiette.

Nina était d'une pâleur maladive, en sueur. Zoe prit son pouls : son cœur battait à cent à l'heure.

— Est-ce que… est-ce que je peux t'emmener chez le médecin ?

— Tu as embourbé le van.

— J'ai toujours ma voiture.

— Oh, je suis sûre que ce n'est rien. Non. Ne… Ne…

Mais elle vomit de nouveau.

— Je… je ne me sens vraiment pas bien, marmonna-t-elle quand Zoe lui tendit une bouteille d'eau. J'ai juste besoin de sommeil, c'est tout.

— Ce n'est sans doute qu'un microbe, répondit Zoe, pleine de bon sens. Mais il vaudrait mieux vérifier.

— J'ai vraiment très, très chaud.

Quand la poule se mit à picorer le vomi, elles marquèrent toutes deux un temps d'arrêt, puis Nina poussa un long gémissement.

— N'appelle pas le médecin.

Zoe était déjà en train de chercher sur Google.

— Depuis combien de temps est-ce que tu ne te sens pas bien ?

Nina poussa un soupir.

— Un moment, répondit-elle tout bas.

— Pourquoi n'en as-tu parlé à personne ?

— Parce que…

La réponse ne lui plaisait pas. Parce qu'elle n'était pas prête à laisser le van. Parce qu'elle ne pouvait s'empêcher d'en vouloir à Zoe, qui avait débarqué avec son bambin adorable, bien élevé, pour lui prendre son travail et sa vie, qui n'avait aucun problème à transporter les livres et avait à l'évidence eu une grossesse idéale, là où Nina avait le sentiment d'échouer de manière visible, flagrante.

Parce qu'elle était jalouse, et parce que son histoire avec Lennox avait été si parfaite jusque-là qu'elle ne supportait pas que ce ne soit plus le cas. Pour des raisons stupides.

Elle n'en dit pas plus.

— Eh bien, je suis là maintenant, dit Zoe. Est-ce que tu veux que j'appelle ton petit ami ?

Nina secoua la tête.

— Je ne… je ne veux pas l'inquiéter.

— Si tu ne te sens pas bien pendant ta grossesse, inquiète tout le monde ! lui conseilla Zoe en esquissant un sourire. Je suis sérieuse. Fais-en des tonnes.

Elle l'aida à descendre, surprise de constater à quel point Nina était chancelante : elle avait du mal à tenir sur ses jambes.

— Je suis sûre que j'ai mangé quelque chose qui ne passe pas, dit Nina, qui se sentait très mal, nauséeuse, paniquée et avait seulement envie de s'allonger. Est-ce que je peux juste aller me coucher ? Dans mon lit ?

— Le médecin pourra-t-il passer ? l'interrogea Zoe, se disant que c'était sans doute la meilleure stratégie à adopter.

— Oui, répondit la jeune femme d'une voix faible.

Zoe la conduisit à l'intérieur de la ferme. Comme tous ceux qui y entraient, elle fut surprise par sa décoration moderne et épurée. Nina n'avait jamais vraiment eu de raison de penser du bien de Kate, l'ex-femme artiste de Lennox, mais elle avait toujours apprécié son bon goût.

Un peu mal à l'aise (cela dit, être mal à l'aise et faire intrusion chez des inconnus semblait être sa spécialité, ces temps-ci), Zoe aida Nina à se mettre au lit. Elle lui trouva un pot pour vomir, ce que Nina s'empressa de faire, lui prépara un bon thé, qu'elle ne put garder, puis appela le cabinet du généraliste du village. On lui passa le médecin, qu'elle passa à Nina. Ensuite, tout alla très vite.

Le médecin, Joan, était une femme très pragmatique qui avait des cheveux courts, des sabots aux pieds, et une attitude péremptoire envers les êtres humains, mais une profonde dévotion envers les animaux. Elle déboula dans son SUV dégoûtant, plein de poils, un chien à l'arrière (ce qui était sans doute contraire à toutes les recommandations de la Sécurité sociale), se lava les mains, examina rapidement Nina et appela les secours.

Les deux jeunes femmes commencèrent alors à avoir très peur. Nina attrapa la main de Zoe, oubliant totalement qu'elles n'étaient pas si proches, et lui demanda d'aller chercher Lennox : il était dans le champ du haut et n'avait pas de réseau.

— Bien sûr, répondit Zoe, sans même penser à ses chaussures.

Arrivée à la porte, elle se retourna.

— À quoi ressemble-t-il ?

— C'est le mec super canon, répondit Nina, le visage pâle, en sueur.

— Euh, d'accord.

— Grandes jambes, cheveux blond-roux, précisa le Dr Joan, qui était allée chercher la poule et la caressait avec douceur tout en demandant aux filles quelle quantité de vomi la pauvre bête avait ingurgitée.

Zoe sortit en courant.

Le vent s'était levé. Il poussait les nuages devant le soleil, lui donnant l'impression que le monde bougeait sous ses pieds – soleil, ombre, soleil, ombre –, tandis qu'elle courait. Il la ballottait et lui brûlait les yeux. Ses pieds s'enfonçaient dans les sillons vides de cultures des champs automnaux, et elle se rappela (sa lecture assidue d'*Hirondelles dans la neige* plus qu'une quelconque expérience concrète de la ferme) de fermer le portail derrière elle. Elle se retrouva à courir à travers des prés remplis de moutons que, dans n'importe quelle autre circonstance, elle se serait arrêtée pour regarder.

Au lieu de cela, elle se contenta de hurler : « Lennox ! Lennox ! » dans le vent, jusqu'à ce qu'un ouvrier agricole vienne à sa rencontre et la dévisage avec curiosité.

— Lennox ? demanda-t-elle.

Il secoua la tête avant de lui indiquer une grange si éloignée qu'elle ne formait qu'un minuscule point à l'horizon. Zoe avait de la boue jusqu'aux chevilles. Elle se rappela confusément la rangée de bottes en caoutchouc près de la porte des Beeches, comprenant enfin pourquoi ils en avaient autant de paires. C'était trop tard, de toute façon : ses chaussures étaient fichues. Elle leur jeta un coup d'œil. Elles appartenaient à une vie révolue depuis longtemps.

Elle reprit son souffle, puis sa course, finissant par apparaître à la porte de la grange. Cela faisait des années qu'elle n'avait pas autant couru, réalisa-t-elle. Si les circonstances n'avaient pas été aussi terribles, courir à bride abattue sur une colline ensoleillée pour se retrouver essoufflée, totalement épuisée, aurait été libérateur, nouveau.

— Pardon, mais d'où vous sortez, vous ? lança une voix pas désagréable.

— Êtes-vous Lennox ? lui demanda-t-elle, haletante, stupéfaite d'avoir la gorge aussi à vif.

— Voui.

Il la regarda. Au chevet d'une brebis malade, il faisait ce qu'il faisait tous les jours ; tout à sa tâche, à l'exclusion de tout le reste, y compris ce que Nina pouvait être en train de fabriquer. (En général, cette capacité de concentration exceptionnelle avait le don d'exaspérer Nina, tout en l'excitant terriblement.)

— C'est Nina, aboya-t-elle. Il faut venir tout de suite.

Son visage changea aussitôt, et il se leva d'un bond, sourcils froncés.

— Que… Qu'est-ce qui se passe ? l'interrogea-t-il en sortant au pas de charge.

Il fit monter Zoe à l'arrière de son quad (elle n'en avait jamais vu d'aussi près ; aucun d'eux ne mit de casque), puis dévala la colline à tombeau ouvert, rebondissant sur les ornières et surfant presque sur les zones les plus herbeuses. Zoe n'eut pas le temps de dire ouf. Là encore, si la situation n'avait pas été si grave… elle aurait pu adorer cela.

Joan les attendait ; l'ambulance était encore loin.

— Qu'est-ce qui se passe, Joan ? l'interrogea-t-il en se précipitant à l'intérieur, laissant Zoe descendre toute seule du quad.

— Est-ce que tu connais la toxémie ? l'interrogea le médecin.

Lennox se figea dans l'embrasure de la porte. Sa main se mit à trembler. Il avança d'un pas.

— Oui. Mon Dieu. Ça tue les brebis ! Ça les intoxique et ça les tue.

— Non, non, ce n'est pas si grave, franchement. C'est un mauvais exemple. Ce n'est pas si grave chez les femmes. Ça se soigne si c'est pris à temps, et c'est le cas. On va le prendre à temps.

Elle consulta sa montre.

— Depuis combien de temps est-ce que tu te sens mal ? demanda-t-il à Nina en entrant dans la chambre.

Elle était d'une pâleur spectrale sur le lit. Comment avait-il pu ne rien remarquer ? Fichues moissons.

— Pourquoi est-ce que tu ne m'as rien dit ?

Le visage de Nina se contracta.

— Parce que tu étais occupé, et que j'étais occupée et… j'ai cru que c'était… j'ai cru que ça se passerait mieux que ça…

Elle éclata en sanglots. Il la rejoignit d'un bond près du lit, puis lui caressa tendrement les cheveux.

— Là, là. Là, là, lui dit-il d'une voix apaisante, exactement comme il l'aurait fait avec l'une de ses brebis malades.

Nina s'en rendit compte, mais se blottit malgré tout contre son flanc puissant et se sentit réconfortée.

Chapitre 20

Le van n'ouvrit pas ses portes, ce jour-là. (En réalité, dans la panique, elles avaient toutes les deux oublié de dire à Lennox qu'il était enlisé, si bien que, quand il plut cette nuit-là, il se retrouva dans un gigantesque bourbier, qui finit par se transformer en sables mouvants. Il fallut cinq hommes pour extirper ce satané engin de là, mais aussi louer une pelleteuse, ce que Lennox fit gentiment passer pour des dépenses agricoles sans jamais en parler à Nina.)

Nina était profondément soulagée. On lui avait diagnostiqué une pré-éclampsie, très vite et sans en faire toute une histoire, ce qui montrait bien que le personnel avait déjà vu cela un million de fois, même si le médecin avait baissé ses lunettes et la voix avant d'annoncer la terrible nouvelle : elle allait devoir être hospitalisée, sans doute jusqu'à son accouchement, rester au calme et bouger le moins possible.

— Vraiment ? l'avait interrogée la jeune femme en clignant des yeux.

— Je suis sincèrement désolée, avait répondu le médecin. Vous allez trouver le temps long.

Nina avait froncé les sourcils.

— Mais je pourrai lire, non ?

— Oh, oui !

— Cela ne nuira pas au bébé ?

— Pas le moins du monde.

Nina s'était alors laissée retomber sur ses oreillers.

— Je crois… je crois que ça devrait aller, avait-elle dit, Lennox la serrant fort contre lui.

* *

Zoe, assise à côté de Lennox dans la Land Rover, regardait dans le vide pendant qu'il conduisait.

Sa vie ici ne ressemblait pas du tout à ce qu'elle s'était imaginé. Elle avait espéré assister quelqu'un dans une librairie ; un nid douillet dans une maison charmante, pas une chambre de bonne avec des lits en fer et des bains froids. Elle avait eu faux sur toute la ligne. Elle sourit tristement en pensant à l'image qu'elle avait eue d'elle-même : en train de lire paisiblement toutes les nouveautés, d'illuminer la vie d'adorables bambins sans maman et, plus généralement, d'aider les gens à sortir de situations délicates, une espèce de mélange entre Mary Poppins et Super Nanny. Elle ne s'était pas imaginée, elle le réalisait à présent, en train de regarder une poule manger du vomi. Dans sa vie, nombre de ses rêves n'avaient pas pris la tournure espérée.

Derrière eux, une voiture ralentit avant de donner de grands coups de klaxon. Elle se retourna, surprise, se demandant qui cela pouvait être. C'était Joan, le médecin.

— BON BOULOT, AUJOURD'HUI, hurla-t-elle à Zoe par la fenêtre.

À l'arrière de sa voiture, plusieurs chiens se mirent à aboyer en chœur.

— VOUS AVEZ EU RAISON DE LE PRENDRE AU SÉRIEUX. PARFAITEMENT RAISON !

Sur ce, elle remonta sa vitre, puis s'éloigna en crissant des pneus sur la route pleine d'ornières, projetant de la boue partout. Sa voiture était d'une saleté sans nom, remarqua Zoe. Elle espérait que Joan ne pratiquait pas souvent d'interventions chirurgicales.

Lennox la déposa près de sa petite Renault verte. Il se tourna alors vers elle, comme s'il se rendait compte de sa présence.

— Oui, dit-il d'une voix grave. Oui. Merci. Heureusement que vous étiez là.

Quand Zoe descendit de la Land Rover, la poule la fixa méchamment, sans ciller.

« Heureusement que j'étais là », eut-elle envie de lui dire pour la narguer. Puis elle monta dans sa Renault, prête à partir, et s'aperçut que quelqu'un avait laissé un panier d'œufs frais, dont certains étaient encore chauds, avec quelques plumes collées dessus, sur le siège passager.

Chapitre 21

Bien sûr, Zoe se faisait du souci pour Nina. Une de ses amies avait fait une pré-éclampsie, et elle savait que c'était une expérience éprouvante, mais aussi solitaire et ennuyeuse : coincée à l'hôpital, sans profiter des plaisirs de la fin de grossesse (même si ceux-ci se résumaient surtout, se rappelait-elle, aux gens qui vous touchaient le ventre sans autorisation ou vous demandaient si vous attendiez des jumeaux et comment vous faisiez pour tenir debout sans perdre l'équilibre, entre autres théories constructives), sa copine passait sa vie dans le bain (son ventre dépassant de l'eau, telle une île isolée) et ne s'était jamais sentie aussi seule que lorsqu'elle n'avait personne pour l'aider à mettre ses chaussettes.

Bref, Zoe se faisait du souci, mais elle était contente que Nina soit en sécurité, à l'hôpital. Au volant de sa petite voiture verte bringuebalante, elle passa devant les cars qui quittaient le loch Ness pour la journée dans un nuage de pots d'échappement, longea la rive sous l'ombre allongée des montagnes, aperçut la petite queue blanche d'une biche en train de disparaître dans la forêt, puis tourna dans la longue allée qui menait à la demeure, et elle ressentit quelque chose. Au départ, elle ne fut pas certaine de ce que c'était. Mais il y avait une possibilité, infime, que ce soit… que ce soit un genre d'optimisme. Une lueur d'espoir. Comme si quelque chose – un minuscule semis, après avoir passé tant de temps dans l'obscurité – commençait à sortir de terre.

Les choses auraient pu virer au drame, ce jour-là. Mais cela n'avait pas été le cas. En prime, elle avait vu un Hari à l'air inconsolable s'élancer vers elle, fou de joie, quand elle était passée le prendre à la crèche. Elle l'observa du coin de l'œil, assis sur le siège arrière : il regardait la maison par la fenêtre, l'air ravi d'être rentré. Quand elle avait demandé à Tara comment s'était passée cette première journée, cette dernière avait paru mal à l'aise, ailleurs, mais il était avec elle maintenant, et c'était suffisant.

* *

La bonne humeur de Zoe s'envola aussitôt passé la porte de la cuisine. Les cris s'entendaient à des kilomètres. C'étaient de vrais hurlements, retentissants.

Le bruit était terrifiant. Comme si quelqu'un était en train de se faire massacrer. Le soleil disparut derrière un nuage, plongeant subitement la grande demeure dans l'ombre, et Zoe arrêta la voiture. Elle dit à Hari de rester à sa place, sans bouger, puis regarda autour d'elle, à la recherche d'un objet pour frapper l'assaillant. Par chance, un exemplaire relié du *Hobbit* était posé à l'arrière. Elle s'en empara, le cœur battant, puis avança à pas de loup, le tenant prudemment au-dessus de sa tête, la peur au ventre…

Elle jeta un coup d'œil par l'embrasure de la porte. Les hurlements s'intensifiaient.

— Il y a quelqu'un ? demanda-t-elle d'une voix qu'elle voulut grave et menaçante, mais qui parut plutôt forte et nerveuse. Qui est là ?

Les cris cessèrent brusquement, et Zoe sentit des fourmillements dans ses bras.

— QUI EST LÀ ? hurla-t-elle avant de faire irruption dans la cuisine, les bras en l'air.

En la voyant, livide, tremblante, tenant *Le Hobbit* au-dessus de sa tête, les trois enfants par terre furent aussitôt pris d'un fou rire moqueur. Même Mme MacGlone, devant l'évier, se retourna, et Nina vit ses lèvres se contracter.

Mary, allongée de tout son long sur le sol, les cheveux ébouriffés, s'évertuait à donner des coups de pied au menton à Shackleton. Elle se redressa.

— Qu'est-ce que tu vas faire, nous tuer à coups d'elfe ? demanda-t-elle d'une voix sonore.

— À coups d'ennui, plutôt, rectifia Shackleton. Tu aurais au moins pu te servir des *Watchmen*. Le livre est dans les toilettes du bas.

Patrick lui adressa un regard sévère.

— En fait, on ne faisait que s'amuser, c'est tout.

Comme souvent, la peur de Zoe se transforma en colère.

— Ça ne s'appelle pas s'amuser, ça ! Regardez-vous !

Shackleton arborait un gros bleu au menton, là où Mary l'avait frappé ; Patrick avait des marques de griffure sur tout le visage.

— Vous les laissez faire ? demanda-t-elle à Mme MacGlone, qui resta de marbre.

— Je ne suis que la gouvernante. Ça ne me regarde pas, rétorqua-t-elle stoïquement, avant de consulter sa montre de manière appuyée.

— C'est la faute de Shackleton ! hurla Mary avec véhémence. C'est lui qui a commencé !

— Tais-toi, espèce de harpie ! Ce n'est pas moi. Comme si j'en avais quelque chose à faire de ce que tu traficotes.

— T'es qu'un odieux menteur, qui ne peut pas la mettre en veilleuse ! s'écria Mary, dans tous ses états.

— En fait, vous êtes tous les deux les personnes les plus débiles AU MONDE, brailla Patrick, qui ne tenait pas à être laissé pour compte.

Tous trois se mirent alors à s'invectiver et à se donner des noms d'oiseau.

Zoe, toujours sur les nerfs, grimpa sur la chaise la plus proche, puis laissa tomber le lourd roman sur le dallage.

Cela fit un bruit énorme. Les trois enfants s'arrêtèrent un instant.

— BON, lança-t-elle d'une voix qui excluait toute discussion. Ça suffit comme ça.

— Mais…, tenta Mary.

— Tais-toi. Tout de suite.

— Sinon quoi ? Tu vas partir ? Ça ne nous dérange pas.

— J'ai bien peur que non. En fait, j'ai découvert aujourd'hui que j'allais rester ici un bon moment, que ça vous plaise ou non.

Cela ne leur plaisait pas, et ils ne se génèrent pas pour le lui montrer.

— Bien. J'ai un gâteau et des saucisses dans ma voiture.

C'était vrai. La femme qui l'avait servie à la petite épicerie du village l'avait fixée en silence, bouche bée, pendant si longtemps que c'en avait été impoli et que Zoe s'était demandé si elle n'avait pas un handicap.

— Je les ai rapportés pour le dîner, poursuivit Zoe. Je vais préparer à manger avec ces ingrédients. Mais vous allez devoir faire deux ou trois petits trucs avant.

— Tu comptes nous acheter avec des saucisses ? lança Mary avec un profond mépris.

— Des saucisses ! s'exclama Patrick avec joie.

— Je ne vous achète pas. Je vous nourris. À condition que vous vous leviez.

Shackleton obtempéra de mauvaise grâce. Au passage, Mary lui envoya un bon coup de pied dans les rotules.

— Hé ! l'avertit Zoe.

Une fois qu'ils furent tous debout, elle descendit de sa chaise pour aller chercher Hari dans la voiture, qui entra timidement dans la pièce.

— Toi, tu aides Mme MacGlone à ranger les tasses, dit-elle à Patrick avant de se tourner vers Shackleton. Toi, tu passes un coup de balai dans la pièce, elle en a besoin. Et toi, tu vas mettre les piles de linge dans les chambres.

— Non, répliqua Mary. Ce n'est pas notre travail.

— En fait, si. À partir d'aujourd'hui, ça l'est. À partir d'aujourd'hui, tout le monde participe. Car, quand vous passez votre temps à flemmarder, vous vous attirez des ennuis. Je me fixe donc pour mission de vous occuper.

À pas feutrés, Patrick s'approcha de l'évier, où il entreprit sans discuter de ramasser les tasses, l'une après l'autre.

— Fayot, lui lança sa sœur.

— Si tu ne veux pas de saucisses et de gâteau, libre à toi, lui dit doucement Zoe.

— Bien, parce que ça pue.

— Mais tu es quand même obligée de ranger ton linge.

— Non, je ne suis pas obligée.

Zoe ramassa les vêtements de Mary qui séchaient devant la cheminée. Il fallait vraiment qu'ils mettent de l'ordre dans cette cuisine ; c'était un vrai capharnaüm, inconfortable et improductif.

— Si tu ne les emportes pas, je les mets à la poubelle.

— Tu n'es pas sérieuse.

La fillette regarda Mme MacGlone.

— Madame MacGlone, elle est complètement folle.

La gouvernante ne pouvait le nier. Elle aimait ces petits bouts de chou sans mère, à sa manière, et faisait de son mieux avec eux, mais ils étaient totalement incontrôlables, et ce n'était pas à elle de les maîtriser. Si cette personne étrange, cette septième tentative, y parvenait, tant mieux. Ramsay avait peur de ses propres enfants, et elle ne valait pas beaucoup mieux : elle se méfiait trop de la langue bien pendue de Mary ; avait trop conscience d'avoir toujours été la bonne et de la place qu'elle occupait.

Mme MacGlone semblait terrible, mais ne l'était pas. Zoe, elle, semblait douce comme du miel, mais ne l'était pas.

La jeune femme jeta une des chaussettes de Mary dans la cheminée. La fillette la regarda, outrée, horrifiée, mais aussi, en son for intérieur, un peu impressionnée.

— Je déteste ces chaussettes, je m'en passerai.

— Range ton linge !

— Non !

Le silence régnait désormais dans la pièce : les autres les observaient de près, impatients de connaître l'issue de cette confrontation. Zoe aurait vraiment aimé la connaître.

Il était trop tard, à présent. Le moment était crucial. Si elle cédait maintenant, autant plier bagage. Et elle ne pouvait vraiment pas se le permettre.

Il fallait avoir un message cohérent, non ? Et se montrer inflexible. Mais ne l'était-elle pas trop, là ? En brûlant des chaussettes ? Aux yeux de Zoe, la situation manquait de dignité.

Mary la dévisageait, les bras croisés, l'air suffisant, comme si elle la mettait au défi d'aller plus loin.

— Il y a un train de nuit qui part vers le sud, ce soir, tu peux encore l'attraper, lança-t-elle avec insolence. Tu ne nous manqueras pas.

Ce fut plus fort qu'elle : les yeux de Zoe s'embuèrent subitement. Elle ne pouvait pas s'en sortir de cette manière, pas avec tout ce qu'il y avait à faire. Elle examina la pile de linge, pour en sortir un petit gilet de laine – il était forcément trop petit pour Mary ; elle ne devait plus pouvoir le porter, de toute façon. De minuscules renards étaient brodés dessus. Puis elle s'approcha de la cheminée, le gilet dans les mains.

La fillette poussa alors un hurlement, qui fit passer les cris précédents pour de simples rires.

Chapitre 22

Mary bondit sur Zoe, telle une bête apeurée. La jeune femme en était convaincue : si elle avait vraiment mis ce cardigan dans le feu, la petite l'y aurait suivi sans réfléchir. Mary était bouleversée. Elle le lui arracha des mains, puis le serra contre elle, le coinçant sous son menton, comme une enfant beaucoup plus jeune, les larmes ruisselant sur ses joues.

— C'est sa mère qui lui a fait ce gilet, expliqua tout bas Mme MacGlone, toujours près de l'évier.

La gorge de Zoe se serra. Oh non. C'était horrible. Vraiment horrible. Elle s'en voulait terriblement.

Elle regarda Mary, vide de toute colère, ne ressentant plus qu'une immense pitié pour cette petite.

— Pourquoi laisses-tu traîner un objet auquel tu tiens autant ? l'interrogea-t-elle d'une voix douce. Ne préférerais-tu pas le conserver précieusement ?

Il n'y avait pas un bruit dans la cuisine. L'enfant traumatisée se figea une seconde, avant de finir par opiner du chef avec brusquerie, l'air furibond.

Zoe s'avança tout doucement, avec prudence, comme si elle s'approchait d'un animal sauvage – ce qui était le cas. La fillette recula.

— Viens avec moi, lui dit gentiment Zoe. On va ranger ça toutes les deux.

Elle lui parla d'une voix douce, apaisante, presque chantante. Mary était confrontée à un dilemme : Zoe voyait son désir désespéré de continuer à la défier, pour la forcer à partir, mais aussi la profonde lassitude sur son visage. Cela devait être épuisant de se battre contre le monde entier, à longueur de temps, d'être si en colère, si frustrée, chaque jour, chaque minute.

Elle ne la toucha pas ; elle se contenta de prendre la pile de linge et de lui en tendre la moitié. Mary ne dit pas un mot, ne capitula en rien.

Mais elle prit le linge.

* *

La traitant toujours comme si elle était susceptible de l'attaquer et de la mordre à tout moment, Zoe ouvrit la porte de la pièce qu'elle supposait être la chambre de Mary. Il faisait sombre à l'intérieur ; les rideaux étaient fermés, ils donnaient l'impression de ne pas avoir été ouverts depuis longtemps.

La pièce était grande, mais aucune concession n'avait été faite en matière de décoration pour montrer qu'il s'agissait d'une chambre d'enfant. Les murs étaient lambrissés, ornés de vieilles peintures à l'huile. Les rideaux en tartan, d'un bordeaux profond, étaient assortis au couvre-lit. Des tapis persans recouvraient le plancher sombre.

Quelques jouets traînaient ici et là ; ils étaient destinés aux toutes petites filles. Une maison de poupées (très belle) n'avait plus de façade, et tous ses meubles étaient dispersés sur les vieux tapis. Des livres, qui n'avaient jamais été ouverts, jonchaient le sol, pêle-mêle. Le lit était fait, mais rien d'autre n'avait été touché, sans doute sur ordre de Mary. Des vêtements étaient éparpillés dans toute la pièce.

— J'aimerais bien…, commença Zoe d'un ton toujours léger. J'aimerais bien pouvoir faire comme Mary Poppins : tout ranger en un claquement de doigts. Si j'avais un superpouvoir, j'aimerais que ce soit celui-là, pas toi ?

Mary regarda autour d'elle, puis fronça les sourcils. Mais elle répondit :

— C'est le superpouvoir le plus débile que j'aie jamais entendu.

— Eh bien, quel serait le tien ?

— Je me dématérialiserais, évidemment.

Zoe fut surprise. Eh bien, il y avait du progrès, en quelque sorte.

— Bon, répondit-elle. Alors, est-ce que tu ranges tes vêtements dans un endroit précis ou est-ce qu'on doit faire de la place ?

Mary haussa les épaules.

— Et si on mettait… les pantalons et les collants ici ?

Elle ouvrit une lourde commode en bois. Les vêtements à l'intérieur étaient minuscules, pour les toutes petites filles. Elle n'en revenait pas. Les robes étaient magnifiques, avec des smocks cousus main et de petits imprimés liberty. On aurait dit la garde-robe d'une fillette du siècle dernier. Mais tout était si petit.

Zoe regarda de nouveau Mary, dans sa chemise de nuit crasseuse.

— Mary, as-tu besoin de nouveaux vêtements ? l'interrogea-t-elle à mi-voix.

La petite secoua la tête.

— J'aime mes vêtements.

Zoe considéra de nouveau le cardigan. Les petits renards brodés dans la laine étaient exquis.

— Ils sont beaux. Ils sont tous très beaux. Mais est-ce que tu ne préférerais pas avoir des vêtements plus à ta taille ?

Mary secoua farouchement la tête.

Zoe alla ouvrir les rideaux : la lumière du soir, dorée, délicieuse, inonda subitement la pièce, révélant la couche de poussière qui recouvrait chaque surface. Elle ouvrit aussi une fenêtre. Cela ne sentait pas mauvais, juste le renfermé. La tristesse. L'air frais de l'automne, plus frais que ne le laissait penser le soleil, pénétra à l'intérieur.

— C'est mieux, dit Zoe. Je me sens toujours mieux quand je peux respirer.

Elle regarda autour d'elle.

— Bien. Rangeons tes vêtements, pour voir ce que tu as, d'accord ? Assurons-nous que tout est ordonné et bien entretenu.

Mary chercha une contradiction à apporter, mais ne sembla pas en trouver et se contenta de hausser les épaules.

— Je nous ferai des saucisses plus tard, dit Zoe en entendant la porte claquer en bas et en réalisant que Mme MacGlone devait être partie. Il faut vraiment que j'apprenne à cuisiner à Shackleton.

Mary esquissa un demi-sourire.

— Shackleton ne pourrait rien cuisiner ! Il est bien top débile.

— On n'a pas besoin d'être intelligent pour cuisiner, répondit Zoe, ne souhaitant pas la contrarier. Un chien pourrait faire un hachis.

— Non, il ne pourrait pas !

— Si ! Mais il faudrait qu'il découpe les carottes avec ses dents. Ouaf !

Et ce fut là que Ramsay les trouva, comme il empruntait le couloir pour aller se chercher une tasse de thé, en espérant ne pas se retrouver en plein chaos : sa petite fille et la nouvelle venue, deux têtes brunes penchées au-dessus d'une pile de vêtements, qu'elles pliaient et suspendaient. Il s'arrêta un instant à la porte, jusqu'à ce que Mary tourne la tête et le voie, et qu'il ait la surprise de constater que, pour une fois, elle n'était ni en train de hurler sur quelqu'un ni en train de se cramponner à ses jambes.

— Bonjour, ma chérie, dit-il tout doucement. Est-ce que je peux entrer ?

Mary fit oui de la tête, et Zoe se recula. Il s'assit par terre, pliant son grand corps encombrant en deux, tel un transat.

Il aperçut alors le cardigan que Mary gardait jalousement sous son bras.

— Oh, dit-il à mi-voix. Le cardigan aux renards.

Mary s'empourpra.

— Il est beau. Est-ce qu'il te va encore ?

La fillette refusa de répondre.

— On pourrait le donner à Patrick.

Zoe grimaça. C'était précisément la chose à ne pas dire. Elle avait vu juste : le visage de Mary se décomposa.

— Oh non, hors de question ! Il l'abîmerait ! Il n'a pas le droit de le toucher ! Il abîme tout.

— Ah, d'accord, d'accord, se dépêcha de répondre Ramsay en changeant de position.

Il paraissait tout bonnement trop grand pour la pièce, bien que cette dernière soit vaste.

— Euh…

— Regardez, dit Zoe en vitesse en attrapant la première chose qui lui tomba sous la main. Regardez ce que j'ai trouvé, tout chiffonné, dans le fond du placard. Je parie que ça te va encore.

C'était un tee-shirt rayé aux couleurs vives, avec une grosse tête de lion en plein milieu.

— Tu le mettras quand tu auras envie de rugir, ajouta-t-elle avec un sourire.

Le visage de Mary s'illumina.

— Mon tee-shirt lion ! Je croyais l'avoir perdu. Je pensais que Patrick me l'avait volé.

Puis elle fronça les sourcils, se rappelant manifestement la terrible punition qu'elle avait réservée à son petit frère.

— Je pourrais sans doute découdre un peu l'ourlet, et je pense qu'il t'ira encore très bien, lui proposa Zoe avec précaution.

Mary enfila le tee-shirt tout poussiéreux par-dessus sa chemise de nuit : comme Zoe s'y attendait, il lui allait encore, tout juste. La petite esquissa un sourire.

— Bien joué, dit Ramsay à Zoe, qui se tourna vers lui.

— Ne criez pas victoire trop tôt, répondit-elle en consultant sa montre.

Hari aurait dû être au lit depuis longtemps déjà, elle ne savait toujours pas se servir de la cuisinière, et elle sentait l'odeur de pain grillé, autrefois exquise, mais aujourd'hui de mauvais augure, monter dans l'escalier.

— Le dîner n'est pas encore prêt, ajouta-t-elle.

— Je n'en veux pas, répondit Mary du tac au tac.

— Ce n'est pas grave, répondit Zoe avec lassitude, avant de se relever. Ce n'est pas grave.

* *

Zoe se réveilla sans aucune idée de l'heure qu'il était. Hari n'avait pas encore bougé, et toute la maison semblait plongée dans le silence. Si ce n'était… si ce n'était…

Elle tendit l'oreille. Le bruit semblait provenir de devant sa porte. Des sanglots bruyants. Désorientée, le cœur battant, elle vérifia de nouveau que Hari dormait. Puis elle se leva d'un bond.

— Il y a quelqu'un ? hasarda-t-elle.

Les sanglots continuèrent.

— Mary ?

Pas de réponse. Elle alla jusqu'à la porte, traversant le lino sur la pointe des pieds, avec prudence. Dehors, le vent gémissait dans les arbres. Elle était totalement terrifiée. C'était ridicule, il fallait qu'elle se reprenne.

— Patrick ? Ça va. Ça va, Patrick, j'arrive.

S'armant de courage, elle ouvrit la porte d'un seul coup…

Les sanglots cessèrent aussitôt. Il n'y avait rien ni personne. Elle balaya le couloir du regard, mais il était désert.

— Il y a quelqu'un ? Il y a quelqu'un ?

Mais la maison ne répondit pas.

Chapitre 23

— Merci encore, répéta Zoe.

Désembourber un van n'était vraiment pas une mince affaire. La matinée était fraîche, sèche. Zoe avait réussi, s'était forcée, à se persuader que ce qui s'était passé pendant la nuit n'était qu'un rêve.

— Hum.

Zoe réalisa vite que personne ne plaisantait en disant que Lennox n'était pas bavard. Elle avait emmené Hari ; elle penserait à la crèche plus tard. Après tout, cela ne pouvait pas lui faire de mal de fréquenter quelqu'un qui s'en sortait manifestement très bien, mais ne ressentait pas non plus le besoin de parler beaucoup.

Malgré tout, Zoe ne pouvait le nier. Une partie d'elle pensait que changer d'air, aller à la crèche, la nouveauté, provoquerait une réaction chez lui. Que son petit garçon émettrait au moins quelques sons. Elle ne pensait qu'à cela en parcourant les longues routes de la région, où, chaque jour, elle avait l'impression d'assister à une nouvelle scène. Elle entendit un pivert tambouriner sur un tronc, dans les bois. Vit des poissons sauter dans le loch. Elle aurait aimé explorer davantage les environs, mais avait trop à faire.

— Comment va Nina ?

Lennox fronça les sourcils.

— Je serais tenté de dire qu'elle passe un mauvais moment, mais je ne suis pas sûr de le pouvoir. Une nouvelle livraison est arrivée… Est-ce que tu pourrais lui choisir un livre ?

— Je pense qu'elle a déjà tout lu.

— Oui, répondit simplement Lennox.

— Je regarderai, sans problème. C'est peut-être le moment de relire quelques classiques.

Lennox avait lessivé tout le van ; il était rutilant.

— Est-ce que tu es sûre de savoir le conduire ?

— Il faut juste que je m'exerce… sans que personne m'observe, répondit Zoe de manière résolue.

Lennox eut alors un petit sourire en coin, c'était indéniable.

— Et pas de ça avec moi, mon coco ! Ce petit sourire en coin, très masculin. C'est encore pire !

— D'accord, d'accord, répondit-il en levant les mains et en reculant, avant de s'avancer de nouveau.

Hari ne faisait pas attention à eux ; accroupi, il essayait de caresser la poule, qui s'éloignait en se dandinant chaque fois qu'il s'approchait trop.

En le voyant courir après cette bête, Zoe sourit. Elle avait dormi comme un loir la nuit précédente. Cela avait sans doute à voir avec la fraîcheur de l'air, la nuit – Londres retenait la chaleur, les immeubles eux-mêmes en dégageaient.

Ici, le vent était frais, et quand elle était allongée dans son lit, la fenêtre entrouverte, elle savourait le luxe de ne pas avoir à s'inquiéter d'être réveillée par des cambrioleurs, des dealers, des sirènes, des hélicoptères, des chauffeurs Uber en train de crier ou des bagarres sous sa fenêtre.

Même si elle n'avait aucune certitude quant à l'avenir (et n'était toujours pas certaine à cent pour cent qu'une folle n'était pas emmurée dans le grenier de la maison où elle vivait), elle se sentait étrangement en sécurité. Le vent frais ; Hari qui dormait paisiblement ; le hululement occasionnel d'un hibou ou le cri d'un autre animal en train de le fuir ; l'odeur des baies dans l'air nocturne.

Après s'être réveillée en pleine nuit, elle était retournée se coucher, épuisée émotionnellement, s'attendant à se tourner et se retourner dans son lit, en proie à l'inquiétude. Au lieu de cela, elle s'était allongée un moment et s'était sentie comme bercée par le ciel nocturne qu'elle apercevait à travers les rideaux ouverts, les étoiles brillant de mille feux, non voilées par la pollution lumineuse ; elle avait voulu attraper son livre, mais, en s'en emparant, l'avait fait tomber de l'étagère et avait sombré dans un sommeil profond, telle Alice chutant dans le terrier du lapin blanc. Elle s'était réveillée, revigorée, un courant d'air frais et un rayon de soleil froid et limpide pénétrant par les rideaux ouverts, mais aussi, comme d'habitude, un petit garçon assis sur sa poitrine.

* *

À grand-peine, avec une lenteur d'escargot, Zoe démarra le van, puis passa le portail de la ferme. Elle resta en deuxième : cela ferait l'affaire, le temps de prendre le coup de main. Lennox la regarda s'éloigner, inquiet. Ce van était la plus grande fierté de Nina ; toute sa vie. Sur ordre du médecin, elle devait éviter tout stress. Il espérait donc sincèrement que Zoe n'allait pas se louper – emboutir le van, détruire le stock ou l'affaire de Nina. Il poussa un soupir. Ils ne pouvaient pas vraiment se le permettre, mais il engagerait un autre berger pour la saison ; sa place était à l'hôpital. Ils ne parlaient pas beaucoup (il lisait la presse agricole ; elle le battait au Scrabble), mais cela n'avait pas d'importance. Il était là, et c'était tout ce qui comptait.

* *

Une fois sur la place du village, Zoe préféra ne pas tourner à droite pour aller se garer dans son coin habituel. Elle en fit tout le tour par la gauche, et finit par y arriver quand même. Elle pourrait sans doute procéder ainsi partout où elle irait, dorénavant, songea-t-elle.

Le petit village était ravissant, ce matin. Les pavés étaient encore brillants de pluie ; de la fumée sortait des cheminées des petits cottages blanchis à la chaux. Des enfants jouaient dehors, profitant de leurs vacances, et Mme Murray avait sorti tout un éventail de seaux, de pelles et de serviettes de bain colorés devant sa boutique, pour ceux qui se rendaient sur les berges du loch.

Nerveuse, Zoe s'installa à son emplacement, retourna l'écriteau signalant l'ouverture, mit les dernières arrivées bien en vue, puis ouvrit la porte, un sourire plein d'espoir aux lèvres.

La matinée fut chargée, mais pas particulièrement lucrative. Tout le monde, absolument tout le monde, voulait savoir comment se portait Nina. Les villageois accablèrent Zoe de cartes et de cadeaux qu'elle finit par devoir entasser sur le siège passager : de la marmelade et du chutney maison, du gin brassé artisanalement (« Dis-lui de ne pas en boire trop », l'avertit le vieux M. Dennis, selon lequel cela n'avait pas nui à sa mère pendant sa grossesse et qui ne voyait pas non plus en quoi le fait de mesurer un mètre soixante posait problème). Zoe lorgna la bouteille, se demandant s'il serait mal de la subtiliser pour la boire seule, le soir, quand les choses seraient trop dures à supporter.

Oui, conclut-elle à contrecœur. Cela serait mal. Très mal.

Ces gens étaient très gentils de lui donner toutes ces choses. Malheureusement, ce qu'ils ne lui donnaient pas, c'était de l'argent, en échange de livres.

On lui disait souvent : « Nina m'a dit qu'elle avait commandé ce bouquin pour moi », et, quand elle demandait le titre de l'ouvrage en question, on la regardait d'un air absent.

« Je cherche le livre avec la couverture rouge. »

Ou : « Vous savez ? Celui qui parle d'un médecin. Un très mauvais médecin. »

Elle tentait désespérément de leur recommander des titres, en vain. Le pire dans tout cela, c'était qu'elle savait que Nina, elle, saurait. Elle s'efforçait de suivre les instructions de Lennox et de ne pas l'appeler à chaque seconde – la seule fois où elle avait essayé (un client était presque certain que Nina saurait si son livre sur les morses était arrivé ; Zoe avait donc mis la boutique sens dessus dessous, mais, en fait, il s'agissait peut-être de phoques), le téléphone de Nina était occupé, et Zoe en avait déduit à raison qu'elle était en ligne avec sa mère.

Quand elle gara le van dans la cour de la ferme, prenant soin d'éviter la zone boueuse et cette débile de poule, elle était épuisée. Elle sortit Hari de la voiture à bras-le-corps, en le laissant dans son siège bébé, même s'il pesait une tonne (pourquoi, se demandait-elle souvent, n'avait-elle pas des bras toniques et fermes, comme ceux de l'actrice Thandie Newton, alors qu'elle passait son temps à porter un enfant de quatre ans ? Cela lui semblait injuste), puis le transporta jusqu'à la petite voiture verte, où elle manqua écraser un autre panier d'œufs.

Elle posa Hari par terre.

— Ooh ! Regarde ! Ça aurait pu très mal tourner, hein ?

Le petit cligna des yeux.

— Eh bien, on sait ce qu'on mange ce soir !

Elle regarda autour d'elle pour voir si Lennox ou quelqu'un d'autre était là, mais la cour était totalement déserte. Elle remercia donc la méchante poule, avant de s'en aller en prenant soin de l'éviter.

Chapitre 24

Mme MacGlone était en train d'enfiler son manteau.

— J'ai bingo, annonça-t-elle, l'air presque enjoué pour une fois. Avec Thea Newton. Qui triche. Chaque fois. J'ai passé la journée à nettoyer le piano à queue.

— Comment peut-on tricher au bingo ? demanda Zoe, perplexe, mais Mme MacGlone était déjà partie.

La cuisine, comme toujours, était couverte de miettes, et Shackleton dévorait placidement un pot entier de marmelade, les yeux rivés sur son écran.

— Oh, bon sang ! s'écria Zoe, agacée. Ça suffit. Allez ! Debout ! Tu vas m'aider à préparer le dîner.

Elle irait faire un tour au supermarché. Dès qu'elle découvrirait où il se cachait.

Shackleton lui jeta un regard en coin.

— Tu te débrouilles très bien toute seule, merci.

Zoe en resta coite. Elle tira la cuisinière (c'était absolument dégoûtant derrière), puis, avec une profonde inspiration, fermant les yeux, elle débrancha la vieille prise Internet.

Shackleton se leva d'un bond, lui rappelant soudain à quel point il était costaud.

— Hé, rebranche ça.

— Non, répondit-elle en croisant les bras.

Mary releva la tête, étonnée ; elle semblait ravie que quelqu'un d'autre s'attire les foudres de Zoe aujourd'hui.

— Nounou Numéro Sept, tu es TERRIFIANTE, SÛR ET CERTAIN, lança une petite voix par terre.

— Tais-toi, toi. Maintenant, redonne-moi ça.

Dans son vieux pantalon de jogging dégoûtant, les cheveux sales, en surpoids, le teint blafard et l'air agressif, Shackleton était peu engageant.

— Tu vas apprendre à cuisiner quelque chose. Pour me donner un coup de main et te bouger un peu.

— Non !

— D'accord, dit Zoe en regardant la prise dans ses mains avant de s'approcher de l'évier. Très bien.

— Je vais le dire à papa, lança Shackleton en faisant ressortir son épaisse lèvre inférieure.

— Il n'est pas là. Où est-il, d'ailleurs ? L'un de vous le sait-il ?

Les enfants, léthargiques, haussèrent les épaules, et Zoe fut de nouveau en colère contre lui.

— Si tu m'aides, je rebranche Internet.

— C'est contraire à mes droits.

— Et puis, je ne comprends pas pourquoi tu veux lui apprendre à cuisiner… il est déjà trop gros, intervint Mary.

— On ne dit pas ce genre de chose, la reprit Zoe. Ni à propos de ton frère ni à propos de personne.

— Oui, c'est ça, dans le monde imaginaire, rétorqua la fillette en levant les yeux au ciel.

— Non, dans la vie réelle, dans le monde réel, bredouilla Zoe. Vous feriez mieux de vous confronter un peu au monde extérieur.

— Pourquoi ? demanda Mary. C'est horrible !

Zoe ouvrit la bouche, mais la referma aussitôt, pas certaine de pouvoir argumenter.

— Bien, dit-elle en soulevant le panier. Nous avons des œufs frais. Est-ce que tu sais faire une omelette ?

Shackleton la dévisagea, avant de faire un petit bruit désapprobateur.

— Ça veut dire oui ou non ?

— Ça veut dire qu'il ne sait pas ce qu'est une omelette, intervint Patrick d'une voix flûtée.

— Tais-toi ! répliqua Shackleton.

— Ce n'est pas possible, se lamenta Zoe.

Les enfants la regardèrent avec des yeux de merlan frit.

— Mon Dieu. Est-ce qu'il y a du fromage ?

— On a les triangles, répondit Patrick.

— Oui, d'accord, mais avez-vous du fromage sans dessin de vache dessus ?

Ils parurent dubitatifs. Zoe inspecta minutieusement le réfrigérateur, d'où elle exhuma un vieux morceau de bleu. Bon. Il fallait partir du principe qu'il était moisi dès le début : c'était la raison d'être du bleu, non ? Cela ne les tuerait pas, si ? Non ? Elle pourrait chercher sur Google. Oh, sauf que c'était impossible, puisqu'elle avait débranché Internet et n'était pas vraiment certaine que rebrancher la prise suffirait à le remettre en route, sans compter que cela irait à l'encontre de sa démarche.

— Bien, dit-elle. Qu'est-ce qu'on a d'autre ?

— Du beurre de cacahuètes, l'informa Patrick.

— Hum.

Elle sortit le beurre doux, dont elle enduisit une lourde poêle noire, puis chercha dans tous les tiroirs, jusqu'à trouver un fouet qui paraissait plus vieux qu'elle pour battre les œufs avec du sel et du poivre. Il n'y avait aucune herbe aromatique en vue. Elle ne comprenait pas ce que Mme MacGlone avait dans la tête. Puis elle pensa aux kilomètres de vieux tapis à aspirer, aux innombrables étagères à épousseter, à la maison qui avait autrefois toute une armada de domestiques pour nettoyer et polir, mais n'avait plus qu'une fidèle gouvernante aux genoux fragiles, et se montra plus indulgente.

Mais pourquoi leur père ne les nourrissait-il pas ? Peut-être ne mangeait-il pas, lui non plus.

— Bien, dit-elle en tendant le bol et le fouet à Shackleton, qui les fixa comme si elle venait de lui donner une queue de chien. Allez, bouge les bras.

Il secoua le fouet de haut en bas d'une main non assurée.

— Je vous donne un petit truc pour vous rappeler la différence entre une omelette et des œufs brouillés : l'omelette omet le lait. L'*om*elette *om*et le lait, vous voyez ?

Elle les regarda : ils ne voyaient pas. En réalité, ils étaient tous les trois encore un peu épatés de la manière dont elle avait cassé les œufs.

— On reparlera des œufs brouillés plus tard. Continue de fouetter, Shackleton ! Il faut que ça mousse !

Patrick s'approcha tout doucement, puis colla son nez au-dessus du bol.

— Des œufs ! s'exclama-t-il, ébahi. Est-ce que je peux en casser, Nounou Numéro Sept ?

Elle jeta un coup d'œil au panier. Il en restait quelques-uns.

— Vous pouvez tous essayer d'en casser un dans un bol. Mais un seul chacun.

Naturellement, avec Patrick, cela vira à la catastrophe : il y avait autant de bouts de coquille dans le bol que de jaune par terre. Malgré tout, son visage perplexe s'illumina quand, sorti de nulle part, Porteous entra comme une flèche par la porte ouverte, haletant, la langue sortie, pour engloutir scrupuleusement tout ce qui traînait, coquilles comprises. La scène se déroula si vite, de manière si inattendue, qu'ils éclatèrent tous de rire, même Mary, une fraction de seconde. Mais la fillette remarqua que Zoe la regardait et se referma aussitôt comme une huître, se remettant à faire la tête.

Zoe fut heureuse de voir Hari s'avancer, sa petite main tendue, comme pour caresser l'énorme créature, qui se retourna, le faisant tomber.

S'ensuivit ce moment suspendu, quand un enfant chute et que tout le monde (y compris le petit) doit évaluer à quel point les conséquences seront dramatiques.

Le silence s'abattit un instant sur la pièce. Puis Hari laissa échapper un gazouillis étrange, qui ressemblait presque à un gloussement, et Patrick se précipita vers lui.

— TROP DRÔLE ! hurla-t-il. Il t'a fait tomber. Ah ! Ah ! Ah ! Ah !

Hari cligna plusieurs fois des paupières, chassant les larmes qui menaçaient de se former, puis Patrick l'aida à se relever, et les deux garçonnets entreprirent aussitôt de casser un autre œuf pour renouveler l'expérience.

— Hé ! On ne gâche pas les œufs ! De toute façon…, commença-t-elle en jetant un regard espiègle à Mary, sur sa droite. C'est au tour de Mary.

La fillette était assise à la table, tiraillée entre son refus de participer, même de façon infime, à tout ce que faisait Zoe, et un intérêt évident pour la situation. Le beurre grésillait dans la poêle, dégageant une odeur délicieuse, et Zoe se rendit subitement compte qu'elle n'avait pas déjeuné. Elle mourait de faim.

Traitant de nouveau Mary comme une créature sauvage et nerveuse, Zoe lui tendit le fouet. La fillette le considéra. Puis elle refusa d'un tout petit mouvement de tête.

Zoe ne le prit pas pour un rejet. Elle le prit pour ce que c'était : Mary reconnaissait son existence sans être agressive envers elle.

— D'accord, Patrick, à toi.

Elle assit le garçonnet sur le plan de travail, mais Hari sembla aussitôt si abattu qu'elle l'y installa aussi, et les deux copains remuèrent le fouet ensemble, pendant que Zoe faisait sortir Porteous, qui regagna gentiment la maison du jardinier.

— Bien, finit par dire Zoe, quand la préparation fut mousseuse. Reculez-vous…

Elle en versa un peu dans la poêle, les enfants l'observant avec plus d'attention qu'elle ne l'aurait cru. Quand le mélange se mit à siffler et à faire des bulles, Patrick poussa des oh ! et des ah !

— Bien, lança-t-elle en l'étalant avec une vieille spatule toute noircie. Le fromage, maintenant !

Elle sortit le bleu.

— Ça sent mauvais, mauvais, mauvais, marmonna Patrick.

Hari mit sa main devant son nez, et les deux garçons se mirent à rire, ainsi que Zoe, et, l'espace d'un instant – d'un tout petit instant –, on se serait cru dans une cuisine normale. À l'étage, Ramsay, qui, comme toujours, écoutait Wagner à plein volume, cessa ce qu'il était en train de faire, juste une seconde ; il baissa la musique, puis tendit l'oreille, percevant l'écho lointain de rires carillonnants, qu'il n'avait pas entendus depuis si longtemps, comme si des cloches, après s'être trop longtemps tues, se remettaient à sonner.

Chapitre 25

Le mauvais temps arrivait pour de bon. Zoe pensait raisonnablement qu'il allait empirer de jour en jour. Tout ce qu'elle savait de l'Écosse, c'était qu'il y faisait un froid de canard et que le pays était plein de drogués qui se nourrissaient de barres Mars frites. Elle était en train de l'expliquer à Lennox, qui rapportait de gros cartons de livres trop lourds pour elle dans la cour de la ferme. Elle les tria rapidement, devant un Lennox étonné. Il pensait sincèrement que Nina était la seule personne au monde capable de faire cela avec des livres. Son ex-femme, elle, pouvait le faire avec des chaussures.

— Comment est-ce que tu fais ?

— C'est facile, répondit Zoe en attrapant et en rejetant rapidement les livres. Regarde ! C'est une copie, c'est évident. Qui essaie de se faire passer pour autre chose avec la police de caractères. Il y a une petite fille flippante sur la couverture.

— C'est quoi, le problème avec les livres qui ont une petite fille flippante sur la couverture ?

— Ils sont tous horribles, répondit fermement Zoe. Sauf *Fleurs captives*, mais on n'a plus le droit de l'avoir en stock.

— Pourquoi pas ? demanda Lennox en clignant des yeux.

— Tu ne tiens pas à le savoir, répondit-elle en frissonnant. Ce n'est pas si mal, finalement, que tu n'aies pas beaucoup lu, quand tu étais petit.

Elle vida le reste des livres avec efficacité, puis rassembla ceux qu'elle voulait garder.

— Seulement les meilleurs, dit-elle en les vérifiant.

— Maintenant, qu'est-ce que tu fais ?

— Je vérifie s'il y en a des cochons.

— Oh, répondit Lennox avec une grimace. Tu les veux, ceux-là, ou non ?

— Il faut deviner ce que veut le lecteur, répondit Zoe avant de pousser un soupir. Bien sûr, c'est là que ça se complique pour moi. Je ne connais personne. Ici.

Elle tendit un livre à Lennox.

— *Anne... La Maison aux pignons verts* ? lut-il, perplexe.

— C'est pour Nina.

Elle ajouta un Agatha Christie, *L'Hôtel New Hampshire*, les nouvelles de Saki, une collection de *Snoopy et les Peanuts* et un recueil d'essais de David Sedaris.

— Un peu de lecture réconfort. Embrasse-la pour moi !

Lennox prit les livres en opinant du chef.

— Oh ! et demande-lui si elle peut me faire une liste complète des caractéristiques et des excentricités de tous les habitants du village, lui cria Zoe, mais il était déjà parti, en saluant solennellement Hari, qu'il aimait beaucoup.

Les gens venaient toujours assouvir leur curiosité au van, en la faisant passer pour de l'inquiétude, mais n'achetaient pas beaucoup de livres. Quand Zoe abordait timidement le sujet et essayait d'orienter les clients vers des choses nouvelles, ils avaient tendance à la regarder et à lui répondre : « Eh bien, le truc, c'est que Nina sait exactement ce qui me plaît », comme si sa patronne avait des pouvoirs magiques qu'elle ne pourrait jamais posséder. En outre, il ne servait pas à grand-chose de leur demander directement ce qu'ils aimaient, car ils lui mentaient ou n'en avaient tout bonnement aucune idée.

En somme, elle ne vendait pas beaucoup de livres. Vraiment pas beaucoup. On lui demandait souvent si elle allait rétablir l'heure du conte pour les enfants, et elle supposait qu'elle essaierait, mais quand ? Elle avait déjà du mal à s'en sortir, avait à peine une seconde pour tout gérer. Ajouter une nouvelle activité en ce moment lui semblait insurmontable. Elle ne se rendait pas compte (et Nina avait d'autres soucis, si bien qu'on pouvait difficilement lui en vouloir de ne pas l'avoir mentionné) que l'heure du conte, le mardi matin, était d'une importance capitale pour la librairie : dans l'ensemble, toutes les mamans achetaient le livre après la lecture, puis restaient un moment pour en discuter avec les enfants. C'était un vrai coup de pouce pour les ventes, au prix d'une demi-heure passée sur les coussins, de quelques tasses de café bon marché et d'un assortiment de biscuits.

À la place, elle épousseta, rangea, puis mit en avant les nouveaux livres reliés, en vain. Cela ne prenait pas.

Et elle ne s'attardait jamais devant la crèche, ce qui ne l'aidait sans doute pas : elle voyait toutes les mamans devant, en train de discuter, mais ne pouvait se joindre à elles, elle était toujours si pressée. Sans compter qu'il lui fallait prendre son courage à deux mains. Quand elle y allait ou se rendait à l'épicerie, tout le monde se taisait, et elle se sentait plus que jamais étrangère. C'était bizarre : en commençant à travailler à la librairie, en sortant de la maison et en rencontrant les habitants d'une petite communauté, elle avait pensé se sentir moins seule. Mais, à part Lennox, qui la traitait avec la même politesse et la même réserve que les autres, il était difficile de faire des rencontres.

— Comment est-ce qu'on rencontre des gens, ici ? avait-elle fini par demander à Lennox, l'air embarrassé.

Il n'avait pas répondu, il l'avait simplement regardée fixement. Les gens qui avaient besoin d'une vie sociale étaient un mystère à ses yeux.

Aussi surprenant que cela puisse paraître, elle avait même demandé à Mme MacGlone : cette dernière avait fait la moue, puis lui avait dit que tout le monde était odieux dans le coin et de garder ses distances, et de ne *surtout* pas parler de la grande maison, il n'y avait que cela qui les intéressait, fourrer leur nez dans les affaires des autres, ce à quoi Zoe avait répondu que, dans ce cas, c'était aussi bien qu'elle ne connaisse personne. Mme MacGlone avait de nouveau fait la moue, ajoutant que c'était ce qu'elle disait toujours et qu'elle avait des boules de naphtaline à coudre. Zoe s'était apprêtée à lui demander si elle avait déjà remarqué des bruits étranges dans la maison (elle ressentait toujours une présence dans sa chambre et ne comprenait pas pourquoi), mais s'était abstenue. Cette question aurait paru trop bizarre.

— Sinon, avait-elle dit du ton le plus nonchalant possible. Est-ce que vous savez qu'il y a un million de chambres immenses ici et que la mienne est toute petite ?

Mme MacGlone l'avait dévisagée.

— Votre chambre est réservée au personnel. Vous n'êtes pas une invitée.

Sur ce, elle était partie d'un pas raide, avec mépris, et Zoe n'avait su trouver les mots pour lui dire qu'elle était bien consciente de ne pas être une invitée, mais qu'elle craignait, un tout petit peu, d'avoir un hôte indésirable dans sa chambre.

Chapitre 26

Un dimanche, Zoe se réveilla de bonne heure, sans avoir aucune idée de quoi faire. Mme MacGlone n'était pas là ni Ramsay : elle était seule avec les enfants et Hari, toute la journée.

Elle était dans un lieu inconnu et avait très peu d'argent. Elle devrait passer voir Nina, mais supposait, à raison, qu'un dimanche, elle aurait déjà beaucoup de visites et décida d'y aller un jour plus calme.

Dehors, il faisait un grand soleil et un froid glacial, mais personne ne remuait dans la maison. Toute seule en bas, elle se surprit à considérer le long vestibule, avec son lustre envahi de toiles d'araignées, et ressentit le besoin de faire quelque chose ; d'apporter un changement.

Chaque jour, elle entendait Mme MacGlone faire tourner la vieille machine à laver capricieuse, se servir de l'aspirateur fatigué et faire la vaisselle à la main, avant de disparaître dans les profondeurs de la maison pour vaquer à d'autres tâches obscures. On ne pouvait pas dire qu'elle ne travaillait pas. Mais la quantité de travail à abattre pour une seule personne était tout bonnement terrifiante. Elle assurait le bon fonctionnement de la maison, mais de justesse.

Zoe s'approcha de l'énorme porte d'entrée. Le bois, vieux et épais, se dressant devant elle, elle examina les deux verrous, ainsi que la serrure, dans laquelle se trouvait une vieille clé toute rouillée. Elle tira les verrous, très rigides, qui n'avaient pas été huilés depuis une éternité, puis tourna la clé avec difficulté, en s'aidant de tout son poids. La vieille clé protesta, mais finit par céder, Zoe craignant, l'espace d'une seconde, de l'avoir cassée et que ce ne soit un objet de valeur, une clé de chef de clan écossais ou quelque chose comme cela, qui valait un milliard de dollars et qu'elle devrait rembourser.

Tout à coup, Hari apparut derrière elle. Elle était habituée à ce qu'il s'approche discrètement, mais savait que les autres trouvaient cela surprenant. Il portait encore sa petite grenouillère pompier, qui lui devenait trop petite (en général, Zoe se contentait de couper les pieds, mais, cette fois, elle avait espéré que sa situation se serait suffisamment améliorée pour ne pas en arriver là). Il n'avait pas pu grandir depuis leur arrivée ici. Ce n'était pas possible.

Elle remarqua qu'il étreignait un vieil ours en peluche, avec des poils tout raides, qui paraissait plus vieux qu'elle.

— Où est-ce que tu as trouvé ça ? l'interrogea-t-elle en s'approchant de lui pour lui faire un câlin.

Cet ourson était très ancien ; c'était une véritable antiquité. Il sentait les vieux coffres en bois, la suie et, bizarrement, les chevaux. Ses yeux étaient en verre, et il portait un ruban en tartan délavé autour du cou. Il n'avait plus d'étiquette depuis longtemps.

Hari désigna l'étage, ce qui ne l'aida pas beaucoup.

— Je ne suis pas sûre qu'il soit à toi, lui dit-elle d'une voix douce. Je pense qu'on ferait mieux de demander au papa de Patrick si tu as le droit de jouer avec.

Hari la fixa du regard, puis secoua la tête, avant de serrer l'ourson plus fort, comme pour lui montrer qu'il désapprouvait fortement sa vision des choses.

— Il n'est pas à nous, ajouta-t-elle avec un soupir. Rien n'est à nous, mon chéri.

Hari cligna des yeux, puis se détourna, cachant son ours. Zoe se mordit la lèvre.

— Bon, tu peux le garder, pour l'instant. Pendant qu'on est à la maison, mais… n'oublie pas : il n'est pas à toi.

S'il s'agissait d'un objet de famille inestimable, Mme MacGlone ne manquerait sûrement pas de le lui faire remarquer. Jusque-là, il faudrait juste qu'elle garde un œil sur eux. Et Hari était si mignon, on aurait dit Jean-Christophe avec un Winnie l'ourson d'origine dans les bras.

À l'aide de ses deux mains, Zoe ouvrit l'immense porte, qui tourna sur ses gonds en grinçant.

Ce fut comme une révélation. Le soleil, vif et froid, inonda la pièce. Les oiseaux chantaient, pépiaient ; les arbres dansaient dans la brise, de l'autre côté de l'allée en gravier. C'était magnifique.

La lumière révéla l'état de délabrement du vieux vestibule, mais aussi la beauté de ses boiseries anciennes et de sa rampe d'escalier finement sculptée, ainsi que la belle facture des peintures à l'huile sombres du

XXe siècle, et même de la tête de cerf – que Hari n'avait pas encore remarquée et qui le fit sursauter.

Souhaitant découvrir davantage la maison, Zoe ouvrit la porte du salon qu'elle avait aperçu le premier jour, avec son vieux piano et ses étagères chargées de livres. Là aussi, elle ouvrit les vieux volets et les lourds rideaux. Le soleil entra à flots, la poussière tourbillonnant dans ses rais, dévoilant de lourdes cartes anciennes et des piles de papiers dans tous les coins, ainsi que d'étranges coupes et vases qui ne semblaient pas à leur place.

— Bien ! s'exclama Zoe avec entrain.

Personne n'était là pour la juger ou lui interdire quoi que ce soit. Les enfants n'étaient toujours pas levés. Elle se rendit donc dans la cuisine, où elle trouva une radio recouverte de farine, vieille comme Hérode, qu'elle déplaça dans la maison jusqu'à trouver une fréquence. Elle avait besoin de musique joyeuse, entraînante et, sans surprise, tomba sur une station qui passait le genre de chansons pop qu'elle avait envie d'écouter.

Sous l'énorme évier en céramique de la cuisine, elle trouva des tonnes de produits ménagers pour nettoyer et polir. Elle enfila le grand tablier de Mme MacGlone, les prit tous et se mit à passer en revue la pièce surchargée. Elle remplit des sacs-poubelle avec les rebuts évidents – des enveloppes déchirées, des pubs vieilles d'un an, des cuillères en plastique cassées et de vieux journaux. Puis elle trouva un tiroir vide, où elle commença à ranger les choses qui, selon elle, pourraient y avoir leur place, puis se prit au jeu et entreprit de vider tous les tiroirs.

C'était un travail machinal, absorbant et gratifiant, et Zoe ne se rendait pas compte du bruit qu'elle faisait. Elle continua à s'activer avec enthousiasme, le soleil jetant un vif éclat dans la pièce, la musique à fond. Elle aspergea, récura, rangea, déplaça des objets, Hari dansant et « l'aidant », jusqu'à ce qu'elle perçoive un mouvement derrière elle et se retourne pour se retrouver nez à nez avec les trois enfants, qui la fixaient du regard. Mary portait son tee-shirt lion.

— Vous voyez ? dit Patrick. Elle est devenue folle, sûr et certain.

Zoe se leva, agacée de se sentir coupable, prise en défaut. C'était elle qu'on avait laissée en plan ici et à qui on avait dit de se débrouiller. De quel droit la jugeaient-ils, alors qu'elle essayait de rendre leur environnement plus agréable ?

La musique était toujours à plein volume. Shackleton alla l'éteindre. Mary s'avança d'un pas. Livide, elle tremblait de colère.

— Non, mais qu'est-ce que tu fais, là ?

Zoe regarda autour d'elle. La maison était déjà tellement plus accueillante : elle sentait le frais, avec le vent qui s'engouffrait à l'intérieur, et les fenêtres comme les étagères étaient reluisantes. Tous les parapluies qu'elle avait trouvés dans la maison étaient désormais réunis dans le porte-parapluies, au lieu de traîner dans tous les coins. Elle s'était aussi attaquée au local à bottes : à présent, les chaussures et les bottes étaient soigneusement alignées, et tous les chapeaux (certains ornés de plumes, d'autres datant du siècle dernier ; nombre d'entre eux complètement insensés) posés en rang sur le portemanteau ou délicatement empilés sur une étagère construite à cet effet. Elle avait nettoyé le miroir et ouvert les rideaux dans cette pièce, si bien qu'on pouvait désormais vérifier la tête qu'on avait avant de sortir.

— Un peu de rangement, répondit-elle. On dirait que Mme MacGlone n'a pas eu le temps de faire un bon ménage de printemps. Ou d'automne, plutôt ! Tu veux m'aider ? lui proposa-t-elle en s'approchant de la fillette.

Mary lui lança un regard noir.

— Pourquoi est-ce que tu as tout déplacé ?

— Parce que nous devons tous vivre ici, lui expliqua-t-elle sagement. C'est plus agréable de vivre dans un environnement sain, tu ne trouves pas ?

Mary la fixait, les yeux remplis de haine.

— Ça devait rester comme ça. Ça devait rester comme ça. Tu as tout gâché ! Tu gâches toujours tout !

Sur ce, elle sortit en coup de vent par la porte d'entrée avant de disparaître dans le jardin.

— Décidément, elle fait ça souvent, commenta Zoe avec un soupir.

Patrick vint vers elle.

— Eh bien, commença-t-il d'une voix trop pragmatique pour son âge. Tu vois, tu as déplacé des choses que maman avait mises là, sûr et certain. Et ça ne plaît pas du tout à Mary, sûr et certain.

C'était la première fois que Zoe entendait l'un d'eux lui donner de lui-même des informations sur leur mère. Elle s'approcha de lui, puis s'agenouilla.

— Tu ne crois pas que votre maman aurait aimé que la maison soit jolie ? lui demanda-t-elle de la voix la plus douce possible. Qu'elle soit propre, agréable, pour vous tous ?

Patrick haussa les épaules.

— Je ne me souviens pas d'elle, répondit-il d'une voix minuscule.

Zoe voulut le prendre dans ses bras. Ce geste était spontané, mais le garçonnet eut aussitôt un mouvement de recul, manquant trébucher en essayant de lui échapper, et elle s'en voulut d'avoir brusqué les choses.

Elle tourna la tête.

— Hari, l'appela-t-elle tout bas.

Le petit s'approcha.

— Est-ce que tu voudrais bien prêter ton ours à Patrick ?

Sans réfléchir, Hari se dirigea vers Patrick en lui tendant le vieil ourson mité. Ce dernier s'en empara sans lever les yeux, avant d'enfouir son visage dedans. De sa voix la plus enjouée, Zoe annonça qu'elle allait préparer des pancakes pour tout le monde, comme pour dire « tout va bien dans le meilleur des mondes », s'attendant à ce que Patrick la suive par curiosité, ce qu'il fit, et que son chagrin lui soit passé quand les pancakes seraient prêts.

Mais le plus curieux dans toute cette histoire fut le comportement de Shackleton. Debout dans la cuisine, il s'approcha d'elle pour la regarder cuisiner. Puis il se racla la gorge (à son âge, sa voix pouvait passer du grave à l'aigu, et inversement, dans la même phrase) et lui dit tout bas :

— J'aimerais bien t'aider.

Zoe fit volte-face. Elle ne s'y attendait pas du tout.

— Est-ce que tu es sérieux ?

— Puisque je suis là, répondit-il en haussant les épaules, la bouche pleine de pancake. Tu n'as pas réparé le wi-fi, si ?

— Euh…

Elle ne savait pas comment le remettre en marche. Elle avait essayé, sans succès.

— Bientôt. Si vous m'aidez à ranger la maison, je le réparerai, promis.

Chapitre 27

Ils passèrent donc ce long dimanche venteux à transbahuter divers objets, à épousseter, à nettoyer et, en ce qui concernait Patrick et Hari, surtout à courir après les araignées. Mary revenait de temps à autre pour s'assurer qu'ils ne changeaient rien de place, et Zoe lui montra solennellement le grand coffre dans lequel elle conservait tout ce qui lui semblait important (clés, montres cassées, boucles d'oreilles esseulées, foulards égarés), puis la poubelle où elle jetait tout le reste – vieux pinceaux et balles de tennis, chaussettes dépareillées, publicités, cartes de vœux, crayons de couleur cassés, raquettes sans cordage.

Mary ne disait rien, elle se contentait de veiller au bon fonctionnement des opérations de son œil perçant. En la regardant s'éloigner, Zoe s'interrogea : si Hari avait été une petite fille, quelqu'un avec qui jouer, à chouchouter ou, tout du moins, à qui s'intéresser, cela aurait-il facilité les choses ? Zoe l'observa de nouveau. Cette pauvre petite, avec ses cheveux ébouriffés qui lui tombaient dans le dos, ne s'intéressait même pas à elle-même. Pour qu'elle ne soit pas obligée de rester à l'intérieur avec eux si elle n'en avait pas envie, Zoe lui proposa de faire les vitres. Après avoir manifestement envisagé l'épreuve de force, la fillette finit par s'atteler à la tâche en ronchonnant, avec maladresse, mais cela faisait malgré tout avancer les choses, songea Zoe, alors c'était déjà cela.

Patrick, fou de joie, tomba sur un gigantesque coffre à jouets en bois qui s'était curieusement retrouvé derrière un vieux canapé du salon (pourquoi n'allaient-ils jamais dans cette pièce ? se demanda Zoe) et l'ouvrit. En moins de deux minutes, il se retrouva déguisé en cow-boy avec Hari, à courir en tous sens, se tirant dessus avec des pistolets en plastique. Patrick lançait des petits « pan ! pan ! », et Zoe tendit l'oreille, juste au cas où – mais rien. Ils avaient trouvé des chevaux bâtons sur roulettes, vraiment très anciens, et galopaient partout, se mettant constamment dans leurs jambes. Lentement, mais sûrement, les pièces du bas reprirent forme, comme Zoe retirait toutes les housses de coussin pour les passer à la machine à laver. Ils trouvèrent une quantité de poussière inquiétante sur les rayonnages, et devinrent tous de plus en plus dégoûtants, le visage couvert de crasse et de petites saletés. Chose étonnante, Shackleton se montrait extrêmement efficace : il montait à l'échelle, époussetait, avec bonne humeur et une énergie prodigieuse. Cela fit sourire Zoe ; elle ne l'en aurait jamais cru capable.

— J'ai l'impression que ça te fait du bien de te passer de wi-fi, le taquina-t-elle, et, pour rigoler, il lui agita son plumeau sous le nez d'un air menaçant.

* *

Ramsay rentrait de Londres. Il était mort de fatigue, vidé. Ces derniers jours avaient été difficiles. Il rapportait le nouveau catalogue Sotheby's, rempli de pièces qu'il n'avait pas les moyens d'acheter, mais dans lequel il espérait trouver un bel ouvrage qu'il pourrait vendre sans déplorer d'avoir à s'en séparer.

Bien sûr, cela ne suffirait pas. Cela ne suffisait jamais. Pas avec tout ce dont la maison avait besoin. Et les enfants. L'ancien avocat de son père lui avait suggéré de vendre une partie de la propriété, lui expliquant qu'ils avaient eu des propositions (cela ferait un bel hôtel de luxe, apparemment), mais il ne pouvait s'y résoudre. Il ne… Non. Il ne le pouvait pas. Ils trouveraient bien un moyen de s'en sortir.

Pourquoi n'avait-il pas pris un vrai travail, comme ces idiots avec lesquels il était allé à l'université, qui étaient tous partis faire fortune à la City ? Il avait toujours aimé les livres, voilà tout. Il n'avait pas vraiment pensé à l'argent, ce qui, il le reconnaissait, était uniquement sa faute, après avoir grandi dans un environnement privilégié. Non pas qu'ils aient été particulièrement riches – son père n'avait jamais eu d'argent, lui non plus. Grandir dans une maison comme « The Beeches » était soi-disant une récompense en soi, mais c'était aussi un fardeau, qui engloutissait tout son argent, rien qu'en factures d'électricité.

Il avait espéré, fut un temps, la transformer en havre de paix ; changer sa décoration sombre, vieillotte, pour en faire un lieu merveilleux où sa famille pourrait grandir, aller et venir en liberté, tout comme il l'avait fait avec ses amis quand il était plus jeune – à pêcher, passer des heures au bord de l'eau, pagayer sur le loch ou construire des cabanes dans les arbres. Voilà pourquoi il avait accepté de garder la propriété, de reprendre cette charge sacrée. Et puis son père était mort, et il s'était retrouvé avec la maison sur les bras.

Son rêve s'était alors envolé ; il n'avait pu offrir le même refuge à ses enfants.

On en était bien loin. Il soupira, comme chaque fois qu'il y pensait.

Pour autant, en remontant l'allée dans sa vieille Land Rover, quelque chose le frappa. Pendant un moment, il ne sut dire quoi. Et puis il réalisa. La porte d'entrée était ouverte. Cela commença par l'inquiéter – s'était-il passé quelque chose ? Avaient-ils eu des invités ? Étaient-ils encore là ?

Puis il se rendit compte que les volets du salon étaient ouverts eux aussi et qu'on voyait à l'intérieur de la pièce pour la première fois depuis… eh bien, depuis très longtemps. Était-ce Shackleton grimpé sur une échelle ? Et, ça alors, était-ce Mary avec une éponge à la main ?

Il se frotta les yeux, avec ses grandes mains, puis s'efforça d'assimiler la scène. Une fois garé, il sortit lentement de la voiture. Il y avait… de la musique, et était-ce Patrick qui riait ? Le chien stupide de Wilby s'était encore échappé, il gambadait dans la maison.

— Papa ! hurla Mary avant de se jeter sur lui et d'enfouir sa tête dans son ventre, comme toujours, s'accrochant à lui de cette manière un brin désespérée, qu'il connaissait par cœur.

— Bonjour, ma chérie, dit-il en la soulevant.

Avait-elle… Avait-elle pris du poids ? Il était tellement habitué à ce qu'elle soit légère comme une plume.

Eh bien, ce serait bon signe. Il la prit dans ses bras, et elle se cramponna à lui, tel un bébé singe.

— Qu'est-ce que vous faites ? demanda-t-il.

Le cœur de Zoe cognait dans sa poitrine depuis qu'elle avait entendu la voiture arriver par-dessus le bruit de la radio. Serait-il en colère ? Furieux ? Indifférent ? C'était si difficile à dire. Elle était habituée aux parents qui avaient des avis très tranchés sur ce qu'ils voulaient pour leurs enfants. C'était nouveau pour elle. Elle n'avait pas la moindre idée de ce qu'il pensait.

Il fallait qu'elle ait une discussion avec lui, elle le savait. Ce n'était pas de l'indulgence. Laisser les enfants manger des toasts toute la journée… ne pas aller à l'école… porter des vêtements trop petits pour eux. Cela se rapprochait dangereusement de la négligence parentale. Il fallait qu'elle lui en parle. Elle allait le faire, c'était sûr et certain.

En le voyant, sa première pensée fut qu'il semblait exténué. Pour une raison obscure, cela l'agaça ; ce n'était pas juste, il venait de faire un long trajet en voiture. Mais en quoi passer ses journées à tripatouiller de vieux livres pouvait-il être difficile ? Il n'essayait même pas de les vendre aux autres, comme elle. Et il ne faisait pas le plus gros du travail avec les enfants, loin de là.

Il ne lui avait pas effleuré l'esprit qu'elle était toute sale, jusqu'à ce qu'elle le voie la dévisager et réalise subitement qu'elle était couverte de poussière. Elle se frotta le nez, qui arborait une grosse trace noire, puis se demanda si elle n'avait pas aggravé la situation (c'était le cas) et si elle devait ôter le vieux foulard avec lequel elle s'était noué les cheveux pour qu'ils ne la gênent pas ou si cela aurait l'air bizarre, ça aussi.

— Euh…, fit Ramsay.

— Papa ! Viens voir ! s'écria Patrick.

Toujours dans son costume de cow-boy, le petit avait aussi enfilé une robe de princesse, qui devait avoir appartenu à Mary, il y avait longtemps de cela. Finement ouvragée, elle n'avait rien à voir avec du nylon de supermarché. Elle semblait cousue main. La fillette, remarquant que Zoe la regardait, enfouit la tête dans l'épaule de son père.

— ON A FAIT DU MÉNAGE !

Ramsay regarda le petit bonhomme et, pour la première fois, sourit. Cela le rendait différent, songea Zoe avant de réaliser qu'elle était profondément soulagée. Il aurait pu rentrer furieux, se mettre à lui hurler dessus pour avoir touché à ses affaires. Elle n'avait aucune idée de qui était cet homme ni de la raison pour laquelle sa femme l'avait quitté. Mais elle ne le supportait pas, sincèrement ; elle ne supportait pas de vivre dans un endroit aussi sinistre. Donc.

Elle se rendit compte qu'elle avait croisé les bras et que, à quelques dizaines d'années près, elle devait ressembler à Mme MacGlone quand elle était en colère. Elle les décroisa aussitôt.

— Je vois ça, dit-il en entrant dans le vestibule, avec son sol récuré, reluisant, les manteaux accrochés en rang, les tableaux époussetés, redressés, les murs lessivés et les vitres étincelantes (Zoe étant repassée derrière Mary). Ça alors, bredouilla-t-il.

Ils lui montrèrent ensuite le salon, mais il se détourna.

Il se rappela soudain, très nettement, le jour où il l'avait ramenée à la maison… Le temps était beau et venteux ce jour-là aussi, la promesse de l'été flottait dans l'air, la saison étant déjà bien avancée, et tout était reluisant à cette époque-là ou donnait l'impression de l'être, tout leur paraissait nouveau, plein de possibles et d'espoir…

— Ça ne te plaît pas, sûr et certain, dit Patrick, perplexe.

Hari s'était précipité derrière un rideau, où il se cachait. Les hommes grands lui faisaient peur.

Ramsay cligna des yeux, fixant quelque chose qui n'était tout simplement pas là.

— Si… Si, beaucoup, dit-il. Ça me plaît beaucoup.

Il regarda Zoe.

— Merci…

— Nounou Numéro Sept, lui suggéra Patrick avec obligeance.

— Euh…

Ramsay se creusa la tête. Bon sang, elle était vraiment sale. En avait-elle conscience ? Comment s'appelait-elle, déjà ?

— … Zoe.

— De rien.

Elle regarda autour d'elle. Ils avaient presque fini. Ramsay et Shackleton pourraient replacer les meubles pendant qu'elle remettrait les housses sur les coussins et arrangerait les canapés. Elle considéra les vieux rideaux, qui avaient été aspirés, mais avaient l'air miteux, désormais, comparés au reste de la pièce.

— Ils auraient bien besoin de passer à la machine, eux aussi.

Ramsay s'avança pour s'en occuper, mais l'un de ses grands pieds glissa sur le sol fraîchement ciré, et il tomba sur le canapé, atterrissant, l'air très surpris, sur les coussins que Zoe venait tout juste de repositionner.

Elle l'examina avec attention. C'était le genre de chose – la perte de dignité – qui mettait de nombreux hommes en colère ; ils faisaient alors tout pour ne pas perdre la face. Les hommes effrayants, qui voulaient vraiment du mal aux autres, ne supportaient pas le ridicule.

En se retrouvant en aussi fâcheuse position, Ramsay éclata de rire, puis il plissa les yeux.

— Est-ce que vous avez… nettoyé le lustre ? demanda-t-il, ébahi.

Sa stupéfaction redoubla quand Zoe lui apprit que c'était Shackleton qui s'en était chargé, avec brio. Son sourire s'élargit davantage.

— Eh bien, je ne regrette pas d'avoir glissé, dit-il en faisant une grimace. Parce que, je vous le dis, tout est bien plus beau. Surtout vu sous cet angle.

Patrick sauta sur le torse de son père.

— Est-ce que tu peux rester et faire le cheval ? hurla-t-il.

Zoe observa Ramsay : ses cheveux lui tombaient dans les yeux, il avait le visage las, mais doux. Il ferma les yeux un instant avant de répondre :

— Bien sûr.

Quand Zoe partit préparer le repas, elle fut surprise de voir que Hari les épiait, derrière son rideau : il ne participait pas, mais les regardait s'amuser.

— Vous savez, c'est vraiment bien quand vous passez du temps avec les enfants, dit-elle sans vouloir faire le petit chef. Vous devriez vraiment le faire plus souvent.

Tout le monde se figea, puis Ramsay se releva très lentement.

— Merci, dit-il d'un ton soudain glacial. Merci de votre conseil. Je suis content d'avoir embauché quelqu'un qui connaît si bien ma famille.

Sur ce, il tourna les talons et sortit.

Zoe se maudit intérieurement : elle avait espéré que Ramsay se joigne à eux pour le dîner, de façon à lui demander d'acheter un lave-vaisselle, chose dont ils avaient désespérément besoin. Mais ils ne le revirent pas de la soirée.

Chapitre 28

Mme MacGlone, bien sûr, était folle de rage.

Si, jusqu'à présent, Zoe avait réussi à entretenir des rapports à peu près cordiaux avec elle – surtout parce que Mme MacGlone ne s'attendait pas à ce qu'elle reste ; elle s'attendait à ce que personne ne reste face à la paresse de Shackleton, à l'impolitesse ahurissante de Mary et aux bavardages incessants de Patrick (elle ne pouvait se douter que la jeune femme appréciait tant d'entendre une petite pipelette toute la journée, même si elle ressentait aussi une certaine amertume) –, là, c'était une déclaration de guerre ; sur son territoire, en plus. Elle avait laissé Shackleton toucher au lustre !

La gouvernante se rendait bien compte qu'elle n'arrivait pas à maintenir la maison dans un état que M. Urquart père aurait jugé convenable. Il y avait trois femmes de chambre à cette époque, une cuisinière, une blanchisseuse, une gouvernante et un majordome, en plus des jardiniers. Il fallait bien cela pour entretenir la maison, quoi qu'en pense ce petit bout de femme. Elle se croyait sans doute très maligne, à la faire passer pour une personne fainéante et négligente, ce qui n'était certainement pas le cas ; elle faisait son maximum pour garder la cuisine, les salles de bains et les chambres à peu près en ordre, les moquettes aspirées et les vêtements propres, faisant comme elle l'avait toujours fait, depuis qu'elle avait commencé à travailler ici, à peine plus âgée que Mary aujourd'hui. Une fois qu'elle s'était occupée de la nourriture et des courses, il ne lui restait plus une seconde.

Elle avait préparé le discours outré qu'elle comptait tenir à Ramsay. Son agacement redoubla donc, quand, comme à son habitude, ce dernier s'enferma toute la journée dans la bibliothèque, restant totalement invisible.

Et si cette jeune demoiselle pensait amadouer ces enfants avec de la cuisine raffinée et des pancakes et en leur mettant des âneries dans le crâne, elle se faisait des illusions. Les soudoyer ne marcherait pas longtemps ; elle avait déjà vu ça. Maria-Teresa avait essayé de les acheter avec toutes sortes de cochonneries pleines de sucre, et cela avait mal tourné : Patrick avait fini par perdre une dent, parce qu'elle ne surveillait pas le brossage, Mary ne mangeait plus rien du tout, et une violente dispute avait éclaté entre eux, qui s'était conclue, fatalement, par le départ de Maria-Teresa. Parfois, les filles partaient en faisant du stop. Maria-Teresa, elle, avait, avec un certain panache, pris la Renault verte pour se rendre à la gare d'Inverness, où elle l'avait laissée, la clé sur le contact. Personne ne l'avait volée, le temps que Ramsay aille la récupérer, après avoir demandé à Lennox de l'accompagner.

Elle aborda Zoe tôt dans la matinée, avant que les enfants n'entrent dans la cuisine.

— Alors, qu'est-ce qui s'est passé ici ? demanda-t-elle avec une petite moue.

— Oh, répondit Zoe, un sourire nerveux aux lèvres. Je me suis dit qu'on pouvait vous donner un coup de main dans la maison.

— Vous pensez donc que je ne suis pas à la hauteur ? répliqua Mme MacGlone, les lèvres pincées.

— Mais pas du tout ! Je pense que vous faites un travail formidable ! Je me suis juste dit que ça pourrait être bien pour les enfants de… participer.

— Donc, vous êtes là depuis cinq minutes et vous savez déjà ce qui est le mieux pour eux ?

Zoe s'abstint de rétorquer qu'on pouvait difficilement faire pire que le petit groupe d'enfants récalcitrants sur lequel elle était tombée, tels des naufragés sur un minuscule radeau, rejetés par la mer, s'accrochant au carrelage de la cuisine.

Mme MacGlone s'approcha d'elle.

— Les gens entrent et sortent de leur vie, dit-elle tout bas, pour que personne ne l'entende, d'une voix plus menaçante. Ils arrivent, ils perdent leur temps en futilités, ils n'arrangent absolument rien, et puis ils repartent, et on se retrouve au point de départ. Moins vous en faites et moins vous faites de changement, ma petiote, mieux ce sera.

— Je ne suis peut-être pas comme ça, répondit Zoe d'une voix tremblante.

— Oh, voui ! vous êtes différente, vous. Vous arrivez, vous accordant un break de ce satané Londres, trimballant ce p'tit gars avec vous, à la recherche d'un lit gratuit. Vous êtes là, mais dès que vous aurez remonté la pente, vous repartirez, direction l'Angleterre !

Elle prononça « Angleterre » comme s'il s'agissait d'un gros mot. Sur ce, les enfants entrèrent en traînant les pieds pour rejoindre la table du petit déjeuner, passant devant elles sans prendre la peine de leur dire bonjour, et Zoe eut l'impression que rien n'avait changé.

Chapitre 29

Zoe était dans une telle colère en partant qu'elle ne prêta pas attention aux nuages de pluie qui s'amoncelaient à la cime des montagnes. Étant Londonienne, elle était habituée à ce que le temps soit toujours à peu près le même que la veille ; il y avait rarement des changements spectaculaires. Elle ne vérifiait même pas les prévisions météo. Toutefois, en allumant la radio (cela l'aidait vraiment à comprendre l'accent local, et elle essayait donc de la garder allumée en permanence, sans compter que Hari aimait la musique), elle entendit les animateurs parler d'avis de tempête et de lignes électriques, demandant aux auditeurs d'être prudents, mais elle n'écoutait que d'une oreille. Elle était perdue dans ses pensées, se reprochant d'avoir été aussi stupide. D'avoir pensé qu'elle pourrait faire changer les choses.

Mme MacGlone savait parfaitement ce que Zoe devrait faire : faire profil bas, être reconnaissante pour le gîte, le couvert et le salaire, jusqu'à ce qu'elle reparte et que les enfants se retrouvent comme avant, dans leurs vêtements trop petits, avec leur alimentation exclusivement à base de toasts, coupés, totalement isolés du monde extérieur.

Mais elle avait tort. Pourquoi ne voyait-il rien ? Elle pensa à Ramsay avec colère. Quel était le problème, avec les pères ? Hari connaissait à peine le sien. Mais Ramsay était présent, avec trois enfants traumatisés qui avaient désespérément besoin de lui. Comment pouvait-il être aussi inconscient ? Était-ce parce qu'il était snob ? Ou un genre de sociopathe, ce qu'avait découvert son ex-femme, à ses dépens ?

Eh bien, elle ne pouvait peut-être pas faire changer les choses, comme l'avait dit Mme MacGlone, mais elle n'allait pas rester là à se tourner les pouces. Il fallait que quelqu'un s'occupe des enfants. Même s'ils étaient odieux. Bien qu'elle éprouve une tendresse particulière pour Patrick, inévitablement. Tous ceux qui étaient gentils avec son fils avaient droit à sa reconnaissance éternelle.

Elle jeta un coup d'œil à Hari, assis à l'arrière.

— Bon ! Tu vas à la crèche aujourd'hui !!! s'exclama-t-elle de la voix la plus enjouée possible.

Il la dévisagea avec calme, comme écœuré.

— Tiens donc ! s'exclama Tara à leur arrivée. Super, Hari, on s'apprêtait à chanter une chanson sur l'estime de soi. Tu aimes chanter, hein ?

— Euh…, commença Zoe.

— Oh, oui, c'est vrai, se reprit Tara, le visage de Hari commençant à se déformer. Ce n'est pas grave ! On te mettra derrière, juste en dehors du cercle, et tu pourras taper dans tes mains !

— Ce n'est que pour quelques heures, lui expliqua Zoe d'un ton désespéré. Il n'y en a pas pour longtemps, Hari. Pas pour longtemps. Tu peux jouer dehors.

Et elle le fit : elle réussit, tant bien que mal, à s'endurcir de nouveau, à tourner les talons et à laisser son petit garçon. C'était bon pour lui, se répétait-elle. Mais cela ne l'aidait pas à y croire.

Elle passa prendre le van, en larmes. Elle remarqua que les herbes hautes ployaient dans les champs, mais ne réagit pas, alors même que les roseaux étaient carrément couchés sur le sol. Dans les prés, les moutons et les vaches étaient assis, mais cela ne voulait rien dire pour elle. Elle passa l'aspirateur dans le van, mit de l'ordre, puis, comme elle avait un peu d'entraînement, prit la route avec plus de facilité, mais avec prudence, en faisant un grand cercle autour de la poule indéboulonnable, avant de descendre lentement la colline.

Lennox était dehors, en train de s'assurer que ses balles de foin étaient bien sanglées, quand il la vit : il sortit de la grange au pas de charge en agitant les bras, en vain, derrière le van qui s'éloignait. Les prévisions étaient épouvantables, ce n'était certainement pas le moment de sortir avec des véhicules hauts. Il ne savait pas ce qu'elle avait dans la tête ; Nina ne serait jamais sortie aujourd'hui, jamais de la vie. En réalité, il valait peut-être mieux éviter de lui dire que Zoe était partie avec le van en plein avis de tempête. Si elle se contentait de descendre tranquillement jusqu'au village puis revenait, il pourrait sans doute le lui cacher. Il essaya de passer un coup de fil à Zoe. Rien, bien sûr. Il y avait pas mal de zones blanches sur cette route, et les lourds nuages qui s'amoncelaient n'arrangeaient rien.

* *

En réalité, Zoe avait décidé d'aller plus loin ce jour-là. Elle le sentait, elle avait épuisé la curiosité des habitants de Kirrinfief, une fois qu'ils eurent a) découvert que Nina se portait comme un charme, qu'elle n'allait ni mieux ni moins bien que la veille ; b) déposé des tricots à son intention (ce bébé allait disparaître sous la laine, craignait Zoe) ; et c) avoué qu'ils ne savaient pas vraiment ce qu'ils voulaient lire en ce moment, ils attendraient juste que Nina le leur dise, merci. Nina savait toujours.

Tenir une librairie lui paraissait si simple, si policé. Elle n'aurait jamais pensé se contenter de regarder d'un air ahuri une gentille petite mamie qui lui demanderait très fort, à plusieurs reprises, de lui donner un livre qu'elle n'avait jamais lu, mais qui lui plairait et qui, chaque fois que Zoe lui ferait une suggestion, secouerait la tête et répondrait : « Non, je n'aime pas du tout ce genre-là. »

Nina lui avait laissé des notes sur les petits villages des environs où elle pouvait aller s'installer de temps à autre, en général le mardi ou le jeudi, en même temps que les marchés de producteurs. Elle lui avait aussi laissé une carte, puisque essayer de capter la 4G dans les Highlands était une tâche ingrate, même quand les conditions étaient idéales, et Zoe essayait donc de conduire tout en repérant son itinéraire.

Il n'y avait pas de tonnerre (ce n'était pas ce genre de tempête), mais, subitement, il se mit à pleuvoir – une pluie battante, torrentielle, qui se précipitait sur le pare-brise – et, dehors, les arbres se courbaient, leurs feuilles ramenées vers le sol. Zoe cligna des yeux.

Devrait-elle s'inquiéter ? On disait que le temps était mauvais, par ici ; c'était presque toujours la première chose qu'on disait à propos de l'Écosse. Il fallait donc s'attendre aux intempéries, non ? Les gens faisaient sans doute avec, sans ciller. De temps à autre, le van dérapait un peu, et elle redressa le lourd volant vers la ligne médiane, son cœur se serrant dans sa poitrine.

Elle était devenue plus consciente de sa valeur, réalisa-t-elle, depuis la naissance de Hari. Avant (et cela valait encore pour nombre de ses amis), elle pouvait presque prendre sa vie à la légère. Conduire trop vite, se coucher trop tard, être casse-cou, téméraire. Parce que cela n'engageait qu'elle.

À présent, cela engageait quelqu'un d'autre, et cela changeait tout. Tout à coup, il devint essentiel qu'elle n'ait pas d'accident, qu'elle ne s'évapore pas dans la nature ou ne fasse pas de folies quand elle avait un peu trop bu ; rien de ce genre. L'idée de laisser un bout de chou orphelin (peu importait le genre de maman qu'elle était ou si c'était une bonne mère) lui était tout bonnement insupportable. Elle la trouvait effroyable. Il lui arrivait de fondre en larmes rien qu'en imaginant la scène : quelqu'un en train d'expliquer sa mort à son garçon ; son petit minois se tordant, son air troublé ; l'agent de police essayant de le lui annoncer en douceur… Dans quelle situation épouvantable devait s'être retrouvée la mère des enfants Urquart ? Qu'est-ce qui avait pu la briser au point d'abandonner ses enfants ? Ou qui ?

Quoi qu'il en soit, Zoe ralentit aussitôt ; elle regarda consciencieusement dans ses rétroviseurs, fit tout ce qu'il fallait, mais voilà : en ralentissant précisément dans ce virage (juste avant la longue ligne droite au bord du loch, où se trouvait l'embranchement vers le *Ness Centre and Café*), elle se retrouva en plein sur la trajectoire d'un car qui sortait du parking et qui, pris dans un vent de travers – parce que, franchement, il roulait bien trop vite –, déboîta, fonçant droit sur elle, la forçant à faire une embardée et à percuter une branche basse, qui vint s'écraser contre son pare-brise.

Chapitre 30

Le bruit du choc fut indescriptible. Le pare-brise se brisa dans un grand fracas et, aussitôt, le vent hurlant, telle une force obscure et maléfique en train de s'éveiller, s'engouffra à l'intérieur du van, la frappant de plein fouet.

Zoe poussa un cri, qui se transforma en hurlement au moment où la branche rebondissait pour se retrouver sous les roues du van ; les pneus s'immobilisèrent, une forte odeur d'amiante se dégageant des freins, mais l'énorme engin commença alors à tourner sur lui-même, se retrouvant de nouveau sur la trajectoire du car.

Désespérée, Zoe tendit les bras sur le côté pour attraper son bébé, avant de réaliser qu'il n'était pas là.

Pendant cette fraction de seconde, qui lui sembla interminable, elle se dit que cela ne pouvait pas être la fin, elle pensa à Hari, à son visage et, tant bien que mal, avant que l'hystérie et le défaitisme ne la submergent, elle réussit à lâcher le frein, à mettre les deux mains sur le volant et à le tourner à toute vitesse, les faisant passer l'une sur l'autre, jusqu'à ce que la trajectoire funeste du véhicule se corrige. Suivant un instinct qu'elle ne soupçonnait pas, elle fit alors exactement ce qu'il fallait : elle donna un grand coup de volant à gauche et appuya sur l'accélérateur. Le van s'élança en avant, écrasant les branchages qui gisaient au sol (et qui lui crevèrent les deux pneus avant), mais se déplaçant malgré tout du côté gauche de la route, où, s'efforçant de contrôler la marche du véhicule de cinq tonnes, elle vit la sortie pour le *Ness Centre and Café* droit devant elle.

Priant pour qu'aucun autre véhicule ne surgisse, elle dépassa le car en hurlant, des bris de verre plein les cheveux et les vêtements, inconsciente des coupures et des contusions sur son visage, puis tourna à toute vitesse sur la bretelle d'accès avant d'enfin donner un coup de frein et d'immobiliser le véhicule. Pendant ce temps-là, le chauffeur du car allait finir sa course dans le fossé, dans un bruit sourd et sinistre.

* *

Zoe resta assise dans le véhicule, dont le moteur cliquetait, hoquetait, en refroidissant, pas content du tout. Elle regardait droit devant elle, le vent lui cinglant le visage, tremblante, sans se rendre compte de ce qui lui dégoulinait sur le visage et le tee-shirt : du sang.

Après quelques minutes de silence total, qui semblèrent durer des heures, les gens du *Ness Centre and Café* accoururent en poussant des cris d'inquiétude, accompagnés d'un grand nombre de touristes qui parlaient différentes langues. Zoe ne bougeait toujours pas ; elle restait simplement assise là, figée, les yeux dans le vide.

— Est-ce que ça va ?

Cette voix grave, rauque, sortit Zoe de sa sidération.

— Hé ! Écoutez-moi ! poursuivit cette voix, un peu plus sèche, impatiente. Écoutez-moi. Il faut que vous m'écoutiez. Il faut que vous sortiez du van.

Zoe leva ses mains, puis les regarda, l'air impassible, comme si elles ne lui appartenaient pas.

— Du sang, dit-elle.

— Votre pare-brise a explosé à l'intérieur, lui expliqua la voix. Vous devez descendre pour qu'on puisse s'assurer que vous allez bien.

Zoe entendait la voix, elle comprenait ce qu'elle disait, mais cela ne lui semblait absolument pas pertinent. Elle ne ressentait pas le besoin de faire quoi que ce soit. Sa ceinture était bouclée. Elle allait peut-être se contenter de rester là où elle était.

La seconde d'après (ou la minute, ou l'heure, elle n'avait aucun moyen de le savoir), des bras puissants la soulevèrent pour la sortir de la cabine, puis l'aidèrent à tenir debout. Des bris de verre tombèrent en tourbillonnant sur les pavés du parking. Le vent hurlait dans les arbres, qui se courbaient en bruissant.

— Allez, emmenons-la à l'intérieur avant que quelque chose ne nous tombe dessus, déclara une autre voix.

— Les livres ! bredouilla Zoe, prise de panique tout à coup.

Tout était resté là-bas.

— Les livres ! Et si le van explosait ? Quelqu'un doit sauver les livres !

La voix basse qu'elle avait déjà entendue se mit à rire.

— Eh bien, je ne crois pas que ce vieux tas de ferraille soit près d'exploser, mais, croyez-moi, s'il explose (ce qui n'arrivera pas), il est hors de question que je prenne le risque d'envoyer quelqu'un à l'intérieur pour sauver de fichus bouquins.

Sur ce, des mains la firent avancer, la poussant et la portant à moitié, vers le grand bâtiment devant eux. La sympathique Agnieszka, que Zoe avait déjà rencontrée et qui ne servait pas de cafés le matin, debout à côté de l'imposante cheminée, porta ses mains à sa bouche en la voyant, puis appela aussitôt quelqu'un, qui déboula en courant de la pièce voisine, un gros rouleau de papier bleu à usages multiples dans les bras.

— Désolée, lui dit-elle. Est-ce que cela vous dérangerait de vous mettre sur ce bout de papier ?

Rien ne dérangeait Zoe ; elle n'avait ni les yeux en face des trous ni les idées claires.

— Et le kit de premiers secours ! s'écria Agnieszka. Oh, ma pauvre, est-ce que ça va ?

Zoe, qui n'en avait aucune idée, laissa Agnieszka la conduire aux toilettes.

— Là, là, dit-elle, comme Zoe fixait dans le miroir un visage ensanglanté qu'elle ne reconnaissait pas.

Puis elle regarda ses mains couvertes de sang. Elle tremblait.

— Vous avez eu un petit accident, lui expliqua Agnieszka, en évaluant son état d'une main experte. Mais je crois… je crois que ça va aller. Avez-vous mal quelque part ?

Zoe se regarda de nouveau de bas en haut dans la glace, la gorge serrée.

— Je ne crois pas, non.

— Attendez-moi une seconde, dit Agnieszka en disparaissant pour reparaître avec un petit verre de liquide brun.

— Asseyez-vous. Buvez ça.

Zoe obtempéra, avant de se mettre à tousser et à crachoter.

— Ah voilà, dit Agnieszka en secouant la tête d'un air approbateur. Ça va vous remonter.

Les yeux de Zoe s'embuèrent de larmes.

— C'est un blend, ajouta Agnieszka d'un air énigmatique.

Quoi que ce soit, Zoe se sentit peu à peu revenir à elle.

— Mon Dieu, dit-elle, un peu chancelante. Mon Dieu.

— Je sais. Il fait un temps abominable dehors. Heureusement, vous allez bien.

Zoe entreprit de se laver les bras.

— Vous allez bien, n'est-ce pas ? l'interrogea Agnieszka avec inquiétude.

— Je crois, répondit Zoe, toujours tremblante. Mon Dieu… un arbre. Un arbre m'a attaquée. Mon Dieu. Il faut que je… Il faut que je contacte Hari. Non. Non, il ne faut pas. Personne ne doit rien lui dire. Mon Dieu. Oh, mon Dieu. Je le laisse pour une journée et je manque de me faire tuer. Une seule journée.

— Est-ce que vous voulez que j'appelle quelqu'un ? lui proposa la gentille Agnieszka.

Zoe se fixa dans le miroir, une larme lui roulant le long de la joue. Elle n'avait personne à appeler, réalisa-t-elle avec effroi. Sa mère se ferait du souci et elle était trop loin. Jaz s'en ficherait. Nina ne s'inquiéterait que pour son van adoré. Elle se sentit soudain très triste, et très seule.

— Ça va. Je vais très bien, finit-elle par dire en se passant de l'eau sur le visage pour nettoyer le sang.

— Ça n'a pas l'air d'aller. Vous êtes blanche comme un cachet d'aspirine. Venez avec moi, vous allez boire un autre whisky. Mais je serai sans doute obligée de vous le facturer, celui-là.

Zoe retourna dans la salle, désormais pleine de touristes, qui semblaient aussi traumatisés qu'elle, quoique moins égratignés et amochés. Ils s'agitaient près du bar, commandant un thé ou un café avec un fort accent. Agnieszka lui sourit d'un air contrit, avant de se glisser derrière le comptoir en lui indiquant un canapé vide. Zoe se dirigeait vers celui-ci en chancelant, quand un homme grand vint à sa rencontre.

— Est-ce que ça va ? l'interrogea-t-il.

Zoe le dévisagea, clignant des yeux.

— Je… C'est moi qui vous ai amenée à l'intérieur, il y a une minute.

Elle voyait trouble à travers ses larmes. Carré. L'air robuste. Cheveux bruns ondulés. Pull ample.

Il lui tendit la main.

— Je m'appelle Murdo. Bonjour. Est-ce que ça va ? Vous aviez l'air sous le choc.

— Je… je vais bien, répondit-elle en regardant les gens bruyants autour d'elle, tous ces inconnus au sourire amical, avant de s'évanouir sur la moquette sans avoir le temps de faire un pas de plus.

* *

Le Dr Joan brandissait un éclat de verre plutôt impressionnant, l'examinant à la lumière, mais Zoe n'avait aucune idée de l'endroit où elle se trouvait.

— Regardez-moi ça ! s'écria Joan avec une petite moue. Ça me rappelle le jour où j'ai retiré une bobine entière de barbelé de l'estomac d'un cheval.

— Comme ça, pour le plaisir ? lui demanda quelqu'un d'autre, mais Joan fit exprès de ne pas répondre.

Zoe cligna des yeux avant de regarder son bras.

— Aïe !

— Oui, je sais, dit Joan. Malheureusement, vous étiez inconsciente, alors je n'ai pas pu vous demander votre consentement pour l'anesthésie. Mais je l'ai quand même retiré.

— Aïïïeeeee ! s'écria Zoe, la douleur la submergeant. Je pense sincèrement que ce n'était pas ma faute.

— Oui, Nina a toujours eu du mal à conduire ce van, elle aussi, abonda quelqu'un avec componction.

— Je n'avais aucun mal ! se récria Zoe, soudain très alerte. C'est le car qui avait du mal ! Il fonçait droit sur moi.

— C'est un très gros van pour un tout petit bout de femme, commenta quelqu'un d'autre.

Zoe fit volte-face.

— J'ai fait une embardée pour éviter le car ! Vous devriez saluer mon courage et me dire que j'ai sauvé tous les passagers.

Tous les visages se tournèrent alors vers un homme petit et joufflu, qui portait une cravate à pince, une chemise à manches courtes et des lunettes teintées à double foyer : le chauffeur du car, à l'évidence.

— Sacrée tempête, hein ? dit-il en levant les mains. Oh, ma p'tiote, je suis bien content que vous ne vous soyez pas fait de mal.

— C'est vous qui avez failli me faire du mal ! rétorqua Zoe haut et fort, furieuse.

— Chut, ça va, la calma Agnieszka. Vous avez eu un choc.

— J'en ai eu deux ! D'abord, j'ai dû emboutir mon van et, maintenant, le chauffeur raconte de gros bobards à propos de l'accident !

— Je suis simplement content que vous ne vous soyez pas blessée, marmonna le conducteur. Quand vous avez embouti votre van.

— Je suis blessée, répliqua-t-elle en brandissant son bras.

— Vous savez, poursuivit le chauffeur, à qui on avait aussi apporté un petit verre de whisky et qui semblait se transformer en héros du jour, la fille qui conduisait ce van avant… on la voit partout, c'est un vrai danger public (à la décharge du chauffeur, parfois, c'était bel et bien un danger public)… cette fille a failli se faire renverser sur le passage à niveau.

Il adressa un sourire bienveillant à Zoe.

— Je suis si content d'avoir réussi à vous éviter, conclut-il.

— Oui, bien joué, commentèrent quelques personnes qui assistaient à la scène.

— C'est dur pour vous autres, les Anglais, déclara une voix. Vous ne connaissez pas les routes, hein ?

Cette remarque fut accueillie par des murmures unanimes : les Anglais ne pouvaient pas connaître les routes. Zoe aurait bien été tentée d'intenter un procès, mais il semblait de plus en plus probable que le chauffeur trouverait deux cent cinquante personnes qui témoigneraient en sa faveur, certaines d'avoir vu l'accident. Elle jeta un coup d'œil à son bras douloureux.

— Oh, bon sang ! Je veux juste rentrer chez moi.

— Bien, dit l'homme prénommé Murdo. On dirait que vous avez déjà les idées plus claires.

— Oui, répondit Zoe en jetant un regard noir au petit chauffeur, que ses passagers étaient maintenant en train de réconforter et d'applaudir comme un genre de sauveur. C'est n'importe quoi, tout ça.

Le van était sens dessus dessous, avec des livres partout, le pare-brise envolé. Toutefois, quelqu'un avait déjà gentiment nettoyé les bris de verre. Mais que faire à présent ?

Eh bien, le mieux était d'appeler quelqu'un. Or Nina était à l'hôpital, et il ne fallait pas lui causer de choc. Elle ne pouvait contacter personne à la maison – qu'est-ce que Mme MacGlone pourrait bien faire, de toute façon ? Elle fixa son téléphone en poussant un soupir.

L'homme qui l'avait aidée plus tôt se dirigeait vers ce qui ressemblait à un bateau sur la rive.

— Ça va ? l'interrogea-t-il.

— Je ne sais pas quoi faire, répondit-elle, tremblante.

— Eh bien, j'imagine que vous devriez appeler quelqu'un, lui conseilla-t-il en regardant le pare-brise vide.

— Est-ce que vous connaissez quelqu'un que je pourrais appeler ?

Il connaissait quelqu'un.

* *

Les mécaniciens restèrent coincés derrière quelques arbres tombés en travers de la route, mais, si elle pouvait patienter, ils finiraient par arriver. Cela valait aussi pour le car. À l'intérieur, Agnieszka, les joues roses, était tout excitée : elle allait devoir préparer un grand nombre de déjeuners. Elle servait des sandwichs au fromage ou des jambon-fromage, et allait donc être occupée.

Zoe sortit sur la route pour ramasser les livres qui étaient tombés quand le van avait tangué. Certains étaient couverts de poussière, un peu humides ; d'autres s'en étaient sortis à peu près indemnes. Elle pourrait les vendre à prix soldé.

Murdo la rejoignit dehors. Il ramassa un exemplaire de *Terreur*.

— Qu'est-ce que c'est ? l'interrogea-t-il en regardant avec intérêt le bateau sur la couverture.

— Oh, le HMS *Erebus* et le HMS *Terror* : deux navires partis explorer l'Arctique, à la recherche du passage du Nord-Ouest, et qu'on n'a jamais revus.

— Et ça raconte ce qui leur est arrivé ?

— En partie. C'est effroyable, extrêmement sombre et très, très long.

Elle prit un air songeur.

— Ce livre frôle la perfection, en réalité. Mieux vaut être bien au chaud pour le lire, on apprécie plus le sort réservé à tous ces pauvres gens.

Murdo garda les yeux rivés sur la couverture.

— Je vais sans doute le prendre.

— Je vous fais une réduction, s'il est abîmé.

Après l'avoir soulevée à bras-le-corps, lui évitant potentiellement de mourir dans une boule de feu, et avoir appelé le garage, Murdo se disait qu'il mériterait bien de l'avoir gratuitement, ou presque, mais ne le mentionna pas.

— D'accord. Je le prends. Je suis marin, moi aussi.

— Ah oui ? répondit Zoe en le regardant.

Bien charpenté, il était un peu rond, mais de façon réconfortante, pas déplaisante. Il avait un visage agréable, franc, des joues roses et des yeux noirs pétillants, amusés, qu'elle ne put s'empêcher de remarquer. Puis elle se rappela ce qui s'était passé la dernière fois qu'elle avait remarqué des yeux noirs pétillants.

— Où ça ?

Il désigna le loch devant eux.

— Je promène les touristes, dit-il avant de tapoter le livre. On est loin du passage du Nord-Ouest, hein ! ajouta-t-il avec un petit rire. Même s'il y a de l'action, de temps en temps.

Leur regard se posa sur les eaux agitées du loch, qui venaient lécher la fine rive.

— Un peu trop aujourd'hui. Enfin, pas pour moi, se hâta-t-il de préciser. Pour les touristes, je veux dire.

— Vous promenez des gens à la recherche du monstre, c'est ça ?

— Et vous, vous foncez dans les bus avec votre van plein de livres ?

— Non !

— D'accord, répondit Murdo. Mais il faut bien gagner sa vie.

— Est-ce que vous avez déjà…

— Peut-être.

— Vous ne saviez pas ce que j'allais vous demander.

— Vous alliez me demander si j'avais déjà vu le monstre. Parce que 99,99 % des gens me posent cette question, et que l'autre personne était vraiment très saoule.

Cela fit sourire Zoe.

— Eh bien, je suis contente d'être aussi très prévisible, on peut passer à autre chose, maintenant. Qu'est-ce que vous voulez dire par « peut-être » ? Est-ce que c'est ce que vous êtes obligé de répondre, sinon vous n'aurez plus de clients ?

— Peut-être, dit de nouveau Murdo, de façon exaspérante.

— Je croyais qu'il avait été démontré que c'était faux, de toute façon. Par la science, tout ça.

— La science, tout ça, répéta-t-il pensivement avant de gratter son épaisse tignasse. Hum, hum.

— Oh, ça va, j'ai compris votre petit manège. Vous prenez un air mystique pour éviter de répondre à la question. Très bon.

Ils se redirigèrent tranquillement vers le *Ness Centre and Café*. Plusieurs passagers du car erraient près de l'entrée. Leur véhicule ne serait pas réparé plus vite que le van, et ils jetaient des coups d'œil curieux à l'intérieur.

— Avez-vous des livres sur le loch Ness ? se renseigna une femme qui portait un imperméable pour se protéger du vent toujours cinglant.

Il s'avéra que Zoe en avait deux, un pour adultes et l'autre pour enfants, qu'elle vendit aussitôt.

— On aurait pu penser…, commença Murdo, qui aurait dû profiter de l'immobilisation de son bateau pour faire de menus travaux d'entretien et de réparation, sous la tempête, et, par conséquent, préférait de loin flâner en bavardant avec cette fille aux cheveux bruns. On aurait pu penser que quelqu'un qui tient une librairie dans les environs du loch Ness aurait plus de livres sur le loch Ness en stock.

— Je m'en rends bien compte, répondit Zoe, qui en était vite arrivée à la même conclusion. Je crois qu'il va falloir que j'en commande quelques-uns.

Agnieszka sortit de l'établissement, un torchon jeté sur l'épaule, la mine réjouie.

— Ça fait des mois qu'on n'a pas eu autant de clients, déclara-t-elle, toute guillerette.

— Il faudrait qu'il y ait plus d'accidents de car, répondit Murdo. Tu devrais leur tendre des pièges, en mettant des clous sur la route, par exemple.

— Toi, tais-toi, dit-elle en lui donnant un coup de torchon, d'un air taquin.

Puis elle se tourna vers Zoe.

— C'est dur. Le *Visitor Centre* officiel est sur l'autre rive. Il attire plus de clients… Il y a un super musée, et tout et tout. Nous, on n'a que les restes.

— Ça en fait toujours beaucoup, on dirait, répondit Zoe en pensant aux cars qu'elle voyait tous les matins.

Agnieszka poussa un soupir.

— Oh, ils arrivent, ils prennent une photo, parfois ils achètent un sandwich, ils se servent des toilettes, et puis ils repartent. En fait, je perds de l'argent rien qu'avec la quantité de papier hygiénique qu'ils utilisent.

— Vous pourriez les faire payer, non ?

— Ça me paraîtrait un peu…, répondit Agnieszka avec une grimace.

— Ils n'embarquent pas ici ?

— Oh, non, certains préfèrent amarrer leur bateau devant le *Visitor Centre*, répondit Agnieszka en jetant un regard noir à Murdo. Ils vivent juste à côté, mais ils vont sur l'autre rive.

— Vous vivez à côté, mais vous allez sur l'autre rive tous les matins ? demanda Zoe à Murdo.

— Ça ne fait pas longtemps que vous gagnez votre vie dans les Highlands, vous, hein ?

Zoe dut leur tourner le dos un instant pour servir quelques clients, qui achetèrent tous les ouvrages ayant trait à l'Écosse qu'elle avait en stock ; elle vendit même une collection comme neuve des romans de *Waverley* (ce qui ne manquerait pas d'étonner Nina, tout comme la personne chargée de peser les bagages au comptoir d'enregistrement de la compagnie aérienne et les petits-enfants canadiens de cette dame, dont l'un les lirait tous d'un trait pour devenir le plus grand spécialiste de sir Walter Scott de Terre-Neuve, un historien reconnu mondialement, avec une brillante carrière à la télé).

— Je devrais peut-être venir ici plus souvent, dit Zoe d'un air songeur. Surtout les jours de pluie.

— Vous savez que les cars retournent à Édimbourg ou à Londres, après ? lui demanda Agnieszka. Je pense que beaucoup de gens aimeraient avoir de quoi bouquiner pendant le trajet. Apportez des livres écrits en gros caractères.

— Et quelques traductions ? suggéra Murdo. *Per favore seduti*.

— Impressionnant, dit Zoe.

— ボートに座ってください, poursuivit Murdo.

— Bon, là, vous commencez à me faire peur.

— Il parle six langues, fit remarquer Agnieszka en le couvant du regard.

— C'est vrai, acquiesça Murdo. Ça voulait dire : « S'il vous plaît, ne vous levez pas dans le bateau. »

— Je suis quand même impressionnée.

— *Et vous pourrez manger à notre retour au centre*[1], ajouta-t-il. C'est le moment où je leur dis de manger au *Visitor Centre*, Agnieszka.

— Cet endroit est horrible.

— Oui, répondit-il patiemment. Mais, là-bas, ils peuvent manger autre chose que des sandwichs au fromage ou des jambon-fromage.

— Tout le monde aime le fromage et le jambon, rétorqua-t-elle.

Le temps de leur conversation, la tempête avait commencé à retomber. De temps à autre, un petit rayon de soleil perçait même les nuages, comme si l'astre leur présentait de timides excuses après la violente tempête qui venait de s'abattre sur eux, quelques minutes auparavant seulement. Zoe ne parvenait pas à s'y faire : dans aucun autre endroit au monde le temps ne changeait aussi vite, du tout au tout. C'était impossible. Les pavés étaient déjà en train de sécher.

Comme les clients se raréfiaient, ils sortirent et considérèrent le petit établissement. Ses gouttières avaient besoin d'être nettoyées ; ses huisseries, réparées et repeintes. Agnieszka poussa un soupir.

— Tu pourrais le faire, tu sais, l'encouragea Murdo.

— Est-ce que tu ferais partir ton bateau d'ici, si je le faisais ?

---

1. En français dans le texte (*N.d.T.*).

— Peut-être, répondit-il avec un haussement d'épaules avant de se tourner vers Zoe. Est-ce que vous reviendrez, avec votre van ?

— Je ne sais pas. Est-ce qu'un chauffeur de car mal intentionné m'attendra, prêt à bondir devant moi pour me faire quitter la route ?

— Il n'y a pas de mal à admettre que les choses ne se sont pas passées comme on le voulait, la taquina Murdo.

Elle lui faisait les gros yeux quand elle vit enfin apparaître, avec soulagement, le logo d'une énorme dépanneuse, qui remontait lourdement la route dans leur direction.

Chapitre 31

Ça ne s'était pas bien passé à la crèche, aujourd'hui, crut comprendre Zoe. Pas bien du tout. Hari avait un bleu sur le bras, mais Tara avait insisté : c'était un parfait accident.

Malgré tout, Zoe ne pouvait imaginer ce qui se serait passé s'il avait été avec elle dans le van. Et si un éclat de verre l'avait transpercé ? L'avait touché à l'œil ? Elle se retrouvait face à un dilemme.

Pour autant, une chose était indéniable : quand ils tournèrent dans l'allée de gravier (Zoe ayant conduit à trente kilomètres-heure tout le long du trajet), Hari se mit à sautiller d'excitation dans son siège, puis, dès qu'elle arrêta la voiture et le détacha, il descendit, tout content, avant de faire le tour de la maison en courant pour aller retrouver Patrick.

Voir Hari faire quelque chose tout seul, avec joie, était totalement inédit pour Zoe, et elle le regarda s'éloigner un moment avant de descendre elle-même, avec précaution, vide de toute énergie. La journée avait été longue, et elle n'était pas encore prête à affronter la cuisine. Mme MacGlone sortit d'un pas déterminé, avant de disparaître sans même la saluer.

Zoe prit son temps. Le ciel de l'après-midi était à présent moucheté de doré ; seuls les feuilles et les branchages au sol témoignaient du passage de la tempête.

Elle s'attarda dans la cour, observant la gravure au-dessus de la porte d'entrée. Elle ne l'avait encore jamais remarquée ; les lettres étaient si ornementées qu'elle s'était dit que l'inscription serait en latin ou dans une autre langue prétentieuse qu'elle ne pourrait pas comprendre.

Mais elle voyait désormais des petits dessins répétés – un poisson, une gerbe – et des mots, gravés dans une police angulaire dans le grès gris autour du chambranle de la porte : « *SPEURAN TALAMH GAINMHEACH LOCHA* ».

Elle les fixait, quand elle entendit des bruits de pas lourds sur les graviers derrière elle. En se retournant, elle vit que Ramsay venait à sa rencontre. Il semblait triste.

— Je… je voulais m'excuser.

— Ce n'est pas nécessaire. On m'a dit de ne pas me mêler de vos affaires.

Il se frotta la nuque.

— Je me rends compte que nous avons un fonctionnement hors du commun.

— Vous pouvez le dire, répondit Zoe, surprise.

Il poussa un soupir, puis donna un petit coup de pied dans le perron.

— Il faut… il faut que je travaille dur pour payer la facture d'électricité.

Zoe opina du chef.

— C'est… Enfin. Les choses peuvent… Bref. Désolé.

— C'est moi qui suis désolée, dit Zoe. Ma remarque était déplacée.

— Non, non. Je sais ce que vous avez voulu dire… Ils ne sont pas trop odieux avec vous ?

Zoe jugea préférable de ne pas mentionner qu'elle était à peu près certaine qu'on déplaçait ses affaires dans sa chambre, et que, ce matin, Shackleton avait fait tomber un sachet entier de farine, puis l'avait regardée nettoyer pendant que Mary lui riait au visage.

Elle changea donc de sujet.

— Je n'avais encore jamais remarqué cette inscription sculptée au-dessus de la porte. Qu'est-ce que ça dit ?

— Je n'y prête jamais attention, moi non plus, lui avoua Ramsay. Mais je le sais : « Ciel, sable, loch, terre. »

— … loch et terre, répéta Zoe.

— En fait, on prononce locchhhhh, la reprit Ramsay en faisant un bruit qui évoquait un crachat.

— Je sais, mais je ne vais pas essayer… J'aurais l'air d'une idiote. Je viens de Bethnal Green.

— Vous auriez l'air d'une idiote qui parle correctement et qui fait des efforts !

— Je fais des efforts ! Regardez !

Elle lui montra un sac en plastique dégoulinant. Lennox lui avait laissé des steaks de chevreuil.

— Qu'est-ce que c'est ?

— Du chevreuil. Je vais le faire frire avec des mûres arctiques.

— Où l'avez-vous trouvé ?

Zoe lui jeta un coup d'œil.

— Pourquoi ? Est-ce que quelqu'un vous en a volé ?

Ramsay se passa la main dans les cheveux.

— Oh, ça arrive. Mais, au moins, vous faites partie de la chaîne. Est-ce que vous savez vraiment cuisiner le chevreuil ?

Zoe haussa les épaules.

— Eh bien, quelqu'un saura forcément le faire sur YouTube, alors je ferai pareil.

Un ange passa.

— C'est vrai, oui, je vois.

Zoe comprit aussitôt qu'il n'avait pas la moindre idée de ce dont elle parlait.

— Est-ce que je… Enfin, est-ce qu'il y a assez d'argent dans la caisse ? l'interrogea-t-il en grimaçant. Vous n'avez pas besoin de braconner ni rien, pour nourrir les enfants, hein ?

— Oh, non, ça va. Mais bon, si jamais il vous en reste un peu…

Cela parut l'inquiéter, aussi préféra-t-elle retourner à l'inscription.

— Donc : « Ciel, sable, loch, terre. » Est-ce pour vous rappeler que vous possédez tout ce qui vous entoure ? Que vous régnez sur les lieux ?

Son ton était un brin moqueur.

Ramsay cligna des yeux, surpris. Ces quatre mots faisaient comme partie de lui ; il les avait toujours entendus, répétés comme les grâces, et leur traduction latine figurait sur leurs armoiries familiales. « *Caelum lacus harena terra*. »

— Non, ce serait plutôt le contraire, rétorqua-t-il, un rien agacé. C'est pour nous rappeler notre condition, qu'on ne fait que passer sur ces terres, qui ont toujours été là et le seront toujours. Cela nous rappelle de les chérir et d'en prendre soin, et que les possessions matérielles (les maisons, les tasses, les bijoux, tous ces trucs) ne durent pas et ne sont pas importantes.

Il s'animait, passionné par son sujet.

— C'est même mieux que ça… C'est différent d'un crâne, d'une coupe et d'une pile de fruits en décomposition. C'est porteur d'espoir. Ça dit : vous allez et venez, mais toutes ces choses qui vous entourent, elles, perdurent ; regardez comme elles sont belles, merveilleuses. Les gerbes dans les champs, les poissons dans le loch, la lumière dans le ciel et le verre dans le sable. Chaque jour.

Zoe le considéra. Il était très différent quand il se laissait aller à parler. Elle était si habituée à le voir distrait, distant ; toujours un peu absent, comme ailleurs, et non dans cette maison, avec les enfants ou elle. Il remarqua qu'elle l'observait, et, mal à l'aise, se mit à tripoter sa boutonnière avec ses immenses mains.

— Je vois, répondit-elle.

Elle regarda derrière lui, vers l'allée de gravier et le jardin. Le soleil déclinait, projetant l'ombre étirée des haies taillées sur la pelouse.

— On avait des topiaires, avant, lui apprit Ramsay en suivant son regard. Ce sont des arbustes qu'on taille pour leur donner des formes.

— Je sais ce que c'est, merci, répliqua Zoe avec susceptibilité.

— Oui, bien sûr. Pardon.

— Et je ne suis pas en train de faire une visite guidée de la maison.

À la suite de cela, il se tut, puis enfonça ses grandes mains dans ses poches.

— Oh, je vous taquine, dit Zoe, s'en voulant d'avoir perdu l'habitude de discuter avec des inconnus. Qu'est-ce que vous aviez, comme topiaires ? Un monstre ?

Il la dévisagea.

— Non, finit-il par répondre. Pas un monstre. Mais on a eu des coqs, une année.

— Je hais ces satanés poulets, répondit-elle spontanément.

Ramsay lui jeta un drôle de regard.

— Enfin, je déteste une poule en particulier. Elle a une dent contre moi.

— Je ne crois pas que les poules puissent avoir une dent contre les gens.

— Eh bien, dans ce cas, vous m'expliquerez pourquoi elle n'arrête pas de déféquer dans mes bottes en caoutchouc.

Il fronça les sourcils.

— Vous devriez peut-être mettre vos bottes ailleurs ?

— Je l'ai fait ! Elle les a trouvées. Parce que c'est une poule maléfique.

— On a aussi eu des poissons, se hâta de dire Ramsay pour changer de sujet. Ils étaient divinement taillés. Magnifiques.

— Vous pourriez en avoir de nouveaux, non ? Ils seraient ravissants dans cette lumière.

Le soleil était énorme, doré, bas dans le ciel.

— Je sais, répondit Ramsay à regret. Il faut faire des économies, j'ai bien peur. Encore.

— Vous devriez former les enfants à cet art.

Ramsay la regarda sévèrement.

— Je l'ajouterai à la liste de choses que je fais de travers, merci.

S'ensuivit un silence gêné.

— Bon, je ferais mieux d'y aller. Je vais peut-être laisser Shackleton se débrouiller avec le chevreuil.

— Voilà une phrase que je n'aurais jamais pensé entendre un jour, commenta Ramsay.

Il la suivit dans la maison, où, en un rien de temps, une odeur très agréable de cuisson commença à flotter dans l'air automnal, bientôt suivie d'une odeur de brûlé un peu moins agréable, mais qui fut vite corrigée ; et puis, il y avait tant de viande que cela n'était pas bien grave d'en couper un peu sur les bords. Porteous montra le bout de son nez pile au bon moment : il allait et venait discrètement, tel un fantôme, se dépêchant d'emporter tous les restes de nourriture. Ramsay, tenant parole, passa les voir une petite demi-heure ; Patrick lança une conversation sur les dinosaures, précisant qu'il était très injuste qu'ils ne puissent pas regarder davantage de films sur eux puisque la télévision était cassée, ce à quoi Ramsay, sourcils froncés, répondit qu'il ne savait pas qu'ils avaient une télévision ; quand Zoe réagit en leur disant qu'ils vivaient encore dans les années 1920, Ramsay répliqua qu'il ne voyait pas vraiment où était le problème, et Zoe lui expliqua qu'il comprendrait quand il faudrait qu'il achète des lunettes à Patrick, qui tentait de regarder *Jurassic Park* sur son téléphone. Comme Ramsay disait qu'il essaierait de s'en occuper, Zoe insista : il devrait le faire, ils donnaient presque les télés, ces temps-ci. Il rétorqua que c'était normal, leur place était à la décharge, et Zoe objecta qu'elle vivait dans cette maison depuis six semaines et qu'elle n'était pas certaine qu'il sache ce qui avait sa place à la décharge. Contre toute attente, les enfants se mirent à rire, à rire vraiment. Ramsay songea à descendre à la cave, cela ne lui était pas arrivé depuis longtemps, pour aller chercher une de ces bonnes bouteilles de vin rouge que ses ancêtres y avaient entreposées – et pourquoi pas ? Pour la première fois depuis si longtemps, la cuisine était pleine de lumière, de bruit et de bavardages ; la culpabilité l'assaillit une seconde, mais il se dit qu'il pourrait sans doute s'en libérer avec le vin rouge, quand, soudain, on frappa à la porte de la cuisine avec détermination.

Chapitre 32

Ils tournèrent tous la tête. Comme Shackleton ouvrait grand la bouche, Zoe lui dit tout bas de la fermer, puis sourit.

— Bonjoooouuur ! trilla une voix cristalline, forte et assurée.

Zoe était intriguée. Ils ne recevaient jamais de visiteurs. C'était un genre de règle, avait-elle cru comprendre. Il n'y avait qu'eux, Mme MacGlone, Wilby le jardinier et, de temps à autre, un touriste qui faisait semblant de demander son chemin pour pouvoir jeter un œil à la maison. Leur audace avait ébahi Zoe. Mais ils se présentaient toujours à la porte d'entrée. La personne à qui appartenait cette voix était déjà venue.

Une blonde, grande et élancée, se faufila à l'intérieur. Elle n'avait pas lésiné sur le maquillage, si bien que son âge était difficile à déterminer (elle aurait pu avoir vingt-huit ans comme une petite quarantaine très bien conservée). Elle portait un manteau hors de prix qui n'aurait pas résisté plus de deux minutes dans la cour de Lennox et laissait dans son sillage de lourds effluves d'un parfum raffiné. Elle rappela aussitôt à

Zoe les femmes qui déposaient leurs enfants à la crèche où elle travaillait ; celles pour qui elle était totalement invisible.

Surprise, la jeune femme pensa d'abord qu'il s'agissait peut-être de la mère des enfants ; son visage fin n'était pas si différent de la figure hâve de Mary. Elle cligna des yeux. Cela n'était pas possible, si ? Cela dit, les enfants réagiraient sûrement, au lieu de rester assis là, à regarder fixement leur assiette, l'air sombre.

— RAMZER ! hurla la femme.

Ramsay commença par froncer les sourcils, avant de se détendre un peu.

— Rissie, dit-il au bout d'un moment.

Elle fonça sur lui.

— Chéri, lança-t-elle en l'enlaçant, sans tenir compte des autres personnes présentes. Je suis de retour. Je sais, ça fait une éternité. Tu sais ce que c'est.

— Oui.

— Bon sang, grommela Mary entre ses dents.

Zoe lui lança un regard, que Mary ne lui rendit pas ; elle ne cherchait pas une alliée. Au lieu de cela, elle se leva.

— Bonjour, mes chéris, dit cette femme en regardant autour d'elle. Oh, regardez-vous ! Vous êtes beaux, superbes, comme d'habitude ! C'est incroyable !

Les trois enfants la dévisagèrent froidement.

— Tenez, je vous ai apporté des cadeaux !

Elle sortit trois boîtes de loukoums de son sac, un sourire un tantinet nerveux aux lèvres.

— Je suis allée à Istanbul et je me suis dit…

Les trois enfants s'en emparèrent d'un air maussade, sans la remercier, mais les ouvrirent aussitôt pour commencer à manger les confiseries, négligeant le repas déjà dans leur assiette. Leur impolitesse scandalisa Zoe.

— MERCI ! s'écria-t-elle haut et fort. Il me semble que c'est ce qu'on est censés dire.

Mary lui décocha un regard.

— Euh, ce n'est rien, dit la femme avant de sourire, pleine d'espoir, à Ramsay. Ce sont d'adorables bouts de chou.

Ce n'était pas le terme qui serait venu à l'esprit de Zoe pour décrire Shackleton, qui grognait presque en engloutissant ses loukoums, du sucre plein la bouche, un filet de salive sur le menton. Elle jeta un coup d'œil interrogateur à Ramsay, qui finit par prendre la parole :

— Les enfants, dites merci à Larissa.

— *Merci, Larissa*, répéta Mary du ton le plus sarcastique possible.

— Oh, mais de rien ! Êtes-vous la nouvelle nounou ?

— Bonjour, répondit Zoe en lui tendant la main.

Larissa parut surprise, comme si le fait qu'elle remarque sa présence était suffisant et qu'il ne fallait pas en attendre plus de sa part, mais s'en empara malgré tout, un sourire poli aux lèvres.

— Ces enfants sont superbes, n'est-ce pas ?

Mary ricana tout haut. Hari se cachait derrière les genoux de sa mère, qui lui caressait la tête en guise d'encouragement.

— Je monte, annonça Mary en repoussant bruyamment sa chaise avant de sortir, laissant son assiette sur la table.

En temps normal, Zoe l'aurait rappelée, mais elle n'était pas d'humeur à affronter une de ses crises ce soir, surtout devant cette femme glamour, aussi laissa-t-elle courir.

— Est-ce que ça te dirait de sortir boire un verre, mon chou ? demanda Larissa à Ramsay. Tu as l'air d'avoir besoin de t'amuser un peu.

Zoe fut un peu contrariée d'admettre que Larissa avait à l'évidence raison sur ce point quand ils sortirent d'un pas altier, la jeune femme répétant qu'elle était vraiment ravie d'avoir vu ces adorables enfants, qui la dévisageaient, le regard vide.

* *

— Eh bien, commenta Zoe. Ce n'était pas très gentil.

— Elle n'est pas gentille, sûr et certain, approuva Patrick.

— Je ne parle pas d'elle ! Elle était super gentille ! Je parle de vous, mes cocos !

Shackleton continuait à manger ces loukoums de façon méthodique, les mâchant sans grand enthousiasme. Il haussa les épaules.

— C'est une AMIE CHÈREU à papa, déclara Patrick. Elle nous l'a dit.

— Ce n'est pas vrai, rétorqua son frère avec dédain. Elle aimerait bien.

— Si, c'est vrai ! Elle m'a dit qu'elle lui était très, très CHÈREU.

— Elle est très, très ÉNERVANTE, oui. Elle est toujours très, très gentille.

— En quoi est-ce que c'est mal ? En quoi est-ce que c'est mal que quelqu'un soit gentil avec vous ?

— ET PUIS ! dit Patrick en faisant un grand geste.

— Et puis quoi ? l'interrogea Zoe.

— ET PUIS ! POUR SÛR !

— Qu'est-ce que tu racontes ?

— Pas « pour sûr », espèce de crétin, dit Shackleton. Brochure. Elle a apporté des brochures. On n'était pas censés les voir.

— Des brochures pour quoi ?

— Pour la prison, l'informa Patrick.

— La prison ?

— Le pensionnat, rectifia Shackleton. Elle pense qu'on devrait aller en pension.

— Ohhh. Vraiment ? Et vous n'avez pas du tout envie d'y aller, c'est ça ?

Shackleton la regarda.

— Elle veut se débarrasser de nous pour pouvoir épouser papa et…

— Beurk, lança Patrick.

— Elle a l'air gentille, fit remarquer Zoe avec douceur.

— Elle fait semblant, répondit Patrick. Ce n'est pas vrai.

— Parfois, les gens font semblant d'être gentils jusqu'à ce que ce soit vrai.

Le petit ne parut pas convaincu.

— Non, répliqua Shackleton. Les gens font semblant d'être gentils jusqu'à ce qu'ils aient envoyé d'autres gens en pension et n'aient plus jamais à les revoir.

— La prison, dit Patrick, et son petit minois parut si triste que Zoe compatit de tout cœur avec lui.

En général, le soir, elle montait se coucher avant les enfants, morte de fatigue. Mais, ce soir, elle voyait qu'ils étaient ébranlés.

— Écoutez, vous ne pouvez pas être impolis avec les invités. C'était méchant.

Les garçons la regardèrent.

— Mais si vous m'aidez à ranger… est-ce que vous aimeriez une histoire ?

Le changement de comportement de Patrick la ravit.

— OUI ! JE VEUX UNE HISTOIRE, SÛR ET CERTAIN ! S'il te plaît, s'il te plaît, s'il te plaît. On ne me lit jamais d'histoire !

— Ton papa ne te lit jamais d'histoire ?

— Il passe son temps à travailler. Ou il est dans la… BIBLIOTHÈQUE.

Il prononça ce terme comme s'il s'agissait d'un donjon.

— Et vos anciennes nounous ?

— « On ne lit pas l'anglais, Patrick, sûr et certain », récita le petit. « Mary a été très vilaine, Patrick, et personne ne mérite une histoire » ; « Va-t'en, Patrick, je suis très occupée à pleurer en ce moment ».

— Eh bien, répondit Zoe, sa bouche se contractant malgré elle. Allez vous mettre en pyjama. Après, je monterai vous brosser les dents, et on verra ce qu'on peut faire.

— Est-ce qu'on doit se brosser les dents *tous* les jours, Nounou Numéro Sept ?

— Oui, répondit-elle avec un soupir en débarrassant la table. J'en ai bien peur.

En montant, elle eut la surprise de trouver les deux petits garçons côte à côte devant le lavabo de la chambre, une pièce qui ressemblait beaucoup à celle de Mary, mais avec deux lits à l'intérieur. Ils portaient des pyjamas en flanelle assortis, plus tout jeunes, avec des accrocs bien reprisés.

— Oh, regardez-vous, tous les deux ! Est-ce que tu t'es habillé tout seul ? demanda-t-elle à Hari, qui opina solennellement du chef.

— Je l'ai peut-être aidé, sûr et certain, précisa Patrick.

— Bien, on y va, alors.

Elle sortit sa vieille liseuse pour leur lire *Sur les toits*. C'était son livre préféré, quand elle était petite.

— Qu'est-ce qui va se passer ? l'interrogea Patrick, l'air nerveux.

Zoe ressentit un nouvel élan de compassion pour ce petit, à qui on ne lisait jamais d'histoire.

— Eh bien, d'abord, installez-vous confortablement.

Hari était déjà assis, attendant patiemment. Il était trop jeune pour cette histoire, elle le savait, mais, plus que toute autre chose, c'était le fait d'entendre sa voix qui l'apaisait. Elle prit place entre les deux garçonnets sur le lit de Patrick.

— Est-ce que Hari peut dormir ici ? finit-il par lui demander.

Sans surprise, comme la chambre de Mary, la pièce était immense et un tantinet effrayante, des branches d'arbre remuant dans le vent devant la fenêtre gigantesque. Elle n'entendrait rien. Même si Hari ne risquait pas d'émettre le moindre son.

— Est-ce que ça te plairait, Hari ?

Elle était un peu inquiète. Ils n'avaient encore jamais été séparés la nuit, pas une seule fois. Elle n'avait même pas de Babyphone. Elle n'avait jamais eu d'appartement assez grand pour en avoir l'utilité.

Et puis, il y avait le fantôme.

Toutefois, Hari opina du chef, enchanté.

— Est-ce que tu es sûr ?

Il ne suffisait pas qu'elle soit dans la même maison. Elle était loin de cette immense chambre, à l'autre bout du couloir, en haut de l'escalier de service, dans l'aile ouest, où se trouvaient les chambres de bonne. S'il criait, elle ne l'entendrait pas. Mary pourrait lui arracher la jambe avec les dents, elle ne l'apprendrait qu'au petit matin.

— Je veillerai sur lui ! dit Patrick, ce qui ne la rassura pas tout à fait.

— Est-ce que tu sais aller jusqu'à ma chambre ? l'interrogea-t-elle.

— Peut-être ? répondit-il avec une grimace.

Comment faisaient-ils, avant ? songea Zoe, bouillant intérieurement. Qui pouvait bien installer des enfants si loin de l'adulte qui s'occupait d'eux ? Il était impossible de les entendre s'ils pleuraient la nuit. Mais qu'est-ce qu'ils avaient dans la tête ? Les laissaient-ils simplement pleurer toutes les larmes de leur corps ?

— Peut-être un autre soir, alors.

— Je peux aller chercher papa. Il est à côté. Il aime bien quand on va dans sa chambre.

— Oh, eh bien…

Cela ne lui était pas venu à l'idée. Qu'il puisse vouloir ses enfants près de lui. Cela étant, il était si souvent absent…

Elle commença à lire malgré tout, essayant de déterminer quoi faire.

Ils entreprirent donc leur périlleux (ça veut dire « dangereux ») voyage à travers les cordages, désespérés, terrifiés, en voyant leur destination (ça veut dire l'endroit où l'on se rend, Hari) surgir devant eux : Gallions Reach. *Le vent se levait de nouveau, et Wallace voyait les girouettes (des navires toutes voiles dehors) tourner, encore et encore, sur les toits autour d'eux.*

— Le temps se gâte, murmura-t-il à Francis. Nous allons devoir nous abriter jusqu'à ce que l'orage passe.

— Des poissons ! s'écria Francis.

— Arrête de me bassiner avec tes poissons, répondit Wallace en levant les yeux au ciel. Le pigeon en a parlé, c'est tout. Les pigeons mangent du poisson. Je crois.

— JE VOIS DES POISSONS !

Francis criait à présent ; il chancelait, d'une façon qui n'inspirait rien de bon à Wallace. S'il glissait...

Il suivit des yeux le doigt tremblant, tout sale, de Francis, pointé vers la rivière, au sud-est. Et, là, il le vit...

— Non, dit-il, le visage blême. Non...

Patrick lui saisit le bras.

— Qu'est-ce qui va se passer ? Pourquoi est-ce que le garçon lui montre des poissons ?

— Eh bien, on le découvrira plus tard. C'est ça, une histoire. Elles ont un point de départ, et puis des choses se passent…

— Des choses tristes ?

— Oui, en général. Les choses joyeuses ne font pas des histoires très intéressantes.

Patrick y réfléchit un instant.

— Voilà pourquoi je ne m'intéresse qu'aux dinosaures.

Zoe jugea plus prudent de ne pas lui révéler ce qui était arrivé aux dinosaures pour l'instant.

— Tu n'aimes pas du tout les histoires ?

Il haussa les épaules.

Elle aventura un bras autour de ses épaules, mais il se dégagea aussitôt.

— Eh bien, parfois, des choses tristes se produisent.

— Ça, c'est une chose très triste qui est en train de se produire, dit-il en montrant l'illustration sur sa liseuse. Regarde ! À *Belin's Gate*.

— C'est qui, Belin ?

— Un ancien roi guerrier. Il est là pour protéger le poisson.

— Mais ce ne sont que des enfants ! gémit Patrick. Ils ne peuvent pas l'affronter, sûr et certain.

— C'est vrai, répondit patiemment Zoe. Mais ne t'inquiète pas. L'histoire est loin d'être finie. Ça finira sans doute bien… Ça finira bien.

Patrick la regarda, sceptique.

— Est-ce que ça arrive que les choses finissent bien ? l'interrogea-t-il tout bas.

Zoe se retrouva à court de mots. Sa gorge se serra. Elle jeta un coup d'œil à Hari, qui dormait à poings fermés.

Comment dire à un enfant sans maman que les choses finissaient bien ? Pour un enfant sans maman, est-ce que les choses finissaient bien ? Lui mentir l'aiderait-il ?

Zoe avait envie de le prendre dans ses bras pour lui faire un gros câlin, mais ne le pouvait pas.

— Il va encore se passer beaucoup de choses avant la fin du livre.

Elle prit Hari dans ses bras.

— Il ne peut pas rester, alors ? lui demanda Patrick, l'air minuscule dans son grand lit.

— Un jour, peut-être.

Elle se leva. Tous deux se regardèrent.

— Est-ce que tu veux que je te fasse un bisou pour te souhaiter bonne nuit ? lui demanda-t-elle nonchalamment, comme si cela ne lui faisait ni chaud ni froid.

Il y eut un blanc, puis une toute petite voix répondit :

— Oui, sûr et certain.

Alors elle se pencha, Hari sur son épaule, et déposa un petit bisou sur le front de Patrick, qui ne se déroba pas.

Chapitre 33

Zoe le fit. Elle commanda tous les livres sur le loch Ness qu'elle trouva dans le catalogue, puis commença à se rendre au *Ness Centre and Café*. Elle ne ramenait même plus le van tous les soirs chez Lennox, en partie parce que cela rallongeait son trajet, mais aussi parce qu'elle ne voulait pas qu'il lui pose des questions soupçonneuses sur son nouveau pare-brise. Sans oublier la poule.

En outre, à côté du café, il y avait une petite aire de jeu, un peu délabrée. Comme le temps automnal restait doux et tonifiant, elle pouvait emmener Hari, faisant comme si ce n'était pas grave qu'il n'aille pas à la crèche. Bientôt, il lui parut logique d'emmener aussi Patrick : les deux garçonnets donnaient des coups de pied dans les feuilles et jouaient dans la cage à écureuil, absolument ravis que le choix de repas se limite aux sandwichs au fromage ou aux jambon-fromage.

Murdo venait de temps à autre avec son bateau, et Agnieszka sortait discuter avec elle. C'était si agréable d'être en compagnie d'adultes, pour une fois (en particulier d'adultes qui ne faisaient pas sans cesse la tête ou des cachotteries), que, entre deux arrivées de cars, Zoe s'asseyait sur l'un des bancs qui surplombaient le loch, d'où elle entendait les garçons faire craquer les feuilles et voyait l'eau scintiller sous les rayons du soleil, un gobelet de thé à la main – elle avait persuadé Agnieszka que cela pourrait être une bonne idée d'acheter des gobelets en carton pour servir des boissons à emporter et, sans surprise, cette initiative avait aussitôt rencontré un vif succès. Elle pouvait alors souffler un peu, regarder la caisse et, juste une seconde, être plutôt fière d'elle.

* *

Le dimanche suivant, Zoe emmena Hari avec elle à l'hôpital pour rendre visite à Nina. Cette dernière semblait fatiguée, mais, à part cela, en bonne santé. Son ventre énorme dépassait sous son pyjama lâche.

— Comment ça va ? l'interrogea Zoe.

— Merci, lui dit Nina en désignant l'énorme pile d'Agatha Christie (il devait y en avoir au moins quatre cents) que Zoe, prise de frénésie, lui avait fait passer la semaine précédente.

— J'arrête avec ça, sinon tu vas te mettre à accuser des inconnus de meurtre.

— C'est toujours ceux qu'on soupçonne le moins. D'ailleurs, est-ce que tu as découvert ce qui était arrivé à la femme de Ramsay ? D'après Agatha Christie, elle est morte, c'est certain, et le meurtrier est forcément une personne insoupçonnable.

— D'accord, dit-elle en haussant les épaules. C'est le jardinier.

— Oh non, c'est toujours le jardinier.

Zoe déballa une nouvelle pile de livres.

— Bien, commence avec l'inspecteur Rebus. Les meurtres sont bien plus crus et réalistes.

— Je ne suis pas sûre que ce soit mieux.

Nina poussa un soupir, puis changea de position, un peu mal à l'aise.

— Bon, jetons un coup d'œil aux comptes.

Elle n'en attendait pas grand-chose ; elle les redoutait même, se disait que, tant que les recettes payaient l'essence, le stock et le salaire de Zoe, elle pouvait espérer ne pas fermer boutique.

Elle fut donc agréablement surprise. Agréablement surprise et un peu jalouse, indéniablement.

Nina était fière de sa capacité à toujours trouver le bon livre pour ses clients ; de savoir instinctivement ce qui conviendrait à leur humeur – ce qui les réconforterait, leur mettrait du baume au cœur, les ferait rire ou frissonner. En matière de lecture, les envies varient autant que la météo. Parfois, on a envie de se plonger dans un livre profond ; dans un monde totalement différent. D'autres fois, on est tenté par une comédie. D'autres fois encore, c'est incontestable, on a simplement besoin de lire une histoire atroce, pour ne plus être la seule personne à souffrir. C'est normal pour un lecteur, et Nina était très douée pour trouver le livre parfait, qui siérait à l'humeur de ses clients, tel un sommelier associant les vins à un menu.

— Je n'en reviens pas que tu aies réussi à cerner les goûts d'autant de clients.

— Euh… Oui. J'ai juste eu de la chance, j'imagine, répondit Zoe.

Elle culpabilisait vaguement de vendre autant de livres de coloriage et d'histoires débiles, qui affirmaient que le monstre du loch Ness existait vraiment (de la « camelote écossaise », dirait Nina, elle le savait, et, en un sens, elle craignait qu'elle n'ait raison).

D'un autre côté, songea-t-elle, mutine, elle gagnait de l'argent. Elle n'était pas certaine que Nina ait connu la pauvreté. La vraie pauvreté. S'il y avait de l'argent à se faire, ça ne se refusait pas. C'était absurde. Voilà comment elle se justifiait. Sans oublier qu'elle avait dû payer le nouveau pare-brise.

— Je t'ai envoyé les documents d'ordre, ajouta-t-elle à la hâte.

Nina ne les avait regardés que d'un œil, ayant été particulièrement captivée par le dernier Robert Galbraith.

— Bien.

— Et je suis allée au *Ness Centre and Café*…

— Au loch ?

— Oui… Pas au *Visitor Centre* principal : celui sur l'autre rive.

Nina fronça les sourcils.

— Quoi, tu t'installes là-bas ?

Elle eut aussitôt des soupçons.

— As-tu transformé le van en piège à touristes, qui vend de la camelote écossaise ?

— Non ! Je… je me procure juste des articles qui semblent plaire aux gens !

— Les gens aiment le sucre raffiné et l'héroïne, répliqua Nina. Est-ce que tu en vends aussi ?

Zoe, mal à l'aise, se mordit la lèvre. Elle était persuadée d'avoir eu une bonne idée, rentable. Les passagers des cars s'extasiaient devant le joli van bleu, achetaient des souvenirs à rapporter chez eux, et tout le monde était content. Et elle envisageait aussi de vendre des caramels écossais, ce qui était par définition du sucre raffiné.

— Donc, pendant que tu passes ton temps sur les sites touristiques, qu'est-ce qui se passe pour mes habitués ? l'interrogea Nina. J'ai passé deux ans à me constituer une clientèle dans le coin. Ils comptent sur moi. Si le van s'en va, ils vont se remettre à se procurer leurs livres autrement… ou ils vont carrément arrêter de lire !

— Je le sais. Parce qu'ils n'arrêtent pas de venir pour me dire : « Je veux ce nouveau livre rouge… Nina saura de quoi je parle. » Pourquoi est-ce que tu n'as pas noté tout ça ?

— Oui, bien sûr, j'ai noté tout ce que je pensais qu'il se passerait pendant mon absence inattendue, quand on me forcerait à rester allongée sur le dos pendant trois mois à plus de quatre-vingts kilomètres de chez moi.

Sur ce, elle ne put s'en empêcher : les larmes lui montèrent aux yeux, et Zoe alla s'asseoir près d'elle sur le lit. Elle s'était sentie seule, elle aussi, pendant sa grossesse.

— Je suis désolée, dit-elle. Tiens, je t'ai apporté ça…

Elle sortit deux romans : *Nanny, journal d'une baby-sitter* et *Un bébé pour Rosemary*. Nina la dévisagea.

— Quoi ? dit Zoe. Quand tout va de travers, ça fait du bien de savoir qu'il y a toujours pire ailleurs. J'ai aussi *Il faut qu'on parle de Kevin*.

— Oh, je l'ai lu, celui-là.

— Oui, mais, relis-le, crois-moi. Tu le verras autrement.

Nina les prit avec un sourire.

— Merci. Mais… ça m'inquiète un peu ce que tu fais avec le van.

— Quoi, m'occuper de tes affaires et gagner de l'argent ? répondit Zoe, impassible.

— Je… je préférerais juste que les choses soient comme avant.

Zoe parut surprise.

— D'accord. J'y travaille.

Malgré tout, en quittant l'hôpital, elle avait des envies de rébellion, c'était plus fort qu'elle. Elle s'en sortait bien au van. Pourquoi Nina ne le voyait-elle pas ?

Chapitre 34

C'était une magnifique journée d'automne. Le paysage se parait de jaune et d'orange vif, les feuilles des arbres commençant lentement à changer de couleur. Zoe s'était préparé une tasse de café et sortit, un immense pull enfilé par-dessus sa chemise de nuit. Elle profitait de quelques instants de solitude, pendant que Hari picorait ses céréales à l'intérieur, Patrick en train de jacasser à côté de lui, comme d'habitude ; Shackleton, à moitié en train de lire, les écoutait d'une oreille ; Mary n'était pas encore sortie du lit.

Quelques rubans de brume ondulaient au-dessus du jardin, mais le soleil promettait d'être chaud, et seuls quelques rares nuages traversaient le ciel. Face à elle, les arbres bruissaient, murmuraient dans le vent de manière magnétique, et elle vit, profondément surprise, un grand oiseau (comme elle aurait aimé en savoir plus à son sujet) se poser sur la pelouse, puis se mettre à s'acharner sur un ver de terre dans l'herbe, les paons s'éloignant d'un air affairé, en criaillant. L'atmosphère était parfumée de l'odeur des ajoncs, et quelque chose flottait dans l'air, qui lui rappelait son enfance, même passée à Londres : les feux de joie, les feux d'artifice et Halloween qui approchait, tous les festins et les petits plaisirs de l'automne, que Noël venait parachever. Une période de l'année si féerique.

Elle avait aussi passé une très bonne matinée. Elle s'était levée tôt et avait trouvé Shackleton dans la cuisine, en train de tripoter son jeu vidéo déconnecté d'un air abattu.

— Allez, lui avait-elle dit. Personne n'est encore levé. Aide-moi à faire des muffins.

— Des quoi ?

— Ne discute pas, allez.

Pendant qu'elle essayait de faire marcher le four capricieux, elle lui avait demandé de peser la farine, puis d'y incorporer le beurre, le sel et les petits bouts de fromage, de jambon et d'oignon qu'ils avaient dénichés dans la cuisine. Il les avait regardés gonfler dans le four, dorés et fraîchement préparés, sentant divinement bon, et elle s'était réjouie de voir à quel point il y prenait plaisir.

— J'ai l'impression que tu es doué en cuisine. Tu devrais le faire plus souvent, lui avait-elle fait remarquer, et il avait eu l'air ravi.

— Est-ce que je peux les manger tout de suite ?

— Certainement pas, tu…

— Aïe !

— Et voilà ! J'allais te prévenir.

Il avait souri.

Zoe était allée faire bouillir l'eau, tandis qu'il essayait toujours de démouler les muffins trop chauds.

— Ça aurait plu à maman, avait-il déclaré tout à coup.

Zoe avait dû prendre sur elle pour ne pas se retourner. Elle avait gardé les yeux rivés sur la bouilloire.

— Ah oui ? avait-elle répondu, le cœur battant, essayant de garder un ton léger.

— Enfin, elle ne les aurait pas mangés, mais elle aurait aimé l'odeur.

— Comment était-elle ? l'avait-elle interrogé, mais, quand elle s'était retournée, Shackleton, très concentré, était en train de sortir les muffins pour les faire refroidir sur une grille, et il n'en avait plus reparlé.

* *

— Félicitations, lui avait redit Zoe plus tard, alors qu'ils prenaient leur petit déjeuner tous ensemble.

Mary avait grimacé, mais Shackleton avait fait un grand sourire, et son gros visage pataud en était presque devenu beau.

En le regardant, Zoe avait songé qu'il fallait vraiment que ces enfants retournent à l'école ; le mois de septembre était presque fini, et le sujet n'avait pas encore été abordé. Il faudrait qu'elle s'entretienne avec la directrice, Kirsty. Oh, et avec les enfants. Et avec leur père.

Mais il faisait un temps splendide, et c'était sans doute l'une des dernières belles journées de l'année. Elle était déterminée : ils allaient faire une balade tous ensemble et ils allaient aimer cela. C'était absurde, mais les enfants n'avaient même jamais fait tout le tour de leur propriété. Elle était si grande qu'ils n'étaient jamais allés jusqu'au bout à pied. C'était ridicule, parfaitement ridicule.

Elle rentra, revigorée, prête à les rassembler. Ils partaient en expédition !

Elle alluma la radio, chercha une chanson entraînante, de circonstance, et monta le son.

— Qu'est-ce qui se passe ? l'interrogea Patrick avec méfiance.

— On va explorer.

— Oh, bien ! Quoi, s'il te plaît ?

— Votre jardin !

* *

Ramsay, qui rentrait, épuisé, de chez Larissa ce matin-là, aperçut la petite troupe dehors, à l'autre bout du jardin, et eut un pincement au cœur. Il sortit d'un bond de sa voiture pour aller les rejoindre.

— Est-ce que vous partez vous promener ? Est-ce que je peux vous accompagner ?

Zoe lui aurait bien reproché de ne jamais suggérer d'emmener les enfants en balade, mais elle avait eu tellement de mal à faire sortir Mary et Shackleton, qui avaient protesté vigoureusement, qu'elle le comprenait mieux, et lui pardonnait peut-être même. Et puis, à présent qu'ils étaient tous dehors, elle n'allait pas tout gâcher. Les enfants couraient entre les arbres dorés, tous munis de bâtons, et Porteous, qui s'était joint à eux, les entraînait dans une chasse aux écureuils, ou aux dinosaures, en fonction de l'âge.

— Vous pouvez venir, à condition de nous acheter un lave-vaisselle. Il n'y a pas assez dans la boîte.

En se rapprochant d'elle, Ramsay se cogna la tête contre une branche basse, qu'il essaya d'écarter de la main. On aurait dit qu'il ne pouvait se rendre nulle part sans heurter quelque chose.

— Êtes-vous en train de me dire que je n'aurais pas vu défiler six jeunes filles au pair si j'avais eu un lave-vaisselle ?

— Et l'ADSL. Et un micro-ondes. Sans oublier une cafetière digne de ce nom. Mais, à part ça, probablement, oui.

— Pourquoi n'ont-elles rien dit ? l'interrogea-t-il, sourcils froncés.

— Elles étaient sans doute trop sidérées. Elles ont supposé qu'ils étaient en réparation, ou quelque chose comme ça, et elles attendaient que vous reveniez avec.

— Ça ne m'a jamais traversé l'esprit, avoua-t-il en se dégageant le visage.

Zoe leva les yeux au ciel.

— Pourquoi levez-vous les yeux au ciel ?

— Parce que vous considérez que ça relève du domaine des domestiques ! C'est absurde ! Vous n'êtes pas un duc édouardien !

— En fait, je crois bien que si. D'après le *Debrett's Peerage*[1], en tout cas.

Zoe le dévisagea.

— Mais nous sommes les personnes… les personnes qui passent le plus de temps avec vos enfants. Vos enfants, les êtres les plus importants au monde. Ne pensez-vous pas qu'on mérite un peu de considération ?

— Si, bredouilla-t-il en s'empourprant. Je suis désolé. Je suis si préoccupé. Tout a été si…

1. Annuaire nobiliaire britannique, dont l'origine remonte à 1769 (*N.d.T.*).

Zoe attendit qu'il développe, mais il laissa sa phrase en suspens.

— Je suis désolée. J'ai l'impression de passer mon temps à vous faire la leçon.

— Non, c'est moi qui suis désolé, répéta-t-il en se grattant la tête. J'ai le sentiment d'en avoir besoin.

Ils poursuivirent leur chemin. La lumière du soleil filtrait à travers les arbres, tachetant le sol ; ils n'entendaient que les enfants, qui riaient et criaient au loin ; à un moment, même le rire de Mary leur parvint, telle une petite musique exhumée d'un passé lointain, et ils s'arrêtèrent tous les deux un instant pour l'écouter.

Zoe mourait d'envie qu'il lui raconte. *Demande-lui*, se dit-elle en enfonçant ses doigts dans sa paume. *Demande-lui.* Elle voulait l'apprécier, elle le voulait vraiment. Non, ce n'était pas important. Elle voulait… qu'il soit un bon père. Le genre de papa que méritaient ses enfants ; que méritaient tous les enfants. Il fallait qu'elle sache.

Elle ouvrit même la bouche pour lui poser la question, pour dire quelque chose. C'était ridicule. Aujourd'hui, on ne faisait plus de secrets. On se disait tout. Les gens parlaient, posaient des questions.

— Ramsay…, commença-t-elle, mais il avait déjà pris la parole.

— Votre fils. A-t-il toujours été comme ça ?

Zoe, prise de court, releva les yeux vers lui. Il paraissait nerveux.

— Oui, il n'a jamais parlé, répondit-elle, se demandant s'ils étaient en train de se confier l'un à l'autre, même si les rôles s'étaient inversés.

Ils se remirent tranquillement à marcher. Aux yeux du reste du monde, ils auraient pu être en train de parler de fleurs, de vélos, ou d'un autre sujet tout aussi anodin.

— Il pleurait quand il était plus petit, et il riait… mais de moins en moins, maintenant.

— Et qu'en disent les spécialistes ?

— Ils disent… qu'il parlera quand il sera prêt, répondit-elle avec un soupir. Que c'est de l'anxiété et que ça passera en grandissant. J'aimerais vraiment qu'il soit prêt. Surtout pour ne plus avoir cette conservation.

Elle lui sourit, pour lui montrer qu'elle n'était pas en colère contre lui, mais contre cette situation.

Il lui rendit son sourire.

— Je sais ce que c'est, répondit-il, avant de paraître surpris, comme si cela lui avait échappé.

— Oh… Est-ce que vous étiez comme ça, vous aussi ? l'interrogea-t-elle, curieuse.

— Oh non, rétorqua-t-il, un peu troublé. Ce n'est pas… Ce n'est pas ce que je voulais dire… Je…

Zoe ne répondit rien, pour le laisser finir.

— Je sais ce que…

Mais il ne semblait toujours pas réussir à trouver ses mots. Il prit une profonde inspiration, puis accéléra un peu le pas.

— Bref. C'est comme ça, dit-il au bout d'un moment.

Zoe parut étonnée.

— C'est un bon petit gars, ajouta-t-il en la regardant. Vous pouvez être fière.

— Vous aussi. Patrick s'en occupe très bien.

Ramsay grimaça.

— Oh, je n'y suis pour rien, répondit-il en baissant la tête.

Sur ce, les enfants surgirent de derrière les arbres, les bras chargés de marrons, de houx et d'énormes paniers de mûres sauvages, le visage collant, la bouche toute noire. Et, en les voyant tous ensemble, Zoe ne put s'empêcher d'être heureuse.

* *

Quand Larissa reparut, ils étaient en train de faire de la confiture. Les deux aînés se relayaient pour remuer la préparation, et de la musique passait encore à la radio. Ramsay lisait près du feu, les pieds posés sur la grille du foyer. En temps normal, il se serait reclus dans sa bibliothèque. Zoe regarda le livre dans ses mains : c'était une belle étude hydrographique du loch, qui datait de 1854, avec des illustrations gravées.

— Je pourrais le vendre, dit-elle sans quitter des yeux les enfants, qui remuaient la confiture.

Ils ne se rendaient pas compte que la préparation était vraiment brûlante, et Mary pouvait décréter (c'était toujours possible avec elle) que, si Zoe l'avait dit, c'était forcément faux, et s'obstiner à la toucher pour vérifier.

— Quoi ? Ça ? demanda Ramsay en regardant son livre. Je ne crois pas. Il est complètement obsolète, totalement archaïque, et certaines données sont purement et simplement erronées.

Zoe ne put s'en empêcher : ses lèvres se contractèrent.

— Quoi ? Qu'est-ce qu'il y a ?

— Rien.

Il la considéra, et Shackleton se mit à rire.

— Elle pense la même chose de toi, papa !

— Mais pas du tout ! Dis donc, il y a des oreilles qui traînent ici ! Voyons.

Ramsay parut d'abord un peu gêné, comme s'il ne comprenait pas qu'elle blaguait. Puis il esquissa un sourire, alors que Shackleton éclatait de rire.

— Bref, vous ne pourriez pas le vendre.

— Je parie que si. Pourquoi aimez-vous ce livre ?

— Parce qu'il est beau.

Patrick s'approcha en trottinant pour regarder par-dessus son épaule, et Ramsay le hissa sur ses genoux afin qu'il puisse mieux voir.

— Parce qu'il nous parle d'une autre époque, poursuivit-il. Quand les gens n'avaient que des voiles pour naviguer sur le loch, ou leurs deux bras pour ramer. Ça nous raconte ce qu'ils voyaient sur l'eau et ce qu'ils pensaient que c'était. Et comment ils vivaient… Regardez.

Zoe jeta un coup d'œil, comme il lui montrait une illustration au trait représentant une rangée de bâtiments délabrés.

— Regardez ça. Les fermettes qui bordaient la rive du loch. Ils ramassaient des huîtres et du chou marin ; ils se servaient des algues comme isolant. C'était tellement banal aux yeux de l'artiste qu'il ne l'a même pas montré. Personne ne se doutait que, vingt ans plus tard, ces gens seraient évacués. Tout ce qu'ils avaient, tout ce qu'ils connaissaient, leur mode de vie entier allait disparaître. Si vous alliez vous y promener demain, avec un peu de chance, vous pourriez trouver une ou deux pierres, profondément enfouies sous terre, qui signalaient l'emplacement de leurs maisons ; des maisons où les gens ont vécu pendant des générations. Et, en un rien de temps, elles ont disparu, tout a été anéanti, mais ces gens sont commémorés ici, dans cet ouvrage. On peut les voir et se souvenir d'eux. C'est pour ça que j'aime ce livre.

Le silence se fit un instant dans la pièce. Puis Mary se mit à hurler, la confiture commençant à faire des bulles et à déborder. S'ensuivit un petit moment de panique, comme Zoe se hâtait de mélanger la mixture, puis elle leur demanda de vider et d'essuyer les pots qu'elle avait stérilisés dans l'évier.

Dix minutes plus tard, toute la préparation avait été versée dans des pots hermétiques, qui trônaient sur la table : neuf en tout, de tailles et de formes différentes, remplis de l'alléchant liquide pourpre. Zoe chargea alors Mary, Patrick et Hari de dater et étiqueter les pots avec des autocollants. Elle regarda tendrement leurs petites têtes penchées, avant de se tourner de nouveau vers Ramsay.

— Je peux le vendre, répéta-t-elle. Si j'y parviens, est-ce que vous nous achèterez un lave-vaisselle ?

Le regard de Ramsay se posa sur elle, puis sur son livre adoré.

— Je déteste me séparer de mes affaires.

— Eh bien, peut-être que vous avez raison et que je n'arriverais pas à le vendre, dit Zoe, les yeux pétillants.

Ramsay le lui tendit avec un profond soupir.

— On verra bien. Mais ne mettez pas de confiture dessus.

Elle leva les yeux au ciel, avant de le poser délicatement dans du papier kraft et de l'emballer.

— Oui, je sais, merci. Quelqu'un veut du thé ? Avec du pain et de la confiture ?

Ramsay se disait que rien ne lui ferait plus plaisir qu'une bonne tasse de thé accompagnée de pain frais et de confiture, quand Larissa fit son apparition à la porte.

— Tu es parti si vite, ce matin ! s'écria-t-elle en brandissant un vieux gilet, si grand que c'en était grotesque, qui appartenait manifestement à Ramsay. Tu l'as oublié. Il est beau : un vrai classique. Ooh, mais la cuisine est superbe ! Yoo-hoo, tout le monde ! Je suis contente de voir vos beaux visages.

Mary fit la moue.

— Bonjour, Larissa, dit Zoe.

Larissa lui jeta un bref regard, froid (elle n'avait pas aimé la scène familière à laquelle elle avait assisté en entrant), avant d'arborer de nouveau un grand sourire.

— Oh, bonjour ! Vous faites du bon travail, ici. Félicitations ! Et j'adore ce que vous avez fait à vos cheveux.

Les cheveux de Zoe étaient si ébouriffés par le vent qu'elle les avait attachés avec un bout de bois.

— Ramsay chéri, je déteste t'arracher à ces adorables enfants, mais tu sais que c'est le bal des chasseurs samedi ? On devait en discuter ?

Il poussa un soupir.

— Eh bien, franchement, je n'ai pas vraiment envie d'y aller, alors je n'en vois pas l'intérêt. Les gens ne font que ragoter et…

— Mais non ! Tout le monde est si gentil ! Ils ne ragotent pas ; tu leur manques, c'est tout ! Ils veulent savoir si tes affaires marchent bien, tout ça, tout ça.

— Eh bien, la conversation va vite tourner court ! riposta Ramsay en riant jaune.

— Oh, mon chou, tu ne peux pas passer ton temps enfermé. N'est-ce pas, Zoe ?

— Eh bien… non. Non, vous ne devriez pas, répondit-elle, désarçonnée.

Même si elle pensait précisément le contraire ; qu'il devait passer chaque minute de son temps libre avec ses enfants.

— Vraiment ? lança-t-il en la dévisageant.

Il croyait que c'était ce qu'elle avait voulu lui dire ; il faisait des efforts en ce sens et était vexé qu'elle ne l'ait pas remarqué.

— Allez ! lui dit Larissa. Tu as le droit de t'amuser un peu, chéri ! répéta-t-elle.

À ces mots, les enfants Urquart relevèrent la tête, la peur se lisant aussitôt dans leurs yeux, comme si la journée qu'ils venaient de passer dans les bois avec leur père n'avait pas été amusante pour lui, en fin de compte.

Pour ne pas laisser paraître ce qu'elle pensait vraiment, Zoe se dirigea vers l'évier. Ramsay lui jeta un coup d'œil, voyant qu'elle s'était déplacée. Larissa, s'en rendant compte, afficha son plus beau sourire.

— S'il te plaîîîîît ?

— Bon, bon, d'accord, dit Ramsay en se levant. Je viendrai.

— S'il te plaîîîîîîîîît, imita mesquinement Mary dès qu'ils furent sortis. S'il te plaîîîîîîît, épouse-moi et débarrasse-toi de tes enfants. S'il te plaîîîîîîîît !

— Mary ! la reprit Zoe. Pas de ça. Je suis sérieuse.

— Tu serais peut-être contente, toi aussi, d'être débarrassée de nous. Tous les autres le sont.

— Eh bien, je crains que tu ne m'aies sur le dos encore un moment. Surtout maintenant que le fantôme est parti.

Tout à coup, le silence s'abattit sur la pièce. Les trois enfants se regardèrent, et Zoe, qui avait délibérément pris un risque, se sentit subitement étrangement libérée.

— Euh, quel fantôme ? demanda Mary en toute innocence.

— On t'a dit d'arrêter, lui reprocha Shackleton avec colère. Arrête !

— ARRÊTE AVEC TON FANTÔME DÉBILE ! hurla Patrick. Je ne veux pas que Hari s'en aille, sûr et certain !

— Je ne vois pas de quoi vous parlez, rétorqua Mary avant de sortir en trombe, en claquant la porte.

— Est-ce qu'elle a vraiment arrêté ? demanda Shackleton. Si c'est vrai, c'est bon signe ; elle a fait le coup à toutes les autres nounous.

— Pas vraiment, répondit Zoe en pensant aux bruissements qu'elle entendait parfois la nuit dans le couloir.

Elle n'en revenait pas de ressentir un tel soulagement, pour une histoire aussi ridicule.

— Mais, avec un peu de chance, elle va arrêter, maintenant, ajouta-t-elle.

Elle regarda Shackleton, qui avait toujours l'air pensif à la suite du départ de Larissa.

— Tu sais, enfin… Il faudra bien que vous retourniez à l'école, à un moment ou à un autre. Pourquoi est-ce que vous n'allez pas tout simplement à l'école à Kirrinfief ou à Inverness ?

Il s'emporta alors presque contre elle.

— « Ooh, où est ta maman, Shackleton ? » ; « Pourquoi as-tu un prénom aussi bizarre ? » ; « Est-ce que votre maison est hantée ? ». Bla-bla-bla. Toute la sainte journée. Ça ne risque pas d'arriver.

— Ils sont méchants, sûr et certain, acquiesça Patrick depuis sa chaise, où il ornait un pot de confiture d'un dessin de dinosaure très élaboré. « Pourquoi crois-tu être si intelligent, Patrick ? » ; « Pourquoi est-ce que tu fais ton intéressant ? ».

Cette dernière phrase fit sourire la jeune femme.

— J'adore quand tu fais ton intéressant, dit-elle en lui ébouriffant les cheveux.

— Je ne fais PAS mon intéressant, répliqua le petit avec colère. Je suis seulement très intelligent, sûr et certain.

— Tu n'es pas aussi intelligent que ça, lui fit remarquer Zoe. Mary a encore eu toute l'eau chaude, ce matin.

— Oh non, répondit-il, la mine réjouie. Pas de bain pour moi !

Chapitre 35

Le plus étrange, c'était que Zoe pensait sincèrement que la situation s'améliorait.

Elle n'avait pas réalisé, pas vraiment, que c'était souvent quand on croyait que les choses allaient mieux qu'elles commençaient à mal tourner ; quand on baissait sa garde.

L'automne avançait, chaque jour plus beau. Le soleil avait brillé une bonne partie du mois de septembre et, pour la première fois de sa vie, Zoe voyait les saisons changer au fil des jours ; elle voyait presque les feuilles devenir dorées et orangées sous ses yeux. Du doigt, elle pointait ces changements à Hari. Étrangement, après l'avoir détestée, elle en vint à aimer leur minuscule chambre sous les toits, qui les perchait à la cime des arbres, comme s'ils étaient dans leur petit nid à eux. Ils écoutaient le bruissement des feuilles qui tombaient et admiraient les immenses nuées d'oiseaux qui s'envolaient pour leur long périple vers le sud. Zoe avait vaguement entendu parler de la migration des oiseaux, en classe, mais n'y avait jamais assisté ; elle n'avait jamais vu ces créatures piaillantes s'envoler, ne formant qu'un malgré leur multitude, chacune dotée d'un savoir caché, d'un instinct collectif qui les guideraient jusqu'au Maroc. Ils les observaient, émerveillés – dans le cas de Zoe, autant par le spectacle que par l'idée de devenir une apprentie ornithologue. En rangeant la maison, elle avait trouvé plusieurs paires de jumelles et s'en était annexé une sans se sentir trop coupable (après tout, se disait-elle, cela ne pouvait pas être du vol, si elle ne les sortait pas de la maison). Et, depuis qu'elle lui avait appris à ne pas tripoter le bouton de réglage, Hari pouvait passer des heures à regarder un aigle aller et venir, picorant le sol, se déplaçant avec raideur, tel un leader de gang dans un pub, pour faire fuir ses congénères.

Elle dégota des guides d'ornithologie remplis de magnifiques illustrations, qu'elle proposa à la vente. Là encore, ils n'eurent aucun succès auprès des villageois, qui avaient grandi au contact de la terre et n'avaient pas besoin qu'on leur apprenne la différence entre une corneille et un étourneau. Mais, au *Ness Centre and Café*, ils se vendaient comme des petits pains. En étant très discret, on pouvait y observer les hérons : postés sur la rive, attentifs, magnifiques, comme méprisants envers les autres créatures qui ne pourraient jamais égaler leur beauté et leur grâce de ballerine, ils déployaient leurs ailes sublimes, tendaient le cou, puis s'envolaient au-dessus du loch, tel le danseur Rudolf Noureev.

Le trajet jusqu'à Glasgow ou Édimbourg durant près de quatre heures pour de nombreux touristes, les guides rencontrèrent un franc succès et Zoe en commanda donc de nouveaux, sans vraiment en parler à Nina. Elle savait bien que cela allait totalement à l'encontre de ses instructions, qu'elle désobéissait de manière flagrante à sa patronne, qui était à l'hôpital, mais cela allait devoir attendre, car elle avait un million d'autres problèmes à régler et que, dans l'immédiat, le fait de gagner de l'argent et de faire tourner la boutique la rendait si euphorique qu'elle ne supportait pas d'y penser.

Mais à la maison… Si « The Beeches » n'était pas exactement un havre de paix et de bonheur, les choses semblaient s'y être calmées. L'ordre régnait, une routine s'était installée. Et il y avait une nouvelle règle : les enfants étaient obligés de sortir de la maison, pour ne plus passer leur temps assis à ne rien faire, à donner du fil à retordre à Mme MacGlone. Ils devaient aussi nettoyer leur chambre et monter et descendre leur linge.

Ils avaient fulminé, juré, mais Zoe s'était montrée inflexible. Six jeunes filles au pair avaient beau s'être succédé avant elle, elles n'avaient sans doute pas eu à gérer autant de parents intransigeants qu'elle lorsqu'elle travaillait à Londres, et elle était résolue à ne pas se laisser démonter. Surtout que, chaque jour qui passait, la famille était de moins en moins susceptible de vouloir trouver quelqu'un d'autre, supposait-elle, malgré l'aversion de Mme MacGlone à son encontre.

En réalité, l'aversion de Mme MacGlone n'avait pas vraiment d'importance, puisque les effets de la présence de Zoe se faisaient déjà sentir. Comme la gouvernante n'avait plus à surveiller les enfants dans la cuisine, elle avait le temps de mieux entretenir les pièces communes. Les volets étant désormais ouverts, la poussière était plus difficile à ignorer, et le fait d'avoir jeté une grande quantité de cochonneries à la poubelle permettait d'atteindre plus facilement les recoins. La maison entière avait plus fière allure, semblait plus vivante, plus gaie.

Et mieux, Zoe avait obtenu son lave-vaisselle. Elle était rentrée, triomphante, avec le reçu du livre et la part non négligeable de Ramsay. En le croisant dans le vestibule, elle les lui avait tendus, en lui tirant la langue.

Il avait d'abord eu l'air content, puis abattu.

— Qu'est-ce qu'il y a ? Vous ne savez pas ce qu'est un lave-vaisselle, c'est ça ? Vous avez peur de devoir en demander un, mais de montrer une machine à laver à la place ? Une machine à laver, c'est un truc dans lequel on met son linge sale…

— Ça va, ça va, j'ai compris. Non, je me disais juste… que j'aimais ce livre. J'espère qu'il est entre les mains de quelqu'un qui saura l'apprécier.

Zoe avait préféré ne pas lui avouer qu'une fille appartenant à un groupe d'étudiants coréano-américains l'avait acheté pour sa grand-mère, qui vivait à Séoul et ne parlait pas un mot d'anglais, mais aimait les « vieilles choses ».

— Mais oui, lui avait-elle menti effrontément. C'était un monsieur qui avait retracé l'histoire de sa famille et avait établi qu'elle vivait dans ces fermettes. Il mourait d'envie d'avoir un souvenir.

— Vraiment ? répondit Ramsay, l'air ravi. Comment s'appelait-il ?

— Mac-quelque chose, s'était-elle hâtée de répondre. Est-ce qu'on peut avoir notre lave-vaisselle, maintenant ?

Fidèle à sa parole, Ramsay avait fait venir quelqu'un pour en brancher un. Et cela avait changé la vie de toute la famille (Patrick, qui le croyait magique, n'arrêtait pas d'essayer de le faire tourner avec une seule tasse à l'intérieur), tant et si bien que Zoe envisageait à présent de faire pression pour un micro-ondes, même si elle savait, tout au fond d'elle, que ce qui lui ferait vraiment, vraiment plaisir, serait une cafetière. Les choses semblaient donc plutôt bien se passer. Ce qui explique sans doute pourquoi Mary commença à aller si mal.

Troisième partie

— Que se passera-t-il si je regarde en bas et que je tombe, Wallace ? Et si je n'arrivais pas à tenir debout ?

— Eh bien, ne regarde pas en bas, dans ce cas, Francis. Sois un peu optimiste.

— Donc, on peut voler, si on pense pouvoir y arriver ?

— Tu es la personne la plus stupide que j'aie jamais rencontrée. Mais peut-être. Un peu.

Extrait du roman *Sur les toits*

Chapitre 1

Zoe avait été une enfant joyeuse, qui aimait lire et ne se livrait pas souvent à l'introspection. Quand elle avait passé une mauvaise journée à l'école, elle lisait *Le Club des cinq*, où l'amitié était assumée et allait de soi ; dans le cas contraire, elle ouvrait *Charlie et la Chocolaterie*, où les souhaits d'un enfant sage et gentil se voyaient exaucés. Lorsqu'elle s'apitoyait sur son sort, elle choisissait *What Katy Did*, imaginant avec effroi être clouée au lit. Et quand elle était de bonne humeur, elle se plongeait dans *La Forêt enchantée*, pour s'inventer ses propres mondes.

En résumé, elle s'automédicamentait avec ses lectures.

(Soit dit en passant, en qualité d'auteure de ce roman, qui s'est elle aussi toujours automédicamentée avec les livres, je n'ai aucune légitimité ni pour attester ni pour infirmer que c'est la meilleure façon de se confronter à la « vraie vie ». Mais, en qualité de lectrice [tous les écrivains sont des lecteurs qui ont fait un pas de côté], je ne suis pas vraiment certaine de croire en cette « vraie vie ». Je sais qu'une telle affirmation constitue une terrible trahison, mais, avouez-le, murmurez-le, les livres ne surpassent-ils pas la réalité ? Dans les livres, les méchants meurent dans une explosion, terminent coupés en morceaux ou en prison. Dans la vraie vie, ils finissent P-DG ou président. Dans les livres, on peut savoir le fin mot de l'histoire. Dans la vraie vie, il arrive qu'on ne le sache jamais. Ils ne sont même pas certains d'avoir retrouvé l'aviatrice Amelia Earhart dans le Pacifique. Alors. Les livres nous aident à tenir le coup et, à mon avis, sont donc le meilleur des remèdes, mais tous les goûts sont dans la nature.)

Bref. Zoe n'avait pas vraiment l'expérience des enfants tourmentés – des enfants qui avaient de très bonnes raisons de l'être, en plus, comme le fait de ne pas avoir de maman et d'avoir un père si distant que Zoe considérait parfois que c'en était presque cruel. Tous les enfants auxquels elle avait eu affaire étaient choyés (idolâtrés, pour certains), ce qui les rendait difficiles, mais pas perturbés.

Elle ne vit pas les signes avant-coureurs ; elle ne les aurait pas reconnus. L'impolitesse et le mépris de Mary n'étant pas vraiment nouveaux, cette douce journée d'automne commença comme toutes les autres. Zoe mit Shackleton aux fourneaux. Il ne cessait de s'améliorer. Jour après jour, tandis qu'il pesait les raisins secs ou cherchait des recettes sur son téléphone, il paraissait moins grognon, avait la mine plus réjouie. Zoe lui confia qu'il faisait tant de progrès qu'elle envisageait de proposer à Agnieszka de vendre certains de ses gâteaux au *Ness Centre and Café*, ou qu'il aille y cuisiner de temps à autre, et il y mettrait tant de bonne volonté qu'ils en seraient tous les deux étonnés.

— On dirait bien que le monde ne s'arrête pas aux toasts, le taquina-t-elle en passant devant lui.

Puis elle alla mettre des chaussettes hautes aux deux petits, qui insistaient pour porter un short (ils aimaient s'habiller pareil tous les jours), avant qu'ils ne sortent comme des flèches en direction des bois, prenant un raccourci à travers un champ d'orties. Tous les jours, Zoe les mettait en garde contre le lien entre genoux nus et piqûres d'orties, et, tous les jours, ils s'étonnaient que les feuilles d'oseille ne les soulagent pas instantanément, comme par magie, mais rien n'y fit : toute cette histoire finit en grands cris.

* *

Zoe se rendit à Kirrinfief où, entre deux clients qui n'achetaient pas de livres, elle réussit à discuter avec Kirsty, la directrice de l'école, qui avait fait un saut dès qu'elle avait vu le van.

— On ne vous a pas beaucoup vue par ici, ces derniers temps, dit Kirsty, à bout de souffle.

— Ah ? Vraiment ? Non, je suis beaucoup venue, vous avez dû me rater.

Kirsty regarda autour d'elle.

— Des livres sur le monstre du loch Ness ? l'interrogea-t-elle en fronçant les sourcils. Je crois que vous vous rendrez compte que l'Écosse ne se limite pas à ça, Zoe.

— Oui, je le sais.

— Bref, avez-vous reçu la lettre ?

Zoe secoua la tête.

Kirsty poussa un soupir.

— Oh, bon sang ! Ramsay est parfaitement inutile. Bref. Il y a une date pour la reprise de l'école. Après les vacances de la Toussaint. On propose une séance de gestion de la colère volontaire. S'ils la suivent, ils pourront tous les deux réintégrer l'établissement.

Cette lettre, songea Zoe, s'était sans doute retrouvée avec le reste du courrier dans la mystérieuse « bibliothèque », pour ne jamais en ressortir.

— Eh bien, dit-elle. C'est une bonne nouvelle. J'imagine.

Kirsty fronça les sourcils.

— Je sais qu'il s'en fiche, mais pourriez-vous… Pourriez-vous m'aider, Zoe ? Je crois que vous avez une bonne influence.

— Vous êtes en train de me flatter.

— Oui. S'ils ne reviennent pas, tout le monde aura des problèmes.

— Je suis surprise qu'on n'ait pas encore les services sociaux sur le dos, s'étonna Zoe.

— Ce serait le cas si vous viviez en HLM, répondit Kirsty, et toutes deux s'interrogèrent sur la véracité de cette affirmation. Bref ! On reprend le 2 novembre : c'est la date butoir.

— Nom d'une pipe ! s'exclama Zoe.

Kirsty éclata de rire.

— Je ne suis pas sûre que ça sonne bien dans votre bouche. On dirait un personnage d'*EastEnders*.

— Je sais, c'était juste pour essayer.

— Eh bien, maintenant, vous savez !

— Est-ce que vous voulez acheter un livre avant de partir ?

— J'aimerais bien ! Malheureusement, j'ai des jumeaux, un travail à plein temps, un mari qui se cure le nez et deux élèves exclus : j'ai déjà assez à faire.

— Ça irait mieux si vous lisiez…

Mais Kirsty était déjà sortie d'un air affairé avec Ethan et Bethan.

— Ramenez-les ! lui cria-t-elle. Tout ira bien, tant qu'ils ne mordent personne.

* *

Le calme semblait régner dans la petite cuisine quand Mary y entra, aussi Zoe jugea-t-elle qu'elle pouvait essayer d'aborder le sujet.

— Bonjour, ma chérie. Écoute, dit-elle en repensant à Larissa l'autre soir. Avec Shackleton, on a discuté de l'école.

— Oui, c'est ça, comme tu veux, répondit ce dernier en faisant la moue.

— Je me demandais juste si tu voudrais venir avec moi la semaine prochaine. Pour parler avec Kirsty. Enfin, Mme Crombie. La directrice.

— Je sais qui c'est, répondit Mary d'une voix monocorde.

La fillette, sur ses gardes, s'était immobilisée.

— Je veux dire, c'est bientôt les vacances de la Toussaint et puis, en novembre…

— Je n'y retournerai pas.

— Eh bien, tu es un peu obligée. Sinon, ils mettront ton papa en prison.

Elle avait voulu le dire sur le ton de la plaisanterie, mais elle rata son effet. Complètement.

— Ce n'est pas vrai, répondit Mary, l'air terrifié.

— Non, enfin… J'ai exagéré, c'est évident, enfin. Mais… ma puce, c'est la loi. Les enfants doivent aller à l'école.

— On ne pourrait pas être éduqués à la maison ? demanda Shackleton.

— Par qui ? Mme MacGlone ?

— Tu pourrais t'en charger.

— Je suis incapable de faire des divisions à plusieurs chiffres. De un. Et, de deux, j'ai déjà deux emplois, merci.

— Et, de trois, tu serais nulle ! explosa soudain Mary. Nulle, et mauvaise, et catastrophique, et je te déteste !

Sur ce, elle sortit brusquement, en larmes, en claquant la porte derrière elle.

Zoe la regarda faire.

— Oui, dit-elle à Shackleton. Et aussi pour ça.

Shackleton parut soulagé, comme s'il avait eu peur qu'elle ne soit fâchée.

— Je crois, commença-t-elle d'un ton mesuré. Je crois que, juste pour cette fois, on pourrait faire des toasts, non ?

Les emportements de Mary l'atteignaient moins ces temps-ci, songea-t-elle.

— J'ai fait du pain ! lui annonça Shackleton, contre toute attente.

— Tu es sérieux ?

Le garçon lui montra la pâte, qui était en train de monter.

— J'ai regardé un tutoriel sur YouTube.

— Shackleton, je pourrais te prendre dans mes bras !

Il parut inquiet.

— Je ne vais pas le faire, le rassura-t-elle. Mais tu es vraiment malin !

Il lui fit un grand sourire, et elle lui alluma le four.

Puis elle décida de monter son linge à Mary, qui, ces derniers temps, s'en chargeait bien plus souvent elle-même, mais la discussion sur l'école l'avait à l'évidence arrêtée dans son élan.

Zoe frappa à la porte (plus tard, elle se repasserait ce moment dans sa tête, encore et encore, en essayant de déterminer si elle avait fait ce qu'il fallait), mais, bien sûr, les chambres étaient si grandes, et les portes si épaisses, elle portait une grosse pile de linge et…

N'empêchait. Elle ouvrit la lourde porte blanche de l'épaule, le menton posé sur la pile de linge, un demi-sourire toujours aux lèvres en pensant à Shackleton et à son pain, puis se glissa dans la pièce, marchant en crabe. La lumière du soleil qui dansait à travers les arbres mouchetait le sol, sur lequel Mary, cette enfant, cette petite fille au visage blême et aux longs cheveux noirs, était en train de s'entailler l'arrière de la jambe avec une lame de rasoir, traçant une longue ligne sinueuse, le sang coulant sur sa peau pâle comme dans un film d'horreur.

Chapitre 2

La première chose qui passa par la tête de Zoe fut que Mary avait ses règles – mais était-ce possible ? Ou était-elle trop jeune ? Mais cela arrivait aux jeunes filles de nos jours, non ? Les choses avaient changé…

Toutes ces interrogations défilèrent dans son esprit, jusqu'à ce qu'elle réalise que cette explication logique, banale, n'était pas la bonne ; que le minuscule objet qui brillait dans les mains de Mary était une lame de rasoir.

Ce spectacle lui souleva le cœur, mais elle savait qu'elle n'avait pas le temps de laisser paraître sa stupeur. Le visage de la fillette était plus blême que jamais, mais aussi réfractaire ; une veine violette palpitait sur sa gorge fluette.

— Tu vois, dit-elle tout bas. Tu vois ce que je fais à cause de toi ?

Zoe tourna la tête, puis la passa par la porte.

— Ramsay ! cria-t-elle d'une voix sérieuse, mais pas paniquée, pour n'alarmer personne. Ramsay. Pouvez-vous venir… s'il vous plaît ?

Personne ne l'entendit. Satanée baraque. Elle descendit les escaliers quatre à quatre, fonça dans le couloir, puis tambourina comme une folle à la porte, immense et menaçante, de la bibliothèque.

— MONTEZ DANS LA CHAMBRE DE MARY ! MAINTENANT ! hurla-t-elle.

Puis elle retourna en courant au chevet de la fillette, tripotant son téléphone pour appeler les secours, essayant de capter du réseau.

Elle attrapa la première chose qui lui tomba sous la main (un vieux chemisier de Mary), mais la fillette se mit aussitôt à lui hurler dessus, et ce jusqu'à ce qu'elle s'empare d'une vieille serviette de toilette.

— Viens là, dit-elle. Ma chérie, s'il te plaît. Donne-moi la lame. S'il te plaît.

Mary gardait les yeux rivés sur le sang par terre, horrifiée et surprise, comme si elle n'en avait jamais vu auparavant. *S'il vous plaît*, songea Zoe. *S'il vous plaît, faites que ce soit la première fois.*

— Donne-la-moi. Maintenant, reprit-elle sèchement, en tendant les mains.

À sa grande surprise, Mary, toujours catatonique, lâcha spontanément la lame dans sa paume.

Zoe s'approcha d'elle le plus lentement, le plus doucement possible, puis enroula la serviette autour de sa jambe, serrant la fillette contre elle, sans se soucier du sang qui tachait son jean, jusqu'à ce qu'elle parvienne à arrêter le flux.

Quand Patrick parut à la porte, Zoe s'adressa à lui calmement :

— Patrick, tu veux bien aller chercher ton papa ? Mary est tombée.

En entendant ces mots, la fillette sursauta, ses grands yeux se posant sur Zoe avec étonnement. Zoe lui caressa alors le dos, d'une manière qu'elle espérait réconfortante.

— Là, dit-elle. On va bien te nettoyer.

Mary ouvrit la bouche, puis éclata en sanglots, en longs sanglots déchirants, le sang continuant de couler sur le sol.

Chapitre 3

Ramsay finit par apparaître à la porte. Il blêmit, puis disparut aussitôt. Pendant une fraction de seconde, terrible, Zoe pensa qu'il était peut-être parti ; qu'il avait tout bonnement tourné les talons et ne reviendrait plus. Mais ce n'était pas possible, sûrement pas.

Il revint quelques instants plus tard, muni d'un kit de premiers secours dans une boîte en bois, qui donnait l'impression de dater de la Seconde Guerre mondiale, ou même de la Première.

— Mary, dit-il en se dirigeant vers sa fille et en lui caressant les cheveux, pendant que Zoe se lavait les mains au lavabo de la chambre, se préparant à inspecter la blessure. Oh, Mary, Mary, Mary.

La fillette pleurait toujours.

— Je ne peux pas… Je suis si… J'aimerais…

Zoe se mit à pied d'œuvre. Elle lava rapidement la blessure, qui était en grande partie superficielle, mais profonde au niveau de la cuisse.

— Tu vas avoir besoin d'un point, articula-t-elle. Je suis désolée, ma puce. Sinon, ça ne s'arrêtera pas de saigner. Tu ne t'es vraiment pas loupée.

— Je vais appeler Joan, ajouta Ramsay.

Zoe se releva.

— Je ne crois pas, non, lui dit-elle sèchement. Je pense qu'elle devrait aller à l'hôpital.

— Mais vous venez de parler d'un point de suture…

Zoe secoua la tête, malgré les sanglots de la fillette qui redoublaient.

— Elle doit voir un spécialiste, Ramsay. Vous le voyez bien. Je suis désolée. Je compatis avec elle, je compatis depuis que je suis là. Mais elle a besoin d'aide. Vous ne croyez pas ?

— Ce n'est pas sa faute, répondit tristement Ramsay.

— Je n'ai jamais dit que ça l'était. Vous ne comprenez pas ? C'est précisément parce que ce n'est pas sa faute qu'elle a besoin de voir quelqu'un.

Elle s'agenouilla.

— Le saignement ne s'arrête pas. Je crois que vous devriez appeler une ambulance. Si elle a touché une artère, il va falloir faire vite.

Aussitôt, Ramsay sortit maladroitement son téléphone pour appeler les secours. Zoe parvint à poser un garrot convenable grâce à la formation de secourisme qu'elle avait dû suivre pour son ancien travail, mais, en nettoyant la jambe de Mary, elle remarqua autre chose, de bien plus inquiétant. Sous la nouvelle plaie, à vif, elle vit un bout de peau blanche, sans poils : une ancienne cicatrice, un peu estompée. Elle releva les yeux vers Ramsay, qui détourna le regard, et comprit aussitôt. Il savait. Il savait. Elle en blêmit de colère.

Tandis qu'ils attendaient l'ambulance, Mary ayant la tête enfouie dans le cou de son père, les pensées se bousculaient dans l'esprit de Zoe. Depuis combien de temps la fillette s'automutilait-elle ? Ramsay connaissait cette cicatrice, elle le voyait bien.

Qu'avait-il fait ? Avait-il fait l'autruche ? En espérant que tout s'arrangerait comme par magie ? Mais quel genre de père était-il, bon sang ? Qu'avait-il dans la tête ?

Ils firent venir Mme MacGlone pour garder les enfants et restèrent fidèles à leur version : Mary s'était coupée en tombant, ils l'emmenaient donc se faire soigner.

— Est-ce que vous les accompagnez à l'hôpital ? demanda Mme MacGlone, sceptique, à Zoe.

La jeune femme avait déjà pris sa décision. Elle voulait être là, voir ce que Ramsay leur dirait. C'était son devoir de s'occuper de Mary.

— Oui, répondit-elle sèchement. Si vous pouviez garder un œil sur Hari, ça m'aiderait bien.

Ce n'était pas une suggestion.

* *

À l'hôpital, ils attendirent, nerveux, pendant qu'on évaluait l'état de Mary, puis ils l'emmenèrent se faire recoudre. La fillette serra fort la main de son père pendant que l'infirmière la suturait prestement, d'un geste expert, avant de dire, comme s'y attendait Zoe, qu'ils aimeraient que quelqu'un vienne parler avec Mary en tête à tête pour comprendre ce qui s'était passé, d'accord ?

Ramsay et Zoe laissèrent deux chaises entre eux dans la salle d'attente. Tout semblait prendre longtemps. Elle alla leur chercher deux tasses de thé infect au distributeur, mais était trop en colère pour engager la conversation.

Au bout d'un moment, la réceptionniste finit par venir les voir.

— Lequel d'entre vous est son parent proche ? les interrogea-t-elle en les regardant tour à tour.

Pour qui les prenait-elle ? se demanda Zoe. Un couple séparé ? Deux personnes qui s'étaient disputées ? Des divorcés ?

Ramsay se leva. Comme d'habitude, il paraissait trop grand dans la salle des urgences basse de plafond : sa tête heurta le luminaire.

La réceptionniste lui jeta un coup d'œil, se préparant à noter quelque chose sur son porte-bloc.

Chapitre 4

Zoe se surprit à se retourner pour fixer Ramsay. Il était tout rouge. Elle le dévisagea en haussant les sourcils, mais il refusait catégoriquement de croiser son regard.

À ce moment-là, le jeune médecin sortit de la salle où se trouvait Mary et leur fit signe d'approcher.

— Est-ce que je peux vous accompagner ? demanda Zoe, qui bouillait toujours intérieurement et n'avait aucune intention de laisser cet entretien se dérouler sans elle.

Comme Ramsay répondait d'un haussement d'épaules, elle le suivit. Mary avait été déplacée dans une chambre, ils étaient donc seuls dans la salle d'attente.

— Bien, dit le médecin en s'adressant à eux deux. Je ne peux rien faire sans votre accord explicite. Êtes-vous son tuteur légal ?

Ramsay opina du chef.

— Le seul ? demanda le médecin en fronçant les sourcils.

Ramsay fit de nouveau un petit mouvement de tête, comme si toutes ces questions ridicules lui semblaient superflues. Son allure d'aristocrate semblait rendre le jeune médecin encore plus nerveux qu'il ne l'était déjà. Ce dernier consulta ses notes, avant de s'éclaircir la gorge.

— Alors, nous avons suturé la plaie, mais elle a touché une artère. Cela aurait pu être très grave, expliqua-t-il en relevant la tête, les yeux écarquillés derrière ses lunettes. La blessure aurait pu être mortelle, si vous ne l'aviez pas trouvée.

— Mon Dieu, ne put s'empêcher de dire Zoe tout bas.

Ramsay, lui, ferma les yeux.

— Nous l'avons recousue, mais j'ai bien peur que la loi ne nous oblige à la garder en observation. Juste au cas où c'était…

— Une tentative de suicide, finit Ramsay.

Le médecin s'empourpra, l'air soulagé de ne pas avoir eu à prononcer ces mots.

Ramsay cligna des yeux. Il serrait fort les poings.

— Où ça ? demanda-t-il. Ici ?

— Non, répondit le médecin. Nous avons un établissement attenant à l'hôpital.

La mâchoire de Ramsay se serra.

— Je refuse qu'elle aille là-bas. Elle n'ira pas dans cet… cet asile.

— C'est l'endroit le plus approprié… Ils ont une structure d'accueil… Nous ne pouvons pas…

Ramsay resta de marbre ; son regard avait changé et n'avait plus rien d'équivoque.

— Non, asséna-t-il en se levant. Elle n'ira pas là-bas. Je vais la voir.

* *

Ils entrèrent tous les trois dans la petite pièce aseptisée. L'hôpital était calme à cette heure de la journée, pas du tout comme ceux, animés et bruyants, où Zoe avait l'habitude d'emmener Hari. Le lieu était presque reposant. Mary était assise sur son lit, l'air renfrogné.

— Ma chérie, lui dit Ramsay en se rapprochant du lit avant de l'enlacer. Ma puce, je suis tellement désolé.

Il la regarda, puis prit son petit minois pâlichon entre ses grandes mains.

— Dis-moi que tu n'essayais pas…

Les grands yeux de la fillette s'emplirent de larmes. Elle secoua la tête.

— Je n'essayais pas… je n'essayais pas de me tuer. Je te le promets. Je te le promets !

Ramsay resserra son étreinte.

— Ça va, ma chérie, ça va.

— Ne les laisse pas me mettre chez les fous ! S'il te plaît ! Ne les laisse pas me mettre chez les fous !

— Ne… Ne dis pas ça. Tout ce qu'on veut, c'est que tu sois moins malheureuse, ma puce.

— Mais je… Ce n'était qu'une petite coupure.

— Mais… mais pourquoi ?

La voix de Ramsay était si triste, si tendre, comme s'il savait déjà qu'il n'y avait aucune réponse. Zoe l'observa, chancelante.

— Pour essayer… Je pensais que ça me soulagerait peut-être.

La fillette prononça la suite si bas que Zoe l'entendit à peine.

— Là où j'ai ma cicatrice.

Ramsay détourna la tête, incapable de parler. À la place, il attira Mary plus près de lui, et elle murmura à son oreille :

— Elle me manque.

— Je sais, répondit-il en la berçant comme un bébé et non une petite fille de neuf ans. Je sais. Je sais. Je fais de mon mieux, ma chérie.

Mary baissa la tête.

— Je fais… moi… et Zoe…

— Oh, Zoe et toi, répliqua Mary d'un ton dégoulinant de sarcasme. Oh oui, j'avais oublié la « formidable » Zoe.

— Qui t'a trouvée, la réprimanda Ramsay avec douceur. Avant que tu ne te vides de ton sang sur le sol.

Mary fit la moue.

— Tu devrais sans doute lui être reconnaissante.

— Pourquoi ?

— Parce que ! rétorqua Ramsay en élevant soudain la voix. Parce que je ne peux pas perdre quelqu'un d'autre ! Je ne peux pas te perdre, Mary ! Je ne peux pas ! Je suis ton papa !

Les yeux embués, elle opina du chef.

— Oui, répondit-elle d'une voix minuscule. Tu es mon papa.

— Je suis ton papa ! Je suis ton papa ! Et je t'aime ! Et je vais faire de mon mieux pour tout arranger, Mary… mais il faut que tu… il faut que tu restes avec moi. Il le faut. Il faut que tu essaies. Même si tu n'en as pas envie. Même si c'est dur. Même si tu as l'impression que tout est ma faute…

Elle tourna la tête, et Zoe se rendit compte qu'il avait touché la corde sensible.

— Je sais que c'est ce que tu penses, poursuivit-il. Je le sais. Je ne peux pas… Je ne peux rien dire, rien faire, pour changer ça. Mais, s'il te plaît, crois-moi. J'essaie.

Mary, toute tremblante dans les bras de son père, laissa couler ses larmes sur sa chemise.

— Je n'essayais pas de…

— Chut, je vais rester avec toi, décréta-t-il. Docteur, je peux rester, n'est-ce pas ?

— Eh bien, elle serait bien mieux…

— Non ! Elle vous l'a dit. C'était une petite coupure qui a touché le mauvais endroit. C'était un accident. On reste ici.

Zoe se leva. Sa colère s'était envolée, elle n'éprouvait plus qu'une immense pitié et avait le sentiment que, contre toute attente, Mme MacGlone avait raison : elle s'immisçait dans une histoire qu'elle ne comprenait pas ; une histoire qui ne la regardait pas.

— Je vais aller m'occuper des autres, annonça-t-elle. Préparer le repas.

Elle s'approcha de la fillette.

— J'espère que tu vas bien.

Clignant des yeux, Mary la regarda. Et, pour la première fois, dit une chose à laquelle Zoe ne s'attendait pas :

— Merci.

Chapitre 5

Une fois à la maison, Zoe fut aussitôt assaillie de questions. Qu'est-ce qui clochait chez Mary ? Shackleton était perturbé.

— Est-ce qu'elle cherchait à attirer l'attention ? demanda-t-il, soucieux. Ou est-ce… ? Est-ce qu'elle… ?

La douceur dans sa voix était inhabituelle.

— Il demande si Mary est morte, sûr et certain, dit Patrick.

Zoe baissa les yeux vers lui.

— Non, elle n'est pas morte, sûr et certain, répondit-elle d'un ton délibérément léger. C'était juste un accident ; elle s'est fait une belle frayeur. Elle sera de retour demain, et on sera tous très gentils avec elle.

En réalité, en pénétrant dans la cuisine, la lumière automnale dorée entrant à flots par la fenêtre (cette journée lui avait semblé durer une bonne centaine d'heures, et elle n'arrivait pas à croire qu'il fasse encore jour au beau milieu de la nuit), elle réalisa que quelque chose avait changé.

La pièce était pleine de glands et de lianes de lierre : les garçons l'avaient décorée. C'était magnifique.

Un ragoût était en train de mijoter sur la cuisinière, agrémenté de fruits rouges et de champignons des bois que le maître de Porteous avait ramassés pour eux. L'odeur était divine.

— Est-ce que c'est toi qui as fait ça ? demanda-t-elle en se tournant vers Shackleton, qui ébaucha un sourire timide. C'est incroyable ! Magnifique !

— Mary ne rentre pas ce soir, alors ? l'interrogea-t-il, inquiet. Et papa ?

— Non, répondit-elle en secouant la tête. Je vais rester à la maison demain, j'espère que je pourrai aller les chercher. Est-ce que ça vous dirait de venir ?

Bizarrement, les deux garçons se reculèrent.

— Je ne… Je n'aime pas les hôpitaux, répondit Patrick, avec une réserve inhabituelle.

Ils semblaient tous les deux terrifiés.

— D'accord, dit-elle. J'irai avec Hari, n'est-ce pas, mon chou ?

Le petit garçon la regarda, un grand sourire aux lèvres.

* *

Le lendemain, en se rendant à l'hôpital, Zoe ressentait une certaine appréhension. À l'arrière, Hari sautillait sur place, tout content, suivant des yeux les feuilles rouge et orange vif qui tombaient en tourbillonnant avant de danser sur le pare-brise.

— Il y en a tant, fit remarquer Zoe, fascinée. Où peuvent-elles bien aller ?

Ils allaient laisser sortir Mary. C'était un grand, un énorme, soulagement. Le pédopsychiatre avait cru à son explication : elle s'automutilait, elle n'avait pas essayé de se suicider. Non pas que cela ne soit pas grave en soi : ils devraient contacter toutes sortes d'autorités et appeler différents numéros de téléphone, auxquels Ramsay ne jeta qu'un rapide coup d'œil, remarqua Zoe. Il faudrait qu'elle mette la main sur cette liste, nota-t-elle dans un coin de sa tête, pour préparer un plan d'action. Ils seraient également mis sur la liste d'attente du CAMHS, le service de santé mentale pour enfants et adolescents. Sans le dire expressément, le psychiatre avait laissé entendre que cela pourrait prendre du temps.

Mais ils n'allaient pas l'hospitaliser. L'immense soulagement de Ramsay se lisait sur son visage quand Zoe s'arrêta devant l'hôpital, où ils l'attendaient tous les deux.

Ramsay avait les yeux cernés – il n'avait pas réussi à dormir et semblait avoir pris cinq ans dans la nuit. Pour autant, quand Mary rechigna à s'installer dans un fauteuil roulant, il la porta lui-même jusqu'à la voiture. Hari agitait les mains, un grand sourire aux lèvres, content de la voir. Comme d'habitude, Mary l'ignora royalement, mais il ne se laissa pas démoraliser. Il était tout bonnement ravi de la retrouver.

Zoe et Ramsay les observèrent en silence, puis la jeune femme reprit place au volant, sans que Ramsay fasse de commentaires, même s'il dut se contorsionner pour s'installer sur le siège passager de la petite voiture verte. Il semblait mort de fatigue, aussi était-elle ravie de parcourir les longues routes dorées, totalement vides, en silence. C'était un plaisir en soi : devant elle, les longs champs vallonnés étaient parsemés d'énormes ballots de blé (ronds, pas carrés) et, de temps à autre, elle apercevait le reflet du soleil sur le loch, un tracteur qui allait son petit bonhomme de chemin, tant bien que mal, ou un camping-car qui flânait au milieu de la route et que, pleine d'audace, elle osait dépasser.

Elle attendait que les deux petits s'endorment (ce que, bercés par le ronronnement du moteur, ils ne tardèrent pas à faire) pour pouvoir avoir une conversation sérieuse avec Ramsay.

Or, quand elle vit dans le rétroviseur qu'ils s'étaient avachis sur leur siège (Mary, le visage toujours crayeux ; la jambe surélevée, posée entre eux, recouverte d'un énorme pansement), elle jeta un œil sur le côté et s'aperçut que Ramsay dormait, lui aussi, la tête appuyée contre la fenêtre, le soleil se reflétant sur les cheveux blond-roux qui tombaient sur son grand front, la tension ayant enfin quitté ses traits.

Elle ne put se faire à l'idée de le réveiller et le laissa donc dormir ; elle les laissa tous dormir, et rien ne vint rompre le silence, excepté, de temps à autre, une secousse sur la route ou le cri d'un oiseau, tournoyant toujours plus haut dans le ciel.

Chapitre 6

Zoe mit Mary au lit sans la réveiller, lui enfilant son pyjama avec précaution, puis partit à la recherche de Ramsay.

Elle finit par le trouver tout en bas du jardin, près de la vieille barque abandonnée, les yeux fixés sur l'eau.

— Elle est sur liste d'attente, lui annonça-t-il au bout d'un moment, comme s'il savait ce qu'elle allait dire.

— Mais pourquoi ne pas consulter dans le privé ?

Elle n'arrivait pas à croire, tout au fond d'elle, que Ramsay n'avait pas d'argent, quel que soit l'état des jardins ; la taille de la maison rendait cela tout bonnement impossible.

Il poussa un soupir.

— Je ne… je ne suis pas un…

Il porta une main à sa nuque.

— On a essayé. Avant. Ça ne s'est pas bien passé.

— Pourquoi ?

— Elle a refusé de dire quoi que ce soit, sauf pour traiter le thérapeute de… je préfère ne pas le répéter.

— Oh.

Une question lui brûlait les lèvres, mais elle ne pouvait se résoudre à la poser : pourquoi Mary était-elle comme cela ?

— Ils voulaient lui donner des médicaments. Une vraie camisole chimique.

— Je pense que les médicaments peuvent aider beaucoup de gens.

— Droguer ma petite fille… contre sa volonté. Elle est juste triste. Elle a… Elle a de très bonnes raisons de l'être, ajouta-t-il, le regard perdu dans le vague.

Il se tourna alors vers Zoe, l'air suppliant.

— Être triste parce que sa maman lui manque… enfin, c'est normal. Ce n'est pas un problème médical qui nécessite d'être traité par des médicaments, vous ne croyez pas ?

Zoe y réfléchit une seconde.

— Oui, mais si elle se fait du mal…

— Je sais, je sais, ça change tout.

Il se passa les doigts dans les cheveux, qui se mirent à rebiquer en tous sens, sans qu'il en ait la moindre idée, à l'évidence. Puis il détourna le visage, et il fallut un petit moment à Zoe pour se rendre compte, subitement, saisie d'une étrange stupeur, qu'il pleurait et s'efforçait de le lui cacher.

— Laissez-moi parler à quelqu'un à l'école, dit-elle en s'approchant de lui.

Elle aurait voulu le réconforter, le prendre dans ses bras. C'était ce qu'elle aurait fait avec n'importe qui d'autre. Mais, avec Ramsay, cela posait deux problèmes : premièrement, il était si grand qu'elle finirait par passer son bras autour de ses hanches ou d'un autre endroit tout aussi embarrassant et, deuxièmement, bien sûr, c'était son patron. Mais elle ne pouvait pas rester là sans rien faire. Elle finit par tendre la main vers lui, sans conviction, et il s'essuya vite le visage sur le col de sa chemise avant de se redresser.

— Désolé.

— Ne soyez surtout pas désolé, répondit-elle avant de consulter sa montre pour se donner l'air d'être très occupée et d'avoir quelque chose à faire. Mais je peux voir ce que Kirsty propose… Ils doivent avoir un thérapeute.

— Non, ne…, commença Ramsay en grimaçant. Je ne veux pas de… de ragots, des services sociaux et de tout le tintouin… Ça ne fait qu'empirer son état. Si on veut qu'elle retourne à l'école.

Zoe opina du chef.

— Entendu. Je m'entretiendrai en privé avec la directrice, alors. On est amies.

Il grimaça de nouveau.

— Bon, j'aborderai le sujet mine de rien. Juste pour voir ce qu'ils proposent.

Elle se tourna.

— Si cela peut vous aider… Je ne crois pas que ce soit la seule. À faire ce genre de chose.

Ramsay semblait si triste.

— Vraiment ?

Tout à coup, au loin, un saumon bondit hors de l'eau, luisant, tel de l'argent, dans la lumière du soleil, avant de disparaître de nouveau avec un petit plouf.

— Oh ! s'exclama Zoe.

— Quoi ?

Elle venait de voir un phoque, dont la peau luisante reflétait la lumière du soleil et qui les considérait avec attention, comme s'il les connaissait. Son expression rappelait celle de quelqu'un en train d'essayer de remettre un nom sur votre visage lors d'une soirée.

— C'est tellement beau, ici.

Le phoque, sur son rocher, commença à s'éloigner par petits bonds.

— Coucou, mon gros, dit-elle. Ce n'est que moi.

Il continua sa progression.

— Ça a l'air douloureux.

— Ils ont la peau très épaisse, murmura Ramsay.

Puis il se pencha et ramassa un caillou pour faire des ricochets. Zoe l'observa, se surprenant à se demander quelle distance séparait ses pieds de son crâne et s'il trouvait cela bizarre d'être aussi grand, avant de réaliser qu'elle se posait vraiment des questions absurdes.

Elle regarda autour d'elle, l'eau, les bois, les jardins et la maison, l'air frais se coinçant dans le fond de sa gorge.

— Vous savez, là où j'ai grandi… on n'avait qu'une pièce. Mon père… il n'était pas souvent là. Il trempait dans…

Elle s'interrompit une seconde.

— Des trucs… à Bethnal Green. Avant que le quartier ne soit tout propret, cossu, plein de magasins de meubles et de trucs comme ça. On n'avait rien. Pas d'herbe, pas d'arbres, pas vraiment. Seulement la circulation, les gaz d'échappement et un petit appartement dans un immeuble HLM, avec « pas de jeux de ballon » écrit sur tous les murs et des junkies dans les broussailles. Je ne me doutais même pas que de tels endroits existaient.

Ramsay eut un petit sourire triste, puis lança un nouveau caillou sur le lac, d'une main experte.

— Je ne… ça va vous sembler idiot.

— Ce n'est pas grave, répondit-il. Au point où j'en suis, de toute façon.

Dans le ciel, au-dessus de leur tête, deux hirondelles de mer décrivaient un cercle, s'élevant toujours plus haut dans le courant d'air ascendant. Zoe les regarda s'éloigner, avant de reposer les yeux sur la surface miroitante du loch, qui ondulait à peine, sous les ricochets d'un nouveau caillou parfaitement lancé.

— Je n'arrive pas à comprendre qu'on puisse être malheureux ici.

Elle se mordit la lèvre, se sentant bizarrement au bord des larmes.

Ramsay laissa lentement retomber le caillou qu'il avait à la main. Il ne s'attendait pas du tout à cela.

— Vous êtes sérieuse ?

Elle opina du chef, les yeux fixés au sol.

— Je ne… Si vous m'aviez seulement montré votre maison, votre domaine, vos terres et… vous avez vos propres bois, bon sang ! Et des renards, des oiseaux, des poissons et…

Ramsay la dévisagea.

— Je sais. Comment peut-on être malheureux ici, hein ? C'est logique, j'imagine, la coupa-t-il, avant de regarder à la ronde et de pousser un profond soupir. Je ferais mieux d'aller la voir.

* *

Kirsty ne fut malheureusement pas d'une grande aide, en fin de compte.

— Oh, mais c'est terrible.

— Elle a eu besoin de deux points de suture !

— Mon Dieu. Une autre.

— Vraiment ?

— Même si c'est rare, ici… Les Highlands et les îles écossaises sont les meilleures régions de Grande-Bretagne pour élever des enfants, tu le savais ?

Zoe eut un pincement au cœur. Cela confirmait ce qu'elle ressentait depuis son arrivée, ce qu'elle avait dit à Ramsay. De l'air pur, de l'eau transparente, des endroits où jouer en toute sécurité. Elle ne pouvait imaginer meilleur environnement pour des enfants. Pour son propre fils, qui, même s'il ne parlait toujours pas, semblait plus ouvert, plus confiant que jamais. Il caressait les chiens, se faisait des copains – choses dont elle craignait qu'il ne soit jamais capable.

Elle ramena ses pensées à la situation présente.

— Oui, ça se voit… Mais ça n'aide pas beaucoup Mary.

— Non, répondit Kirsty en fronçant les sourcils. Tu sais, rester seule à la maison, à ruminer à longueur de temps… ça ne va pas lui faire de bien, tu en es consciente, hein ?

Zoe acquiesça.

— Tout à fait.

— On a des thérapeutes affiliés à l'école…

— Avez-vous déjà fait appel à eux ?

Kirsty haussa les épaules.

— Honnêtement, pour la plupart de nos élèves… enfin, quand un de leurs chiens de berger meurt, c'est un drame. Et on a eu le petit Ben l'an dernier, qui avait du mal à apprendre à lire, mais rien qui nécessitait d'en référer. Mais on m'a dit qu'ils étaient très bons.

— Dans le cas de Mary, il faut en référer, répondit Zoe avec conviction.

— Eh bien, oui. Je crois. Mais, Zoe, écoute-moi : elle doit revenir à l'école. Fais en sorte qu'elle revienne après les vacances, et on se débrouillera.

— D'accord, répondit Zoe en opinant du chef.

Elle ne lui avoua pas que c'était précisément la perspective de retourner à l'école qui avait mis Mary dans un tel état.

Chapitre 7

Mary devait rester alitée quelques jours, car la blessure était mal placée ; si elle arrachait ses points, les conséquences pouvaient être sérieuses.

Mais, curieusement, Zoe et les garçons s'en accommodèrent très bien.

La petite troupe de chamailleurs mal élevés qu'elle avait rencontrée deux mois plus tôt seulement était comme métamorphosée. Cela dépassait l'imagination. Ils préparaient le thé, se montraient serviables, allaient chercher les œufs. Bien sûr, ils se chamaillaient encore, mais surtout quand ils étaient à pied d'œuvre. Même Hari se rendait utile, plus ou moins : il manipulait un petit balai et s'occupait de son linge, le montant jusqu'à sa chambre, quatre étages plus haut, une paire de chaussettes à la fois. C'était très long, mais cela ne semblait pas le déranger.

Zoe pouvait donc passer plus de temps avec Mary – pas pour lui parler ; elle avait retenu la leçon et savait qu'une approche frontale ne donnait pas de très bons résultats. À la place, elle se présenta à sa porte munie d'un exemplaire d'un vieux livre.

— Ça parle d'une fille qui n'a pas de maman et qui est obligée de rester au lit. Et qui déteste tout le monde, lui expliqua-t-elle. Ça ne t'intéressera sans doute pas.

Cette approche frontale-là était totalement délibérée de la part de Zoe.

La veille au soir, allongée dans son lit, incapable de trouver le sommeil (et certaine qu'il en allait de même pour la moitié des autres habitants de la maison), elle avait décidé de ne plus tourner autour du pot. Elle ne savait pas où était la mère de Mary. Et Mary non plus, *a priori*, vu les questions qu'elle avait posées. La seule personne qui savait était sans doute Ramsay, et peut-être Mme MacGlone, et aucun d'eux n'était d'une grande aide.

Mais Zoe allait cesser ce petit manège ridicule, de faire comme si leur mère se trouvait simplement dans une autre pièce ou chez les voisins et allait rentrer d'une minute à l'autre. Elle ne censurerait plus le mot « maman », arrêterait de raconter n'importe quoi.

C'était une grosse erreur, et, selon elle, les écrivains d'autrefois le comprenaient mieux que ceux d'aujourd'hui.

À l'époque, supposait-elle, perdre l'un de ses parents était courant pour un enfant. Cinq femmes sur cent mouraient en couches. N'importe quelle maladie pouvait vous terrasser. Le monde était rempli d'enfants orphelins, de mère comme de père, les hommes mourant à la guerre. Le monde était aussi rempli de fratries endeuillées ; de bébés nés, mais auxquels on ne donnait pas de prénom, tant qu'on n'était pas sûr qu'ils survivraient au tétanos, à la scarlatine, à la rougeole, à la polio, à la grippe, à un œdème, à la typhoïde, à la guerre, à un accident de cheval ou à un accouchement tragique. Et ils étaient au clair sur cela. Ils comprenaient la mort et la peine et en parlaient franchement avec les enfants ; ils ne faisaient pas comme si cela n'existait pas ou ne les concernerait jamais.

De nos jours, il était rare de perdre un parent ou un enfant ; et les gens n'en parlaient pas, de peur que cela ne leur porte malheur. Pour ne pas tenter le sort ou par superstition. Elle pensa au nombre de personnes qui n'évoquaient pas le mutisme de Hari, comme si, en attirant l'attention sur le problème, elles risquaient de le faire rejaillir sur leurs propres enfants.

Mais Zoe avait décidé d'en finir avec tout cela. Les enfants n'étaient pas stupides, loin de là. Ils percevaient tout ce qui se passait, même s'ils ne comprenaient pas tout. Dès son plus jeune âge, Hari avait compris que son père n'était pas là pour rester, qu'il ne serait pas toujours là. Cela ne l'enchantait pas, mais il savait ce qu'il en était. Faire comme s'il n'y avait aucun problème avec la mère des enfants les avait conduits directement à l'hôpital, et Zoe comptait bien arrêter.

Elle prononça donc cette phrase d'un ton dégagé (« ce livre parle d'une petite fille qui n'a pas de maman »), en regardant Mary droit dans les yeux.

La fillette lui rendit son regard, avec circonspection. Zoe se faisait peut-être des idées, mais elle avait le sentiment que Mary avait moins envie de lutter.

— Ça m'est égal, finit-elle par répondre.

Zoe s'assit donc à côté d'elle, puis ouvrit *What Katy Did*.

Chapitre 8

Ce n'était pas tant que Mary n'avait plus envie de lutter. Cela n'arriverait jamais. Une partie de la fillette était indomptable et le serait toujours, mais Zoe supposait qu'elle arriverait à faire la paix avec cela.

Mais le fait de ne pas pouvoir bouger provoqua un changement en elle.

Être clouées au lit rendrait certaines personnes (la majorité, sans doute) acariâtres, nerveuses ou irritables, mais pas Mary. Cela semblait avoir l'effet inverse sur elle. Zoe se demandait si cela ne lui enlevait pas un poids ; si elle n'était pas soulagée de ne plus avoir à être constamment sur ses gardes, sur la défensive, tendue, tel un animal acculé, ce qui lui coûtait beaucoup sur le plan émotionnel.

Elle dormait beaucoup et mangeait sans rouspéter les plats que Zoe lui préparait. Rien de compliqué : du porridge épais qui avait macéré toute la nuit, accompagné de crème fraîche épaisse qu'elle achetait localement et de la confiture de mûres sauvages qu'ils avaient préparée ensemble ; du Horlicks (Zoe, qui n'en avait pas vu depuis des années, avait trouvé de grandes boîtes de cette boisson maltée en poudre dans le cellier) ; de la soupe de légumes, avec de gros morceaux et du bon pain ; et même (plus d'une fois, dès qu'elle eut réalisé le succès que cela rencontrait) de la gelée servie avec de la glace.

En outre, à présent que sa chambre était rangée et un peu mieux organisée, Patrick et Hari commencèrent à aller jouer dedans. Mary protesta mollement, mais, en réalité, cela ne la dérangeait pas. Et, dès qu'elle ne travaillait pas, Zoe la rejoignait pour lui faire la lecture.

Comme les journées commençaient à raccourcir et que les feuilles volaient en tous sens sur la route, allant obstruer les bouches d'égout et encombrer les voies ferrées, elles dévorèrent toute la série des *Katy*, avant d'enchaîner sur *Les Quatre Filles du docteur March*. Le feu brûlait en continu dans la cuisine désormais, et Mme MacGlone accepta d'en allumer aussi un dans la chambre de Mary. Au bout de quelques jours, Zoe fut à peu près certaine que la plaie avait cicatrisé (Mary était jeune, après tout), mais tout autant que passer du temps alitée, invalide, pansait d'autres blessures chez la fillette, même si elle n'arrivait pas à identifier lesquelles. Elle en toucha un mot à Joan, le sympathique médecin, quand elle vint retirer les points.

— Vous pourriez dire que ce n'est pas encore totalement guéri ? lui proposa Zoe, pleine d'espoir, dans le vestibule.

Joan s'offusqua.

— Ce n'est pas bon de rester allongé sans marcher.

Zoe pensa aux longues promenades solitaires de Mary au bord de l'eau ; quand elle errait au loin, toute seule, en chemise de nuit, à ruminer Dieu savait quoi.

— Je m'en rends compte, mais, dans ce cas, pensez-vous pouvoir faire une exception ?

Joan parut surprise.

— Je crois que vous commencez à vous plaire ici.

— Il fait un froid de canard. Il n'y a jamais d'eau chaude, les cerfs mangent tous les plants de fraisiers, les enfants ne vont toujours pas à l'école, la maison est pleine d'araignées, et, avec l'argent que je gagne, je ne pourrais même pas prendre soin d'un mulot.

— Hum, hum.

Elles échangèrent un sourire, puis Zoe retourna au chevet de Mary.

— Désolée, quatre jours de plus au lit, annonça Joan avant de jeter un regard en coin à Zoe, qui ne laissa rien transparaître.

Mary, qui, d'ordinaire, aurait cherché l'affrontement, parut étrangement soulagée.

— D'accord, répondit-elle d'une petite voix.

La nuit tombant plus tôt, ils se calfeutraient dans la chambre. La scène était touchante : les lourds rideaux, enfin propres, restaient à moitié ouverts pour entrevoir les étoiles au-dessus d'eux ; le feu crépitait gaiement dans le minuscule foyer ; la rangée de livres au-dessus du lit de Mary s'allongeait de jour en jour ; Patrick et Hari faisaient semblant d'être des ours sur le tapis devant la cheminée. Zoe était allée chercher des plantes à floraison tardive dans le jardin : des scabieuses des prés et des succulentes trônaient donc là, ajoutant une touche de gaieté.

— Ensuite, il faudra vraiment qu'on pense à t'acheter de nouveaux vêtements, dit Zoe après le départ de Joan.

Mary lui jeta un regard noir.

— Arrête d'essayer de me forcer à t'aimer.

— Ce n'est pas ce que je fais, répondit calmement Zoe. C'est juste du bon sens. L'été, ce n'est pas grave que tu passes tes journées en chemise de nuit, mais ça va le devenir en hiver.

— Je peux mettre les anciens vêtements de Shackleton.

— Non, vraiment, tu ne peux pas faire ça.

Shackleton portait les anciens vêtements de son père, que Zoe soupçonnait fortement d'avoir été transmis de génération en génération (ou, du moins, de traîner dans la maison depuis très longtemps). Mais il avait de l'allure, vêtu de tout ce tweed, il fallait bien le reconnaître.

— Allez, ça va être marrant. On ira à Inverness. Il y avait un *Zara*, avant, poursuivit Zoe en consultant son téléphone.

Mary sembla n'avoir aucune idée de ce qu'était un *Zara* et s'en moquer comme de l'an quarante.

— Sérieusement, est-ce que tu fais ça pour que je t'aime bien ? répéta-t-elle, la mine boudeuse.

Elle devait aller mieux, se dit Zoe. Elle redevenait égale à elle-même.

— Non, répondit-elle en toute sincérité. Ça n'a pas d'importance que tu m'aimes bien ou non, je ne suis que la jeune fille au pair. Mais ce qui importe, c'est que tu ne meures pas de froid, alors que je suis censée m'occuper de toi.

Mary y réfléchit une seconde, avant de finir par répondre :

— D'accord.

Chapitre 9

Un soir, Zoe guetta le retour de Ramsay, puis attendit qu'il soit dans la bibliothèque, mais depuis pas trop longtemps. Elle ne voulait pas le trouver plongé dans un gros pavé.

Elle lui prépara une tasse de thé et des sablés frais qu'elle avait confectionnés avec Shackleton l'après-midi même. Patrick et Hari en avaient préparé une fournée, eux aussi, avec leurs petites mains, mais ils allaient devoir les manger eux-mêmes, parce qu'ils étaient parfaitement dégoûtants.

Zoe frappa doucement à la lourde porte de bois. Elle n'avait encore jamais vu l'intérieur de la bibliothèque. Les enfants avaient blêmi quand elle leur avait annoncé y monter.

— C'est privé, sûr et certain ! Sûr et certain ! l'avait avertie Patrick, comme si elle risquait de se faire dévorer par un tigre.

C'était troublant : Ramsay paraissait si doux, il n'avait rien à voir avec le Barbe-Bleue qu'elle s'attendait à moitié à trouver à son arrivée. Mais tous les enfants Urquart étaient terrifiés par cette pièce.

En empruntant le couloir sombre, elle se dit d'arrêter son cinéma. N'empêchait, la pièce se trouvait dans l'aile avant de la maison, pas celle où se trouvaient la cuisine, la chambre de Mary et le petit escalier qui menait aux chambres de bonne, où elle avait ses habitudes. Elle se demanda si elle aurait dû dresser la liste des points qu'elle voulait aborder, au cas où elle oublierait quelque chose. Ce n'était que son patron. Il fallait juste qu'elle soit courageuse. Une fois encore, songea-t-elle, un rien abattue.

Elle commença par frapper doucement, puis, au bout d'un moment, cogna plus fort. Elle entendit une voix, ce qu'elle prit pour une invitation à entrer, puis poussa la lourde porte grinçante.

À l'intérieur, la pièce était si belle qu'elle se figea un instant, la parcourant du regard.

Des lumières brillaient un peu partout, et les fenêtres ouvertes laissaient entrer les derniers rayons du soleil couchant, qui n'était plus qu'une fine ligne dorée à l'horizon. La pièce occupait toute cette aile de la maison, réalisa-t-elle. Elle s'élevait sur deux niveaux ; de chaque côté, un escalier métallique en colimaçon menait à l'étage, ceint de galeries.

Des livres se dressaient au-dessus d'elle, sur plusieurs mètres de haut, jusqu'au plafond – avec des dos dorés et rouge foncé ou de vieilles couvertures vertes en tissu. Elle avait trouvé les livres du salon intéressants, mais, là, elle venait de tomber sur un véritable trésor. Zoe resta immobile, subjuguée.

Un petit feu brûlait, dégageant une agréable odeur de bois, et, au fond de la pièce, sous la fenêtre aux nombreux carreaux, trônait un énorme globe terrestre sur lequel ne devaient pas encore figurer tous les pays du monde. Le toit accueillait une grande coupole en verre, par laquelle on voyait déjà apparaître les étoiles. À l'étage, un imposant télescope était posé dans le bow-window, où était installée une banquette profonde recouverte de coussins brodés.

Au rez-de-chaussée, sur sa droite, elle vit deux longs bureaux, sur lesquels étaient empilés des livres et, sur sa gauche, un casier géographique, ainsi qu'un meuble d'apothicaire constitué d'une myriade de minuscules tiroirs qui portaient des noms extraordinaires : gentiane, soufre, alun, acide borique. Sur une étagère étaient exposés un astrolabe, un crâne (était-ce un vrai ?), un oiseau empaillé et tant de choses intrigantes que Zoe eut aussitôt envie de les examiner et, en même temps, de s'enfuir en courant. Et, à présent, elle avait peur de se tourner vers Ramsay, dont elle avait à moitié pensé, dont elle pensait à moitié, à vrai dire (même si cela pouvait paraître ridicule de nos jours, il fallait le voir de ses yeux), qu'il devait être un genre de sorcier et qu'il l'avait transportée en un autre lieu ou une autre époque.

Elle poussa une exclamation, manquant renverser le thé. Puis elle entendit la voix de Ramsay :

— Zoe ? Est-ce que ça va ?

Il était debout derrière un bureau et n'avait rien d'un sorcier, en réalité ; ce n'était qu'un homme maladroit, trop grand, l'air un peu dérouté.

Zoe fit volte-face.

— Ah ! Pardon ! Je n'étais jamais entrée dans cette pièce.

Il parut surpris.

— Oui. Je la ferme, la plupart du temps… Elle contient… enfin, des choses exceptionnelles…

— Les enfants croient que vous allez les tuer s'ils entrent ici.

Il ne sourit pas, et son visage parut sévère tout à coup, un peu inquiétant, dans l'éclairage feutré.

— Je ne veux pas qu'ils mettent les pieds ici, rétorqua-t-il avant de se ressaisir. Je veux dire, Patrick se suspendrait au plafond.

Zoe ne pouvait le nier et lui tendit donc son thé.

— C'est magnifique, commenta-t-elle.

— Oh, la pièce aurait sans doute besoin d'un de vos grands nettoyages magiques. Je n'y ai rien changé, ou presque ; pas plus que mon père. La maison a été construite autour de la bibliothèque ; cette partie est bien plus ancienne. Elle date vraisemblablement du XVIIe siècle. Toutes sortes de livres ont été introduits clandestinement ici pendant la Réforme ; c'était trop loin pour les hommes du roi. Elle est devenue un genre de refuge. C'est de là que vient son nom : « The Beeches ».

— Je pensais qu'elle devait son nom à la forêt de hêtres.

— Ce ne sont pas des hêtres, se moqua Ramsay. Ce sont des chênes, vous ne voyez pas la différence ?

Zoe croisa les bras sur sa poitrine.

— Pardon. Il n'y avait pas beaucoup d'arbres à Bethnal Green, hein ?

— Non.

— Bref, quoi qu'il en soit, c'était un code. Le mot *book* vient du mot *beech*, « hêtre », les livres étant faits à partir de cet arbre, à l'origine. Les gens savaient qu'ils pouvaient venir cacher leur bibliothèque ici.

Zoe s'approcha pour laisser courir ses doigts sur ces textes anciens.

— Ils sont beaux.

— Certains le sont. Très. Beaux, et importants aussi. C'est ce que je passe ma vie à faire : essayer de reconstituer des collections. De trouver leurs frères et sœurs. Ceux qui ont survécu aux incendies, aux changements de doctrines et aux liquidations au fil des ans…

— Les livres réunis, dit Zoe, ce qui fit à moitié sourire Ramsay.

— Eh bien, oui, quelque chose comme ça. Est-ce que c'est vous qui avez fait ces sablés ?

Il les regarda d'un air impatient, comme s'il avait oublié de manger, ce qui était sans doute le cas, et en dévora deux.

— C'est Shackleton qui les a faits.

— Eh ben, dites donc ! s'exclama-t-il en la regardant avec respect. C'est vous qui lui avez appris ?

— C'est fou ce qu'on a comme pouvoir quand on « contrôle Internet », répondit-elle avec un grand sourire.

— Eh bien, avec moi, ça n'a jamais marché. Bien joué, Nounou Numéro Sept. Je rigole, je rigole, se hâta-t-il de préciser en voyant son visage s'assombrir. Honnêtement, Zoe, merci. Et je voulais aussi encore vous remercier pour Mary.

Elle eut l'impression que le sol se dérobait sous ses pieds. Il la regardait droit dans les yeux.

— Il faut que je vous pose la question, poursuivit-il. Pourquoi avez-vous été aussi gentille avec elle ? Mary a été horrible avec vous.

Zoe releva la tête, stupéfaite qu'il lui ait posé cette question.

— En quoi est-ce sa faute ? En quoi cela pourrait-il être la faute d'un enfant ?

Ramsay s'empourpra, puis détourna les yeux.

— Je ne pense pas non plus que cela soit votre faute, ajouta-t-elle aussitôt, consciente de l'avoir profondément blessé.

Mais il ne répondit pas (il en était incapable), et Zoe sentit que le moment lui échappait.

— Bref, dit-elle sans tarder, d'une voix faussement gaie. Il faut que je vous demande quelque chose pour Mary.

— Quoi ?

— Elle a besoin de nouveaux vêtements. Pour l'hiver.

Ramsay y réfléchit.

— Bien sûr. J'oublie toujours qu'elle n'arrête pas de grandir… Le temps est passé si vite depuis…

Son visage devint lointain, perdu dans ses pensées.

— … et j'aurai besoin d'argent pour l'emmener faire du shopping.

— Ah, répondit-il, l'air inquiet.

— Pas beaucoup. Les vêtements ne sont plus aussi chers, aujourd'hui, mais elle va avoir besoin de nouvelles bottes et d'un manteau d'hiver. J'ai déjà jeté un œil dans le local…, expliqua-t-elle, anticipant ses objections. Il y a beaucoup de manteaux d'homme, mais il n'y a pas…

Elle s'interrompit, pas certaine de savoir comment le dire sans paraître insensible.

— Il n'y a pas de vêtements de femme.

Sa phrase resta suspendue dans l'air. Une bûche glissa dans l'âtre et se mit à crépiter, mais, mis à part cela, la pièce était incroyablement silencieuse ; seule de la musique classique passait dans le fond, tout bas, Ramsay l'ayant baissée à l'arrivée de Zoe.

— Oui, je vois, répondit-il, sourcils froncés, avant de pousser un soupir. A-t-on besoin d'autre chose ?

Tous deux repensèrent au lave-vaisselle.

— Vous allez avoir besoin d'une nouvelle machine à laver. Et sans doute d'un nouvel aspirateur… Ça faciliterait grandement la vie de Mme MacGlone ; le vieil aspirateur-balai doit être aussi vieux qu'elle. Et une cafetière, se dépêcha-t-elle d'ajouter.

— Comment peut-on avoir besoin d'une cafetière ?

— Comment peut-on avoir besoin d'un jardinier ? rétorqua-t-elle.

Il parut étonné.

— Mais Wilby nous a été laissé en héritage.

— Je ne comprends pas.

— Il… J'en ai hérité. Il a hérité d'une somme dans le testament de mon père, une rente. Comme Mme MacGlone. C'est de cette façon que les domestiques prennent leur retraite. Ne le saviez-vous pas ?

— Si, j'ai grandi avec une centaine de domestiques sur mes terres. Mais qu'est-ce que vous racontez ?

— Je ne les paie pas. C'est le domaine qui les paie, depuis belle lurette. Ils n'ont pas à travailler pour avoir cet argent… En principe, ils sont tous les deux à la retraite.

— Mais ils viennent quand même travailler pour vous ? l'interrogea-t-elle en sourcillant.

— Euh, on dirait bien, oui, répondit-il, l'air contrit.

Elle y réfléchit.

— Mme MacGlone vient… alors qu'elle n'est pas obligée ?

Il parut embarrassé.

— Je lui ai dit de prendre des vacances, mais…

Elle secoua la tête.

— C'est… C'est… Donc vous n'avez pas du tout d'argent ? Larissa est-elle au courant ?

— Qu'est-ce que vous voulez dire par là ? lui demanda-t-il, décontenancé.

— Désolée. Rien. Faites comme si je n'avais rien dit.

— Qu'est-ce que Larissa vient faire là-dedans ? insista-t-il, sourcils froncés.

Zoe avança d'un pas. La pièce était vraiment magnifique. Derrière les étagères, les murs, tout comme le plafond, étaient recouverts de boiseries en chêne. Des lustres circulaires en fer forgé, tout simples (si tant est qu'un lustre puisse être tout simple), pendaient au plafond, leurs petites lumières allumées. Ici et là luisaient des lampes de bureau vertes.

Elle s'approcha du mur.

— Il doit bien y avoir des choses ici que vous pourriez vendre, non ?

Ramsay eut l'air peiné et leva les mains.

— J'ai le sentiment… J'ai le sentiment de ne pas avoir le droit de les vendre.

— Comme si les livres vous possédaient ?

Elle entrevit soudain le petit garçon qu'il avait dû être, mais qui aurait beaucoup grandi.

— Ils m'ont façonné, répondit-il tout bas, en regardant autour de lui. J'ai passé la moitié de ma vie dans cette pièce.

Elle sourit.

— Que diriez-vous si je m'en chargeais en votre absence ? lui demanda-t-elle en relevant les yeux vers lui. Cela dit, je ne suis pas sûre de savoir par où commencer…

— Il y a bien l'almanach…

Zoe le regarda, et il eut l'air d'en avoir trop dit.

— Qu'est-ce que c'est ?

Il jeta un coup d'œil à son bureau encombré.

— C'est une liste annuelle de livres rares… qui comporte le prix auquel ils pourraient se vendre, si on les avait.

— Je pourrais donc éplucher cette liste, pour voir ce que vous avez ?

— Est-ce que je devrais vous regarder faire ? l'interrogea-t-il, affligé.

Elle secoua la tête.

— Je les manipulerai avec une grande précaution. Et je ne prendrai rien sans votre permission.

Elle s'empara du lourd almanach, écrit en tout petits caractères.

— Oh là là, je pourrais peut-être demander de l'aide aux enfants.

— Non ! s'écria brusquement Ramsay, avec une virulence qu'elle ne lui connaissait pas. Les enfants ne peuvent pas entrer ici !

Elle le dévisagea.

— D'accord, d'accord…

— Il y a… Il y a des choses ici qu'ils ne doivent pas toucher, bredouilla-t-il en clignant des yeux.

Zoe balaya la pièce du regard. C'était un si bel endroit. Elle trouvait cela dommage.

— Entendu, dit-elle, déterminée. Je vais m'en charger. Je vais trouver quelques ouvrages à vendre.

— Dans quel laps de temps ? Vous me semblez déjà pas mal occupée.

— Je suis multitâche, répondit-elle avec un sourire.

Chapitre 10

Voilà comment, les matinées suivantes, avant que les enfants ne se lèvent (ils ne dormaient toujours pas à horaires réguliers, mais Zoe se disait que, puisqu'ils mangeaient mieux et débarrassaient la table, elle pouvait garder la discussion sur l'heure du coucher pour plus tard), la lumière crue de l'automne filtrant à travers les feuilles couleur bronze des arbres non taillés, Zoe passa une petite heure à comparer, classer, mettre de l'ordre.

Elle tomba sur de véritables pépites : des atlas anciens, datant de l'Empire colonial britannique, quand le monde était couvert de rose ; des grimoires, rangés avec indifférence, comme de vulgaires livres de cuisine ; des livres de cuisine, aussi, certains annotés à la main, pleins de recettes de grand-mère, telles que la gelée de mouton ou le ragoût de cochon d'Inde. Elle dénicha, en poussant un cri de joie, une première édition du livre d'économie domestique d'Isabella Beeton, parfaitement intacte (Mme MacGlone, songea-t-elle, un brin amère, n'en avait à l'évidence pas l'utilité), ainsi que de très vieux almanachs sportifs consacrés au cricket, couverts de poussière, remplis de résultats séculaires, oubliés de tous, impénétrables.

Ramsay s'habitua à sa présence, à sa tête brune penchée au-dessus de son cahier, un crayon derrière l'oreille, l'air pensif, une mèche de cheveux lui tombant de temps à autre devant les yeux. Elle se déplaçait sans bruit, sans le déranger ; posait une tasse de café instantané sur son bureau (le café était fadasse, souvent à moitié froid ; il ne soupçonnait pas que c'était une tactique subtile de sa part visant à lui faire acheter une nouvelle cafetière). Ils ne parlaient pas, même s'il arrivait à Zoe de pousser une exclamation de surprise : il relevait alors la tête avec appréhension, et elle lui montrait sa découverte.

Elle cherchait surtout les ouvrages sur la région : les guides touristiques ou les cartes des environs, qui n'avaient pas de valeur en soi, si ce n'était qu'elle les vendrait facilement devant le *Ness Centre and Café*, dans le rayon « patrimoine » du van. Ce n'était pas du tout une grosse perte.

— Et il vous en reste encore un bon milliard, ne manquait-elle jamais de lui rappeler.

Mais, parfois, comme le jour où elle tomba sur une première édition de *Peter Pan*, de J. M. Barrie, qui était originaire de la région et avait connu le grand-père de Ramsay, elle poussait un profond soupir.

— Vous savez, lui dit-elle tout bas, vous pourriez sans doute réparer le toit de l'aile est rien qu'en vendant ce livre.

— Je crois que les nids d'oiseaux sont la seule chose qui nous maintient encore ensemble.

— Je constate qu'il n'y a pas de rayon « réfection de toiture » dans cette bibliothèque. Votre père ne vous a donc jamais suggéré de suivre une formation dans le bâtiment, plutôt que d'étudier la littérature anglaise ?

— Il aurait dû, hein ?

— Vous auriez fait un bon maçon. Dos puissant. Grandes mains, dit-elle, avant de rougir.

Pendant une seconde, elle avait oublié qu'elle s'adressait à son patron.

Ramsay ne remarqua rien ; il regarda ses mains tachées d'encre.

— Hum. Pensez-vous qu'il soit trop tard pour appendre ?

— Je ne vous ai pas vu une seule fois monter les escaliers sans vous cogner la tête contre le cerf, répondit-elle, espiègle.

Il leva les yeux au ciel.

— J'ai l'esprit ailleurs, en général, expliqua-t-il d'un air sombre.

— Je vois ça.

Sur ce, il consulta sa montre et, comme chaque matin, fronça les sourcils, avant de disparaître pour se rendre dans un endroit bien plus important – même si Zoe n'avait aucune idée d'où il allait.

Chapitre 11

Un matin (une journée d'automne frisquette, avec un petit vent froid dans lequel flottaient des odeurs de feux de joie fantômes), Zoe demanda à Patrick et à Hari, chacun affublé d'une paire de bottes en caoutchouc trouvée dans le local, de sortir ramasser des feuilles sur la pelouse avant le petit déjeuner ; ils revinrent avec des feuilles rouges, orange et jaunes, aux couleurs éclatantes ; on aurait dit un grand bol de bonheur. Ils les mirent dans un vieux saladier en étain poli, qu'ils posèrent près de la cheminée afin qu'elles sèchent en se recroquevillant, puis les éparpillèrent sur les meubles pour ajouter une touche de gaieté dans la cuisine, où Zoe avait déjà accroché plusieurs de leurs dessins bariolés aux murs. Elle leur prépara en vitesse un lait chaud à la noix de muscade pour réchauffer leurs petits doigts gelés, puis monta au moment où Ramsay arrivait.

Lui aussi avait été occupé par autre chose, et ils se croisèrent donc dans le couloir en se rendant à la bibliothèque. Ils échangèrent un sourire, puis marchèrent côte à côte sur la longue moquette délavée.

— Alors… j'ai vendu tous les guides touristiques en gaélique, lui apprit-elle.

— C'est pas vrai ? dit-il, sourcils froncés.

— Mais si !

— Est-ce que les acheteurs savaient qu'ils étaient en gaélique ?

— Ils étaient ravis ! L'un d'eux a essayé de me remercier en gaélique… Enfin, je crois que c'était du gaélique, ajouta-t-elle après un petit temps d'arrêt.

— À quoi est-ce que ça ressemblait ?

— À une personne qui chante une belle chanson, mais qui est subitement prise d'une crise de toux.

— Oui, c'est ça. *Tapadh leat.*

— *Tippa lit*, répéta-t-elle.

— On va dire que ça va.

— Bref, on a gagné un peu d'argent…

Zoe se pencha vers la porte de la bibliothèque, puis tendit la main pour qu'il lui donne l'imposante clé. L'air méfiant, Ramsay obtempéra, et elle la tourna délicatement dans la vieille serrure difficile. La porte s'ouvrit avec son grincement habituel.

— Tada !

Ramsay regarda à l'intérieur, ébahi. Avec l'argent qu'elle avait gagné, Zoe était allée au pub de Kirrinfief pour savoir s'ils avaient un laveur de carreaux à lui recommander. Elle avait demandé à ce monsieur combien de vitres il nettoierait pour la petite somme qu'elle avait en liquide et, à sa plus grande joie, il avait accepté de venir faire toute l'aile ouest (enfin, seulement les deux premiers étages), à l'extérieur comme à l'intérieur (même si, en ce qui concernait l'intérieur, elle aurait aussi bien fait de s'en charger elle-même : elle avait eu si peur des éclaboussures de savon qu'elle n'avait pas arrêté de sursauter et de lui tourner autour, armée de vieux torchons).

Après son départ, le changement de luminosité était tel dans la pièce que les innombrables toiles d'araignées, tous les recoins poussiéreux, avaient sauté aux yeux de Zoe, qui avait donc fini par aller chercher les plumeaux de Mme MacGlone (« Vous êtes dans la bibliothèque ? » lui avait demandé la gouvernante d'un ton franchement désapprobateur, ce à quoi Zoe, un sourire forcé aux lèvres, avait répondu : « Je vous donne juste un coup de main, madame MacGlone ! » Puis elle était repartie en courant, la gouvernante lui faisant une de ses célèbres moues, que Zoe apprenait tant bien que mal à ignorer, mais Patrick s'était mis en travers de son chemin, déterminé, ses bottes en caoutchouc toujours aux pieds, un autre plumeau à la main, et lui avait dit : « ON VA T'AIDER, SÛR ET CERTAIN », Hari opinant du chef pour montrer son approbation. Zoe leur avait répondu : « Super, d'accord, vous commencez en bas, dans le salon », ce qui avait quelque peu contrarié les plans de Patrick concernant l'escabeau, mais Zoe, fidèle à sa nouvelle politique, avait décidé d'aller de l'avant et était repartie au pas de charge).

À présent, elle guettait nerveusement la réaction de Ramsay, qui découvrait la pièce, inondée de lumière, claire, gaie, reluisante.

— Oh ! Ça alors ! s'exclama-t-il en ôtant ses lunettes, avant de les remettre. Je n'ai…

Il se frotta les yeux.

— Enfin. Ça n'a pas ressemblé à ça depuis longtemps.

— Je n'ai touché à rien ! Enfin, vous savez. À part les choses que j'ai emportées pour les vendre. Et qui sont toutes notées ! Donc !

Ramsay s'efforça de sourire.

— Tant que vous ne laissez pas de trous sur les étagères. Ça, je n'aime pas ça.

Il fit un petit tour dans la pièce, touchant différents objets.

— Oh, répéta-t-il. Merci.

— Je suis soulagée. J'avais peur que ça vous contrarie. Comme si cette pièce était l'antre de Barbe-Bleue ou quelque chose comme ça, et que personne n'avait le droit d'y entrer.

— *Barbe-Bleue ?* Est-ce que c'est comme ça que vous me voyez ?

— Non ! Pas du tout, pas du tout.

Il la dévisageait.

— Est-ce qu'on peut changer de sujet ? se dépêcha-t-elle de dire.

— *Barbe-Bleue ?*

Elle attrapa le premier livre à portée de main. C'était un bel exemplaire à reliure dorée de *La Princesse et le Gobelin*, de George MacDonald.

— Ooh, regardez-moi ça, dit-elle à la hâte.

— Non, objecta Ramsay en le lui reprenant doucement. Il est beau, ce livre. Je ne pourrai pas m'en séparer.

— Je ne veux pas que vous vous en sépariez, lui expliqua-t-elle patiemment. Je pensais plutôt à Mary.

— Oh ! Bien sûr ! s'exclama-t-il en le lui rendant aussitôt. Comment va ma petite fille ?

— Vous ne l'avez pas vue, hier soir ?

Il grimaça.

— Je suis rentré tard ; elle dormait quand j'ai passé la tête à sa porte.

— D'accord. Eh bien, elle dort beaucoup. Dessine un peu. Lit. Elle est très calme, mais je crois qu'elle est prête pour une virée shopping.

— Est-ce le moment où vous me dites que vous avez gagné de l'argent pour moi, mais que vous le gardez ?

— Oui. Je vais faire les magasins avec Mary.

— D'accord. Est-ce qu'elle est en état, d'après vous ?

— Eh bien, je ne crois pas que les petites filles doivent être calmes, sages comme des images, et toutes ces sornettes. Pas du tout. Mais, dans le cas de Mary… Je crois que ça lui donne une excuse pour rester tranquille, avoir la paix. C'est peut-être tout ce dont elle a besoin.

— Mais il faut quand même qu'elle retourne à l'école.

— Tout le monde mérite d'avoir une vie normale.

Il cligna des yeux.

— Merci, répéta-t-il en promenant son regard sur la pièce claire et lumineuse.

On frappa alors à la porte. Comme Ramsay grimaçait, Zoe alla répondre, passant la tête par l'entrebâillement.

Patrick et Hari étaient plantés là.

— EST-CE QU'ON POURRAIT ENTRER ?

— J'ai peur que non, répondit Zoe, se sentant parfaitement ridicule de refuser.

Ils tenaient un autre lourd saladier en étain rempli de feuilles rouge vif.

— On a ramassé ces feuilles pour papa, sûr et certain, lui expliqua le petit garçon.

— Eh bien, merci, dit-elle en se penchant. Je vais les lui apporter.

Ils ne bougèrent pas d'un pouce.

Patrick poussa un soupir. Puis Zoe eut une idée subite.

— Mais on pourrait faire autre chose…, dit-elle.

Voilà comment, auréolée du succès de son plan, de l'argent en poche pour sa virée shopping, Zoe se présenta à la crèche, l'air réjoui, accompagnée non pas d'un, mais de deux petits garçons surexcités, l'air tout aussi réjoui, Hari fixant Patrick, son seul ami, son fidèle protecteur, comme s'il n'arrivait pas à y croire, étant, pour la toute première fois, content d'aller à la crèche.

Chapitre 12

Le week-end suivant, Zoe ressentit une légère appréhension en délaissant le van pour prendre la petite voiture verte en direction d'Inverness, Hari assis à l'arrière, en dépit des protestations véhémentes de Patrick, qui allait passer la journée avec Shackleton et se sentait laissé pour compte.

Zoe s'était entretenue avec Wilby pour lui faire remarquer qu'il était ridicule que les garçons passent leur temps enfermés à l'intérieur, sans savoir jardiner. Aux yeux de Wilby, cela n'avait rien de ridicule ; il trouvait bien plus curieux que les fils de la maison soient surpris en train de travailler à ses côtés, bien plus curieux, en effet, et son propre père aurait vu cela d'un mauvais œil, mais Zoe était une personne déterminée et, malgré les plaintes constantes de Mme MacGlone (mais aussi un peu grâce à elles), qui lui reprochait ses manières autoritaires et vulgaires, il avait fini par accepter, si bien que, à leur départ, Shackleton et Patrick étaient dehors, avec de vieux vêtements sur le dos, en train de tailler les haies.

— J'espère que le rose va vous monter aux joues ! leur lança-t-elle avec malice.

Les yeux de Hari s'emplirent aussitôt de larmes. La perspective de passer une journée dans le jardin avec Patrick, la personne la plus géniale au monde, et une gigantesque paire de ciseaux était plus que séduisante, et, amèrement déçu, il se sentait trahi.

* *

Le trajet était long jusqu'à Inverness : ils progressèrent au milieu de nuages toujours plus bas, les couleurs sur les arbres (quoique toujours sublimes) atténuées par la faible luminosité et l'atmosphère lourde, humide, chargée, comme si les nuages étaient sur le point d'éclater.

Ils se garèrent dans le centre-ville, près de la gare routière, dans un parking terne, moderne, haut de plusieurs étages, qui ne faisait pas honneur à la jolie ville qui l'entourait ni à la beauté spectaculaire de l'écrin dans lequel elle se nichait, à l'ombre des hautes collines. Puis ils se mirent en chemin, un brin nerveux. Sur le trottoir, Mary s'écarta le plus possible de Zoe (en prenant soin de ne pas tomber sur la chaussée), ce qui fit sourire la jeune femme : elle voyait déjà l'ado mal lunée qu'elle allait devenir. Hari, lui, marchait patiemment à ses côtés, et elle constata avec surprise que, pour la première fois, il suivait le rythme : il ne lui tirait pas sur la main, ne la ralentissait pas, ne s'asseyait pas pour regarder avec convoitise les poussettes des autres enfants.

Dans le peu de temps qu'ils avaient passé ici, ses membres semblaient déjà s'être fortifiés. Il s'épaississait aussi – ses joues étaient plus rondes, plus roses – et il avait moins l'air d'un lapin apeuré. Son petit bonhomme prenait de l'assurance, et Zoe était certaine que cela venait surtout d'une chose : il s'était fait un ami. Elle se demanda s'il croyait être de retour à Londres, car il regardait autour de lui avec curiosité. Cela faisait une éternité qu'elle n'avait pas vu de passages piétons, réalisa-t-elle, amusée. Mary les précédait toujours d'un pas raide, telle une jeune fille. Zoe commença alors à paniquer : quand Mary serait ado, où serait-elle, elle ? Qui pouvait le dire ?

La frêle fillette marchait devant elle, ne boitant déjà presque plus, jetant des regards noirs aux vieilles dames qui avaient l'audace de se mettre sur son passage, et Zoe réalisa qu'il fallait qu'elle pense à l'avenir : que se passerait-il ensuite ? Où irait-elle et que ferait-elle ? Elle essayait de faire taire une partie d'elle-même : en la voyant partir, Jaz réaliserait ses erreurs, ce qu'il ratait et ce qu'il avait perdu en la laissant tomber ; il aurait des remords, serait désolé et essaierait d'arranger les choses.

Il lui apparut alors que les gens avaient rarement des remords aujourd'hui, comme si personne n'avait plus à regretter ses actes ; au lieu de cela, ils persistaient et signaient, fiers d'eux, n'admettaient jamais, au grand jamais, avoir eu tort. Si elle devait être honnête avec elle-même, elle était certaine que Jaz avait trouvé le moyen de rejeter la faute sur elle : elle avait été assez stupide pour tomber enceinte, avait voulu le priver de sa liberté, elle l'avait entraîné vers le bas en l'empêchant de réaliser son potentiel de DJ. Les gens trouvaient une excuse à tout aujourd'hui. Sauf qu'il fallait bien que quelqu'un paie les pots cassés.

Mais que faire ? Si elle ne retombait pas sur ses pieds et ne retournait pas à Londres, que ferait-elle ? Elle mettait un peu d'argent de côté grâce à ses deux emplois, mais la somme ne grossissait pas bien vite. Même si sa période d'essai de six semaines était terminée, sans que personne le mentionne.

Elle chassa cette pensée pour se concentrer sur Mary, qui s'était arrêtée devant une boutique new-look, l'air hostile.

— Je déteste tout… C'est débile, répondit-elle dès que Zoe lui suggéra d'entrer pour jeter un œil.

— Je sais. On peut commencer ici, tout détester, et voir comment ça se passe.

En réalité, le rayon ado était très sympa. La mode était à l'évidence cyclique, puisque toute la sélection rappelait à Zoe les tenues que sa mère portait quand elle était jeune : des jupes trapèze et des pantalons en velours côtelé dans des coloris automnaux. Elles essayèrent un top rayé moutarde, associé à un legging à rayures et une jupe en velours côtelé bordeaux. Avec ses longues jambes et sa taille fine, Mary était à croquer : on aurait dit une petite poupée dépenaillée, pleine de grâce, mais elle semblait maussade.

— D'accord, au suivant ! s'exclama Zoe, et ils se mirent en route pour *H&M*.

Hari attendant patiemment pendant que Mary passait une nouvelle tenue, Zoe échangea un regard avec une femme à peine plus âgée qu'elle qui était assise devant les cabines d'essayage. Une préadolescente grassouillette en sortit d'un pas décidé, vêtue d'un crop top sur lequel était inscrit « STARLETTE » en lettres argentées et d'un legging imprimé léopard, pas du meilleur goût.

— C'est HORRIBLE ! hurla la petite à sa mère. RIEN NE ME VA ! JE DÉTESTE TOUT !

— J'aimais bien la jolie robe chez *Marks & Spencer*, répondit la maman sans conviction.

— Les robes, c'est débile ! Personne ne porte de robes !

— Tiens, lui dit sa mère en lui tendant une plus grande taille.

Mary sortit à son tour. Elle portait une robe chasuble en daim violette sur un chemisier rouge.

— C'est très joli, la complimenta Zoe avec sincérité.

Le visage de Mary s'assombrit aussitôt. Si cela plaisait à Zoe, c'était forcément affreux.

— Non, non, regarde-toi dans le miroir… Tu ne te trouves pas jolie ?

— Je me trouve ridicule, rétorqua Mary en refusant de se regarder.

— Qu'est-ce que ça va donner quand elles seront ados ! dit la mère, sur le ton de la conspiration, à Zoe, qui répondit d'un simple sourire. Moi, je te trouve très jolie. J'aimerais bien que Tegan mette une tenue de ce genre.

— De quel genre ? lança la voix dans la cabine.

La petite fille passa la tête par la porte.

— Oh, fit-elle.

— C'est ridicule, pas vrai ? l'interrogea Mary avec hésitation, cherchant son approbation.

Tegan haussa les épaules.

— C'est pas mal. Les couleurs sont jolies.

— Est-ce que tu veux l'essayer ? se dépêcha de lui demander sa mère.

— Nan, répondit-elle en sortant.

Ce nouveau tee-shirt, encore plus court que le précédent, révélait une bonne partie de son ventre. Elle le portait avec un legging très moulant.

— Ça, c'est bien.

— Est-ce que tu es sûre ?

— Est-ce que tu voudrais essayer ce genre de tenue, toi aussi ? demanda Zoe à Mary.

Cela ne lui plaisait pas du tout (l'idée de ramener Mary à la maison affublée d'un legging et d'un crop top portant l'inscription « STARLETTE » lui donnait étrangement envie de sangloter), mais, d'un autre côté, elle n'avait jamais aimé les vêtements que sa mère lui choisissait et elle savait que la mode était un terrain réservé aux jeunes, une affaire de la plus haute importance.

La fillette secoua la tête.

— Mais c'est joli sur toi, dit-elle à Tegan, qui lui sourit.

— Vraiment ?

— Elles sont gentilles avec tout le monde, sauf avec leur mère, glissa la maman à Zoe à voix basse.

— Ce n'est pas ma mère ! s'écria Mary en faisant volte-face, les yeux noirs de colère.

— Je m'apprêtais à rectifier ! Ne te mets pas en colère, s'il te plaît ! Je suis la jeune fille au pair, expliqua Zoe.

— Bon sang. Au moins, vous êtes payée pour ça.

— C'est ce qu'on pourrait penser, répondit Zoe dans un murmure.

Mary reprit la robe chasuble violette.

— On la prend, dit brusquement Zoe. Et qu'est-ce que tu as pensé du tee-shirt et du legging à rayures ?

Mary répondit d'un haussement d'épaules.

Au bout du compte, elles se retrouvèrent avec de gros sacs de vêtements, achetés chez *Primark*, pour la plupart : de nouvelles culottes, des collants à sa taille, de même que des leggings, des débardeurs, des tee-shirts et deux grands pulls à larges mailles, qui lui donnaient l'air d'être une étudiante et lui allaient à ravir. Un renard était brodé sur l'un des pulls : Hari faisait une fixette dessus, si bien que Zoe demanda à Mary si elle pouvait lui acheter le même, et la fillette haussa les épaules, geste qui se rapprochait le plus d'une concession pour elle.

Enfin, pour leur faire vraiment plaisir, Zoe les emmena chez *McDonald's*. Le visage de Hari s'illumina ; cela faisait longtemps. Mais il s'assombrit vite, et Zoe se rappela avec un sursaut que Jaz l'y emmenait souvent. Elle le prit, lui et ses nuggets de poulet, sur ses genoux.

— Est-ce que papa te manque ? lui demanda-t-elle à l'oreille.

Il opina du chef, l'air grave.

— Je sais, je sais. Il va venir te voir. Mais je ne sais pas quand.

Subitement, elle sentit que Mary les observait avec une grande attention. Dès qu'elle le remarqua, la fillette refit semblant d'être occupée à autre chose : manger lentement ses frites.

Il y eut un blanc, tandis que Zoe faisait un câlin à Hari, se demandant si elle devait faire venir Jaz. Ou, du moins, demander à Surinder de s'en charger.

— Où est son papa ?

La question, posée à brûle-pourpoint, faisait tant écho aux pensées de Zoe qu'elle la déstabilisa une seconde, et Mary, gênée, essaya de faire comme si elle ne l'avait jamais posée.

— Eh bien…, commença Zoe en devenant toute rouge.

Elle était nerveuse aussi. Il y avait deux parents absents à cette table.

— Je ne vis pas avec le papa de Hari ; je n'ai jamais vraiment vécu avec lui. Mais il aime beaucoup Hari. Il voyage en ce moment. C'est pour ça que je suis là pour m'occuper de vous.

— Vous allez repartir, après, alors ? demanda nonchalamment la fillette.

— Pourquoi ? Est-ce que c'est ce que tu veux ?

Mary lui jeta un regard froid ; Zoe se sentit lasse et triste.

— Je m'en fiche.

— D'accord. Eh bien, je n'ai pas pour projet de partir, dans l'immédiat, j'en ai bien peur.

— Alors, quand est-ce que Hari va voir son papa ?

Zoe aurait tout donné pour mettre fin à cette conversation.

— Je ne sais pas. C'est compliqué.

— Les adultes disent toujours que c'est compliqué.

— Parce que c'est vrai, bredouilla Zoe, les joues toutes roses. La vie est compliquée.

Mary poussa un profond soupir, et Zoe se pencha vers elle.

— Est-ce que ta maman te manque ?

Pendant un long moment, la petite ne répondit rien. Zoe commença à paniquer, craignant d'avoir commis une grosse erreur. Puis, finalement, Mary repoussa ses frites, désormais froides, immangeables, et soupira de nouveau.

— Oui.

Hari releva la tête, il la regarda droit dans les yeux. Il attrapa le menton de sa mère, puis désigna Mary avec, avant de le retourner vers lui.

— Oui, dit Zoe, le comprenant parfaitement. Comme toi.

Cette scène était si triste : tous les trois assis là, ressentant l'absence d'un être cher, les yeux fixés sur leurs frites en train de durcir. C'était tout le contraire de la journée sympa que Zoe avait prévue.

— Elle va revenir pour moi, déclara Mary fermement. Elle va venir. Bientôt. Je devrais sans doute partir avec elle.

— D'accord. Très bien. Comme ça, tu auras de nouveaux vêtements quand elle viendra.

Cette idée sembla redonner le sourire à Mary, sourire qui s'élargit davantage encore quand Tegan et sa mère entrèrent et vinrent s'asseoir avec eux. En regardant les filles papoter (Tegan avait un téléphone avec une coque en strass, sur lequel elle montrait Dieu savait quoi à Mary, qui était manifestement impressionnée), Zoe se dit de nouveau que la compagnie des autres fillettes devait lui manquer. Elle écouta cette femme avenante lui parler de jouets Squishies, de *Fortnite*, de soirées pyjama, de goûters d'anniversaire, de rendez-vous chez le dentiste, de tout ce méli-mélo qui fait la vie d'un enfant, mais ne pouvait qu'acquiescer en souriant : un gouffre béant séparait la vie des deux fillettes, songeait-elle, mais elle espérait, les choses semblant prendre une tournure plus favorable, pouvoir pousser Mary en ce sens.

— Où vivez-vous ? demanda-t-elle à la femme au moment de se dire au revoir. Tegan pourrait venir jouer, un jour ?

— Stromness, dans les Orcades. On est venues pour la journée. Ce n'est qu'à quarante-cinq minutes de vol ! Et vous ?

— Trois heures au sud, répondit Zoe.

Elles échangèrent des « ah » polis, puis partirent dans différentes directions, mais Mary était assurément plus joyeuse.

— Tu es douée pour te faire des amies, fit remarquer Zoe.

Ils étaient en route pour le magasin de chaussures, puis, sur insistance de Zoe, iraient acheter des petits cadeaux aux garçons. Pour une fois, Mary ne rechigna pas. Elle semblait pensive, comme si cette possibilité ne lui avait tout bonnement jamais effleuré l'esprit.

Chapitre 13

Acheter des chaussures était d'un tel ennui que Hari s'endormit par terre, mais elles finirent par trouver leur bonheur avec une jolie paire de Lelli Kelly (Zoe avait un peu rechigné en voyant le prix, mais avait fini par donner l'argent : après tout, si on ne pouvait pas avoir de jolies chaussures à neuf ans, alors quand ?) et des bottines Timberland bleu pâle qu'elles dénichèrent en solde et qui conviendraient pour tous les jours. Leurs sacs commençaient à leur peser, aussi Zoe alla-t-elle leur chercher une glace pour les faire tenir. Du coin de l'œil, elle remarqua que Mary comptait et recomptait ses sacs, guignant à l'intérieur, comme si elle n'en revenait pas d'avoir un tel trésor.

Elle releva la tête.

— Il faut qu'on trouve quelque chose pour toi. C'est papa qui l'a dit.

Zoe avait complètement oublié : à leur départ, Ramsay leur avait dit à toutes les deux de s'acheter quelque chose.

— Oh c'est vrai ! Eh bien, je vais me prendre un pull. J'ai vraiment besoin d'un nouveau pull.

Mary secoua la tête.

— Non, on va te trouver une jolie tenue.

— Je n'ai vraiment pas besoin d'une jolie tenue. Je passe mes journées à soulever des livres. Ou vous, les enfants.

Or Mary était déjà entrée, déterminée, dans un magasin *TK Maxx* pour fouiller dans le rayon robes du soir.

Zoe éclata de rire.

— Sincèrement, je n'ai pas besoin d'une robe du soir. Crois-moi.

— Tu devrais avoir une jolie robe, s'obstina la fillette. Tout ce que tu portes est moche. Et nul, et barbant. Tu es juste un peu vieille, toi, tu n'es pas aussi vieille que Mme MacGlone. Et même elle, elle porte des robes.

Comme Zoe ne savait pas quelle partie de cette intervention la vexait le plus, elle préféra faire comme si elle n'avait rien entendu. Pendant ce temps-là, Mary ne chômait pas : elle sortait du portant des robes en mousseline de soie et des robes de soirée totalement inappropriées. Hari, qui commençait à être excité, lui aussi, laissait courir ses petits doigts collants sur les tissus rose vif et brillants. Mary lui tendit une grosse pile de robes.

— Essaie-les ! lui ordonna-t-elle.

— Tu n'as même pas vérifié les tailles ! protesta Zoe.

— Elles sont toutes belles ! Tu verras bien ce qui te va !

* *

Elles n'étaient pas toutes belles, en réalité. Dans un modèle en mousseline jaune poussin, elle donnait l'air de s'être fait refouler du public de *Danse avec les stars*, même au dernier rang, et d'avoir la jaunisse, son teint étant déjà un peu cireux. Dans une robe fourreau en strass bleu marine, elle ressemblait à une abominable douairière. Mais, tout en bas de la pile, toute chiffonnée, d'un aspect peu engageant, comme *TK Maxx* en a le secret, se cachait une robe parachute en soie rouge de la marque Katharine Hamnett, que Zoe ne connaissait même pas. Elle avait une jupe ample, une encolure bateau et une énorme ceinture de soie rouge ; aucune taille n'était indiquée.

Zoe l'enfila par la tête, grimaçant en voyant l'état de son soutien-gorge. Le tissu était frais, luxueux, sur sa peau. La robe se déposa sur ses hanches, et elle noua la ceinture, avant de se reculer, se préparant de nouveau à avoir l'air d'une poupée ridicule habillée pour un goûter d'anniversaire.

Mais non, la robe… Zoe se mit de profil. La jupe tourbillonna, puis s'immobilisa, avec un beau tombé, autour de ses jambes. Ooh. Elle ne pouvait le nier… Elle se tourna de nouveau.

La couleur mettait en valeur ses cheveux et ses yeux sombres ; elle les sublimait. Le fait qu'elle n'ait presque plus de poitrine n'avait subitement plus aucune importance ; au contraire, cela empêchait la robe de blouser, d'être trop voyante, et lui donnait une allure plutôt chic. Chic ? Vraiment ? Cela faisait très longtemps que Zoe n'avait pas utilisé ce terme pour se qualifier. Elle regarda par-dessus son épaule. À chacun de ses mouvements, la jupe flottait, ondulait, tel un nuage de soie, avant de reprendre sa place.

— Laisse-moi voir ! lança une voix impatiente à l'extérieur de la cabine.

Sans réfléchir, Zoe chercha dans le fond de son sac à main, où elle trouva un vieux tube de rouge à lèvres.

— Qu'est-ce que vous en pensez ? demanda-t-elle en ouvrant le rideau.

Hari se leva d'un bond, puis courut vers elle pour lui faire un câlin, frottant sa joue contre le tissu tout doux.

— Ne mets pas de salive dessus, lui dit-elle en souriant.

Mary se contentait de la fixer.

— C'est joli ?

La fillette haussa les épaules.

— Oui, bien sûr. Prends celle-ci.

Hari opina vivement du chef pour montrer son approbation. Zoe jeta un coup d'œil à l'étiquette de prix : la robe bénéficiait d'une forte remise, mais quand même. Il lui semblait insensé d'acheter une robe de soie aussi légère à l'approche de l'hiver, dans un pays au climat vigoureux, alors qu'ils avaient besoin de tant d'autres choses…

D'un autre côté, elle ne pouvait s'empêcher de penser que cela faisait très longtemps qu'elle ne s'était pas acheté une jolie tenue.

— Oh, regardez ! s'exclama la vendeuse, sourcils froncés, en approchant. Il y a une tache ici.

Elle montra l'endroit où Hari avait posé la bouche.

— Je vous fais une réduction de quinze pour cent supplémentaire.

C'en fut trop : Zoe ne put résister, et ils se dépêchèrent de retourner à la voiture. Même Mary rigolait. Pendant le long trajet retour, épuisés par cette journée, les deux enfants s'endormirent sur le siège arrière. Comme la nuit tombait, Zoe se concentrait sur la route. Elle s'arrêta un instant pour laisser passer des moutons et jeta un coup d'œil dans le rétroviseur : le visage de la fillette, vide de toute colère et agressivité, paraissait aussi jeune que celui de Hari dans la lumière des rares phares qui arrivaient en sens inverse.

— Bonne nuit, ma puce, murmura-t-elle avant de redémarrer.

Les kilomètres défilèrent lentement sous ses pieds, les étoiles faisant leur apparition dans le ciel, comme dans un rêve, une musique douce passant à la radio, le moteur ronronnant, tandis qu'en songe, les enfants rentraient à la maison en volant.

Chapitre 14

Ce matin-là, Zoe passait la matinée à Kirrinfief, pour se donner bonne conscience. Cela ne la dérangeait pas, mais elle ressentait une certaine frustration, sachant qu'elle gagnerait bien plus d'argent au *Ness Centre and Café*.

Sans surprise, la première personne à passer la porte fut Mme Murray, qui tenait l'épicerie. Elle avait l'air en colère.

— Nina n'est pas encore rentrée ? souffla-t-elle.

Zoe envisagea de faire lentement un tour sur elle-même pour vérifier, sans oublier de regarder sous le minuscule bureau, mais décida qu'il valait mieux éviter d'être à ce point sarcastique avant onze heures du matin.

— Non, répondit-elle. Ce n'est pas pour tout de suite. Vous devriez aller lui rendre visite, ajouta-t-elle en prenant subitement conscience que cela faisait longtemps qu'elle n'était pas allée la voir, elle non plus, même si elle lui faisait toujours passer des colis par l'intermédiaire de Lennox.

Elle aurait pu y faire un tour quand elle était allée voir Mary (cela avait dû revenir aux oreilles de Nina), mais ils avaient agi dans la panique et la précipitation.

— Oh, j'aimerais qu'elle ait ce bébé, dit Mme Murray. Ils ne peuvent pas le faire sortir, tout simplement ?

— Je crois qu'ils veulent qu'il reste au chaud jusqu'à la fin. C'est sans doute mieux comme ça.

— Ça ne me dérangerait pas de rester six semaines alitée, fit remarquer Mme Murray.

Ce sentiment était répandu chez les personnes auxquelles cela n'était jamais arrivé. Même s'il fallait bien reconnaître que Nina semblait mieux le vivre que la plupart des gens.

Zoe lui adressa un sourire compatissant.

— Dites donc, j'ai reçu le nouveau *Roses de sang* ! lui annonça-t-elle, comme une évidence.

Elle sortit ce roman de fantasy historique de huit cents pages – un *Trône de fer* féministe sur une immortelle qui faisait couler le sang chaque fois qu'un homme se montrait grossier avec elle, rasait des villes entières et dévastait tout sur son passage. Connue pour avoir été refusée par tous les éditeurs du pays, la saga avait fini par rencontrer un franc succès auprès des femmes du monde entier.

— Ooh ! Oui, ça va me plaire. Mettez-le de côté pour moi, et je paierai Nina à son retour. Merci. Et aussi, il faut que Nina dise à Lennox qu'il ne peut pas mettre le champ en jachère.

— Désolée, il va falloir que vous m'expliquiez ça encore une fois, répondit Zoe en clignant des yeux.

— Il refuse d'accueillir Samain parce que le champ est en jachère. Nina saura le convaincre. Dites-lui de mettre une tenue sexy.

— Elle est enceinte de huit mois.

— Ce n'est pas un problème ! lança une voix douce derrière elles.

Elles firent toutes deux volte-face, surprises. C'était Lennox.

— Qu'est-ce que tu fais ici ? l'interrogea Mme Murray.

— Eh bien, tu m'as demandé pour Samain, et je t'ai répondu que ce n'était pas possible, parce que le champ était en jachère (ce qui est vrai) et, comme je sais que tu ne tolères aucun refus, je me suis dit que tu serais là à essayer d'embrigader tout le monde.

Mme Murray croisa les bras.

— Mais, je ne…

Lennox les regarda, l'air inflexible.

— Eh bien, ne comptez pas sur moi, dit Zoe. Parce que je n'ai pas la moindre idée de ce dont vous êtes en train de parler.

Mme Murray se tourna vers elle.

— Eh bien, vous voyez, les champs…

— Pas besoin de remonter aussi loin. Qu'est-ce que c'est, Savvy Rain ?

Lennox et Mme Murray échangèrent un regard.

— Tu lui expliques, dit Lennox. J'ai du travail. À mettre le champ du bas en jachère. Ne prends pas la peine de monter un groupe de pression.

— Et une pétition ?

— C'est ton temps que tu perds.

— Allez, Lennox. Tu dois bien avoir des choses à brûler, non ?

— Oui. Dans ma maison. Pour me réchauffer.

Sur ce, il s'éloigna d'un pas raide.

— Il dit ça, mais il va changer d'avis, déclara Mme Murray.

— Je ne changerai pas d'avis, s'écria une voix au loin.

La vieille dame se tourna vers Zoe.

— Zoe, dit-elle avec un sourire, comme quelqu'un qui s'apprête à vous demander un grand service. Il va falloir que vous disiez à Ramsay qu'il va devoir accueillir Samain.

— Je ne peux pas faire ça. Je n'ai pas la moindre idée de ce dont vous parlez.

— Il comprendra. Dites-lui que le comité a tout organisé.

Il y eut un blanc.

— Est-ce que vous allez brûler un homme à l'intérieur d'une cage en osier ? demanda Zoe avec méfiance.

— Noooonnnn. Non, ils n'ont pas fait cela depuis… Noooonnnn !

Chapitre 15

Elle comptait lui poser la question en rentrant, mais la journée s'était plutôt mal passée, alors qu'elle avait cru qu'elle serait amusante. Murdo lui avait demandé si elle voulait aller faire un tour de bateau, et, ravie, elle avait accepté. Ils étaient convenus de se retrouver sur le quai à côté du *Ness Centre and Café*. Agnieszka, qui, curieusement, avait paru énervée, leur avait demandé s'ils voulaient un panier-repas, précisant qu'il n'y avait plus de jambon-fromage, seulement des sandwichs au fromage, mais Zoe lui avait dit de ne pas s'embêter avec cela.

Elle avait fait enfiler des imperméables de tailles et de formes différentes à tous les enfants, même Mary, puis les avait mis en rang, Hari et Patrick sautant de joie à l'idée d'aller faire un tour sur le loch.

Puis Murdo était arrivé, cheveux gominés et cravate autour du cou, une bouteille de prosecco dans la glacière du bateau. Zoe avait alors réalisé que le jeune homme lui avait proposé un rendez-vous galant. Exactement au même moment, Murdo, lui, avait réalisé qu'il était censé emmener quatre enfants sur son bateau. Les deux plus petits n'avaient pas arrêté de sauter sur place, et l'un d'eux l'avait assailli de questions sur Nessie, lui demandant si c'était un dinosaure et, si oui, de quel type ; la fille avait passé son temps à râler, expliquant que le bateau, c'était vraiment nul et barbant ; et Zoe, elle, était restée assise tout au bout ; il était tombé des cordes, et tout le monde avait fait semblant de passer un bon moment, sauf Patrick et Hari, qui avaient passé la meilleure journée de leur vie.

* *

Quand ils rentrèrent se sécher à la maison, Zoe était gênée, mortifiée, même : Mary s'était comportée comme une enfant gâtée ; Shackleton n'avait pas arrêté de se lever, toujours au mauvais moment, pour se promener lourdement, en chancelant ; et Murdo avait essayé de poser des questions personnelles à Zoe, en hurlant dans le vent, auxquelles, neuf fois sur dix, Patrick avait essayé de répondre.

— Oh là là, lâcha-t-elle en arrivant.

— Qu'est-ce qui se passe ? l'interrogea Ramsay.

C'était étrange : il semblait trouver de plus en plus de raisons de rester dans la cuisine ces derniers temps.

— Zoe avait un rendez-vous ! lui expliqua Patrick. Il y avait une boisson pétillante qu'on n'avait pas le droit de boire.

— Ce… Ce n'était pas vraiment…

— Vous avez emmené les enfants pour un rendez-vous ? lui demanda Ramsay, consterné. Vous aviez un rendez-vous ?

— Ce n'était pas un rendez-vous. Enfin, pas après cinq minutes.

Cela la fit sourire, ce fut plus fort qu'elle.

— Oh là là.

— Quoi ? dit Ramsay. Le pauvre garçon.

— Oh là là, répéta-t-elle. Je suis juste… Je suis tellement habituée à ce que les gens sachent que je suis jeune fille au pair ici.

— Oh super. Tout le monde sait ce qui se passe chez moi.

— Je n'ai pas…, commença-t-elle en se cachant les yeux avec les mains. Je ne suis même pas sûre de lui avoir dit que ce n'étaient pas tous mes enfants. Oh là là. Oh là là.

Elle se mit à rire, sans pouvoir s'arrêter.

— Oh là là. Ma vie amoureuse est finie.

— Au moins, tu as bu la boisson gazeuse, lui fit remarquer Patrick avec colère.

— J'en ai bu un verre. J'étais parfaitement à même de conduire, merci.

Mais l'air frais, le vin pétillant et les rires lui avaient donné des couleurs, et Ramsay ne put s'empêcher de sourire en la voyant.

— Papa sort avec Rissa, dit Patrick d'un air morose, avant d'ajouter en aparté : C'EST UNE SORCIÈRE.

— Ça suffit, répliqua Zoe. Oh ! s'exclama-t-elle, se rappelant soudain quelque chose.

Un sourire aux lèvres, elle se dirigea vers son sac. Elle en sortit une petite liasse de billets, attachés avec un élastique, qu'elle tendit à Ramsay.

— Qu'est-ce que c'est ?

— On a vendu *De Lark Rise à Candleford* ! s'écria-t-elle, triomphante.

— Non ! répondit Ramsay, surpris.

— Je sais ! Tout le lot !

— Oh. Les éditions avec les gravures sur bois, se dit Ramsay, l'air triste. J'y tenais beaucoup.

Zoe lui agita sa cuillère en bois sous le nez.

— Vous avez tort. C'est ce qui est à l'intérieur du livre qui est important. Les mots qui restent en vous et qui vous accompagnent. La couverture, ce n'est qu'une couverture.

Ramsay eut l'air choqué.

— Donc, en gros, vous êtes en train de critiquer cent pour cent de ce que je fais pour gagner ma vie ? Mon travail, ma raison d'être.

Zoe lui sourit.

— Je corne toujours mes pages.

— Vous ne faites pas ça, quand même ?

— Moi aussi ! cria Mary depuis son siège près de la fenêtre, en agitant *Anne... La Maison aux pignons verts* au-dessus de sa tête pour le prouver.

— Oh non. Qu'avez-vous fait ? dit Ramsay.

— Je lis des livres reliés dans mon bain, poursuivit Zoe.

— Non. Vous me torturez, reprit-il en se cachant les yeux.

— Parfois, je préfère les livres électroniques, en fonction de ce que je fais.

— Vous êtes une sorcière qui doit sortir de ma cuisine !

— Est-ce une menace ?

— Moi, je dessine sur mes livres ! intervint Patrick, qui espérait participer à la conversation, en montrant une bande dessinée recouverte de crayons de couleur.

— Argh ! s'écria Ramsay. Arrêtez !

Mais il riait, assiégé de toutes parts.

— Je n'en reviens pas que vous ayez laissé faire ça à mes petits polissons.

— Ne regardez jamais ce que je fais à mes livres de recettes, l'avertit-elle en jetant un coup d'œil à son Nigella Lawson préféré, tout gribouillé.

Ramsay prit l'argent, puis le regarda.

— Eh bien, dit-il avant de le lui redonner. Tenez.

— En quel honneur ? lui demanda-t-elle, surprise.

Il baissa la tête.

— J'ai simplement le sentiment… On vous doit beaucoup. C'est un petit extra.

Zoe s'empourpra. Elle avait plaisanté avec lui, pensant passer un bon moment dans la cuisine, rien de plus. Elle ne considérait pas avoir besoin d'être payée pour cela.

— Ça va, rétorqua-t-elle sèchement.

Ramsay, pas certain de comprendre ce qu'il avait fait de mal, rangeait l'argent, quand son téléphone sonna. La voix de Larissa retentit, et il tourna les talons.

Chapitre 16

Zoe oublia complètement de parler de Samain, au contraire des autres villageois. Ramsay se montra magnanime, si bien que, pour Halloween, il y avait, pour la première fois, tout un tas de gens dans le jardin, en train de peindre et de donner des coups de marteau.

Zoe avait demandé aux enfants s'ils voulaient aller faire le tour du voisinage pour se faire offrir des friandises (espérant vendre au passage toutes les histoires de fantômes écossais qu'elle avait commandées pour l'occasion), mais ils avaient secoué la tête.

— Ils sont tous méchants, avait dit Mary.

— Et personne ne veut venir ici, avait ajouté Shackleton.

Elle avait donc abandonné cette idée. De toute façon, cette fête de Samain, quoi que ce soit, semblait plus importante par ici : cela les amuserait peut-être.

Or elle ne tarda pas à réaliser qu'elle avait sous-estimé l'événement : Samain ne semblait pas être une fête ; cela ressemblait plutôt à un festival. Elle avait permis aux garçons de se déguiser et les avait laissés sans surveillance, mais comprit vite (le domaine étant éclairé par d'innombrables torches ; tout un tas de joueurs de tambours, de personnes grimpées sur des échasses et de gens un rien débraillés commençant à arriver) qu'il s'agissait d'une soirée pour adultes, pas du tout appropriée pour les enfants.

Les invités portaient des costumes incroyables. Heureusement qu'elle avait la robe rouge ; c'était sa seule tenue de circonstance. À vingt heures, les tambours jouaient déjà, et un long cortège avait commencé à remonter l'allée, en tête duquel quelqu'un, le corps entièrement peint en rouge vif, dansait en soufflant du feu à travers un énorme masque grotesque.

Les gens, déguisés en sorcières ou en morts, hurlaient, braillaient pour se faire entendre par-dessus le bruit des tambours, en se dirigeant vers une estrade où les joueurs de cornemuse s'en donnaient à cœur joie. Tous buvaient, criaient. Des braséros étaient allumés un peu partout. Ramsay était introuvable, et Zoe réalisa qu'elle avait commis une grave erreur en laissant les garçons tout seuls.

Elle fit le tour de la foule en courant. Il y avait tant de monde qu'elle dut s'arrêter pour reprendre son souffle. Elle était comme étourdie. L'air était immobile, mais il faisait un froid de canard, vivifiant. L'immense feu de joie qui brûlait près de la rive attirait le plus gros des invités, qui couraient vers lui avant de s'en éloigner, riant aux éclats. Certaines filles n'avaient presque rien sur le dos : elles filaient, telles des fées, dans des costumes légers ou de longues jupes en tulle, éclairées par les étincelles et les flammes des torches. La musique s'emballait ; elle ne suivait aucun rythme identifiable, semblait n'avoir ni début ni fin, mais les violonistes et les joueurs de *bodhrán* savaient instinctivement quoi faire ; elle était de plus en plus forte, de plus en plus endiablée, au point que le cœur se mettait à battre à l'unisson avec elle et qu'on la sentait pulser dans les veines.

Toujours à la recherche de Patrick et de Hari, Zoe passa devant les danseurs qui se déchaînaient ; certains couples titubaient, hilares. Elle s'efforçait de suivre les enfants, qui traversaient les groupes d'adultes, se faufilaient entre eux, main dans la main, comme dans une ronde. Elle n'entendait que le rire de Patrick résonner dans l'air, par petites touches.

Dans un coin, elle vit la grande silhouette de Shackleton entourée par les filles du village, méconnaissables sans leurs leggings et leurs polaires, maquillées, leurs longs cheveux détachés, les joues roses d'excitation.

— Est-ce que c'est ta maison ? lui demanda l'une d'elles. Tout ça ?

Et Shackleton, grand et pimpant dans son kilt, un peu surpris, eut un sourire gêné et répondit :

— Euh, oui.

Levant les yeux au ciel, Zoe le laissa, se remettant à chercher Hari et Patrick. Elle connaissait à peu près tout le monde, il ne pouvait donc rien se passer de terrible, sûrement pas. Mme Murray était là, ainsi que le vieux colonel et Lennox, affublé d'un masque noir qui lui donnait un air sinistre (si ce n'était qu'il gâchait tout en sortant son téléphone toutes les quinze secondes pour envoyer des messages à Nina, juste au cas où).

Elle entendait toujours le petit rire de Patrick : il s'élevait, allait savoir comment, par-dessus le boucan de la musique, de la danse, des piétinements et des crépitements du feu, de plus en plus lointain, et elle se jeta de nouveau dans la mêlée. La suie du feu de joie tacha sa robe rouge, quelqu'un marcha sur l'ourlet, déchirant un bout de tissu qu'elle sema derrière elle, mais elle ne se rendit compte de rien.

— Hari ! Harrrrriiiiiii ! hurlait-elle à travers la foule, se frayant un chemin à travers des hommes en kilt, avec des dreadlocks, le visage peint en bleu ; des filles vêtues de longues robes, leurs cheveux leur tombant en cascade dans le dos, telles des sirènes ; des jeunes et des vieux.

— Hari !

Mais toujours rien, si ce n'était un rire qui s'évanouissait dans le vent. Zoe commença à prendre peur. Il y avait suffisamment de personnes près du feu, mais si on s'aventurait du côté des bois obscurs ou de l'eau noire et profonde…

— Est-ce que tu as vu Hari ? hurla-t-elle à Shackleton en repassant devant lui, mais il secoua la tête.

Elle monta les marches du perron quatre à quatre, puis se retourna, retenant son souffle, pour observer le bord de l'eau désert.

Désespérée, elle se fraya de nouveau un passage à travers la foule, hurlant son nom, subitement convaincue que son fils avait disparu, que, pendant qu'elle se préparait, il était allé se jeter dans les vagues, avait sombré dans les profondeurs, tout cela parce qu'elle avait osé, parce qu'elle avait osé envisager de faire une chose aussi folle que participer à une fête.

À l'écart de la foule, le chemin qui menait à la rive était plongé dans l'obscurité, envahi par le froid. Le vent mugissait dans les arbres, qui bruissaient, gémissaient eux aussi ; l'eau s'écrasait sur les galets, éclaboussant le rivage.

— Hari ! Hari !

— Zoe !

La voix était sèche, autoritaire. Elle venait de derrière elle. Lentement, Zoe se retourna.

Chapitre 17

Zoe retint son souffle. Venait-on lui annoncer une mauvaise nouvelle ? Une nouvelle terrible ?

Au départ, elle n'eut aucune idée de qui il s'agissait ; elle ne distinguait qu'une silhouette noire, qui se découpait contre le feu de joie derrière elle. Elle se rapprocha doucement de cette forme étrange, qui se tenait à moins de trois mètres d'elle, et faillit s'évanouir de soulagement quand elle réalisa ce qu'elle avait sous les yeux : Mme MacGlone, droite comme un « i », avec un Patrick qui se tortillait sous un bras et un Hari béat sous l'autre. En dépit de sa petite taille, elle semblait n'avoir aucun problème à porter les deux garçons.

— Je vais juste mettre ces deux-là au lit, lui dit-elle doucement. Je ne suis pas sûre que ce soit un endroit pour les enfants.

— Mais on veut rester, sûr et certain ! protesta Patrick. Je crois qu'on devrait rester, tu n'es pas d'accord, Nounou Numéro Sept ?

— Non, certainement pas, répondit Zoe, submergée par le soulagement.

Hari tendit les bras, et elle le souleva, le serrant fort contre elle, ses larmes trempant son petit pyjama de flanelle.

— Ne te sauve plus jamais loin de maman !

— On ne se sauvait pas ! se récria Patrick. On était à une fête ! J'ai mangé quatre saucisses, et Hari neuf.

— Ce n'est pas vrai ?

— Neuf, sûr et certain.

— Je vais les mettre tous les deux au lit, lui dit Mme MacGlone. Je vais rester avec eux. Vous…

Une seconde, la lumière des flammes éclaira son visage : Zoe l'aurait trouvé empreint de nostalgie, s'il s'était agi de quelqu'un d'autre.

— … allez vous amuser.

C'était de loin la chose la plus gentille que lui avait jamais dite Mme MacGlone, ou qu'elle avait jamais faite pour elle. Zoe se mordit la lèvre.

— Merci.

— Voui, de rien.

Sur ce, elle fit volte-face, comme si les garçons ne pesaient rien, et les porta tous les deux, Patrick ne cessant de jacasser, jusqu'à la porte de service avant de les emmener à l'étage. Zoe les regarda s'éloigner, puis réalisa qu'elle tremblait, de peur et de froid. Elle se rapprocha donc du feu, et se rendit compte qu'elle était à côté de Kirsty, qui lui tendit aussitôt un verre de cidre chaud. Zoe le descendit d'un trait, bien trop vite, le sang lui montant aux oreilles, puis tendit le bras pour en demander un autre, sentant l'alcool se diffuser dans son organisme. Les enfants étaient en sécurité – pour une fois, lui semblait-il. Elle n'avait pas besoin de s'en faire.

Ce sentiment était tout à fait insolite. Zoe était habituée à s'en faire pour tout, tout le temps, à chaque seconde. Pour tout. Le van. Les livres. L'avenir. Hari. L'avenir de Hari. Le papa de Hari. Les enfants. La maison. L'argent. Tout.

C'était comme si on venait de la soulager d'un poids énorme. Pas ce soir. Pas ce soir. Au moment où l'univers se fissurait, dans ce bref intervalle qui séparait la saison claire de la saison sombre, qui durerait de longs mois, Samain, la veille de la Toussaint, célébrait l'anarchie et le retour des défunts sur terre…

Même si Zoe, elle, avait un peu l'impression d'être déjà morte.

* *

La musique fracassante allait *crescendo*, de plus en plus fort, à mesure que Zoe se rapprochait du cœur de la fête, une estrade élevée à côté du feu, près des musiciens.

Les effrayants danseurs peinturlurés en rouge continuaient d'agiter leurs torches, mais quelque chose était en train de changer : ils écartaient la foule pour libérer un passage. Apparurent ensuite dix femmes, vêtues de longues robes blanches virevoltantes. Elles passèrent en tournoyant, jetant ici et là de grandes brassées de feuilles, des crânes peints sur le visage. Une longue procession les suivait : d'imposants hommes en kilt portaient un palanquin en criant à pleins poumons. Sur la plateforme posée sur leurs épaules se trouvait une chaise, un grand trône orné. Zoe n'avait jamais rien vu de tel. La chaise semblait être faite d'arbres, de branches et de brindilles, qui s'enroulaient naturellement pour former les pieds et les accoudoirs. Elle devait avoir été sculptée, mais donnait l'impression d'avoir poussé dans une forêt verdoyante.

Quelqu'un était perché sur ce trône, à plusieurs mètres de haut, dissimulant le ciel étoilé, affublé d'une grande cape, le visage caché.

— FAITES PLACE ! hurla un homme barbu d'une voix caverneuse. FAITES PLACE AU SEIGNEUR DES MORTS, LE SEIGNEUR DE SAMAIN !

Quelque part, des cloches se mirent à sonner à toute volée, basses et sonores, tandis que la procession poursuivait son chemin, les violons jouant maintenant un air funèbre, grave et long. Zoe releva les yeux vers la silhouette, à moitié effrayée.

— Je sais, c'est bizarre, hein ? chuchota Kirsty en venant la retrouver. Tous les ans, ça me fait peur, alors que ce n'est que Lennox déguisé en moine.

Or ce n'était pas Lennox ; ce dernier était dans un coin, en train de filmer la scène pour Nina.

La procession atteignit l'estrade, où elle posa doucement le palanquin. La grande silhouette se dressa alors, face à la foule, qui poussa des cris approbateurs. Le seigneur des morts leva un grand doigt osseux, et tout le monde se tut. Quand il s'avança d'un pas, Zoe réalisa enfin qui était cette grande silhouette autoritaire. Toujours debout, une capuche lui dissimulant le visage, il s'empara d'un gros livre posé sur la chaise, doté d'une épaisse reliure en cuir, avec des caractères dorés incrustés au dos. Puis il commença à lire, d'une voix claire et suffisamment forte pour que tous les danseurs l'entendent :

Les plaisirs, comme les coquelicots dans les prés,
Se fanent si vous les cueillez ;
Ou comme un blanc flocon qui tombe dans un ru
Blanc un instant, puis pour toujours fondu
Ou le chatoiement boréal merveilleux
Qui fuit dès qu'on veut y poser les yeux
Ou comme la forme gracieuse de l'arc-en-ciel
Évanescente dans l'orage
Nul ne peut arrêter la marée ou le temps
Triste moment, clé de voûte de l'arche de la nuit.
Morne moment, où Tam enfourcha son cheval et partit.

Zoe ne distinguait pas les mots, mais comprenait à peu près leur signification, le rythme de la lecture s'accélérant.

Et alors, Tam vit un spectacle étrange !
Des sorcières et des démons menant la danse,
Pas un de ces cotillons à la mode de France,
Mais gigues, et strathspeys, *et rondes,*
Avec des cornemuses pour faire frapper les talons.

Sur ce, le groupe se remit à jouer, entamant une valse lente. En se retournant, Zoe vit la foule former un cercle et, avant même de s'en rendre compte, fut entraînée dans la ronde, flanquée de deux garçons, qui se mirent à tourner en sautillant.

Sous les yeux exorbités de Tammie, stupéfait et curieux,
La joie et le plaisir devenaient fous furieux :
Le cornemuseux jouait plus fort, toujours plus fort ;

Les danseurs virevoltaient, vite, toujours plus vite,
Ils tournoyaient, sautaient, s'agitaient, se croisaient,
Tant et si bien que les diablesses, dont la sueur fumait,
Jetèrent leurs vêtements de tous côtés,
Et se mirent à faire leur ronde en chemise !

Ils tournèrent d'abord dans un sens, puis dans l'autre, avant de former des couples. Zoe se retrouva à valser, comme ballottée de tous côtés, avançant jusqu'au centre du cercle avant de s'en éloigner de nouveau, le cercle continuant de tourner, de se rompre et de se reformer, sans jamais s'arrêter, la musique toujours plus forte. Zoe avait beau être épuisée, elle riait à gorge déployée et dansait comme une folle.

Et de décrire Tam, immobile, envoûté,
La dévorant des yeux, nourri par sa beauté ;
Même Satan badait, s'agitant sur sa chaise,
Et soufflait fort, et pressait dur sa cornemuse :
Enfin n'y tenant plus, devant une dernière cabriole,
Tam perdit ses esprits, sa raison devint folle,
Il s'écria : « Bravo, Courte-Chemise ! »
Et dans l'instant, tout devint noir dans l'église !
À peine Tam avait-il la bride reprise,
Que la horde démoniaque se ruait hors de l'église[1].

Sur ce, les violons se mirent tous à jouer, stridents, et l'un des musiciens sonna minuit sur une grande cloche. Zoe fut alors stupéfaite de voir l'une des femmes en

1. Extraits du poème épique *Tam o' Shanter* (1790), du poète écossais Robert Burns, traduit par Jean-Claude Crapoulet (*N.d.T.*).

blanc, ayant elle aussi revêtu un costume de mort à capuche, traverser la foule à cheval. Sortant de la forêt, elle fit le tour du groupe au galop, armée d'un grand panier tressé, dont elle sortait des poignées de feuilles recouvertes de peinture dorée, qu'elle laissait dans son sillage.

Les danseurs s'arrêtèrent aussitôt. Ils s'élancèrent à sa poursuite, saisissant les feuilles qui flottaient et volaient derrière elle, puis elle s'enfonça de nouveau dans la forêt sombre et verdoyante, où ils la suivirent pour faire Dieu savait quoi.

À bout de souffle, complètement déboussolée, Zoe resta clouée sur place pendant que tous les autres lui passaient devant, dans un grondement de tonnerre, pour se lancer à la poursuite du cheval, leurs rires et leurs cris diminuant au loin. Les musiciens entamèrent une valse plus tranquille pour les quelques personnes encore présentes, et Zoe posa les yeux sur Ramsay, qui riait tout seul face à la splendeur et au grotesque de l'événement. Il s'était écroulé sur son énorme trône, une jambe pendillant sur un accoudoir, et buvait goulûment à une grande coupe que quelqu'un avait laissée là.

Soudain, à la lumière du feu, sur cette estrade, avec la maison derrière lui, sur cette chaise démesurée faite de forêt, il cessa d'être le personnage un rien saugrenu, confus qu'il était à la maison, où il devait se baisser pour entrer dans la plupart des pièces, où ses pieds étaient trop grands pour les marches de l'escalier, où il semblait toujours préoccupé, comme si, où qu'il soit, il aurait fallu qu'il soit ailleurs, consultant sa montre, s'éclipsant dans la bibliothèque, désertant la maison.

Ici, avec sa capuche rejetée en arrière, un rire grondant dans sa poitrine, il ressemblait à ce qu'il était vraiment pour la soirée : un seigneur de l'anarchie. Zoe s'avança, comme hypnotisée. Il avait l'air d'un autre homme – puissant, aux commandes et… dangereux ? Mais pas comme elle l'avait craint. Non. Ici, avec les flammes qui venaient lécher la façade de la grande maison, leurs ombres dansant sur les murs de grès rouge, il paraissait dans son élément, à sa place.

Elle ressentit alors quelque chose au plus profond d'elle – une sensation intense, viscérale, qu'elle n'avait pas éprouvée depuis longtemps, qu'elle avait cru ne plus jamais ressentir. À la chaleur du feu, dans ce joyeux vacarme, elle éprouva brusquement, subitement, un profond désir.

Il ne distinguait pas qui était cette femme devant la scène ; le feu crépitait devant ses yeux. Zoe s'aperçut enfin que sa robe était presque entièrement déchirée sous les genoux, et qu'elle était toute sale : ses jambes étaient recouvertes de boue, après avoir cherché Hari au bord de l'eau, elle avait de la suie sur le visage et les cheveux ébouriffés par le vent. Les joues roses, elle tendit les bras vers lui, sans même réfléchir.

Sans se poser de questions, Ramsay, transporté, enivré par l'ambiance de la soirée autant que par l'alcool, tendit ses longs bras pour la faire monter sur l'estrade, entraînant cette fille superbe dans une danse. Il la fit tourner (il était si grand qu'il put le faire tout en restant assis), puis l'attira vers lui.

— « *Bravo, Courte-chemise !* » s'exclama-t-il en la pressant tout contre lui.

Zoe ressentit alors une drôle de sensation : elle réalisa qu'elle brûlait d'envie d'être dans ses bras, qu'il l'enlace. Il était si grand, si carré, qu'elle avait presque l'impression de disparaître, comme si elle s'était repliée en une toute petite chose, bien en sécurité contre son corps. Elle sentait battre son cœur, son torse puissant collé contre le sien, minuscule, et se surprit à bouger la tête pour l'enfouir dans son cou. Il sentait le bois en train de brûler, le whisky, les livres, tout ce qu'elle désirait le plus au monde.

Puis les violons et les cornemuses retentirent avec fracas, et il la fit tourner, se rendant compte (Zoe le remarqua), horrifié, que la fille qu'il avait extraite de la mêlée était… eh bien, c'était elle.

Son visage, qui, une seconde plus tôt, alors qu'il prononçait les mots étranges du poème, était fier, sauvage, sans peur, changea aussitôt, comme s'il redescendait sur terre, comme si sa fougue le quittait et qu'il était rappelé à la réalité. La réalité les rattrapa alors tous les deux. Il cligna des yeux, fronça les sourcils de cette manière si familière, puis dit, d'une voix tout autre, confuse et un brin bégayante :

— Ah, Nounou Numéro Sept… Zoe, je veux dire…

Zoe, qui s'était prise pour un derviche tourneur dans sa robe de soie rouge, avec ses cheveux en bataille et son cœur embrasé, dansant, tel le vent, pieds nus devant un grand feu, redevint subitement une jeune fille au pair londonienne dégoûtante, dans une robe déchirée, le maquillage dégoulinant : elle devait avoir l'air parfaitement ridicule, réalisa-t-elle.

— Pardon, je…

— Je ne voulais pas vous agripper, dit Ramsay en lâchant sa main, comme si elle était brûlante. Bon sang… Je suis sincèrement désolé… Je me suis laissé emporter…

Il parut tout à coup terrifié, comme si elle allait l'accuser de quelque chose.

— Bien sûr, c'était totalement déplacé, je…

— Ce… ce n'est rien, dit-elle, en secouant la tête.

Elle ne put rien ajouter. Elle était trop déçue, trop gênée, avait le cerveau trop embrouillé. Elle réalisa brusquement qu'elle était frigorifiée dans sa robe légère. Les fêtards commençaient à ressortir du bois, riant, les feuilles d'or dans les mains, et une queue commençait peu à peu à se former à l'endroit où l'on faisait rôtir à la broche un énorme cochon de lait. Elle se sentit vraiment grotesque, tout à coup.

— Je… je vais aller voir comment vont les enfants, balbutia-t-elle.

— Euh, bien sûr, bien sûr, répondit-il.

Il lui présenta gentiment son bras pour l'aider à descendre de l'estrade, mais, alors même qu'elle s'appuyait contre lui, elle n'avait qu'une idée en tête : elle avait vraiment failli se couvrir de ridicule. Elle s'éloigna, son cœur martelant sa poitrine, la tête baissée, comme en disgrâce, se répétant, encore et encore, qu'elle s'était laissé emporter par l'alcool, la soirée. Il ne s'était rien passé. Rien.

Ramsay la regarda partir. Il ne s'était jamais senti aussi idiot. Mais où avait-il la tête ? Mon Dieu. Un instant, avant qu'il ne réalise que c'était elle, il avait simplement cru que c'était… Il était gêné, rien que d'y penser. Une apparition magnifique. Une sorcière aux cheveux noirs, vêtue de rouge, séduisante, apparue le soir d'Halloween et qui repartirait sans doute comme elle était arrivée ; libre, sauvage et si sexy…

Où avait-il eu la tête ? Il avait subitement eu envie de… la nounou de ses enfants. Bon sang, il se serait retrouvé dans les journaux. Il se frotta le front avec lassitude, avant de retourner auprès des fêtards, mais le moment fort de la soirée était passé, révolu, et il n'y avait rien de plus à faire que se mêler poliment aux invités encore suffisamment sobres pour tenir debout et remercier les filles et les garçons du village qui venaient d'arriver avec des sacs-poubelle.

Il ne se rendit pas compte qu'on les avait observés, ne remarqua pas la robe blanche légère et les longs cheveux bruns d'une petite fille, qui aurait pu être le fantôme ou l'esprit d'une enfant hantant les couloirs ; une fillette menue, assise toute seule dans sa chambre, qui fixait l'obscurité entre les rideaux ouverts, incapable de dormir, dans l'expectative. Elle avait tout vu et était désormais certaine que le pire allait arriver.

Chapitre 18

L'hiver qui approchait n'avait pas du tout endigué le flot de visiteurs. Zoe s'était imaginé que le tourisme serait saisonnier en Écosse, comme à peu près partout ailleurs, mais avait découvert que, dans l'ensemble, il était plutôt constant : personne ne s'attendait à avoir beau temps, de toute façon. Les vacanciers pouvaient donc venir à n'importe quelle époque de l'année, cela ne changeait pas grand-chose. Et leur joie redoublait, s'ils avaient la chance de connaître un bel automne ensoleillé ou un printemps éclatant, exaltant, là où ils pensaient être noyés sous les trombes d'eau.

En réalité, les touristes étaient même plus nombreux. Le temps étant de moins en moins clément, l'idée de passer la plus grande partie de la journée assis dans un car, plutôt qu'à se promener sous la pluie, séduisait de nombreuses personnes. Et puis le van commençait à être connu : le chauffeur du car (honteux d'avoir menti au sujet de l'accident, Zoe en était convaincue) s'était mis à parler de la librairie autour de lui, si bien que Zoe voyait désormais défiler les bibliophiles. Le chauffeur (qui s'appelait Ross) envisageait même de lancer une visite guidée littéraire et avait lui-même acheté plusieurs livres pour installer un petit coin bibliothèque juste à côté des toilettes – emplacement regrettable, mais l'espace était vraiment restreint, alors c'était mieux que rien.

Entre-temps, Zoe avait aussi commencé à emmener Shackleton, le week-end (pour éviter les inévitables questions sur le fait qu'il n'aille pas à l'école), et le mettait quelques heures au travail dans la cuisine avec Agnieszka.

La joie qu'il ressentait à confectionner des scones parfaits faisait plaisir à voir et, depuis, de délicieux gâteaux étaient régulièrement proposés à la carte. Shackleton gagnait un peu d'argent pour ses efforts, et Zoe fut très touchée, quand, avec son premier salaire, il acheta deux costumes Superman pour Patrick et Hari. Malheureusement, la situation finit par dégénérer : les garçons refusaient catégoriquement d'enlever leur déguisement, en aucune circonstance. Quand ils acceptaient enfin, ils regardaient tourner la nouvelle machine à laver, assis par terre, puis, le temps qu'ils sèchent, couraient devant la cheminée, dans leurs petits slips, avant de s'associer pour combattre le crime – autrement dit, mettre des coups de pied à Mary (même si, à leur décharge, ils essayaient la plupart du temps de ne pas viser sa jambe blessée).

Un soir, tandis qu'elle remuait son risotto, Zoe observa leur petit manège. Elle essayait de protéger Mary (qui refusait de quitter la banquette sous la fenêtre, où elle lisait *Le Jardin secret* ou, au moins, de ne pas laisser pendre sa jambe, ce qui, franchement, aurait minimisé les dégâts que pourraient faire les garçons, mais elle aimait bien les provoquer), tout en chassant Porteous, qui participait aux jeux des enfants, mais venait vérifier de temps à autre si elle n'avait pas fait tomber un peu de riz avant de repartir en trottinant. Shackleton écoutait en boucle la nouvelle chanson de Drake sur son ordinateur portable. N'en pouvant plus, pour le forcer à arrêter, les autres se moquaient de lui, sans pitié, et, piqué au vif, en colère, il prenait la défense de son idole.

Ramsay passa la tête à la porte en rentrant, fatigué, frigorifié, après un long trajet. Il avait encore beaucoup de travail. Se rappelant bien les soirées froides du passé, pleines de fureur et de bips, la scène sur laquelle il tomba le surprit, le stupéfia, même : il y avait du bruit, des rires dans la cuisine, l'ambiance était chaleureuse, cela sentait bon et, ça alors, Shackleton était-il en train de danser ? Même Mary avait le sourire ! Puis il se remémora la soirée de Samain et, mort de honte, s'apprêtait à s'éclipser quand…

— PAPA ! cria Patrick, qui, pour une raison ou une autre, ne portait que son slip, qui s'avérait être troué.

Le petit garçon se précipita vers lui, suivi, remarqua Zoe, le cœur lourd, de Hari, tous deux s'élançant vers la grande silhouette, qui s'agenouilla.

Oh, s'il vous plaît, songea-t-elle. *S'il vous plaît.* Elle n'avait pas eu de nouvelles de Jaz depuis si longtemps. Elle savait que c'était terrible ; il fallait qu'il vienne leur rendre visite, il le fallait. Elle lui envoyait des textos, des photos sur WhatsApp, mais ne recevait aucune réponse.

Et elle savait que ce n'était pas bon pour Hari. La maison, la camaraderie, l'air frais, même la crèche.

Tout cela, c'était bon pour lui, elle se le répétait constamment, avec force. Elle faisait ce qu'il fallait.

Mais, oh, il avait besoin d'un papa. Elle détourna le visage, incapable de regarder, mais Ramsay, sans même marquer un temps d'arrêt, posa spontanément son énorme main sur la petite tête bouclée de Hari pour attirer le garçonnet contre lui.

— Bonjour, mon bonhomme, dit-il.

Zoe posa les yeux sur eux, sans réaliser qu'elle fixait Hari d'un air désespéré, anxieux, jusqu'à ce que Ramsay ne le remarque et relâche son étreinte.

— Euh… le dîner sent bon, dit-il en se redressant.

— Voulez-vous dîner avec nous ? lui demanda Zoe, surprise.

— Eh bien… si cela ne vous dérange pas.

— Vous êtes chez vous, répondit-elle d'un ton un peu sec. Bien sûr que cela ne nous dérange pas.

Elle était toujours gênée de la réaction viscérale qu'elle avait eue à son encontre ; elle avait l'impression injuste, terrible, que tout avait changé en un instant, et ils rougirent tous les deux.

— Bien, dit-il au moment même où le téléphone de Zoe bipait.

Elle baissa les yeux et vit que c'était Jaz.

* *

La première chose que réalisa Zoe en sortant pour lire le message fut que, à un moment ou à un autre (elle ne se rappelait pas quand), elle avait arrêté de suivre son Instagram. C'était bizarre. Pendant si longtemps, elle l'avait passé au peigne fin, quotidiennement, examinant chaque photo, essayant de voir qui était à l'arrière-plan, si c'était la même personne, la même fille…

Quand avait-elle arrêté ? Quand avait-elle cessé de penser à lui, de manière obsessionnelle, de se faire chaque fois du souci, comme si elle arrachait une croûte qu'elle aurait dû laisser tranquille ? Et à présent…

« Je viens voir mon garçon », disait le message. Puis : « Mais vous êtes où, exactement ? »

« Écosse, répondit-elle avec entrain. Va à Inverness. »

« Vous êtes à Inverness ? »

« À trois heures de là. »

« Pas possible. »

Elle lui envoya un smiley.

« H. meurt d'envie de te voir. »

« Est-ce qu'il parle ? »

« Non. »

« Bon. Eh bien, au moins, ce n'était pas ma faute. »

Zoe fixa l'écran. *Laisse tomber*, se dit-elle. *Laisse tomber.* Il racontait n'importe quoi, comme toujours. C'était le problème.

« Quand arriveras-tu ? Je t'envoie le code postal. »

« Quel est le numéro de la maison ? »

« Elle n'a pas de numéro. Elle a son propre code postal. »

« Je vois que tu es retombée sur tes pieds. »

Pour l'instant, ses pieds étaient plutôt gelés, se dit-elle, avant de se répéter : *Ne mords pas à l'hameçon. Ne réagis pas. Pense seulement à Hari. C'est le seul qui compte.*

« Quand ? »

« J'atterris à onze heures quinze. Demain. Je louerai une voiture. »

Son insouciance rendit Zoe amère. Louer une voiture sans réfléchir. Faire chauffer la carte de crédit sans même regarder. Mais elle ne dit rien.

« Bien. Envoie-moi un texto quand tu atterris. »

Puis elle se retourna, le regard dans le vide, l'esprit embrouillé, le cœur battant la chamade, se demandant quoi faire à présent.

Voudrait-il passer la nuit ici ? Elle n'avait pas pensé à lui demander. Elle ne le ferait peut-être pas. Elle ne voulait pas l'influencer dans un sens ou dans l'autre. Où ? Il y avait un million de chambres vides… Que dirait Mme MacGlone ? Oh là là, Jaz se montrerait-il grossier avec elle ? S'attendrait-il à dormir dans sa chambre… Non. Certainement pas.

Elle chassa ces pensées de son esprit, fit les cent pas, alla se passer de l'eau froide sur le visage. Quand devrait-elle le dire à Hari ? Cela le rendrait dingue, probablement. Même si elle était contente de lui annoncer la nouvelle. Cela dit, et si Jaz changeait d'avis ? Si le vol était retardé ou s'il y avait un problème ? Ce serait pire que tout. Elle n'en parlerait pas pour l'instant et irait le chercher tôt.

Oh non. Elle… Bon sang, pourquoi n'avait-elle que cette stupide robe rouge à se mettre ? Elle avait vraiment besoin d'aller chez le coiffeur ; elle négligeait purement et simplement ses ongles ; elle n'avait absolument rien à se mettre… Oh là là. Non pas qu'elle veuille l'impressionner (elle avait dépassé ce stade depuis longtemps), mais elle voulait lui montrer qu'elle s'en sortait bien. Pas au point de ne pas avoir besoin d'argent, mais… pas mal. Bien.

Devrait-elle lui poser franchement la question ? Elle pourrait envoyer un texto à Surinder, pour voir ce qu'il en était.

Bon sang, pourquoi fallait-il qu'il lui fasse une chose pareille ? Elle retraversa la maison silencieuse d'un pas lourd, ses bras autour d'elle (pourquoi fallait-il qu'il fasse si froid ?), avant de regagner la chaleur bienheureuse de la cuisine. Elle aurait pu enlacer la cuisinière. Elle remarqua à peine que Ramsay était déjà là, vêtu d'une chemise à carreaux, en train de lire le *Times Literary Supplement*, la bouilloire sur le feu.

— Shackleton, est-ce que tu pourrais finir le repas ? réussit-elle à demander avant de battre en retraite jusqu'à ce qu'ils aient fini de manger et qu'elle puisse mettre les garçons au lit.

Chapitre 19

— Je n'aurais jamais cru donner un jour des conseils beauté ! s'exclama Kirsty le lendemain matin. Je suis plutôt fière de moi.

Le van était à Kirrinfief ce jour-là, et Kirsty avait trouvé refuge à l'intérieur.

— Je sais, répondit Zoe. J'ai complètement baissé les bras.

— À quoi ressemble-t-il ? Ça m'intéresse, sincèrement. Ça fait six ans que je suis mariée. Et il se cure le nez.

— À quel moment ?

— TOUT LE TEMPS.

— Oh.

— Donc, un peu d'action, ça ne peut pas faire de mal. Laisse-moi le regarder.

Zoe ouvrit l'Instagram de Jaz.

— Ooh ! Ooh, regardez-moi ça. Il est très beau. J'aime bien sa barbe.

— Ces photos le mettent vraiment à son avantage.

— Je le sais bien. Sur toutes les miennes, on dirait que je fais un 36.

— Pourquoi ?

— Je ne sais pas, répondit Kirsty avec un soupir. Sans doute pour impressionner une fille avec laquelle je suis allée à l'école et que je n'aimais pas. Elle vit en Australie, maintenant.

— D'accord, répondit Zoe en acquiesçant d'un air compréhensif.

— Bref, voilà toute la gamme d'échantillons.

— Je ne peux pas tout prendre, lui expliqua Zoe quand Kirsty ouvrit une boîte entière de produits Avon.

— Mais si ! C'est à ma mère. Sa meilleure amie a divorcé et a commencé à travailler pour Avon. Comme ma mère avait de la peine pour elle, elle lui a acheté tout son stock et, maintenant, elle en a plein la maison. Je lui rends service, en réalité.

— Tu veux dire que tu lui as volé tout ça ?

— Les enseignants ne volent pas ! En parlant de ça, tu sais que la date approche…

— Non. Vos trimestres sont très bizarres.

— Oui, d'accord. C'est le mi-trimestre. Et c'est la date butoir. Ils doivent revenir à ce moment-là.

— Je n'arrive pas à l'imaginer. J'ai essayé de leur faire faire un peu de devoirs, mais Mary refuse de faire quoi que ce soit, à part lire, et Shackleton, lui, ne veut que cuisiner.

— Tu rigoles ? C'est super ! Ils vont être très en avance sur les autres. Je suis sérieuse. Si Mary sait lire, elle rattrapera vite son retard. Une fois qu'on sait lire, tout est permis. Tout le reste, c'est du coloriage.

— Les maths, c'est du coloriage ?

— Bien sûr ! C'est pour ça qu'ils utilisent tous ces petits symboles rigolos !

Zoe fronça les sourcils.

— Avez-vous eu des nouvelles du CAMHS ?

— Ramsay n'en a pas parlé.

— Ça ne peut pas aller aussi vite, commenta Kirsty. Argh.

— Ou peut-être que rien ne cloche chez elle, que c'est juste une ado précoce.

Kirsty sourit au moment où entrait le vieux Ben.

— Avez-vous reçu ce livre bleu ?

— Oui ! répondit triomphalement Zoe, se rappelant ce à quoi il faisait allusion. Nina m'a dit qu'il s'agissait de cet ouvrage sur l'histoire du Spitfire.

Elle attrapa le livre en question derrière le petit bureau, où elle avait caché tous les ouvrages sur Nessie, au cas où les villageois lui chercheraient des noises en lui disant que ce n'étaient que des âneries.

Ben examina le beau volume bleu marine avec attention.

— Voui ! s'exclama-t-il soudain. Ça parle bien du Spitfire !

— Super ! répondit Zoe. Un livre bleu qui parle du Spitfire !

Le visage du vieux monsieur parut triste tout à coup.

— Mais je ne crois pas que cela soit le bon.

— D'après Nina, c'est celui-ci.

Il fronça les sourcils.

— Je… je préférerais être sûr.

Sur ce, il redescendit les marches en flageolant.

— Je ne sais pas comment tu fais pour ne pas mourir de faim, commenta Kirsty.

— J'ai mes méthodes, répondit Zoe en regardant dans la rue déserte. Même si vendre des livres aux gens du coin ne semble pas en faire partie.

Elle jeta un nouveau coup d'œil à son téléphone.

— Oh mince. L'avion vient d'atterrir.

— Est-ce que tu espérais qu'il s'écrase ?

— Noooon ! Enfin… si Jaz avait une assurance… Noooon. Enfin. Non…

Kirsty sourit.

— Dis-le à Ramsay, d'accord ? Dis-lui de venir me parler pour l'école, s'il te plaît. On se fait du souci pour lui. Je suis contente qu'il t'ait.

— Il ne « m'a pas », répliqua Zoe aussi sec, sans plaisanter.

— Tu sais ce que je veux dire, espèce d'idiote. Je suis contente que tu sois là. Mme MacGlone n'est pas très marrante. Et ces pauvres filles toutes tristes ne l'ont pas aidé, elles non plus.

— Est-ce que tu crois… que leur mère reviendra, un jour ?

Kirsty poussa un soupir.

— Personne ne le sait, ma belle. Personne.

* *

Si elle n'avait pas été aussi stressée, passer prendre les garçons lui aurait fait chaud au cœur : ils sortirent en trombe, tous les deux déguisés en pirate, suivis d'un « prisonnier » qui faisait peine à voir et que Nina reconnut comme étant Rory.

— Ils m'ont fait subir le supplice de la planche, littéralement ! piailla une voix familière.

Tara sortit comme une folle, l'air exténué.

— Ils n'ont pas été faciles, aujourd'hui, ajouta-t-elle gravement. Ils ont encouragé les autres enfants à briser le cercle pendant la chanson !

— Je croyais que Hari n'était pas admis dans le cercle, répondit calmement Zoe.

— Et celui-là a jacassé pendant toute la séance de méditation.

— Parce que la méditation, c'est débile, sûr et certain !

— Et je crois qu'ils ont fait de la peine à Rory.

— NAN, C'EST PAS VRAI, se récria le petit prisonnier.

— Bon ! dit Tara.

— Bien, à lundi !

Zoe mit les garçons dans la voiture, nerveuse.

— Papa arrive, murmura-t-elle à l'oreille de Hari.

Le visage du petit s'illumina.

— Pas mon papa, mais le papa de Hari ? demanda Patrick, à qui rien n'échappait. Ooh !

Hari, un large sourire aux lèvres, se mit à taper des mains. *Mon Dieu*, songea Zoe. Cela ne se passerait peut-être pas aussi mal que cela. Par WhatsApp, elle avait proposé à Jaz qu'ils se retrouvent en ville, mais il lui avait aussitôt répondu qu'il voulait voir où vivait son fils, d'une manière un tantinet pontifiante, impérieuse, qui ne lui ressemblait pas du tout.

Elle se dépêcha de rentrer, craignant que Jaz n'arrive avant elle. Il se trouva qu'elle eut tout juste le temps d'entrer dans la maison, de remettre un peu de maquillage et d'enfiler un haut noir – même s'il était loin d'être assez chaud pour l'extérieur, si le soleil n'était pas là pour la réchauffer. Mais il était à peu près présentable.

Zoe ne se rendait pas compte (même si Jaz, lui, le remarqua à l'instant où elle sortit de la maison, comme l'auraient fait toutes ses copines londoniennes) qu'elle n'avait pas eu aussi bonne mine depuis très, très longtemps, en réalité.

L'air frais et l'absence totale de pollution lui avaient éclairci le teint ; le soleil de la fin d'été l'avait dotée de quelques taches de rousseur sur le nez. Ses deux emplois l'épuisaient, elle s'écroulait dans son lit tous les soirs et dormait mieux que jamais – tout comme Hari, qui se dépensait bien et ne la réveillait plus, bouleversé, agité, au beau milieu de la nuit. L'eau, d'une pureté et d'une douceur incroyables, et le fait qu'elle ne se fasse plus de teinture rendaient ses cheveux châtains soyeux et luxuriants ; et son alimentation saine lui donnait une peau éclatante.

Mais il y avait aussi autre chose : le stress de la vie quotidienne (trouver de quoi payer le loyer, avoir peur du lendemain), même s'il n'avait pas totalement disparu, bien sûr, lui pesait moins. Elle avait moins de petites rides autour des yeux et sur le front. Elle était toujours à court d'argent, bien sûr, et avait toujours peur de ce qui l'attendait. Mais plus comme avant. Elle ne se réveillait plus à trois heures du matin, se faisant un sang d'encre au sujet de l'avenir. L'angoisse et la panique ne la submergeaient plus au moment où elle s'y attendait le moins. Elle ne patientait plus, fébrile, devant le distributeur, se demandant s'il allait lui donner de l'argent. Il n'y avait rien à acheter ici, de toute façon.

Elle était resplendissante, songea Jaz en sortant de sa minuscule voiture rouge (le choix de véhicules était limité). Presque autant que lorsqu'ils s'étaient rencontrés. S'il avait été plus lucide, il se serait dit que cet endroit lui faisait du bien.

Mais non, il se dit qu'elle s'était fait belle pour lui. Ce qui était vrai, en un sens, mais pas comme il l'entendait.

— Salut ! dit-elle en lui faisant signe. Attends une seconde.

* *

Le vent ramena ses cheveux sur le côté, quand elle se pencha dans la voiture, le cœur battant à cent à l'heure. Jaz regarda de nouveau la demeure. C'était du délire. À l'évidence, elle n'était plus aussi luxueuse quand on s'en approchait, mais quand même, il allait se prendre en photo devant. Cool. Comme il fixait la maison, deux petites têtes apparurent à la fenêtre du rez-de-chaussée, le dévisageant d'un drôle d'air. Il les dévisagea en retour. Il n'allait pas leur faire signe. Il se fichait pas mal de ces deux gosses de riche.

Zoe était penchée au-dessus de Hari, qui remuait les jambes en tentant désespérément de s'extraire de son siège auto.

— C'est papa, lui dit-elle.

Le petit frétilla, se trémoussa, fou de joie. *Cela vaut le coup*, se dit-elle. *Pour le rendre heureux. Cela vaut le coup. Tout vaut le coup.*

Puis, tentant de se calmer, elle finit par le détacher, et le garçonnet se dépêcha de lui passer devant pour descendre d'un bond.

Ils regardèrent (Ramsay aussi, qui, à l'étage, dans la bibliothèque, avait entendu la voiture arriver) la minuscule silhouette de Hari traverser la cour comme une flèche, le gravier plein de mauvaises herbes craquant sous ses pieds, pendant que Jaz s'agenouillait et ouvrait grand les bras.

Ramsay remarqua que Zoe mettait ses bras autour d'elle, s'enlaçant elle-même, comme si elle essayait de se cacher ; d'empêcher ses émotions de remonter à la surface. En bas, au milieu de la large allée, la pelouse derrière elle, elle semblait toute petite, vulnérable. Il n'avait jamais vu cela chez elle.

— HAAAARIIIIII !

Jaz souleva le garçonnet et le fit tournoyer, Hari rejetant la tête en arrière de plaisir.

— Je suis content de te voir, mon pote !

Tu n'es pas son « pote », pensa Zoe pour la millionième fois, mais elle ne dit rien. Elle commença à se diriger vers lui. Hari se tortillait dans les bras de Jaz, et Zoe réalisa qu'il voulait que Patrick vienne lui dire bonjour. Elle se retourna pour faire signe aux enfants d'approcher. Patrick sortit de la voiture, et Shackleton de la maison ; Mary, elle, ne l'entendait pas de cette oreille.

Zoe traversa la cour.

— Salut, Jaz, dit-elle.

Ramsay se surprit à les observer, pour voir s'ils s'étreignaient (ce ne fut pas le cas), avant de se demander pourquoi il faisait une chose pareille. Puis il se détourna, ayant l'impression de les espionner, de faire quelque chose de mal, se demandant pourquoi ça l'intéressait et pourquoi son esprit s'aventurait là où il n'avait absolument pas le droit d'aller.

Chapitre 20

— Ouah ! s'extasiait Jaz.

Il faisait selfie sur selfie dans le salon, posait devant l'armure ou l'une des épées accrochées au mur et, chaque fois, ils entendaient Mme MacGlone s'offusquer dans la cuisine.

— Qu'est-ce qu'elle a ? demanda Jaz tout haut. Elle est raciste, ou quoi ?

— Jaz, répondit Zoe avec insistance. Je travaille ici. Viens, on va boire une tasse de thé… Est-ce que tu veux un scone ?

— Un scone ? répéta-t-il en éclatant de rire. Oh, un scone. C'est ça que tu fais, maintenant ? Tu manges des scones. T'as changé, ma vieille. Un scone !

Elle lui jeta un regard noir.

— Tu en veux un, oui ou non ?

Hari faisait oui de la tête, plein d'enthousiasme.

— Oh, bien sûr, je goûterais bien un scone, répondit Jaz, comme si c'était la chose la plus drôle qu'il ait jamais entendue.

Zoe le savait, il fanfaronnait pour ne pas montrer qu'il ne se sentait pas à sa place, et elle le comprenait :

elle avait ressenti exactement la même chose à son arrivée. Elle avait toujours présumé que l'Écosse était comme l'Angleterre, en plus venteux et montagneux. Elle n'avait jamais réalisé, jamais compris, que ce pays était profondément différent, jusque dans les pierres de ses murs, ses arbres, sa terre, même.

Sans parler du fait qu'aucun d'eux n'avait grandi dans ce genre de demeure. Loin de là. Ils n'avaient pas de parc autour de chez eux : ils vivaient plutôt dans un parc HLM.

— C'est bon, les scones, rétorqua-t-elle.

La cuisine était chaude, douillette, malgré la présence de Mme MacGlone, qui faisait la vaisselle avec ostentation, en leur tournant le dos.

— Je vous présente Jaz, annonça Zoe de la voix la plus joviale possible. Le papa de Hari. Il est venu nous rendre visite.

La gouvernante jeta un œil en arrière, les lèvres pincées.

— Eh bien, répondit-elle de mauvaise grâce. Vous n'aviez pas besoin de me préciser que c'était le papa de Hari. Ils se ressemblent comme deux gouttes d'eau.

Le garçonnet colla sa tête contre la barbe de son père, et tous deux sourirent. Zoe sentit son cœur chanceler.

— Je vais faire du thé, annonça-t-elle. Madame MacGlone, je reste ici tout l'après-midi… Je peux prendre le relais…

— Vous voulez vous débarrasser de moi, c'est ça ?

— Mais non !

— Vous savez que je ne raconte pas de ragots.

— Oui, je le sais, répondit Zoe, qui n'aurait pas été contre partager quelques potins pendant les longues soirées, même à propos d'inconnus.

— Bien.

Mais Mme MacGlone s'écarta malgré tout de l'évier pour enfiler son manteau.

Patrick, qui les suivait depuis le début, ne put tenir plus longtemps et se mit pile devant Jaz.

— Je suis le meilleur ami de Hari, sûr et certain, annonça-t-il.

— Oh. Chouette, répliqua Jaz. Est-ce que tu peux lui apprendre à parler ?

— Jaz ! le reprit Zoe.

Il savait très bien qu'il ne fallait pas en parler devant lui.

— J'aime Hari comme il est, sûr et certain, rétorqua Patrick, et Zoe aurait pu l'embrasser.

— Venez, dit-elle subitement. Je vais vous mettre un film.

Ce petit plaisir rare mit tout le monde en joie, mais Hari, lui, parut tout triste, écartelé entre deux choses aussi merveilleuses l'une que l'autre : un film ou être avec son papa.

— Tu peux le regarder aussi, lui dit Zoe. On sera juste là, d'accord ? Juste pour un petit moment, pendant qu'on discute ?

Hari opina du chef, puis descendit des genoux de son père pendant que Zoe allait mettre la vidéo en marche. Ils avaient une très vieille cassette du *Magicien d'Oz*, ainsi qu'un magnétoscope d'âge canonique qu'elle alluma pour eux ; même Shackleton était content de regarder ce film.

Puis, quand elle revint dans la cuisine, ils furent enfin seuls.

— Alors, qui c'est, ce mec bizarre pour lequel tu bosses ?

— Qu'est-ce que tu sais ?

— Ce que m'a dit Surinder. Un snob bizarre et gigantesque que sa femme a quitté.

— Euh, bonjour, lança Ramsay, qui venait de se matérialiser à la porte de la cuisine, supposant qu'il était malpoli d'attendre plus longtemps pour venir le saluer et souhaitant, pour une raison obscure, se débarrasser de cette corvée au plus vite.

Il portait une immense pile de livres : seule sa tête en dépassait, touchant presque le plafond.

Zoe se leva d'un bond, les joues pourpres.

— Mon Dieu, je ne vous avais pas entendu arriver.

Ramsay, décontenancé, chercha du regard un endroit où poser ses livres, avant de se raviser, préférant rester planté dans l'embrasure de la porte de sa propre cuisine.

— Manifestement, oui.

Jaz ne parut pas le moins du monde troublé.

— Pardon, mon vieux ! Ravi de vous rencontrer. Je suis Jazwinder.

— Ramsay Urquart.

Quand il lui tendit la main, plusieurs livres tombèrent, et Zoe se précipita pour l'aider à les ramasser.

— Jolie maison, commenta Jaz en regardant autour de lui. Je vois que madame est retombée sur ses pieds.

Ramsay regarda Zoe, qui était toujours rouge vif, avec étonnement.

— Oh, je suis désolé. Je n'avais pas compris que vous…

— Ce n'est pas le cas, répondit-elle avec force.

Cela fit rire Jaz.

— Alors, est-ce que tu restes ?

— Nan. J'ai pris une chambre en ville. Je reprends l'avion tôt, demain.

Le fait que, une fois de plus, Jaz fasse une chose aussi inconséquente (réserver une chambre d'hôtel, quand il aurait pu passer la nuit ici gratuitement) resta de nouveau en travers de la gorge de la jeune femme. D'autant qu'il ne lui donnait toujours pas d'argent.

— Oh super, lança-t-elle avec sarcasme. Tu descends à l'hôtel, comme c'est charmant.

— À l'hôtel en Écosse. Arrête un peu, on n'est pas à Ibiza.

— Et comment veux-tu que je le sache ? rétorqua-t-elle, détestant l'amertume dans sa voix.

Pour ne pas en dire plus, elle alla remplir la théière, puis tendit machinalement sa tasse à Ramsay, qui la prit sans un merci. Jaz les observait avec curiosité. Ramsay leur annonça alors qu'il devait sortir, reprit ses livres, puis disparut dans les escaliers, sans manquer de trébucher, sous le regard de Jaz.

— Quelle grande gigue, fit remarquer Jaz. Sérieusement.

— Pourquoi te montres-tu grossier sous son propre toit ? lui lança Zoe avec colère. Je ne crois pas que cela soit nécessaire.

— Non, c'est ça qui n'est pas nécessaire. Bon sang, j'ai parcouru des millions de kilomètres pour venir voir mon fiston et je n'ai droit qu'à des reproches.

Zoe prit une profonde inspiration.

— C’est bien que tu sois venu le voir. Tu devrais aller te promener avec lui dans le parc… C’est très joli.

— Je vais le faire.

Un ange passa.

— Alors, tu as l’air d’être retombée sur tes pieds, répéta-t-il au bout d’un moment.

— Est-ce que c’est l’impression que ça donne ? répondit-elle, tiraillée entre le désir de lui montrer qu’elle s’en était bien sortie et celui de ne pas le laisser s’en tirer aussi facilement. Heureusement que Surinder était là.

— Oui, c’est ça.

Il cligna des yeux, puis détourna le regard.

— Écoute, je voulais te dire. Je… je travaille pour la boîte.

Il parlait de l’entreprise de textiles de son oncle, pour laquelle travaillait Surinder, à Birmingham.

— Tu t’installes à Birmingham ?

— Non, je vais diriger le bureau exportations de Londres.

— D’accord, dit-elle, se demandant où il voulait en venir. Bien, c’est bien.

S’ensuivit un long blanc.

— Donc… enfin. Tu pourrais revenir, si tu voulais.

— Qu’est-ce que tu veux dire ? l’interrogea Zoe, déconcertée.

— Revenir à Londres.

Il laissa courir sa main le long du col de son bombers en satin un brin ridicule. Zoe grimaça.

— Je ne comprends pas. Tu veux que je vienne vivre avec toi ?

— Oh non… enfin, je pensais que tu pourrais prendre un appart et que je te donnerais de l'argent. Je te verserais une pension alimentaire, en bonne et due forme. Je ferais les choses bien, ajouta-t-il en baissant la voix.

Il tripotait sa tasse à présent, les yeux rivés sur la table.

— Je sais que je n'ai pas… enfin. Allez, Zoe, aide-moi un peu sur ce coup.

Zoe n'aurait pu être plus surprise.

— Mais… je ne comprends pas ce que tu es en train de me dire. Je croyais que tu faisais le tour des festivals, que tu étais DJ.

— Je suis en train de te dire… de revenir à Londres. De reprendre ton ancien job. Je prendrai Hari un week-end sur deux ou ce qu'on veut, j'irai le chercher à la crèche. Je vivrai à côté. Je te donnerai de l'argent.

— Mais tu ne faisais rien de tout ça avant ! Quand on vivait juste à côté !

— Je te l'ai dit, j'ai changé. Les choses ont changé.

— Qu'est-ce qui les a fait changer ?

Jaz haussa les épaules. Zoe but une grande gorgée de thé, le cœur lourd, même si, bien sûr, elle ne voulait plus de lui, bien sûr que non.

— Tu as rencontré quelqu'un, finit-elle par dire.

Il haussa de nouveau les épaules.

— Eh bien, c'était fini, nous deux, pas vrai ? répondit-il sur le ton de la blague, même si ce n'était pas drôle du tout.

— Tu as rencontré quelqu'un… qui est au courant pour Hari, poursuivit-elle en essayant de comprendre.

La vérité lui fit l'effet d'un coup de poing dans le ventre.

— Mon Dieu. Tu es amoureux.

Jaz eut l'air gêné, comme un écolier.

— Eh bien…

— Tu es amoureux, n'est-ce pas ?

Il esquissa un demi-sourire.

— Elle… elle me donne envie d'être un homme meilleur, répondit-il, tel un noble chevalier dans un film.

Zoe s'étrangla de rire.

— Eh bien, il va m'en falloir un peu plus que ça, si tu veux bien.

Chapitre 21

Or Jaz était on ne pouvait plus sérieux. Une fois les vannes ouvertes, il voulut parler de sa nouvelle copine sans arrêt. Elle s'appelait Shanti, était d'une beauté à couper le souffle, absolument géniale, dirigeait sa propre affaire et avait (Zoe ne put s'empêcher de lever très légèrement les yeux au ciel) vingt-trois ans. Il lui montra même des photos, comme à une vieille tante ; Shanti était sublime, c'était indéniable : elle avait de longs cheveux bruns et de grands yeux verts.

— Eh bien, c'est super.

— Ça ne te dérange pas, Zo, hein ? dit-il d'un air un peu confus. Je veux dire, toi et moi, c'est de l'histoire ancienne, pas vrai ?

L'histoire ancienne était assise dans la pièce voisine, à se cacher derrière Shackleton chaque fois que la méchante sorcière de l'Est apparaissait, mais Zoe s'abstint de le préciser.

— Bien sûr. Je suis contente que tu sois heureux.

— Je veux dire, on parle de tout. On a vu le soleil se lever à Goa ; elle est très spirituelle, tu vois ?

D'après Zoe, il y avait un lien étroit entre les personnes spirituelles et celles qui n'avaient jamais eu à chercher des pièces sous les coussins du canapé pour pouvoir payer l'électricité, mais elle réussit à ne rien dire.

— Et elle me fait voir les choses sous un autre angle. Elle m'a aidé à comprendre que c'est un privilège d'avoir un enfant, que je dois lui apprendre à être un homme, et qu'un mec bien prend soin de sa famille.

Zoe serra fort les lèvres et pensa à leur fils, la prunelle de ses yeux, et à ce qui était le mieux pour lui.

— Très bien, dit-elle en s'efforçant de ne pas paraître sarcastique. J'ai hâte de la rencontrer.

— Tu vas l'adorer. Tout le monde l'adore.

Zoe se demanda s'il avait déjà parlé d'elle avec un tel enthousiasme, mais savait que non.

— D'accord, mais, en fait…

Elle regarda autour d'elle. Le feu crépitait dans l'âtre. Elle entendait de petits gloussements à côté, ce qui signifiait sans doute que le lion peureux venait de faire son apparition. Il fallait qu'elle commence à préparer le dîner.

— Je veux dire, tout n'est pas si noir, ici, dit-elle en attrapant un oignon et la planche à découper.

Jaz balaya la pièce du regard.

— Tu rigoles ? On est, genre, à un million de kilomètres de… eh bien, de tout. Je veux dire, tu pourrais aussi bien être morte.

Il se leva.

— Et je croyais que la maison était cossue, mais regarde ça, dit-il en désignant une énième toile d'araignée oubliée dans l'entrée du cellier. Elle tombe en ruine, non ? Regarde ce four ! Et on gèle, là-dedans. Je veux dire, elle a l'air cossue, mais, en fait, elle est pourrie.

— Je ne suis pas d'accord. Elle est très belle, en fait.

— Arrête ! Et ces gamins bizarroïdes, bon sang. Et ce vieux schnock immense. Je suis sûr qu'il craque pour toi.

— Ne sois pas ridicule. Je suis la jeune fille au pair !

— Oui, les bonshommes se font toujours la nounou, c'est bien connu. Et il est répugnant. Il a tué sa première femme, alors il tente sa chance avec une plus jeune. Classique.

— Tais-toi ! s'écria Zoe, avec une véhémence que ne méritait pas cette remarque stupide.

— Ooh, d'accord, dit Jaz en levant les mains. C'est un sujet sensible. Allez, ne sois pas bête. Rentre à Londres. Je te trouverai un appart près de chez nous. Je t'aiderai à payer le loyer. Je passerai prendre Hari. Allez, ce sera bien. Tu retrouveras tes amies. Tu feras revenir ta mère. Ta place est là-bas, pas au milieu de nulle part, où il fait un froid d'enfer. Tu t'es bien amusée ; tu t'es fait comprendre. Rentre à la maison, maintenant.

Ne sachant quoi répondre, Zoe se mit à couper son oignon. Elle ne savait même pas quoi penser.

— Hari est heureux ici.

— Eh bien, il ne parle toujours pas, si ? Il n'est donc pas aussi heureux que ça, à l'évidence.

— Ça arrivera en temps voulu.

— Oui, à la maison, à Londres, près de vrais médecins. Et d'enfants qui lui ressemblent, ajouta-t-il avec insistance.

— Il y a plein d'enfants qui lui ressemblent ici, répondit stoïquement Zoe.

Plein, c'était un peu exagéré, mais il n'était pas le seul enfant métis de la crèche, loin de là, aussi Jaz pouvait-il rabattre son caquet.

— De toute façon, je ne peux pas. La propriétaire de la librairie est hospitalisée. Je la remplace. Je dois rester.

— Ce n'est pas grave. Ça va me laisser le temps de m'organiser. Shanti a un chouette appart à Wembley. Je vais sans doute emménager avec elle et je te trouverai un appart dans les environs.

Zoe semblait toujours inquiète.

— Je… Tu ne vois pas ce que je te propose ? Bon sang, Zo. Je suis venu jusqu'ici. Pour bien faire.

Il avala son scone, l'air maussade.

— Je pensais que tu accepterais sans hésiter.

— Je… Oui, je sais. Enfin, c'est très généreux.

— Je veux juste…

— Bien faire, oui, j'ai compris. Mieux vaut tard que jamais, dit-elle en souriant sans conviction.

— Il faudra bien que tu rentres à un moment ou à un autre, de toute façon.

Zoe acquiesça sombrement, et le silence se fit.

Hari passa sa petite tête bouclée à la porte et fit un grand sourire en voyant ses deux parents ensemble. On aurait dit qu'il venait vérifier qu'ils étaient bien réels.

— Hé, mon pote ! s'exclama Jaz en se levant. Tu me montres le jardin, d'accord ?

— Je peux venir aussi, sûr et certain, intervint Patrick, sa tête apparaissant au-dessus de celle de Hari.

— Non, Patrick, j'ai besoin que tu m'aides à préparer le dîner, lui dit Zoe d'une voix qui ne laissait pas place à la discussion.

Le petit parut blessé. Jaz, ne faisant pas attention à lui, tendit la main à son fils. Hari s'en empara, comme s'il venait de rencontrer le père Noël. Il était en extase.

— Une chose est sûre, dit Jaz en baissant la voix au moment où ils se tournaient pour sortir dans le jardin, où le vent faisait tourbillonner les feuilles. Tu ne peux pas. Tu ne peux pas emmener l'enfant d'un homme dans un autre pays. Tu le sais, Zo. Ce n'est pas légal.

— On n'est pas dans un autre pays !

— Quoi, on est en Angleterre, peut-être ? rétorqua-t-il en désignant le lac, sombre et menaçant.

— Non, mais on est en Grande-Bretagne.

Jaz regarda autour de lui en haussant les épaules.

— Nan, dit-il.

Et, même s'il n'avait pas l'intention d'être menaçant, il le fut, malgré lui.

Sur ce, il sortit avec Hari, qui sautait de joie, fixant son père, ce héros. Zoe les observa dans la lumière qui déclinait lentement, en train de courir dans les feuilles, Jaz faisant tourner le petit garçon en l'air : ils se ressemblaient tellement tous les deux, jusque dans leur démarche.

Cette scène de retrouvailles aurait dû être touchante. Au lieu de cela, elle inspira de l'effroi, presque de la panique, à Zoe. Patrick s'approcha d'elle.

— Tu trembles, Nounou Numéro Sept, dit-il avant de baisser la voix. Est-ce que tu as vu le monstre ?

— Je ne sais pas, répondit-elle.

Chapitre 22

Quand Jaz et Hari rentrèrent, ils étaient épuisés, essoufflés, frigorifiés, mais euphoriques. Patrick, lui, boudait : il faisait un puzzle dans un coin, vaillant, mais Zoe se demandait combien de temps il tiendrait sans parler, prenant les paris toute seule. Shackleton l'observa cuisiner : elle fit revenir des bouts de viande de bœuf élevé localement jusqu'à ce qu'ils soient bien dorés, puis les versa dans un vieux fait-tout avec du vin rouge, des mûres arctiques, des champignons sauvages et du romarin, pour les laisser mijoter ensemble. L'odeur en cette fraîche soirée d'automne était divine.

Jaz resta dans l'embrasure de la porte.

— Est-ce que tu veux manger avec nous ? lui demanda Zoe.

Il secoua la tête.

— Nan, ça sent bizarre. Je mangerai un bout à Inverness… Il doit bien y avoir un *KFC*, non ?

— Je ne sais pas.

Hari regarda son papa.

— Écoute, mon pote. Je dois m'en aller. Mais tu vas bientôt revenir, d'accord ? Et je te verrai tout le temps, d'accord ?

— Jaz, j'ai un travail ici, le reprit Zoe. Je ne peux pas juste m'en aller.

Patrick tendit l'oreille.

— Je suis ici. C'est toi qui es parti.

— Je ne suis pas parti d'ici, répliqua Jaz. Je suis parti en voyage. Et maintenant, je suis de retour. À Londres. Et c'est toi qui es partie.

— Avant qu'on ne meure de faim !

Jaz leva les yeux au ciel.

— Arrête ton cinéma. Tu vas chambouler Hari.

— Je croyais que tu avais changé ? rétorqua-t-elle sans pouvoir s'en empêcher.

— Je suis ici, en train de te dire de revenir à Londres avec moi, où je vais te trouver un endroit où vivre et m'occuper de mon fils. Et, curieusement, c'est moi le méchant.

Après cela, il n'y eut plus grand-chose à dire. Il partit, s'éloignant dans le jardin obscur, avant de démarrer sa minuscule voiture rouge, ridicule, que Hari, posté près de la porte de la cuisine, fixa, jusqu'à ce qu'elle disparaisse de sa vue.

* *

— Je ne l'aime pas, murmura Patrick à Zoe, qui ne put réprimer un sourire en répondant.

— Ne sois pas bête… C'est le papa de Hari.

— Oui, et maintenant, Hari est tout triste, sûr et certain, répondit le garçonnet, ce que Zoe ne pouvait pas vraiment contredire.

Le repas était délicieux, mais Zoe ne put rien avaler. Hari se contenta de regarder fixement par la fenêtre, avec envie, en poussant des soupirs. Mary fit sa difficile. Seul Shackleton mangea avec appétit et un plaisir évident. Zoe débarrassa machinalement, demandant aux enfants de rincer leur assiette, puis, dès qu'elle le put, mit au lit un Hari exténué, trouvant très difficile de lire *Sur les toits*, avec son cadre londonien, ses monuments londoniens, et Patrick qui n'arrêtait pas de lui demander si c'était là que Hari irait vivre et s'ils pourraient monter sur les toits dans leur nouvelle maison, lui expliquant que, lui, monterait sur tous les toits de la ville quand il viendrait leur rendre visite.

* *

La maison lui parut si vide, une fois tout le monde couché. En temps normal, Zoe s'endormait cinq minutes après les enfants, elle avait une vie si remplie à présent, mais, ce soir-là, elle ne put trouver le sommeil. Elle fit les cent pas dans la cuisine, se prépara un thé qu'elle laissa devenir froid, envisagea d'envoyer un message à une copine. Mais que lui dirait-elle ? Ses amies londoniennes répondraient juste : « Super ! À bientôt, alors ! » Jaz assumait enfin ses responsabilités ; il revenait à la raison. Sa mère serait ravie que sa fille soit de retour à Londres, parmi les siens, là où était sa place, pas partie faire n'importe quoi en Écosse. Elle pourrait appeler Kirsty, supposa-t-elle, mais cette dernière ne connaissait même pas Jaz.

Elle se sentait si seule. À l'étage dormait un petit garçon qu'elle protégerait de sa vie. Mais où le protégerait-elle au mieux ? Ici, avec des petits camarades et de grands espaces ? Il avait tant changé : il était plus ouvert, souriait plus, apprenait plus, grimpait aux arbres… Retourner dans un petit studio en ville. Même si la ville n'avait rien de mal en soi, mais…

L'idée de passer des heures dans les transports pour aller au travail, entassée dans un métro ou un bus bondé, pressée contre les autres… alors qu'ici, elle déambulait tous les jours dans les grandes collines, où elle voyait la nature dans toute sa splendeur, s'étalant sous ses yeux, chaque jour changeante. Cela semblait lui être bénéfique, à elle. Elle avait troqué les trains sales et suffocants contre le grand air, dans lequel flottaient des odeurs de feux de joie ; le claquement des griffes de rats sur les rails du métro contre l'envol majestueux d'un aigle au-dessus des collines, le dandinement rigolo d'une perdrix partie en vadrouille, les oies sauvages sur l'eau, les hérons, les phoques qui prenaient un bain de soleil sur les rochers.

Elle laissa refroidir une autre tasse de thé, puis remit l'eau à bouillir. Jaz pouvait-il la poursuivre pour avoir déménagé ? Elle savait qu'on ne pouvait pas emmener un enfant hors du pays, mais l'Écosse faisait partie du Royaume-Uni. Enfin, pour l'instant. D'un point de vue légal, elle avait le droit de s'installer ici avec Hari. Pour autant, tout au fond d'elle, elle savait que, ce faisant, elle l'éloignait de son père et qu'un tribunal pourrait voir les choses autrement, s'ils devaient en arriver là.

En imaginant un procès, son cœur se serra. Avant, elle ne redoutait qu'une chose : que Jaz abandonne Hari et, maintenant, elle paniquait à l'idée qu'il le lui prenne…

Mon Dieu. Elle était dans de beaux draps. Vraiment. Et si elle devait traîner Hari au tribunal ? Elle tremblait rien que d'y penser. Et s'il était appelé à la barre ? S'ils devaient le faire parler à un juge et qu'il refusait de répondre ? La tiendraient-ils pour responsable ? Lui retireraient-ils la garde de son fils ?

Elle était terrorisée à présent ; son esprit s'emballait, hors de contrôle. Et s'ils décrétaient qu'elle était inapte à s'en occuper ? Et si la nouvelle petite amie de Jaz était géniale, et que Hari l'adorait, s'il aimait être de retour à Londres et…

Elle laissa tomber sa tête sur la table, entre ses bras croisés, de façon à pouvoir pleurer en silence (comme elle le faisait toujours, puisqu'elle partageait sa chambre avec Hari), même si personne n'aurait pu l'entendre dans le profond silence de l'immense demeure, d'où ne s'élevait que le tic-tac de l'horloge de parquet que Patrick s'était mis à remonter tous les jours (c'était l'une de ses missions ; comme les enfants devaient tous participer aux tâches ménagères, Zoe s'était au moins assurée que certaines soient rigolotes, et le petit prenait son rôle très au sérieux).

* *

Une demi-heure plus tard, en entrant dans la cuisine, Ramsay la trouva dans cette position : sur le point de s'endormir, à force de pleurer, le feu moribond dans la cheminée.

En la voyant, croyant qu'elle s'était évanouie, il sursauta, et elle se réveilla brusquement, comme quand on monte se coucher, à moitié endormi, et qu'on a l'impression d'avoir raté une marche. Un instant, elle ne sut plus où elle était, puis elle essuya son visage trempé de larmes. Mais, pendant ce court laps de temps, elle avait regardé Ramsay, qui, jusque-là, l'avait toujours trouvée incroyablement efficace et positive : elle l'avait estomaqué en tentant le tout pour le tout avec ses enfants difficiles, en ne laissant jamais rien entraver son chemin, en laissant entrer la lumière, littéralement. Il ne l'aurait jamais admis, vu qu'elle mesurait une bonne trentaine de centimètres de moins que lui, mais il la trouvait intimidante et si compétente. Si habituée à faire avec peu, indifférente au bruit et à la fureur autour d'elle. Elle paraissait inébranlable.

Et là, elle craquait, et il se sentit pris d'un élan de tendresse pour elle, comme devant un oiseau avec une aile cassée. Il posa aussitôt la grosse boîte qu'il portait pour se précipiter vers elle. Il n'avait qu'une envie : la prendre dans ses bras. Et, en relevant les yeux vers lui, elle réalisa, stupéfaite, qu'elle n'attendait que cela. Il se retint pourtant.

— Est-ce que ça va ?

Elle cligna des yeux, ses joues s'empourprant. Puis elle se leva d'un bond et courut vers l'évier pour se laver le visage, essayant de se calmer. Que devait-il penser d'elle ?

— Pardon… Oui, je… j'ai dû m'assoupir…

Elle s'acharna sur le mascara qui lui coulait sous les yeux. Ramsay restait planté là, agitant nerveusement ses grandes mains.

— Est-ce que vous êtes sûre que ça va ?

En entendant l'inquiétude dans sa voix, elle faillit refondre en larmes. Aussi resta-t-elle près de l'évier, ne se sentant pas encore capable de se retourner.

— Euh, dit-elle pour tester sa voix.

Elle tremblotait. Sa gorge se serra.

— C'était juste… C'est toujours difficile…

— De voir le papa de Hari ?

Elle opina du chef.

— Enfin, vous savez, dit-elle crânement.

Elle ne s'était toujours pas retournée et ne vit donc pas Ramsay grimacer.

— Hum, lança-t-il, évasif. Eh bien, c'est bien qu'il soit venu voir le petit.

— Oh, c'est un peu pire que ça, répondit-elle en se retournant enfin.

Elle vit alors la boîte.

— Qu'est-ce que c'est ? l'interrogea-t-elle avec suspicion, se frottant toujours le visage.

Les lèvres de Ramsay se contractèrent.

— Je voulais… Je voulais vous faire une surprise.

Elle s'approcha.

— Est-ce que c'est ce que je crois ?

La surprise s'entendait dans sa voix, même si elle avait cru que cette journée ne lui en réserverait plus.

— Je comptais vous l'installer demain…

— Mais comment… Pourquoi ?!

— Je… Enfin…

Il se frotta le visage, mal à l'aise.

— Depuis que vous avez commencé… vous savez, à faire un peu de tri dans la bibliothèque. C'est… Enfin…

Il toussota.

— Ça m'a inspiré, en quelque sorte. Je vends beaucoup plus depuis.

Zoe s'approcha de la précieuse vision, rutilante : une nouvelle cafetière.

— Ooh, je l'adore !

— Elle marche avec des… dosettes ? hasarda-t-il en fronçant les sourcils. Je n'ai pas vraiment compris ce qu'ils me racontaient.

— Moi, je sais ! s'exclama-t-elle en bondissant.

Sa capacité à reprendre le dessus le surprit. Elle savait comment reprendre du poil de la bête ; et ce n'était pas la première fois, réalisa-t-il. Elle n'avait rien d'un oiseau blessé. Elle était résiliente.

Elle brancha la machine, poussant un cri de joie en découvrant deux tasses minuscules et un mousseur à lait, et il l'observa, pendant que ce prodigieux appareil chauffait.

— Est-ce qu'il y a du déca ? demanda-t-elle en regardant l'heure.

Il était tard.

— Ah, poursuivit-elle. Ce n'est pas grave. Je ne dormirai pas, de toute manière.

Elle leur servit des macchiatos parfaits, surmontés d'une fine couche de mousse.

— Regardez ça ! C'est mieux, non ?

Dans ses mains immenses, la tasse minuscule était drôle à voir : on aurait dit une dînette pour géant. Il ne pouvait même pas faire passer son doigt dans l'anse pour la soulever.

Zoe réalisa que son regard s'attardait sur ses grandes mains, se demandant ce qu'elle éprouverait si elles se posaient sur son corps et…

— Je sais, dit Ramsay. On ne dort plus jamais aussi bien, une fois qu'on a des enfants, pas vrai ?

Elle rougit, puis se ressaisit, réalisant qu'il venait de lui poser une question.

— Oh, non. Et quand on est seul…

— Eh bien, oui…

Ils s'assirent à la table.

— Que s'est-il passé entre vous et votre femme ? se surprit-elle à lui demander.

— On s'est rencontrés trop jeunes, se hâta-t-il de répondre, comme une phrase toute faite.

— Moi aussi.

Il but une gorgée de son café, puis grimaça.

— Ne me dites pas que vous ne trouvez pas ça bon ?

— C'est… différent.

— Oui, parce que c'est du vrai café. C'est le goût que le café est censé avoir.

— Alors, qu'est-ce que je buvais avant ?

— De l'eau marron.

— J'aime bien l'eau marron.

— Eh bien, tant mieux pour vous.

Ils se sourirent.

— Je crois qu'on dit adieu à sa jeunesse, poursuivit Ramsay d'un ton songeur en fixant sa tasse minuscule, qu'il venait de reposer. Pour de bon. Quand on a des enfants. Vous ne croyez pas ?

— Ce n'est plus pareil.

Dehors, un hibou hulula, mais, mis à part cela, le calme régnait.

— On ne peut plus faire ce qu'on veut, aller où on veut. Je me rappelle la première fois que j'ai réalisé que, si je mourais, ce serait une catastrophe. Pas pour moi, mais pour lui, vous voyez.

Ramsay acquiesça avec ferveur.

— Qu'est… Qu'est-ce qu'on ne ferait pas pour eux ?

Tout était si paisible, silencieux. Une certaine magie semblait s'être installée dans la cuisine : les lampes rougeoyaient, le feu flambait doucement dans l'âtre, en plein cœur de la nuit, à la frontière entre sommeil et éveil, quand tout semblait possible.

Zoe était tiraillée entre l'envie d'interroger Ramsay sur la mère des enfants, de lui demander tout ce qu'elle devait savoir, et le désir absurde de prendre cette main pour la poser sur elle, avec audace. Elle se rendit compte qu'il était gaucher. Il ne portait pas d'alliance. Bon sang, mais pourquoi ne pouvait-elle en détacher ses yeux ? C'était une belle main : fine, mais forte ; un petit duvet de poils blonds disparaissait en formant une fine ligne au-dessus de son bracelet de montre. Les ongles étaient larges et carrés, coupés court ; les doigts, ridiculement longs. On aurait dit des mains de pianiste. Il fallait qu'elle regarde ailleurs. Ou qu'elle aille se coucher, avant de faire une énorme bêtise, qui lui vaudrait de se faire virer, et qui ne serait due qu'à la tristesse et à la caféine, et au fait que son patron était la seule personne depuis très longtemps à avoir été gentille avec elle.

— Donc… votre mari ?

Ramsay était toujours en train de parler.

— Pas mon mari. Mon ex-petit ami.

Elle poussa un soupir, revenant brutalement à la réalité. Mon Dieu. Jaz.

— Il veut que je retourne m'installer à Londres.

Ramsay sourcilla.

— J'ai répondu que je ne pouvais pas, ajouta-t-elle à la hâte. Vous savez. Enfin. Jusqu'au retour de Nina.

— Et après… ?

C'était la meilleure jeune fille au pair qu'ils avaient jamais eue, voilà pourquoi il était déçu, se rappela-t-il. Rien de plus. Elle manquerait aux enfants.

— Les enfants seront retournés à l'école à ce moment-là…, répondit-elle en haussant les épaules. Je…

Elle poussa un soupir.

— Est-ce que je peux ne pas y penser maintenant ?

— Bien sûr. Je ne crois pas qu'on pourra supporter une Nounou Numéro Huit.

Elle sourit. Naturellement, elle n'était que la nounou à ses yeux. Naturellement. Elle n'était qu'une employée. Une Mme MacGlone, à plus ou moins quarante ans près.

C'est un membre du personnel, se disait Ramsay. *Elle travaille ici. Les jeunes filles au pair vont et viennent, c'est normal.*

En même temps, ils vidèrent leur tasse pour boire leur café d'un trait.

— Bien ! dit Zoe d'un ton enjoué en s'apprêtant à se lever d'un bond. Il est temps de…

Mais, pile à ce moment-là, des phares filèrent sur le gravier et une voiture s'immobilisa dans un crissement de pneus.

Chapitre 23

On tambourina à la porte, mais, qui que soit ce visiteur, il n'attendit pas qu'on la lui ouvre, mais entra directement en trébuchant. Zoe et Ramsay se levèrent tous les deux d'un bond, d'une manière qui paraissait un peu coupable. Debout devant eux, la lumière des phares dans son dos, la musique à fond dans la voiture, le moteur tournant toujours, se tenait Larissa.

D'emblée, Zoe remarqua deux choses : elle était absolument superbe – elle portait une robe rouge cerise moulante, un collier et, oh là là, était-ce un diadème dans ses cheveux blonds enroulés en chignon ?

Et, deuxièmement, elle était manifestement ivre morte. Elle titubait sur ses talons hauts, en équilibre précaire, sur le dallage.

— Chéri ? dit-elle.

Elle paraissait avoir le tournis et être triste.

— Chéri ?

Ramsay s'approcha d'elle en sursautant.

— Oh mince. Oh, Larissa, je suis sincèrement désolé. Sincèrement désolé. J'ai complètement oublié.

— J'y suis allée…, bredouilla-t-elle. J'y suis allée… et tous ces hommes horribles faisaient des commentaires… des commentaires sur toi, Ramsay. Et sur moi.

Elle fit une moue théâtrale.

— Voulez-vous une tasse de thé ? se dépêcha de lui proposer Zoe. Ou un verre d'eau ?

Larissa fit volte-face, comme si elle n'avait pas encore remarqué Zoe.

— Oh ! s'écria-t-elle, sa voix se cassant. Oh. Je comprends tout maintenant.

— Vous ne comprenez rien du tout ! riposta Zoe.

— Larissa, ma puce, calme-toi. Viens, laisse-moi te reconduire chez toi.

Elle le regarda, son mascara lui coulant sur les joues.

— J'étais… J'ai vraiment essayé avec toi, Shackleton Ramsay Urquart, dit-elle à tue-tête.

— Ah, je comprends mieux, lâcha Zoe. Franchement, pauvre Shackleton. Je suis sûre que son deuxième prénom est très joli.

— Chut, chut, disait Ramsay. Viens, ma puce, je vais te raccompagner chez toi.

— J'ai vraiment essayé. J'ai été gentille avec tes horribles gamins. Je viens ici à longueur de temps. Je t'appelle, je te sors, je… je… Est-ce que tu couches avec elle ?

— Quoi ? Allez, je te raccompagne, maintenant.

— Coucher avec la jeune fille au pair ! Évidemment ! Ne me dis rien… Elle était bonne sœur et elle joue de la guitare.

— Tu ne sais pas ce que tu dis. Je te raccompagne, maintenant.

Zoe, rouge vif, voulut se sortir de là.

— Ne bougez pas ! hurla Larissa. Allez me chercher un whisky !

— Ce n'est pas la bonne.

— Je peux me défendre toute seule, merci, s'emporta Zoe.

— Bien sûr que c'est la foutue bonne ! Tu couches avec la bonne. Tu as toujours aimé les roturières, hein, chéri ?

On aurait dit qu'elle avait fait tomber le masque. Elle déversait sa bile.

— Tu es saoule. Tu ne sais pas ce que tu dis.

Intérieurement, Zoe pensait plutôt le contraire ; que c'était ce qu'elle avait sur le cœur depuis longtemps.

— Larissa, s'il te plaît, laisse-moi te raccompagner.

— Et comment aurais-tu l'énergie pour cela après avoir passé la soirée à te taper la jeune fille au pair ?

— Je m'en vais, annonça Zoe en virant de nouveau au rouge vif.

Ramsay lui jeta un regard affligé, qu'elle fit mine de ne pas voir.

— J'ai dû rester là… Tout le monde me demandait où tu étais… Tout le monde me regardait avec pitié. Moi ! J'ai oublié de leur dire que tu préférais les pauvrettes…

Zoe se leva pour se diriger vers la porte de la cuisine, où elle tomba sur les quatre enfants. Même cette grande demeure n'avait pu étouffer les hurlements de Larissa.

— Oh super, dit-elle. Venez, les enfants, retournez vous coucher. Ce n'est rien.

— RIEN ? brailla Larissa. Ha ! Je vous présente votre nouvelle maman, les enfants. La voilà. Vous pensez que c'est votre nounou, mais non. Elle emménage ! Et elle couche avec votre papa. J'espère que ça te plaît, la nounou ! Il n'est bon qu'à ça.

Zoe se raidit, mais ne se retourna pas. Les enfants semblaient bouleversés.

— Ça va, leur dit-elle. Venez. Venez avec moi. Maintenant. Shackleton, donne-moi un coup de main. Écoutez-moi. Ça va. Parfois, les adultes boivent trop d'alcool et ils disent des choses débiles qu'ils ne pensent pas.

Larissa venait d'entonner la *Marche nuptiale* d'une voix haut perchée.

— Faites-la arrêter, sûr et certain, implora Patrick.

Ramsay tendit la main pour la conduire dehors.

— NE ME TOUCHE PAS ! hurla-t-elle. NE ME TOUCHE PAS ! NE ME TRAITE PAS COMME LA PREMIÈRE.

Sur ce, Zoe fit sortir les enfants de la cuisine en claquant la porte derrière elle.

Chapitre 24

Zoe, tremblant de rage, embarqua de force Patrick et un Hari en larmes, tandis que Shackleton conduisait gentiment sa sœur à l'étage. Les cris stridents de Larissa leur parvenaient toujours, suivis des murmures de Ramsay, qui lui parlait doucement. Au bout d'un moment, enfin, la voiture disparut dans la nuit.

Zoe fit entrer les enfants dans la chambre de Patrick, puis leur demanda de s'asseoir sur les lits pendant qu'elle se rendait au lavabo pour boire un verre d'eau d'un trait, essayant de se ressaisir.

Que Larissa puisse se comporter ainsi devant les enfants de Ramsay – et devant son propre fils – la mettait dans une colère noire ; elle avait envie de hurler, de lancer des objets, de casser quelque chose. À l'évidence, cette femme était blessée, saoule et déprimée, mais n'empêchait. N'empêchait. Qui pouvait faire une chose pareille devant des enfants, même ivre ?

Il lui fallut respirer profondément, à plusieurs reprises, et prendre sur elle pour réussir à se retourner enfin et se retrouver face à une rangée d'enfants inquiets et chamboulés. Elle ne voulait pas leur dire qu'ils avaient raison depuis le début sur le compte de Larissa.

— Bon, dit-elle, le cœur battant à tout rompre. Parfois, les adultes… boivent trop… et ont des comportements qui ne… enfin, qui ne sont pas idéaux. Et, dans ce cas, Larissa était… très fatiguée. Et elle a mal interprété. Elle a dit des choses qu'elle ne pensait pas, j'en suis sûre, qui sont fausses, et je suis certaine qu'elle s'en voudra terriblement demain matin. Voilà pourquoi vous ne devez jamais boire d'alcool, les enfants, conclut-elle avec un grand geste du bras.

Ils la dévisageaient tous, sauf Mary, qui regardait fixement par la fenêtre.

— Je crois, finit par dire Patrick, brisant le silence. Je crois qu'elle ne t'aime pas beaucoup, sûr et certain.

— Eh bien, on ne peut pas aimer tout le monde, répondit spontanément Zoe. Et ce n'est pas grave.

Elle alla s'agenouiller près de Mary.

— Ma chérie, je sais que tu as compris certains mots. Tu sais que ce n'est pas vrai, hein ? Larissa était juste… à fleur de peau.

Le visage de Mary était glacial.

— Elle veut épouser papa. Mais elle ne peut pas, parce que c'est toi qui vas l'épouser.

— Ooooh ! s'exclama Patrick.

— Non ! se récria Zoe. Mon Dieu. Non ! Ce n'est pas ça du tout. Je te le promets.

— C'est vrai ! C'est vrai ! Je vous ai vus ! s'obstina la fillette en secouant la tête.

Zoe blêmit, assaillie par la culpabilité. Vu quoi ? Il n'y avait rien eu à voir, il ne s'était rien passé, rien…

— À Samain ! Je vous ai vus vous faire un câlin !

Zoe en resta coite. Oh non.

— On a dansé, Mary. Pendant deux secondes. C'est tout ! Ce n'était rien… Ce n'était pas ce que tu t'imagines.

Mais elle avait les joues toutes rouges, parce que cela n'avait pas été rien pour elle, et Mary, qui la dévisageait de ses yeux noirs, le savait.

— TU MENS ! hurla-t-elle. TU MENS ! TOUT LE MONDE ME MENT ! TOUT LE MONDE !

Sur ce, elle se leva et sortit de la chambre en coup de vent.

Quatrième partie

— Les corbeaux sont en train de se rassembler, leur apprit le gardien de la tour de Londres en abattant sa pique sur le sol de la tourelle. Ils se préparent à s'envoler. Le moment venu, le ciel deviendra noir, et la rivière rouge ; les pierres s'effriteront, la terre se crevassera et pleurera ses disparus. Donc. Qui veut emporter un torchon de la tour en souvenir ?

Wallace le dévisagea.

— Que venez-vous de dire ?

— J'ai dit : « Qui veut emporter un torchon de la tour ? »

— Moi ! s'exclama Francis.

Extrait du roman *Sur les toits*

Chapitre 1

Zoe mit un temps fou à calmer les garçons, or elle savait qu'il fallait qu'elle aille voir Mary. Elle les rassura, leur expliquant que ce n'était qu'une dame en colère qui disait des bêtises, et finit par accepter que Hari dorme dans la chambre de Patrick, juste pour cette fois. Les garçons grimpèrent dans le même lit, et elle leur caressa la tête.

— Ce n'est pas vrai, chuchota-t-elle. Faites dodo.

Shackleton s'était éclipsé, le dos voûté, et Zoe se faisait du souci à son sujet ; ce garçon gardait tout pour lui. Mais il fallait qu'elle s'occupe de Mary.

— Va-t'en, fut la réponse quand elle frappa à la porte. VA-T'EN !

— Je veux seulement te parler.

— Je ne veux pas te parler. Plus jamais. JAMAIS.

Zoe alla chercher une grande couverture sur un fauteuil au bout du couloir.

— D'accord, dit-elle. Je vais juste rester assise ici jusqu'à ce que tu sois prête. Je ne vais nulle part, Mary. Je suis là pour toi.

— Je te déteste !

— Ce n'est pas grave.

Hélas, cette longue journée, riche en émotions, avait laissé des traces. Une fois allongée dans le long couloir, sur les coussins étonnamment confortables du canapé qu'elle était allée chercher en bas, Zoe n'eut plus la force de lutter : ce qui venait de se passer était trop grave, trop angoissant, pour pouvoir le digérer. Quand elle avait un petit souci, elle pouvait ne pas fermer l'œil de la nuit et se ronger les sangs pendant des heures. Ici, confrontée à un gros problème, accablée, elle sombra dans le sommeil.

Ramsay rentra deux heures plus tard, après avoir reconduit Larissa chez elle. Le trajet ne s'était pas passé comme prévu : il était déterminé à lui dire ses quatre vérités, mais, à la place, avait dû la convaincre de monter dans la voiture, l'installant presque de force sur le siège passager, où elle s'était aussitôt endormie, en ronflant bruyamment. Après avoir recouvert la jolie robe de son grand manteau, il avait parcouru les routes de campagne désertes dans le plus grand silence. Agité, énervé, il ne se rendait même pas compte de la vitesse à laquelle il roulait, jusqu'à ce qu'il manque tuer un cerf et réalise qu'il risquait aussi de les tuer, Larissa et lui, et de laisser les enfants dans un état encore plus lamentable que maintenant, alors il s'était garé et s'était donné dix minutes pour se calmer.

Il avait fini par la déposer à *Lochdown Manor* où il avait constaté, horrifié, que plusieurs de ses amis détestables, des snobinards avec lesquels elle chassait et pêchait, étaient toujours debout, en train de finir une bouteille de whisky. Il les avait fréquentés, lui aussi, à une époque, et ils avaient été ravis de le voir, semblant trouver la petite scène de Larissa désopilante.

— Bon sang, je savais que tu allais en prendre pour ton grade, mon petit Ramsay, lui avait dit Crawfs. Elle a fulminé toute la soirée.

— Tu te rappelles quand elle a dansé avec le serveur pour te rendre jaloux, alors que tu n'étais même pas là ?

— Franchement, elle était dans un état.

Ramsay avait réalisé qu'il était à deux doigts d'avoir de la peine pour elle et l'avait donc conduite à l'étage. Il lui avait enlevé ses chaussures, mais pas ses collants, et l'avait couchée dans sa parure de lit Laura Ashley, dans la grande chambre qu'il avait appris à connaître les nuits où il ne supportait plus sa solitude. Il la trouvait si douce, alors.

Il avait posé un grand verre d'eau sur sa table de chevet, puis avait regardé une dernière fois sa tête blonde, dépité. Il avait vraiment mauvais goût en matière de femmes. Vraiment mauvais. Plus jamais. Il en avait fini.

Les autres l'avaient taquiné en le raccompagnant à la porte, et il avait pris la voiture de Larissa pour rentrer. Elle s'en débrouillerait plus tard. Il avait regagné « The Beeches » à toute allure, longeant la rive sombre du loch, la lune qui se couchait illuminant les sillons entre les vagues, les profondeurs toujours aussi mystérieuses. Le temps se gâtait. Il semblait que les belles journées d'automne étaient derrière eux. Des tempêtes étaient annoncées, même si on n'avait pas besoin de prévisions météorologiques dans la région. Il n'y avait qu'une chose à savoir : le temps était « changeant ».

En arrivant à la maison, il tombait d'épuisement. Zoe partirait le lendemain, supposait-il. Elle avait dit qu'elle allait rentrer chez elle. Cela finirait de la convaincre.

Mon Dieu, quel gâchis. Quel horrible gâchis, toute cette histoire. Il était quatre heures du matin. Autant essayer de dormir un peu.

Il trouva Zoe en train de monter la garde devant la chambre de sa fille. Il n'en crut pas ses yeux. Il avait été ridicule, il s'en rendit compte : sa première pensée avait été qu'elle partirait. La première pensée de Zoe avait été pour sa fille unique.

Il jeta un œil à l'intérieur de la pièce. Allongée dans son lit, Mary avait une respiration régulière, qui parut un brin suspecte à Ramsay ; il l'appela donc tout bas, mais elle ne répondit pas. Au bout d'une ou deux secondes, il s'approcha du lit, s'accroupit et l'embrassa sur le front.

— Je t'aime, lui dit-il tout bas.

* *

Mary resta le plus immobile possible. Elle le savait. Il venait de le prouver. Il lui demandait pardon. Il l'aimait. Elle s'efforça de garder les yeux bien fermés, pour éviter que ses larmes ne trempent son oreiller.

* *

Ramsay manqua trébucher sur Zoe en sortant de la chambre. Son visage était si ouvert pendant son sommeil qu'il lui parut intrusif de la regarder de trop près. Il leva la main pour lui caresser les cheveux, mais la laissa retomber. Assez. Assez d'ennuis comme ça, bon sang.

Pour la deuxième fois de la soirée, il quitta une femme endormie. Mais ces deux femmes lui inspiraient des sentiments très différents.

Chapitre 2

Zoe se réveilla sans savoir où elle était ; elle savait seulement qu'elle était frigorifiée, bouleversée, et qu'elle se sentait terriblement mal.

Puis elle se rendit compte qu'elle était allongée par terre, que le jour était levé et que la pluie martelait les carreaux. Toute cette histoire était épouvantable. Mon Dieu. Que s'était-il passé ?

Peu à peu, les événements de la veille lui revinrent en mémoire, et elle s'assit dans le long couloir en grognant.

Oh non ! Elle n'était pas censée s'endormir ! Elle était censée venir voir Mary. Oh non ! Elle se leva d'un bond, tous ses sens en éveil. Bon sang. Il n'y avait donc aucun adulte dans la vie de cette enfant qui ne la laissait pas tomber ? Elle frappa et, comme la petite ne répondait pas, son sang se glaça.

— Mary ? Mary ?

Elle secoua la porte, qui s'ouvrit. La pièce était vide ; la fenêtre, ouverte. Des rafales de vent humide et froid s'engouffraient à l'intérieur.

Elle est en bas, en train de prendre son petit déjeuner, se dit Zoe. *Elle est juste en bas avec Hari, en train de prendre son petit déjeuner.*

L'idée que Mary puisse faire quoi que ce soit avec Hari était totalement invraisemblable, mais Zoe s'y raccrocha malgré tout et descendit les escaliers quatre à quatre.

La cuisine était vide. Tout le monde, apparemment, faisait la grasse matinée après les événements dramatiques de la veille. Les deux petites tasses à café étaient toujours posées près de l'évier. Zoe les fixa, comme si elle ne les reconnaissait pas. Cela lui semblait si lointain.

— HARI ! cria-t-elle, avant de remonter les escaliers à toute vitesse.

— Patrick ? Est-ce que tu as vu Hari ? PATRICK ?!

La panique s'entendait désormais dans sa voix. Le petit garçon vint à la porte, se frottant les yeux. Il regarda en arrière, vers les lits vides.

— Je n'ai pas vu Hari, Nounou Numéro Sept, sûr et certain.

— Oh non, dit-elle en essayant de ne pas affoler le petit garçon. Où est… Hari ? HARI !

Elle monta en courant jusqu'aux chambres de bonne et ouvrit toutes les portes, découvrant des rangées de petits lits métalliques, tous identiques, dans chacune d'elles, mais aucune trace de Hari. Il venait toujours quand elle l'appelait, songea-t-elle, son cœur s'arrêtant une seconde.

Rien.

Elle redescendit en trombe. Entre-temps, Mme MacGlone était arrivée, et Ramsay était descendu.

— Mme MacGlone ! En arrivant… avez-vous vu Hari ? Il n'est pas là !

— Avez-vous bien vérifié partout ? Je veux dire, il y a beaucoup de pièces.

— Oui !

— Dans tous les placards ? Êtes-vous sûre qu'il n'est pas en train de jouer à cache-cache.

Zoe secoua la tête.

— Il ne peut pas. On ne joue pas à ce jeu. Il ne peut pas appeler quand on le trouve, ajouta-t-elle, sa voix se brisant en un sanglot.

— Je vais vérifier les autres pièces, annonça la gouvernante.

— Bien, allez-y maintenant, alors, répondit Zoe, à cran. Mary aussi a disparu.

À ces mots, Mme MacGlone fronça les sourcils. Zoe, elle, courut jusqu'à la porte. Elle l'ouvrit d'un coup, manquant se la reprendre en pleine figure, comme un courant d'air s'engouffrait à l'intérieur. Elle vit les traces de pas de Mme MacGlone sur l'herbe couchée et, à peine visibles, deux autres paires d'empreintes, qui traversaient la pelouse givrée.

— Elle l'a emmené, dit-elle en blêmissant.

— Quoi ?

Il apparut soudainement, emplissant toute l'embrasure de la porte, enfilant un jean et un vieux pull de pêcheur sur son haut de pyjama à rayures, qui semblait avoir l'âge de la maison.

— Où est-il ?

— Mary… Mary a emmené Hari…

Ramsay jura.

— Êtes-vous sûre ? Ils ne sont pas juste… sortis jouer ?

Le vent mugit dans les arbres.

— Ils… ils ne font pas vraiment ce genre de choses, répondit-elle en claquant des dents.

— Bon Dieu. Oh bon sang, mais où est mon téléphone ?

Il était posé sur le plan de travail, sans batterie, les appels répétés de Larissa l'ayant complètement vidée.

— J'ai le mien, dit Zoe, la voix tremblante. Madame MacGlone, restez ici et… gardez… surveillez les garçons…

« Les garçons qu'elle n'a pas emmenés » : la fin de sa phrase resta en suspens. Mme MacGlone opina du chef, les lèvres pincées, puis se retourna.

— Ne leur faites pas peur ! lui cria Zoe.

Mais cette précision était inutile : les deux garçons étaient descendus dans la cuisine et les avaient vus partir en courant dans la pelouse trop haute. Shackleton les rattrapa en un rien de temps.

— Je vais vérifier les bois, leur dit-il.

En entendant sa voix, grave tout à coup, Zoe et Ramsay se retournèrent brièvement : il semblait bien plus vieux que son âge.

Zoe aperçut soudain la maison derrière elle, se découpant sur la lumière grise du matin. Les arbres ployaient sous le vent, le ciel était traversé de nuages gris, et les fenêtres de la maison étaient fermées, tels des yeux aveugles.

— HARI !

La pluie tourbillonnait, projetant des feuilles en tous sens ; les arbres déchaînés bruissaient, les herbes hautes murmuraient de manière inquiétante, et, tout à coup, la maison où elle avait commencé à se sentir chez elle lui parut être l'endroit le plus terrifiant au monde.

— MARY ! appelait aussi Ramsay, désespéré, tous les deux incapables de croire que les enfants étaient partis.

Ils ne pouvaient pas, ils ne pouvaient pas être partis.

Dans sa tête, Zoe passa en revue l'environnement dans lequel ils vivaient : les collines, où il faisait désormais un froid glacial, constituaient un vrai risque d'hypothermie ; et il était facile de se perdre dans les épaisses broussailles qui poussaient sur leurs flancs.

Le loch. Le loch.

Ramsay en arriva à la même conclusion exactement au même moment, et, soudain, tous deux se mirent à courir, de plus en plus vite, en hurlant des prénoms qui se perdaient dans le vent.

Ils atteignirent la plage de galets en même temps, les vagues s'écrasant contre la rive, et se regardèrent, incrédules.

La petite barque n'était plus là.

— Elle ne ferait jamais ça, se dit Ramsay tout bas. Elle ne ferait jamais ça. Pourquoi le ferait-elle ?

De ses doigts tremblants, Zoe essaya de composer un numéro sur son téléphone, mais fit tomber son portable. Ramsay le ramassa et passa aussitôt un coup de fil.

— Garde-côtes, dit-il d'un ton sec. Côté est du loch Ness.

Il fixait Zoe du regard, tous les deux incapables de croire ce qu'il était en train de dire.

— Je crois que deux enfants ont pris un bateau, et on ne sait pas où ils sont.

Quand Ramsay leur donna plus de détails, Zoe laissa échapper un sanglot. Elle s'approcha du rivage. On ne voyait rien, et l'eau était agitée ; tout était gris, l'eau et le ciel se confondant.

— Oui, je suis sûr ! s'écria Ramsay, s'efforçant manifestement de garder son sang-froid. « The Beeches. » Vérifiez.

Il patienta.

— D'accord, oui.

Puis il tendit son téléphone à Zoe.

— Ils ne peuvent pas envoyer d'hélicoptère. Il y a trop de vent, lui expliqua-t-il.

La jeune femme sentit soudain ses jambes se dérober sous elle, et Ramsay la rattrapa juste avant qu'elle ne tombe.

Chapitre 3

Ramsay la retint, mais elle se libéra vite. Elle n'avait pas le temps, elle ne pouvait pas faire preuve de faiblesse. Elle ne le pouvait pas. Elle saisit son téléphone d'une main tremblante. Ramsay aurait volontiers continué à la soutenir, mais elle se recula, sans même réaliser qu'elle lui faisait non de la tête. Elle batailla de nouveau avec son téléphone, mais réussit à trouver le numéro de Murdo.

— Oh, salut !

Murdo, égal à lui-même, était joyeux (en réalité, il l'était encore plus depuis qu'Agnieszka était passée le réconforter après son rendez-vous raté), et Zoe se surprit à se raccrocher à la normalité dans sa voix.

— Qu'est-ce que tu as en réserve pour moi ? Oui, j'ai adoré le livre d'Apsley Cherry-Garrard. J'ai adoré. Ça me rappelait tous les jours qu'il ne faisait pas 0 °C et que je n'avais pas à essayer de tuer des pingouins pour me nourrir. J'ai dit à Agnieszka d'essayer de cuisiner du pingouin, mais…

— Murdo, le coupa-t-elle d'une voix désespérée, et il comprit à son ton que quelque chose n'allait pas.

— Qu’est-ce qui se passe ?

— C’est Hari… Il a disparu. Sur le loch.

— Ton fiston ?

— Oui.

— Qu’est-ce…

— On ne sait pas. On pense que Mary l’a emmené…

— Mais une tempête se prépare.

Ramsay la fixait, désespéré.

— Elle… elle ne le savait pas, finit-elle par répondre, ravalant sa colère et sa peur.

— Où… où sont-ils ?

— Ils ne peuvent pas être allés bien loin. C’est une barque.

— Oui, mais les courants sont forts au large.

Zoe poussa un gémissement, terrorisée.

— Ne t’inquiète pas, j’arrive tout de suite.

* *

Murdo lança une alerte à toutes les patrouilles, puis traversa le loch à bride abattue avec son bateau, qui allait plus vite que n’auraient jamais pu l’imaginer ses clients. Il tanguait, rebondissait sur l’eau démontée. Il attrapa ses jumelles pour regarder autour de lui. Il connaissait le loch dans ses moindres recoins.

Zoe était debout sur la rive au pied des Beeches, toute seule, les bras autour d’elle, le visage désespéré, Ramsay un peu à l’écart.

Murdo accéléra. Son embarcation, ballottée par les flots agités, ne cessait de virer de bord. Il était trempé ; l’eau s’infiltrait sous son ciré et lui coulait dans le cou. Il faisait un temps atroce, aucun doute là-dessus. À cette époque de l'année, le vent soufflait de l'ouest, et on ne savait jamais à quoi s'attendre, jusqu'à ce que cela vous tombe dessus – et quand ça vous tombait dessus, bon sang, ça ne rigolait pas ! Le navire tanguait sous les bourrasques, jamais dans la même direction, et Murdo avait un mal fou à garder le cap tout en cherchant les enfants du regard. Imaginer des bouts de chou sur le loch en pleine tempête l'emplit d'effroi. Il n'emmènerait jamais ses clients en balade par un temps pareil.

Il regarda de nouveau sa radio, qui devint subitement inutile, puisque, à travers son épais bonnet, il entendit un bruit : le moteur d'un vieux bateau qui crachotait. En se retournant, il vit que c'était Alasdair, le patron du pub, accompagné du vieux Ben, l'inquiétude se lisant sur leur visage.

— On s'occupe du nord, annonça Alasdair en se dépêchant de faire demi-tour.

Derrière eux, la cavalerie débarquait. Zoe, sur la rive, en resta sciée. Il y avait des embarcations de toutes sortes : des voiliers, des petits rafiots, des barques, d'élégants bateaux de plaisance. Il avait fallu dissuader Hamish McTavish de sortir sa péniche.

C'était une vraie flottille. Murdo maintenait les canaux de communication ouverts pour coordonner et diriger les opérations.

Zoe n'en revenait pas. Tout le monde était là. Le colonel, qui n'avait fait que se plaindre de l'absence de Nina, parce qu'elle, au moins, connaissait ses goûts, avançait lentement dans un minuscule rafiot équipé d'un moteur hors-bord qui broutait. Et il y avait aussi Wullie, qui avait vendu son van à Nina en râlant. L'eau était houleuse, le ciel se fendait, mais Lennox était également présent, dans une barque, contre toute attente, ses muscles mis à rude épreuve, luttant contre la force du courant. Le village entier s'était mobilisé.

Murdo l'atteignit en premier, et elle se précipita à bord, cette fois sans trébucher.

— Ils ne peuvent pas être allés bien loin, s'ils ont pris la petite barque, fit remarquer Murdo.

Aucun d'eux ne prononça l'horrible vérité : on n'avait pas besoin d'aller bien loin. Si le bateau avait une avarie, le contre-courant vous entraînait rapidement vers le fond. On pouvait se noyer à trois mètres du bord. On pouvait aussi mourir d'hypothermie, en une demi-heure environ à cette époque de l'année. Le loch représentait le pire des dangers : il était beau, tentant.

— Est-ce qu'il sait nager ? l'interrogea Murdo.

— Il a quatre ans !

Murdo aurait aimé dire ou faire quelque chose pour la réconforter. Mais il savait ce qu'elle ignorait : des gens mouraient dans le loch. Pas tous les ans. Mais cela arrivait. Il observa son visage blême, crispé, tous les scénarios catastrophes qui lui passaient par la tête se lisant sur ses traits. Ne sachant quoi faire d'autre, il posa son manteau sur ses épaules, comme si cela pouvait faire cesser ses tremblements, comme si cela avait une chance de l'aider.

Chapitre 4

Murdo coordonna les embarcations, qui se séparèrent ; elles quadrillaient le loch dans des zones strictement définies. Bientôt, en fin de compte, le vrombissement de l'hélicoptère vint s'ajouter au fracas du vent. Dans le bateau de Murdo, Zoe et Ramsay se tenaient à bonne distance ; tous deux s'efforçaient de chasser leurs idées noires, ne pas penser au pire.

Le monde entier était gris, et la pluie, qui arrivait des montagnes, balayait le loch, réduisant considérablement la visibilité. Zoe regardait autour d'elle, désespérée : on ne voyait pas à un mètre devant soi.

Une puissante vedette de la police était venue renforcer leurs rangs : elle était équipée d'un gros phare à l'avant, mais ils avaient malgré tout l'impression d'être au beau milieu de la nuit, et non en début de matinée. En pleine tempête, les bruits sur le loch semblaient provenir d'un autre monde. Il était impossible de dire si les autres embarcations étaient proches ou loin. Ils perdirent toute notion du temps, tandis qu'ils progressaient lentement au milieu des joncs près de la côte ou contournaient les minuscules îlots qui apparaissaient à marée basse. Seule Zoe se tenait vaillamment à l'avant du bateau, criant, encore et encore :

— Hari ! Hari ! Hari !

Soudain, les images de son petit garçon se mirent à défiler dans sa tête : elle le revit en train d'apprendre à marcher dans leur minuscule studio, riant tout seul ; revit sa mine endormie quand elle l'allaitait, pendant des heures et des heures, au cœur de la nuit. Elle était alors une jeune maman, stupéfaite, déboussolée par l'intensité de l'amour qu'elle lui portait. Mais, par flashs, elle le voyait aussi pâle, rejeté sur le rivage ou entraîné vers le fond par les tritons, dans les profondeurs, des poissons lui dévorant les yeux… non.

— HARI ! HARI ! HARI !

Elle se souviendrait de lui en train de danser devant la télé ; de la joie sur son visage la première fois qu'elle avait laissé Patrick l'accompagner à la crèche ; de son regard attentif quand il ramassait des feuilles rouges dans le soleil de la fin d'automne ; de la vie extraordinaire qui émanait de lui ; de son petit corps étonnamment lourd et dense ; du poids de sa tête lorsqu'il dormait dans ses bras ; de l'odeur de ses cheveux dans le bain, recouverts de shampoing, hérissés, telle une minuscule crête.

— HARI ! HARI !

Ramsay criait, lui aussi, regardant dans toutes les directions :

— HARI ! MARY ! HARI ! MARY !

Chapitre 5

Tout à coup, ils sentirent quelque chose sous le bateau, et l'eau se souleva. Murdo jura. Zoe, qui ne connaissait rien à la navigation et ne réalisait pas que quelque chose clochait, continua à crier le prénom de son fils égaré, prénom qu'elle crierait jusqu'à la fin de ses jours.

Le bateau fit une embardée soudaine, et tous s'agrippèrent d'instinct à bâbord.

— Mince ! lança Murdo.

— Qu'est-ce que c'est ? l'interrogea Zoe.

La pression de l'eau était très forte, le moteur geignait.

— Euh… ça doit être un contre-courant, répondit-il en prenant la barre.

Mais rien n'y faisait ; le bateau, entraîné par le courant, ne tournait que dans la direction où l'eau semblait le forcer à aller. Murdo essaya de manœuvrer le gouvernail, mais il lui échappa des mains, le blessant.

Il regarda alentour. Aucun autre bateau n'était en vue, et la pluie tombait plus dru que jamais. La visibilité était extrêmement mauvaise.

— HARI ! hurla Zoe en se servant de son téléphone comme torche, point de lumière inutile au milieu de tout ce gris.

— Oh non ! s'écria tout à coup Murdo.

Sorti de nulle part, un gros piton rocheux venait d'apparaître, pile au milieu du lac.

— Oh non ! L'eau est basse, expliqua-t-il en tentant de commander le gouvernail, de nouveau sans succès. Oh non !

Ils se rapprochaient dangereusement des rochers, à grande vitesse.

— Oh non ! répéta-t-il. Enfilez vos gilets de sauvetage… On va peut-être devoir abandonner le navire. Mais qu'est-ce qui se passe, bon sang ?

Il leur jeta les gilets de sauvetage. Zoe, terrifiée, gardait les yeux rivés sur les gros rochers qui fonçaient sur eux, hauts et tranchants, prêts à les mettre en pièces – et ce, qu'ils sautent ou non du bateau, songea Murdo, horrifié. Le courant les entraînait vers eux, de toute façon. Trempés jusqu'aux os, ils ne pouvaient rien faire, si ce n'était fixer les vagues cruelles qui s'écrasaient à la base des rochers et se préparer à l'impact.

Entre le ronflement du moteur (qui ne tarderait pas à lâcher), la pluie battante et l'hélicoptère au-dessus de leur tête, le bruit était assourdissant, et il était impossible d'entendre quoi que ce soit. Aussi Zoe mit-elle un moment à s'en rendre compte (d'autant que, comme ils s'apprêtaient à percuter les rochers, entraînés par le courant, elle venait d'arriver à deux terribles conclusions : premièrement, Mary et Hari ne pouvaient pas être vivants dans une telle tempête et, deuxièmement, elle allait mourir elle aussi – mais, puisqu'il en était ainsi, cela lui était égal).

Elle mit donc un moment. Et, même quand elle l'entendit, elle ne crut pas cela possible. Elle supposa que c'était une ruse du vent, de l'eau, ou des ondines, même : un esprit malveillant sous l'eau qui ferait cela pour ajouter à l'horreur, ou un produit de son imagination dans ses tout derniers instants, un genre de rêve, comme si tout cela n'était qu'un cauchemar…

Se tournant vers Ramsay, elle cria pour se faire entendre :

— Est-ce que vous entendez ça ?

Il s'immobilisa, tendit l'oreille, puis se figea. Elle vit alors à son visage qu'il l'avait entendu, lui aussi.

— Mam-mamm-maman.

Chapitre 6

Zoe fixa Ramsay, folle d'angoisse. Il n'y réfléchit pas à deux fois. Il attrapa la corde au fond du bateau, puis fit une chose très courageuse, mais aussi très imprudente. Il plongea directement dans l'eau pour se diriger droit sur les rochers. Le courant le poussa contre le premier, qu'il heurta assez fort, mais, sans se démonter, il mit la corde entre ses dents, puis disparut sous l'eau jusqu'à trouver ce qu'il cherchait : un rocher autour duquel attacher la corde.

Il reparut à la surface pour reprendre son souffle, avant de disparaître de nouveau. La tempête avait soulevé les sédiments au fond de l'eau, il ne voyait presque rien, mais il y avait des bateaux et des bouées sur ce loch depuis la nuit des temps et, comme il s'y attendait, il finit par trouver un trou dans un rocher. Il y enfila la corde, fit un nœud de chaise bien serré, puis remonta pour faire signe à Murdo, qui attacha l'autre extrémité de son côté. Puis il sauta sur les rochers, pieds nus, indifférents aux coupures et aux contusions qui lui recouvraient le corps, et retint le bateau à mains nues, le retint vraiment, le tirant dans un sens ou dans l'autre quand il s'approchait trop des rochers ; pendant tout ce temps, Zoe entendait : « Maman ! Maman ! »

Il fallait qu'elle le voie de ses yeux. Ramsay (qui lui donnait l'impression de mesurer près de trois mètres de haut à présent) retenait toujours le bateau, grâce à sa simple volonté, semblait-il, mais il fallait qu'elle sache. Son gilet de sauvetage sur le dos, et avant que Murdo n'ait le temps de l'en empêcher, elle plongea elle aussi dans l'eau glacée, puis nagea désespérément, comme un petit chien, jusqu'aux rochers. Prodigieusement, ne tenant plus l'embarcation qu'à une main, Ramsay réussit à l'aider à sortir de l'eau. Le moteur venant de se rallumer, Murdo put enfin se sortir de ce mauvais pas. Il détacha la corde, puis s'éloigna en accélérant, tout en passant un appel aux autres embarcations, tandis que Ramsay s'agenouillait pour aider Zoe à gravir la paroi rocheuse.

* *

Ils escaladèrent ensemble le piton rocheux escarpé, les pieds de Zoe glissant, ceux de Ramsay couverts de sang. Une fois en haut, ils regardèrent de l'autre côté, et ce qu'ils virent en contrebas changea tout, en une fraction de seconde.

Chapitre 7

L'eau est une créature vivante. Elle se meut ; s'écoule ; ne peut être contenue. Rien ne peut l'arrêter. Elle peut éroder les montagnes, détruire les maisons, tout transformer en gadoue et en bouillie sur son passage. L'eau a toujours gain de cause.

Ces rochers apparaissaient à marée basse, quelques heures par jour seulement, avant de reprendre place dans les profondeurs mystérieuses. Et une barque s'était échouée là, avec sa peinture écaillée, loin d'être en état de naviguer, rejetée, par chance, sur une petite plage de galets, une minuscule langue de sable, rien qu'un affleurement au milieu d'une zone si profonde qu'elle n'avait pu être mesurée avant l'invention des satellites.

À côté de la barque, deux enfants tremblants, blottis l'un contre l'autre, levèrent les yeux, au moment où Ramsay, puis Zoe, atteignaient le sommet. La jeune femme les fixa, stupéfaite, incrédule.

La voix se fit de nouveau entendre :

— Maman.

Zoe, le souffle déjà coupé par le vent et le choc, en resta bouche bée. Ramsay craignit qu'elle ne tombe.

Au lieu de cela, elle se laissa glisser jusqu'en bas, sur la plage de galets, alourdie par l'eau, trempée jusqu'aux os.

— Hari. HARI ! hurla-t-elle d'une voix perçante.

— Maman ! s'écria-t-il joyeusement.

Mary se leva aussitôt, d'un bond. Zoe était furieuse ; si furieuse que cela l'effraya.

— Qu'est-ce que tu as FAIT ? hurla-t-elle. Qu'est-ce que tu as FAIT ?

Zoe n'avait jamais ressenti une telle colère : elle était profonde, primaire, sortie des profondeurs de son cerveau reptilien, et elle était incapable de la contrôler.

Mary frissonnait, sanglotait dans sa chemise de nuit blanche, ses cheveux mouillés lui tombant sur les épaules : elle ressemblait de nouveau au fantôme qui hantait les couloirs et les allées quand Zoe était arrivée.

— Mon Dieu, Mary, dit Ramsay en s'approchant d'elle. Tu aurais pu… Tu aurais pu…

Il fut incapable de finir sa phrase.

Zoe avait pris Hari dans ses bras. Elle recrachait de l'eau, et son petit garçon était trempé de la tête aux pieds, frigorifié. Elle le serrait fort contre elle, pour essayer de le réchauffer.

— Ma sœur a trouvé moi, annonça-t-il avec une telle assurance que la mâchoire de Zoe se décrocha. On a fait bateau.

— Hari, dit Zoe en tremblant. Mon Dieu, Hari. Tu parles.

Mais ce n'était pas tout. Alors qu'il lui faisait un grand sourire, toute peur envolée, seule la fierté se lisant sur son visage, Zoe remarqua un détail auquel elle ne repenserait que plus tard : Hari avait un accent écossais à couper au couteau.

— Moi aller sur bateau, expliqua Hari. Un peu froid.

— Mon Dieu. Mon Dieu, dit Zoe, incrédule.

Soudain, le phare de la vedette de police illumina la minuscule pointe de terre sur laquelle ils avaient échoué. L'hélicoptère, dès qu'il entendit la nouvelle, repartit vers la côte pour se poser le plus près possible du rivage et les conduire à l'hôpital. L'entendre leur mit du baume au cœur.

Zoe enfouit son visage dans le petit cou de Hari. Quelque chose tira alors sur son manteau, et elle se retourna.

C'était Mary.

— Je suis désolée, répétait-elle, encore et encore. Je suis désolée. Je suis désolée. Il est allé jusqu'au bateau, et j'ai essayé de l'en empêcher. Je te le promets, j'ai essayé de l'en empêcher !

— Moi aller sur bateau avec ma sœur, dit Hari, tout fier.

— C'était son idée, poursuivit la fillette. C'est vrai ! C'est lui qui a insisté ! J'ai essayé de l'en empêcher !

— Mais tu l'as laissé faire ! Tu l'as laissé faire !

— Je suis allée le chercher ! répondit Mary en secouant la tête.

— Mon Dieu, dit Ramsay.

La fillette leva sur lui des yeux terrorisés.

— Tu me détestes, lança-t-elle.

— Mon Dieu, Mary, dit-il en ouvrant les bras. Je t'aime. Je t'aime à la folie. Mais je ne sais pas si c'est suffisant.

— J'aime ma sœur, intervint Hari avec indulgence.

Zoe en resta de nouveau coite. La navette de la police, bienvenue, rassurante, leur ordonna de rester où ils étaient, alors même que l'eau du loch commençait à remonter et clapotait contre leurs chevilles. S'ils avaient mis plus de temps… S'ils avaient dormi ne serait-ce que vingt minutes de plus…

Mais c'est une idée à laquelle Zoe ne pourrait plus jamais repenser.

* *

La police leur demanda d'enlever leurs vêtements trempés, puis ils s'enroulèrent dans des couvertures de survie et des sacs de couchage. Ramsay, ne put s'empêcher de remarquer Zoe, était couvert de coupures et d'ecchymoses. Il était resté très silencieux et tenait Mary dans ses bras, sans rien dire.

Hari, en revanche, ne pouvait plus s'arrêter de parler. Il aimait par-dessus tout la vedette de la police, et une gentille agente accepta de la lui faire visiter. Zoe dut aller le chercher quand le bateau les ramena sur la plage des Beeches. Toutes les autres embarcations s'y étaient donné rendez-vous, Murdo en tête. Dès qu'elle le vit, Zoe se jeta dans ses bras. Elle éclata en sanglots, et il lui tapota l'épaule, l'aidant à tenir debout.

On les envoya tous à l'hôpital (l'hélicoptère avait réussi à se poser sur le domaine, en fin de compte), mais seul Ramsay eut besoin de quelques points de suture aux pieds. Malgré tout, ils passèrent la journée à se faire examiner et interroger, tout le monde aux petits soins pour eux, et l'hôpital insista pour les garder en observation une nuit. Zoe trouva la chambre de Hari et grimpa dans son lit. Il était allongé là, bien au chaud, la respiration rapide.

— Oh non, dit-elle en se cachant le visage. Je vais devoir appeler Jaz. Mince. Je ne sais pas quoi lui dire. Il n'est peut-être même pas encore parti.

— J'aime mon papa, dit Hari d'une voix endormie.

Zoe avait peur de s'emballer : ce n'était peut-être qu'un accident, Hari était peut-être sorti de son mutisme de manière exceptionnelle, et elle redoutait d'en parler, craignant de le rebuter. Elle le serra fort. Il y avait… Il y avait autre chose. On aurait dit que Hari était un pur produit des Highlands.

— Qu'est-ce qui s'est passé, mon chéri ? Qu'est-ce qui s'est passé, ce matin ?

— Mary voulait jouer. C'est ma sœur.

— Je sais, mentit Zoe.

Une chose difficile après l'autre.

— Et je suis allé dans bateau.

Il prononça « bâ-tô », réalisa-t-elle.

— Hum, hum.

— J'aime « bâ-tô ».

Elle enfouit son visage dans son cou, puis l'entoura de ses bras et de ses jambes, se recroquevillant autour de lui, le plus possible ; si elle avait pu, elle l'aurait réabsorbé dans son corps, comme quand elle était enceinte de lui et pouvait le surveiller de près.

Elle sentit qu'elle s'endormait, s'assoupissait dans cette chambre d'hôpital douillette, où elle n'entendait rien, excepté le léger ronronnement d'un appareil électrique, l'odeur de son enfant dans les narines.

— Le monstre a emmené nous, dit Hari en bâillant.

— Quoi ? répondit-elle, interloquée.

— Le monstre a poussé nous, expliqua-t-il. Bonne nuit, maintenant.

Sur ce, il tendit sa petite main et réussit à éteindre la lampe de chevet, tandis que Zoe restait allongée dans l'obscurité, soudain bien réveillée.

Chapitre 8

Zoe avait raté Jaz la veille et l'appela donc tôt dans la matinée. C'est fou ce qu'une bonne nuit de sommeil peut faire comme bien : elle réussit à présenter les choses sous un jour favorable. En outre, à Londres (où était déjà rentré Jaz), le temps était complètement détraqué à cause du changement climatique : il faisait 22 °C tous les jours, le soleil brillait, aussi Jaz eut-il du mal à imaginer le tour dramatique que cette mésaventure aurait pu prendre. Il ne fut pas ravi d'apprendre qu'il devrait retourner en Écosse, mais était content qu'elle ait enfin compris que sa place était à Londres.

Elle poussa un soupir. Elle ne pouvait pas, en toute conscience, rester dans une maison où de telles choses pouvaient se produire ; c'était en quelque sorte rédhibitoire. Mais elle n'en parla pas à Jaz.

En relevant les yeux après son appel, elle vit une grande ombre dans l'embrasure de la petite chambre. C'était Ramsay. Elle chercha comment lui annoncer son départ avec tact et lui demander s'il lui serait possible, après cette tentative d'homicide, de lui régler tout son mois de salaire.

Autre chose lui vint alors à l'esprit : Nina était toujours à l'hôpital, et il faudrait qu'elle passe la voir pour lui expliquer la situation. Elle s'en voulait de lui faire faux bond, mais elle n'avait pas vraiment le choix.

Hari dormait toujours à poings fermés. Une infirmière suivait Ramsay.

— Elle peut le surveiller, dit-il. Pourriez-vous… pourriez-vous m'accompagner ?

Zoe le regarda. Il avait le visage las, tourmenté.

* *

Ils quittèrent le service pédiatrique. Dehors, étonnamment, la journée était belle, calme. *Satané pays*, se surprit à penser Zoe. *Il faudrait savoir.*

Ramsay ne prononça pas un mot, il se contenta d'avancer en clopinant. Zoe lui jeta un coup d'œil. Elle s'attendait à des excuses, qu'elle comptait accepter, mais en lui expliquant que, à l'évidence, ils ne pouvaient pas rester et qu'il fallait faire aider Mary – il le fallait, s'il voulait que les choses s'arrangent. Elle avait essayé. Cela n'avait pas fonctionné. L'issue aurait pu être dramatique. Ils avaient déduit de leurs explications confuses que Mary avait feint de jouer à cache-cache avec Hari, dans l'intention de l'égarer dans les bois et de lui faire une belle frayeur – c'était malveillant, mais pas dangereux. À la place, Hari avait pris le bateau, et Mary avait tout fait pour le sauver. Mais, bien sûr, sans elle, il ne serait jamais sorti à l'aube.

Ramsay semblait l'avoir anticipé ; il avait le visage rouge et un air de chien battu. D'un pas lourd, ils contournèrent un coin d'herbe, jonché de feuilles, puis firent le tour des bâtiments hospitaliers en briques roses.

Derrière, près des bennes à ordures, dans un endroit où la plupart des gens ne mettraient pas les pieds, à l'abri des regards, se nichait un autre bâtiment bas avec son propre parking privé. Il ouvrait sur un magnifique jardin (entretenu, réalisa Zoe, par la communauté), traversé d'allées de gravier et de haies taillées à la française. Des bancs étaient placés aux meilleurs endroits pour profiter du moindre rayon de soleil. Ici et là, des personnes en fauteuil roulant bavardaient avec leurs proches.

Ramsay, toujours silencieux, guida Zoe vers l'un des bancs vides et lui demanda de s'asseoir. Puis il se dirigea vers l'entrée principale, où il sonna.

La porte était sécurisée, réalisa Zoe. Il entra, et, à travers des vitres grillagées, elle le regarda s'entretenir avec les membres du personnel hospitalier, qui le connaissaient manifestement bien. Au bout d'un moment, il se passa quelque chose : une autre silhouette apparut, et la porte s'ouvrit de nouveau.

Zoe distinguait à peine la silhouette, une lumière éclatante inondant le jardin. Elle paraissait très vieille ; recourbée, avec des cheveux fins et clairsemés. Mais, quand Ramsay approcha avec elle, Zoe réalisa, stupéfaite, qu'il s'agissait d'une femme à peine plus âgée qu'elle. Il lui manquait des dents, elle avait une expression hagarde, les traits tirés, et était d'une extrême maigreur.

Zoe la considéra un long moment. Puis elle regarda Ramsay, pour confirmer qu'elle comprenait bien ce qui était en train de se passer. Il se contenta d'acquiescer.

— Bonjour, dit-elle en avançant d'un pas.

La femme ne répondit pas. Rien dans ses yeux ne suggérait qu'elle avait vu Zoe, ni même qu'elle était consciente de sa présence. Ses mains tremblaient.

— Assieds-toi, mon amour, ajouta Ramsay.

Comme la silhouette ne réagissait pas, il lui effleura délicatement l'épaule, puis la fit asseoir sur le banc, où elle garda les yeux rivés droit devant elle, ne regardant aucun d'eux, une de ses mains caressant l'autre.

— Voici Elspeth, reprit Ramsay dans un murmure. La mère des enfants.

Chapitre 9

— Bonjour, Elspeth, dit Zoe en prenant doucement la main de cette femme, qui se mit aussitôt à caresser la sienne.

Ses doigts étaient fins comme du papier, comme si elle avait une bonne centaine d'années.

— Votre épouse ? se renseigna-t-elle.

— On vivait en concubinage. On ne pouvait pas lui passer la corde au cou. « Tu pourrais régner sur la moitié du monde que tu ne m'aurais pas », cita-t-il, ironique. C'est tout toi, ça, non ? demanda-t-il à Elspeth.

Zoe la dévisagea.

— Qu'est-ce qui s'est passé ?

— Vous voulez toute l'histoire ? continua-t-il avec un soupir.

Elle leva les épaules.

Il se pencha vers Elspeth pour lui remettre son gilet. Elle n'eut aucune réaction, comme s'il n'était pas là.

— Désolé de parler de toi, lui dit-il. Je… J'ai promis que je ne parlerais jamais de toi. Mais il s'est passé quelque chose. Il s'est passé quelque chose.

Il cligna des yeux, sa voix vacillant.

— Quand je l'ai rencontrée…

— Au village, ils disent qu'elle était très belle.

— C'est vrai. Ne me dites rien… ils disent aussi que c'était une fée.

— Oui, mais je ne vois pas ce qu'ils veulent dire par là.

— Moi, si. Et je crois qu'ils ont raison. Elle venait du royaume des fées et s'est retrouvée coincée…

— Mais…

Ramsay se passa une main sur la nuque.

— Elle était très jeune… sans doute trop pour avoir des enfants. La naissance de Shackleton a été difficile… elle n'a jamais vraiment été… Elle a fait une dépression post-partum, c'est certain. C'était peut-être plus grave que ça. Mais elle ne voulait pas voir de médecin, se faire aider. Je ne savais plus quoi faire.

Il grimaça.

— Ma famille n'était pas enchantée que je sois avec elle… c'est peu de le dire… Et j'essayais de tout gérer… J'étais absent, ajouta-t-il en baissant la voix. J'étais absent. Trop absent. Elle errait. La nuit. En ville. Elle laissait Shackleton avec Mme MacGlone et elle… disparaissait. Pendant des périodes de plus en plus longues.

— Où allait-elle ?

— Partout où elle trouvait de la drogue, répondit-il en haussant les épaules. Partout ailleurs. Et je suis revenu à la maison, mais cela n'a rien changé. Cela ne l'a pas rendue plus heureuse, ne l'a en rien apaisée.

Une infirmière d'une incroyable gentillesse leur apporta deux tasses de café ; Zoe serra la sienne entre ses mains. Malgré le soleil, elle ne s'était toujours pas remise de ses émotions de la veille et avait du mal à se réchauffer.

— Elle était juste sauvage. On ne pouvait pas l'attacher. J'avais l'impression d'essayer de la domestiquer, de la mettre en cage. Mais ce n'était pas le cas. Je l'aimais, c'est tout.

Les doigts d'Elspeth caressaient toujours la main de Zoe.

— Chaque fois que je descendais les escaliers… la porte d'entrée était grande ouverte, et elle s'était volatilisée.

— C'est pour ça que vous aimez qu'elle reste fermée ?

Il répondit d'un haussement d'épaules.

— Comment avez-vous réussi à rester ensemble suffisamment longtemps pour avoir trois enfants ?

À ce moment-là, il se leva. Son regard se porta hors de l'enceinte de l'hôpital, au-delà du jardin, du mur et des habitations derrière, pour se poser sur les montagnes, où le soleil se refléta sur l'aile d'un oiseau qui tournoyait dans le ciel, à peine visible à l'œil nu, si loin. Il poussa un profond soupir, comme s'il se délestait d'un poids énorme.

— Personne…, commença-t-il avant de serrer les poings. *Oh, et puis mince*, se dit-il. Seul Shackleton est de moi, reprit-il tout bas.

Zoe en resta interdite.

— Quoi ? Que voulez-vous dire ?

— Nous sommes restés ensemble… si on peut dire… juste assez longtemps pour avoir un bébé. Puis elle a disparu. Elle me haïssait à ce moment-là. Dieu sait où elle est allée. En Irlande, je crois. Et puis elle est revenue. Enceinte.

— De Mary ?

— Que pouvais-je faire ? Elle m'avait brisé le cœur et avait besoin d'aide, mais j'étais la seule personne au monde dont elle refusait l'aide. Je croyais… Je croyais qu'elle reviendrait peut-être à la maison si on se posait, si on élevait Mary et Shackleton ensemble. Mais son état avait empiré à cette époque. Il n'arrêtait pas d'empirer.

— Alors elle vous a laissé avec Mary ? Et Patrick ?

Il baissa la tête.

— Je ne peux… Je ne peux pas vous expliquer à quel point ça a dégénéré. Pour Patrick, elle ne rentrait presque plus à la maison. Elle l'a laissé sur le perron, comme un enfant abandonné.

— Vous vous moquez de moi ?

— Si seulement, répondit-il en secouant la tête.

— Mais, au village…

— Oh, ils racontent beaucoup de choses. Elle revenait de temps à autre. Je disais qu'elle travaillait… Ha !

Il toucha Elspeth.

— Oh, ma chérie, t'imaginer avec un patron. On… On a gardé ça pour nous, c'est tout, ajouta-t-il après une courte pause.

— Et les services sociaux ?

Ramsay la regarda sévèrement.

— Pourquoi croyez-vous qu'ils ne sont pas fourrés chez nous tous les quatre matins ? Ils sont au courant de tout. Elle n'avait pas de famille… J'étais heureux de les prendre, ils étaient contents de donner leur aval.

Je crois que la maison a joué en ma faveur, ajouta-t-il en grimaçant.

Zoe n'en revenait pas. Elle ne supportait pas d'imaginer Patrick abandonné… ni Mary.

— Elle a essayé. Elle arrêtait la drogue quelques jours, quelques mois, rentrait à la maison. Elle avait l'habitude de coudre pour les enfants, des vêtements magnifiques. Et puis, quelque chose se produisait… quelque chose la provoquait et…

Zoe eut une prise de conscience subite.

— La cicatrice de Mary ?

Il opina du chef.

— Il y a deux ans. Et après ça… elle ne pouvait plus les voir. Ne le pouvait plus. Ce n'était pas bon pour eux, de toute façon, qu'elle aille et vienne comme ça. Elle a fait tant de mal à Mary. Et je n'ai jamais connu d'enfant qui ait plus besoin d'une maman…

Zoe songea à toutes les pensées désagréables que lui avait inspirées cette fillette difficile, la gorge serrée.

— La police s'en est mêlée… J'ai dû demander une injonction d'éloignement et, enfin, ça a été la goutte de trop. Ça a vraiment été terrible.

— Que s'est-il passé ?

— Elle a trouvé des médicaments. Elle les a pris. Elle était sevrée depuis longtemps, elle ne connaissait pas… ne connaissait pas ses propres limites. Elle a fait une overdose. Elle a cessé de respirer pendant neuf minutes. Elle a d'importantes lésions cérébrales. C'est un problème plus courant qu'on… enfin. C'est ce qu'ils disent. Ça ne nous a pas paru courant, à nous.

Il caressa le bras d'Elspeth.

— Elle… elle pourrait récupérer certaines fonctions cérébrales un jour. Enfin. C'est ce qu'ils pensaient. Il y a un moment. Je viens souvent ici. On ne sait pas ce dont elle a conscience.

— C'est là que vous venez chaque fois que vous vous absentez ?

Il acquiesça.

— Je me dis que son état pourrait s'améliorer.

— Et quand vous travaillez ?

Il eut un petit rire triste.

— Cet endroit coûte une fortune.

Elle opina du chef. La monnaie dans la boîte à biscuits ; le manque de tout dans la maison. Eh bien.

— J'essayais de tout concilier, de nous faire tenir.

Zoe se pencha vers lui.

— Personne ne peut y arriver tout seul. Personne.

Il se retourna pour regarder le bâtiment principal de l'hôpital.

— Mais je le comprends maintenant. J'ai tenté de le nier pendant si longtemps. Mary a besoin d'aide. Ce genre d'aide. Une aide psychiatrique. Mon Dieu, elle lui ressemble tant. Jusqu'à maintenant, je me disais que c'était peut-être parce qu'on avait du mal à garder les nounous qui s'occupaient d'elle… Mme MacGlone détestait Elspeth, elle la détestait vraiment, et a eu du mal à s'attacher aux enfants. Elle pensait qu'on ne devait pas prendre Patrick.

— Ne pas prendre Patrick ? répéta Zoe avec incrédulité. Qui pourrait ne pas vouloir de Patrick ?

Ramsay haussa les épaules.

— Je me disais, enfin, que c'était parce qu'on n'arrivait pas à trouver une bonne nounou, que c'était l'explication évidente… Et je ne supportais pas de voir sa mère en elle.

Sa voix se fit toute petite.

— Et puis, vous êtes arrivée. Et je me suis rendu compte que ce n'était pas les nounous, le problème.

Zoe se mordit la lèvre.

— Oh, je ne crois pas…

Ramsay la regarda ; ses yeux étaient si las.

— Si. Vous avez tout changé. Vous ne vous rendez pas compte de ce que vous avez fait. Vous avez transformé notre maison en foyer. Pour… pour nous tous.

Zoe secoua la tête.

— Mais vous ne vous rendez pas compte…, commença-t-elle, réalisant en même temps, pour la première fois, que c'était la vérité. Vous ne vous rendez pas compte que c'est… le premier vrai foyer qu'on ait eu, Hari et moi. Vous nous avez offert un foyer.

Ce constat et ses implications étaient terribles, mais ne changeraient rien : ils devraient partir, malgré tout. À cette pensée, les yeux de Zoe s'embuèrent de larmes.

Chapitre 10

Ils se redirigèrent lentement vers l'hôpital. Ramsay avait caressé la main d'Elspeth, avec tendresse, mais elle n'avait semblé rien remarquer. Zoe l'avait dévisagée ; cela avait été plus fort qu'elle. Quelle étrange créature versatile avait-elle été pour ensorceler Ramsay de la sorte ? En l'examinant de près (et il était très étrange de pouvoir fixer un autre être humain avec autant d'attention sans qu'il réagisse ou se sente concerné), on devinait aux os de son visage qu'elle avait dû être une belle jeune fille, qui avait envoûté Ramsay, toujours bouleversé par la mort de son père. Elle voyait les pommettes hautes de Mary, son menton ferme. Elle ne voyait rien de Patrick, en revanche. Cet enfant était vraiment sorti du royaume des fées, se surprit-elle à penser avant de chasser cette idée aussi sec.

Ils marchèrent en silence, un peu tristes, jusqu'au service pédiatrique.

Hari n'était pas dans sa chambre, et Zoe fut à deux doigts de pester, mais Ramsay lui attrapa le bras pour la conduire dans celle d'à-côté. On avait retiré le linge de lit pour construire une tente qui recouvrait toute la pièce. De petits rires s'en élevaient. Ramsay souleva le drap, et ils découvrirent les deux enfants, en train de jouer avec la tablette de Hari, rigolant comme des fous.

— COUCOU, VOUS ! s'écria gaiement le petit.

* *

Ramsay emmena Mary, qui avait rendez-vous avec l'infirmière du CAMHS pour décider des prochaines démarches. Avant de s'en aller, la fillette s'excusa encore une fois auprès de Zoe, avec une telle sincérité, un tel désespoir, que la jeune femme réussit à opiner du chef. Elle savait que son attitude était grossière, mais elle avait du mal à faire plus ; les choses auraient pu si facilement, si facilement, mal tourner et se retrouver à la une de tous les journaux du dimanche.

Elle pensa à la mère de la pauvre petite, qu'elle pourrait bien ne jamais revoir, et sa gorge se serra. Prenant une profonde inspiration, elle lui tapota l'épaule.

— D'accord, dit-elle avec une profonde lassitude. Je pense que le docteur va beaucoup t'aider, ma chérie. On veut juste que tu ailles mieux. C'est tout.

Mary acquiesça, l'air grave, puis sortit avec son père, main dans la main. Zoe alluma alors la télé pour Hari. Ils tombèrent sur une rediffusion du programme éducatif *Balamory*, et Hari, tout content, récita les paroles les unes après les autres. Zoe le fixa, ne souhaitant pas en perdre une miette, n'en croyant pas ses oreilles, jusqu'à ce qu'elle trouve enfin une minute pour s'enfermer dans la salle de bains et laisser couler ses larmes.

Chapitre 11

La gentille pédiatre ne savait pas vraiment quoi faire pour elle, si ce n'était l'encourager à se réjouir.

— Il s'agit bel et bien d'un trouble de l'anxiété, lui dit-elle.

Zoe grimaça, avant de répondre qu'elle le savait déjà.

— Et vous savez qu'Einstein…

— Je ne crois pas que ce soit le nouveau Einstein, répondit Zoe, avec gentillesse, mais fermeté.

— Lui est-il arrivé quelque chose qui aurait pu soulager son anxiété ?

Zoe aurait plutôt pensé le contraire, même si elle l'entendait rire dans la pièce voisine, devant son dessin animé.

Hari pourrait-il lui dire, un jour ? Lui expliquer l'étrange monde de silence dans lequel il s'était enfermé, les murs se refermant sur lui, de plus en plus chaque jour, jusqu'à ce que quelque chose ouvre une brèche – le choc, peut-être ? Réaliser avec effroi qu'il risquait de tout perdre et qu'il était important de se servir de tous les moyens à sa disposition ? Quand elle le questionnait, Hari répondait simplement, en souriant, que c'était grâce au monstre, mais elle se disait qu'il parlait de façon métaphorique ou qu'il avait rêvé au milieu de toute cette eau et tout ce bruit, où il ne voyait pas à soixante centimètres devant lui.

— Est-ce que vous êtes contente ? l'interrogea le médecin, comme Zoe se remettait à pleurer.

À travers ses larmes, la jeune femme opina vigoureusement du chef.

* *

Le trajet retour fut lent et aurait été calme sans Hari, qui s'exclamait : « Arbre ! Cailloux ! Oiseau ! », émerveillé, chaque fois que ses yeux se posaient sur quelque chose. Zoe, elle, devait retenir ses larmes. Elle avait décidé de ne rien dire à Jaz, pour lui faire la surprise.

Elle n'avait pas annoncé leur départ à Hari. Elle ne savait pas comment faire. Quand il descendit de la voiture, il se précipita vers Patrick en hurlant :

— PATRICK ! JE SAIS PARLER !

Le garçonnet sauta de joie, avant de s'arrêter, son petit minois sérieux se renfrognant, et de dire :

— Oui, Hari, mais tu dois me laisser parler plus, sûr et certain.

Ramsay se tourna vers Zoe, le visage implorant.

— N'y a-t-il aucun moyen que vous… ?

L'émotion étrangla de nouveau Zoe.

L'infirmière du CAMHS avait dit que Mary commencerait directement ses séances avec un psychiatre, mais que, si les choses ne s'arrangeaient pas, ils devraient envisager un traitement médicamenteux. Ramsay l'avait expliqué à Zoe, comme si cela pouvait jouer en sa faveur, désamorcer la situation. Et dans n'importe quelle autre circonstance, cela aurait pu marcher. Mais il était impossible, absolument impossible, que Jaz la laisse rester ici avec son fils quand il découvrirait ce qui s'était réellement passé.

Zoe n'était pas allée voir Nina à l'hôpital : elle se sentait terriblement coupable, mais elle allait devoir lui faire faux bond et n'en avait pas le courage pour l'instant, elle avait déjà suffisamment d'ennuis comme cela.

Mais ici, à la maison (enfin, à « The Beeches », plutôt, bien sûr), cette journée d'automne était splendide ; toutes les couleurs de l'automne égayaient l'aspect sombre de la maison, des feuilles orange, jaunes et rouge vif recouvrant la pelouse et tourbillonnant dans l'air, soulevées par le vent. Wilby avait commencé à les ratisser et à former un tas, mais Patrick et Hari ne perdirent pas beaucoup de temps avant de se jeter dedans. Shackleton finit par sortir voir ce qui se passait et décida de se joindre à eux, sous-estimant gravement sa taille et sa corpulence : il détruisit complètement le tas. Zoe les envoya donc chercher des râteaux (il y avait tout un bric-à-brac dans le vieil abri de jardin) pour aider Wilby à le reformer, et ils se mirent à ramasser les feuilles, pour mieux sauter dedans après, dans un ballet incessant.

Contre toute évidence, il faisait doux et juste assez chaud, tout juste, en portant un gilet, pour s'asseoir dehors, et c'était précisément ce que faisait Mary, vêtue de son nouveau pull renard. Elle était nerveuse en présence de Zoe, qui avait décidé, quoi qu'il arrive, de passer à autre chose. C'était elle, l'adulte ; Mary était une enfant, et une enfant en souffrance, qui n'avait pas de chance, en plus. Elle se dirigea donc vers elle pour s'asseoir à ses côtés.

— Qu'est-ce que tu lis ?

Mary lui montra *Le Neveu du magicien*.

— Génial ! Oh, tu as de la chance. J'aimerais le lire pour la première fois.

— Personne..., commença Mary d'un air songeur. Personne n'a de maman dans les livres que tu m'as donnés.

Surprise, Zoe y réfléchit. Narnia, Katy, Alice, Anne, Mary Lennox. Mary avait raison. Aucune de ces fillettes n'avait de maman.

— Je crois que c'est juste pour l'histoire, répondit-elle. C'est ce qu'il faut pour qu'un enfant parte à l'aventure.

— Je crois que j'ai eu assez d'aventures comme ça.

— Moi aussi, répondit Zoe, et elles restèrent assises côte à côte, à regarder les garçons courir en tous sens, tels de petits cerfs bondissant joyeusement dans un champ rouge vif.

* *

Ramsay s'attarda à côté de la voiture. Il les observait tous et se rendit compte de l'horrible vérité, en chancelant : il voulait qu'elle reste. Il le voulait tant. Pas pour les enfants – enfin si, pour eux aussi. Pour elle. Pour tout ce qu'elle était : la manière dont ses cheveux lui tombaient devant les yeux ; ses éclats de rire ; la musique qu'elle mettait dans la cuisine ; son amour intense pour son fils ; la façon qu'elle avait de toujours aller de l'avant, ce qui lui avait fait cruellement défaut, il le savait, car il s'était laissé aller, espérant, inconsciemment, qu'Elspeth reviendrait ou que les choses changeraient.

Il attendait, réalisa-t-il, d'être sauvé, telle une princesse de conte de fées. Et Zoe était son prince charmant.

Il la désirait tant. Mais il était trop tard à présent, car, au moment même où il nourrissait cette pensée, une petite voiture rouge, familière, apparaissait au bout de l'allée dans un bruit de ferraille.

Chapitre 12

Contre toute attente, trois personnes sortirent de la petite voiture de location : Jaz, une très jolie fille, dont Zoe déduisit qu'il devait s'agir de Shanti, et une autre jeune femme.

Surinder s'approcha d'elle, et les deux filles s'enlacèrent.

— Je ne sais pas quoi dire, commença Surinder. Je… J'espérais vraiment que ce serait une bonne chose.

— Ça l'était, répondit Zoe, la gorge serrée.

Hari arriva en courant, les cheveux en bataille, haletant, à bout de souffle.

— Coucou, tata ! s'exclama-t-il nonchalamment.

— Quoi ? s'écria Jaz.

Zoe ne put s'empêcher d'arborer un grand sourire en voyant son visage.

— QUOI ?

— Oh ! Coucou, papa ! dit le petit en se retournant.

— QUOI ?!

Jaz était si surpris qu'il ressemblait à un personnage de dessin animé.

— Tu parles !

— Voui.

Jaz regarda fixement Hari, puis Zoe, puis de nouveau Hari. Surinder éclata de rire.

— C'est moi qui lui ai appris, sûr et certain, intervint Patrick.

— C'est mon frère, lui expliqua Hari.

— Oui, on s'est déjà rencontrés… Salut, mon pote, répondit Jaz, mal à l'aise.

Patrick le dévisagea sévèrement.

— Merci d'être venu nous rendre visite, mais Hari et moi, on a des choses très importantes à faire avec les feuilles. AU REVOIR !

Sur ce, il fit demi-tour et retourna dans le jardin, Hari dans son sillage. Jaz resta planté là, éberlué.

— Et si j'allais nous préparer du thé ? proposa Zoe.

Elle alla serrer la main de Shanti. Comme l'avait dit Jaz, elle était vraiment très belle.

— Bonjour. Pardon. Je suis Zoe. Je me rends compte que cela fait beaucoup de choses à encaisser.

Shanti fixait la maison, comme hypnotisée.

— Ouah, c'est magnifique, ici !

Surinder, elle, prenait des photos des garçons en train de courir dans le soleil couchant.

Shanti suivit Zoe à l'intérieur. Une odeur de cire embaumait l'air ; à l'évidence, Mme MacGlone s'était affairée. Le soleil entrait à flots par les fenêtres, illuminant les boiseries.

— Ouah ! s'exclama-t-elle.

Elle jeta un coup d'œil dans le salon, inondé de soleil, où trônait une énorme réplique d'avion, que Shackleton et Patrick construisaient, ces jours-ci. Des bouts de balsa et de vieux plans étaient étalés sur la grande table.

— Regardez-moi cet endroit, poursuivit-elle.

Les voix riantes, jacasseuses, des enfants résonnaient dans l'air.

Elle suivit Zoe dans la cuisine, et cette dernière mit de l'eau à chauffer.

— On a aussi du café, dit-elle en se remémorant cette soirée, quand tout ce qu'elle désirait, c'était sentir ses mains sur son corps… mais elle chassa cette idée de son esprit.

— Jolie machine. Ça alors, je ne sais pas à quoi je m'attendais, mais pas à ça.

Elle se tourna vers Zoe.

— Je… Je suis vraiment… J'espère que cela n'a pas été bizarre que Jaz commence à sortir avec moi.

Zoe s'apprêta à esquiver, à répondre non, pas du tout, mais décida qu'il valait mieux être honnête.

— Eh bien, tu es la première fille que je rencontre depuis… moi, mais ça fait longtemps qu'on a rompu.

— Mais tu es la maman de son…

— Oui, tout ça, tout ça.

— Il a l'air extraordinaire.

— Je ne sais pas s'il est extraordinaire, répondit Zoe, avant de se raviser. Enfin, si, il l'est.

Shanti opina du chef.

— Merci d'avoir poussé Jaz à assumer ses responsabilités, ajouta Zoe.

La jeune femme leva les yeux au ciel.

— J'ai grandi sans mon père. Je l'ai menacé de le tuer, s'il ne se ressaisissait pas.

— Eh bien… merci. J'ai grandi sans mon père, moi aussi. J'aurais dû le menacer.

— Mais je ne nous remercierais pas encore, à ta place. Il a visité quelques apparts…, répondit Shanti avec une grimace.

Zoe, laissant ces mots flotter dans l'air, s'occupa en cherchant des tasses pour tout le monde et en vérifiant s'il restait des sablés – ce qui, heureusement, était le cas.

Chapitre 13

Ramsay sembla sur le point de disparaître dans sa bibliothèque : il ne supportait pas l'idée de rester assis à écouter cet homme lui expliquer comment il allait lui prendre Zoe pour l'installer dans un horrible trou à rats, quelque part, dans Londres. Il ne la reverrait plus jamais.

Mais Zoe le regarda d'un air qui, en substance, voulait dire : « Qu'est-ce que c'est que ces manières ! » Alors il les rejoignit sur les chaises en fer forgé qu'elle avait demandé à Shackleton de sortir et d'essuyer – quand, se demanda-t-il, avait-elle trouvé le temps de découvrir leur existence ? Et quand son préadolescent grincheux et taciturne s'était-il transformé en garçon si futé et plein de bonne volonté ?

Quand ils furent tous installés, personne ne sut par où commencer, jusqu'à ce que Jaz, assis, jambes écartées, un pied posé sur un genou (position qu'il adoptait pour cacher sa nervosité, Zoe le savait), demande comment Hari s'était mis à parler… et pourquoi il avait un tel accent.

Ramsay jeta un regard à Zoe, qu'elle ne lui rendit pas. À la place, elle cligna des yeux et répondit :

— Eh bien, Mary et Hari ont eu un petit accident sur le loch. Où ils n'ont absolument pas le droit d'aller.

Shanti tourna la tête.

— Où est-il ?

— Juste en bas du jardin, répondit Zoe.

— Ouah… vous avez vraiment tout, ici, commenta Shanti, les yeux écarquillés.

— Bref. Hari a eu peur et… le médecin a dit que quelque chose semblait avoir ouvert une brèche.

Jaz secoua la tête.

— Je pensais venir pour m'occuper de mon petit garçon traumatisé. Au lieu de ça, il écoute les disques des Proclaimers et mange des tourtes à la panse de brebis.

Personne ne répondit à cela.

Il donna un petit coup de pied par terre, puis se leva.

— Je vais le chercher. Il peut me montrer le lac.

— Loch, le reprit machinalement Zoe.

— Bon Dieu, Zo, tu ne vas pas t'y mettre, toi aussi.

Il s'éloigna, l'air renfrogné, ce qui fit grimacer Shanti. Surinder avait assisté à toute la scène en secouant la tête.

— Bon sang, dit-elle. Tu es pire que Nina. D'ailleurs, en parlant d'elle…

Elle consulta sa montre.

— Il va falloir que j'y aille, si je veux pouvoir lui rendre visite.

Zoe se leva elle aussi d'un bond.

— Attends, j'ai des livres pour elle dans le van.

Surinder se dirigea vers ce dernier avec entrain.

— Oh, te voilà ! lança-t-elle en le tapotant, toute contente. On en a passé, des bons moments, dans ce vieux machin.

Elle fit un grand sourire.

— D'ailleurs, il faut que je fasse signe à deux, trois personnes tant que je suis là… des garçons, surtout.

— Combien de temps restes-tu ?

— Ça dépend de quand Nina accouche. J'ai des jours de congé à prendre. Et Lennox va être occupé à mettre ses mains dans le postérieur d'un mouton ou un truc du genre.

— Je ne pense pas qu'il mette ses mains dans leur postérieur.

— Oh, merci, James Herriot[1]…

Surinder grimpa les marches du van, puis tourna la poignée.

— Oooh ! fit-elle, surprise. Tu l'as modifié !

— Euh… Je ne crois pas…

— C'est quoi, tous ces livres sur le monstre du loch Ness ? Et ces peluches ?

— Ça a l'air de plaire aux gens, marmonna Zoe.

— Ça alors ! Des livres de coloriage ! Et ces trucs pour touristes… Est-ce que Nina sait que tu vends ces machins ? l'interrogea-t-elle en plissant les yeux. Je veux dire, elle ne vend pas ce genre de choses d'habitude, c'est tout.

Zoe grimaça.

— Tu penses que j'ai baissé en gamme ?

---

1. Nom de plume d'Alfred Wight, célèbre vétérinaire et écrivain anglais, connu pour son autobiographie : *Toutes les créatures du Bon Dieu* (*N.d.T.*).

— Nooon…

— Écoute. Je ne vendais pas assez des autres livres. Je ne suis pas Nina… C'est une libraire de génie. Mais il y a un marché énorme ici… vraiment gigantesque, avec plein de gens qui s'intéressent à l'histoire de l'Écosse et de la région… Alors on a vendu plein d'atlas, qui sont magnifiques. Les livres sur le monstre, c'est juste pour que les enfants puissent colorier pendant leur long trajet en car, c'est tout.

— Hum, répondit Surinder en clignant des yeux. Tu as peut-être raison. Nina n'est pas très douée avec les chiffres.

Elle s'empara d'un des deux gros recueils de cartes, très beaux, qui arboraient une grosse étiquette de prix.

— Ouah ! Tu les vends ?

— Oui… Ils viennent de la collection de Ramsay. Ce sont des choses qui ne se vendent pas bien à Londres.

Surinder opina du chef.

— J'ai l'impression de me faire inspecter, fit remarquer Zoe d'un air gêné.

— Ah ! Moi aussi.

Zoe sourit.

— Jaz semble beaucoup plus… calme.

Surinder acquiesça.

— Shanti lui fait du bien. C'est certain. Même si tu connais Jaz… Il est toujours plein de bonnes intentions. Mais il ne s'y tiendra pas forcément à long terme.

Elles passèrent la tête à la porte du van. Shanti était allée rejoindre Jaz et Hari près de la rive du loch.

— On dirait qu'elle a un coup de cœur pour ce lieu, constata Surinder, avant de pousser un soupir en regardant à la ronde. Moi aussi. Quand je suis à Birmingham, j'oublie qu'il existe de tels endroits. On se sent… On se sent si libre ici…

Comme pour confirmer ses dires, une volée d'oies sauvages passèrent devant elles, bas dans le ciel, en route vers le sud, agitant leurs ailes blanches dans le soleil qui déclinait lentement, dans cette profonde lumière automnale.

— Ça va, ça va, j'ai compris, fit Surinder avant de plisser les yeux. Je me demande si la grange de Lennox est toujours occupée… Bon. Je ferais mieux d'aller voir Nina.

— Ne lui parle pas des livres de coloriage, se dépêcha de lui dire Zoe.

— Oui, d'accord.

Surinder la considéra.

— Alors comme ça, tu rentres à la maison, hein ?

— Hum, répondit Zoe.

Chapitre 14

Certaines décisions sont prises pour nous. D'autres s'imposent à nous tout doucement. Mais il arrive aussi qu'on en prenne en toute conscience.

Dans la soirée, comme le soleil se couchait, Ramsay descendit à la cave. Il touchait rarement aux vieilles bouteilles poussiéreuses que son père y avait entreposées. Il en choisit deux, celles avec les noms qui lui semblaient le plus désuets. Puis il remonta et, ayant enfin réussi à faire reculer les deux garçons subjugués, alluma le tas de vieilles branches et fougères qu'ils avaient ramassées tous ensemble dans la forêt, en y ajoutant quelques feuilles du jardin. Zoe enveloppa des pommes de terre dans du papier aluminium pour les poser dans les braises, puis sortit de longues fourchettes pour que les adultes fassent cuire des saucisses, dont la graisse tombait en crépitant. Jaz mit de la musique sur son téléphone et, pendant que les enfants couraient en tous sens, riant aux éclats, ils restèrent au coin du feu, où ils dégustèrent les vieux crus dans les mugs et les tasses en étain dénichés dans la cuisine. Quand Surinder rentra de l'hôpital, elle leur apprit que Nina avait relu tous les polars de Val McDermid et considérait à présent tout le monde comme un meurtrier potentiel, mais que, mis à part cela, elle se portait comme un charme. Jaz et Ramsay durent s'asseoir l'un à côté de l'autre, Patrick et Hari souhaitant tous deux être assis sur les genoux de leur papa – Hari adorait que son père soit là pour pouvoir faire son intéressant. Zoe observa Ramsay : il caressait la tête de Patrick, répondait à ses questions sibyllines sur les vers luisants et les satellites, et tout l'amour qu'il portait à ce garçon, qui n'était pas de lui, la submergea.

Il contrastait nettement avec l'insouciance de Jaz, qui n'avait pas hésité à laisser son fils derrière lui. Sans elle, réalisa-t-elle, et sans Surinder et Shanti, Hari pourrait ne plus avoir de père, aujourd'hui. Jaz croisa alors son regard et, comme s'il devinait ses pensées, fit une petite grimace.

Mais sinon, compte tenu de l'étrangeté de la situation, ils passèrent une soirée très agréable et quand ils partirent en direction de l'hôtel, Shanti prenant le volant, ils restèrent tous au bout de la longue allée de gravier pour leur faire au revoir de la main.

— J'aime bien quand papa vient me rendre visite, dit Hari d'un air songeur. C'est super.

Avec un sourire, Zoe prit sa main, ainsi que celle de Patrick, pour les accompagner à l'étage.

— Attends, lui demanda alors Hari.

Sur ce, il courut vers Ramsay, toujours assis, ses trop longues jambes étendues vers le feu : il se hissa sur ses genoux et fit un câlin à l'homme médusé.

— Bonne nuit !

Zoe et Ramsay échangèrent un regard, stupéfaits, puis Zoe l'emmena se coucher (dans leur chambre, loin de Mary, plus question de dormir avec Patrick) en réfléchissant à la situation.

Aggravait-elle le cas de Hari en le laissant s'attacher autant à tout le monde, ici ? D'un autre côté, que voulait-elle ? Qu'il soit malheureux ?

Elle était encore perdue dans ses pensées quand elle sortit pour aller chercher les verres et les fourchettes restés dehors. Ramsay n'avait pas bougé, il fixait toujours le feu, verre à la main, son gros pull de pêcheur bleu marine posé à côté de lui, sur lequel des feuilles étaient toujours accrochées.

— Tenez, dit-elle en en prenant une, qu'elle lui tendit. Vous pourrez la garder en souvenir de cette belle journée.

Il se tourna alors vers elle, le visage brûlant de désir, et passa son énorme main autour de sa taille minuscule. Ce fut insoutenable.

— S'il te plaît, dit-il. S'il te plaît, reste.

Chapitre 15

Le lendemain, près du loch, le van ne désemplit pas. Le site fourmillait de familles qui profitaient des vacances pour venir observer les phoques et manger de la soupe ; Agnieszka était aux anges. Quand Murdo arriva, Zoe le héla.

— On a… Ramsay et moi… enfin… pas nous… pas ensemble, ah ! Rien de ce genre…

Elle rougit en se remémorant la veille au soir, quand elle lui avait présenté ses excuses en bégayant avant de courir se coucher, profondément troublée, profondément effrayée, et de rester éveillée toute la nuit à imaginer, juste imaginer, la sensation qu'elle aurait ressentie s'il l'avait prise dans ses bras puissants, s'il l'avait attirée contre lui, l'avait entraînée dans la maison… ou, pire, dans les bois… ne pouvant s'empêcher de penser aux conséquences que cela aurait sur la famille et que c'était impossible.

— Bref, je bafouille. Je voulais juste te dire. Nous te devons tout. Ramsay tenait à te donner… Je me rends compte que ce n'est pas grand-chose…

Elle sortit la grosse caisse de bouteilles de vieux whisky qu'ils avaient exhumée de la cave.

— Ben ça alors. Bon Dieu. Je ne… je veux dire, tout le monde aurait fait la même chose. Tout le monde l'a fait, en réalité… On se serait cru à Dunkerque, dit-il avec un sourire. Oh, regardez-moi ça. C'est trop.

— C'est loin d'être trop, rétorqua-t-elle, sérieuse.

— Et puis ce n'était pas moi, de toute façon. Quelque chose m'a poussé sur le loch…

— Arrête. Ça fait trop longtemps que tu travailles ici, à chercher le monstre. Ça t'embrouille le cerveau.

— Voui, peut-être. Mais peut-être pas.

Ils emportèrent la caisse de whisky jusqu'à son bateau.

— Eh bien, c'est très gentil, dit Murdo. Est-ce que les deux minots vont bien ?

— Ça va, répondit-elle, ne souhaitant pas développer davantage.

* *

Kirsty la rejoignit pour le déjeuner. Autour d'un bol de *cock-a-leekie*, l'excellente soupe au poulet et aux poireaux d'Agnieszka, accompagné de gros morceaux de pain, Zoe lui raconta toute l'histoire ou, plutôt, certaines parties. Kirsty siffla.

— Quel est le diagnostic ?

En réalité, Ramsay avait… avant de… enfin. Ils en avaient parlé. Les médecins s'étaient montrés inflexibles : un traitement médicamenteux était requis. À très faible dose, juste pour stabiliser son humeur. Ramsay était farouchement opposé à cette idée : « Une fillette de neuf ans sous antidépresseurs ? » Ils s'étaient tous les deux indignés, mais avaient été encore plus consternés quand le médecin leur avait appris le nombre de petits Écossais de neuf ans qui étaient sous traitement médical en Écosse. Il y en avait beaucoup. Zoe lui avait simplement demandé si les autres enfants de la maison seraient en sécurité sous le même toit que Mary si elle prenait ces médicaments, et il lui avait assuré que oui, ce qui lui avait suffi. Cela ne durerait pas longtemps. Cela l'apaiserait. De façon à pouvoir l'atteindre ; à pouvoir l'aider. Zoe interrogea Kirsty à ce sujet ; cette dernière était d'accord.

— Ça va aller, dit-elle. Il y a plein d'enfants sous antidépresseurs. Franchement. Ça change la vie.

— Mary a bien failli changer la nôtre, répondit Zoe, morose. Je dois sans cesse me répéter que ce n'est pas sa faute.

— Je pense sincèrement que les médicaments vont l'aider, vous allez voir. Et elle s'adaptera sans doute un peu mieux à l'école.

— Oui, elle mordra moins, dit Zoe avec un sourire triste, avant d'ajouter : Je me demandais… Je me disais… Il faut qu'on remercie les villageois pour ce qu'ils ont fait. Et les enfants… Ils n'ont pas eu de vrai Halloween, avec des déguisements. Ils ont l'impression d'être trop impopulaires, trop bizarres, pour sortir.

— C'est dommage, répondit Kirsty avec sincérité.

— Je pensais que la fête de Samain aurait compensé, mais…

Elle rougit en y repensant.

— … il s'est avéré que ce n'était pas du tout approprié pour les enfants. Enfin, bref, je me disais… Je sais que c'est passé, mais si on organisait une fête d'Halloween, est-ce qu'on pourrait inviter tous les élèves ? Comme ça, les enfants pourraient… les revoir ? Ou est-ce que ce serait de la folie ?

— Tous les élèves ? Mais ça fait soixante enfants !

— Je sais.

— Mais je ne connais pas un seul enfant qui n'aimerait pas fêter deux fois Halloween.

— Super. Fais passer le mot, alors.

Chapitre 16

Cela lui demanda de longues recherches. Elle le faisait la nuit. Ramsay n'était pas là, et Zoe savait pourquoi. Mais, au moins, elle savait où il était.

Il fallait qu'elle trouve quelque chose. Dans la bibliothèque. Quelque chose qui leur permettrait d'organiser la fête ; afin de préparer les enfants. Pour l'école ; pour la vie normale qui les attendait dehors.

Elle écarta les ouvrages qui ne figuraient pas dans l'almanach, tels que les encyclopédies anciennes, qui ne savaient pas encore de quoi étaient constitués les atomes, et les beaux recueils enluminés sur la vie des saints, que seul le pire des sadiques aurait pu offrir à un enfant. Il lui fallait un bon livre. Qu'elle pourrait vendre directement.

Sur la mezzanine, sous une pile de livres de cantiques, elle finit par trouver son bonheur. Elle siffla.

La couverture gris pâle représentant les toits de Londres ; les deux petits garçons en train d'escalader la cathédrale Saint-Paul. Elle vérifia la date sur la deuxième de couverture. C'était une deuxième édition, pas la première, mais cet ouvrage valait malgré tout une petite fortune : un des tout premiers exemplaires de *Sur les toits*.

Elle laissa les enfants le regarder, avec réticence, puis leur expliqua qu'ils allaient le vendre.

— Mais c'est le livre qu'on est en train de lire ! Et on ne l'a pas fini ! râla Patrick. On ne sait même pas si Delphine est à bord du galion *Queen of the Nethers* ! Les corsaires l'ont emmenée !

— Je l'ai sur ma liseuse, le rassura Zoe. Ne t'inquiète pas. On peut trouver plein d'exemplaires d'un livre.

— Mais ! Je m'inquiète ! rétorqua le petit en clignant des yeux.

— Je sais. Mais fais-moi confiance. Ça va en valoir le coup. On va organiser une fête d'Halloween !

Les garçons poussèrent un cri de surprise.

— Est-ce… Est-ce que des filles pourront venir ? demanda Shackleton.

— Tout le monde pourra venir.

Mary la regarda. Les médicaments la rendaient somnolente, lente à réagir.

— Quel genre de fête ? Comme pour Samain ?

— Non, répondit Zoe avec emphase.

Cette fête-là avait dégénéré.

— Une fête pour enfants. Je me disais qu'on pourrait décorer la maison, mettre plein d'objets qui font peur, organiser des parties du jeu des pommes flottantes, ce genre de choses.

— Et manger des tas de bonbons, sûr et certain ? l'interrogea Patrick.

— Et du gingembre, sûr et certain, ajouta Hari.

— Du gingembre ?

— Il parle du soda au gingembre, lui expliqua Patrick.

— Oh, d'accord. Eh bien, oui. Tout ça. Je pensais qu'on pourrait inviter les enfants avec lesquels vous allez aller à l'école.

— OOH ! fit Patrick.

— Ils sont horribles, lança Mary.

Shackleton, assis près du feu, releva lui aussi les yeux.

— Eh bien, poursuivit Zoe sur un ton de confidence. Je pensais qu'on pourrait te faire un costume de dingue et inviter tout le monde. On décorerait la maison de manière sensationnelle et on organiserait la meilleure fête de tous les temps. Comme ça, tout le monde se rendrait compte que tu es super cool, et la fille que tu as mordue…

— Stephanie, lança Mary d'une voix rageuse. Elle a dit que ma mère était folle.

Zoe s'apprêtait à suggérer la conciliation. Mais elle changea d'avis.

— Stephanie. Eh bien, on pourrait la snober.

— Qu'est-ce que tu veux dire ? se renseigna Mary, l'air intéressé.

— Eh bien, évidemment, normalement, je dis bien normalement, on essaie d'être gentils avec tout le monde.

— Pas Mary, intervint Patrick.

La fillette s'apprêta à rétorquer, mais laissa couler, comme si cela ne lui faisait ni chaud ni froid. Ils le remarquèrent tous.

— … mais, dans ce cas précis, je pense qu'on pourrait être super gentils avec tous les autres, et quand elle arrivera…

— Elle ne viendra peut-être pas, fit remarquer Mary.

— Tout le monde voudra venir. Crois-moi. Donc, tu seras très contente de voir tous les invités, mais, quand elle arrivera, tu diras juste : « Oh, salut. » Et, moi, je pourrai dire : « Oh, c'est toi, Stephanie », mais sur un ton très mesquin. « Oh, comme ça, c'est *toi*, Stephanie », répéta-t-elle. Enfin, je sais que c'est très méchant, et moche…

— Elle m'a dit que ma maman était maboule.

— Exactement. Circonstances atténuantes.

— Et je pourrai la mordre ! s'écria Patrick.

— Non. C'est ce que je veux vous dire. Vous ne mordez plus personne, plus jamais.

— Circonstances ténuantes, répéta Patrick.

— Toujours pas, non.

— Quel costume est-ce que je pourrais porter ? lui demanda timidement Mary.

— Ce que tu veux ! Une princesse zombie ? Une sorcière terrifiante ?

— Et on va gagner de l'argent avec un livre ? l'interrogea Shackleton.

* *

Ils s'approchèrent tous pendant qu'elle prenait le livre en photo pour le mettre sur eBay. Les enchères fusèrent aussitôt ; c'était très excitant à regarder. Le temps qu'il soit l'heure d'aller au lit, il y avait assez pour une très jolie fête. Le temps que Ramsay rentre à la maison, il y avait assez pour…

— Ça alors ! s'exclama-t-il en fixant l'écran. Ben ça alors !

— Merci, dit Zoe, qui lui avait envoyé un texto plus tôt pour lui demander l'autorisation de le mettre aux enchères. C'est gentil de nous laisser le vendre.

— Oh, sans vous, je n'aurais même pas su qu'il était là.

Zoe se leva, s'écartant timidement de lui. Il en prit conscience, avec dépit, et fronça les sourcils.

— Je… Je suis désolé pour l'autre soir, marmonna-t-il.

— Non… c'est moi, répondit-elle sans réfléchir. Pardon, je veux dire, ce n'est rien. Oubliez ça.

Il opina tristement du chef.

— Alors ? l'interrogea-t-elle avec ménagement. Comment ça s'est passé, ce soir ?

Il prit une profonde inspiration, et ils s'éloignèrent des enfants. C'était nouveau, de pouvoir en parler.

— Il y a… enfin, de bonnes nouvelles, j'imagine. C'est difficile à savoir. La police m'a contacté. Ils me laissent lever l'injonction d'éloignement. Elle… Elle ne constitue plus une menace, apparemment, ajouta-t-il en secouant la tête.

— Bien. Est-ce une bonne nouvelle ?

— Ça signifie que les enfants peuvent…

Il secoua de nouveau la tête, les yeux rivés sur les quatre visages qui riaient autour de l'ordinateur.

— Oh. Oh, ces fichues drogues. Elle a payé le prix fort.

Il fit de son mieux pour retenir ses larmes.

— Je suis sincèrement désolé. Je suis ridicule.

— Vous n'êtes pas ridicule. Vous auriez tous gagné à en parler.

Elle lui tendit de l'essuie-tout, et il la remercia.

— Allez-vous les emmener la voir ?

Il poussa un soupir.

— Shackleton refuse catégoriquement. Il… il se souvient. Il l'a vue quand elle était au plus mal, et elle l'a déçu, encore et encore. Patrick, lui, ne la connaît pas du tout. Il n'a jamais eu de maman.

— Mary ?

— Oui. Oui, peut-être que j'emmènerai Mary.

Il se passa une main dans les cheveux.

— Ça va être un gros choc pour elle.

Zoe repensa à la femme placide au regard perdu dans le vague qui s'était contentée de rester assise à côté d'elle, à lui caresser la main.

— On ne sait jamais, dit-elle. Cela pourrait être suffisant… d'être près d'elle.

— Vous croyez ?

— Non, mais je crois que, dans cette vie, parfois, il faut savoir profiter de ce qu'on nous donne.

Chapitre 17

Le livre se vendit à un prix qu'ils n'auraient jamais pu imaginer, même dans leurs rêves les plus fous. Ramsay sourit, puis donna son accord pour la fête. Zoe emmena donc les enfants au magasin *Tout à une livre* le plus proche (à deux heures de route), où ils achetèrent toutes les décorations en solde qu'ils trouvèrent : toiles d'araignées, citrouilles, chauves-souris, squelettes à suspendre. Tous étaient impatients de rentrer à la maison pour installer ce décor effrayant, dans la joie et la bonne humeur, même si cela serait fatigant.

Ils proposeraient du cidre chaud aux adultes et du jus de pomme à tous les autres, et il y aurait plus de mini-Snickers et Bounty que la maison n'en avait jamais vu. Zoe fit promettre sur l'honneur aux enfants de ne pas en manger plus de quatre avant la fête, même si elle eut plus de mal à respecter ses propres engagements.

Elle les emmena ensuite dans un magasin d'articles de fête, rempli de déguisements d'Halloween. Ils étaient totalement désorientés. Ces enfants avaient-ils déjà mis un pied dans un magasin ? se demanda-t-elle. Hari et Patrick mirent une éternité à se décider, avant d'opter pour le même costume de dinosaure. Shackleton ne voulut prendre qu'une petite paire de crocs et de la peinture rouge pour le visage ; Zoe devina qu'il ne voulait pas paraître trop déguisé, au cas où il y aurait des filles. Elle y fit allusion, et il vira au rouge vif, avant de lui demander dans un murmure si elle pouvait lui acheter un rasoir, ce qu'elle fit aussitôt, remarquant qu'il était vraiment ravi. Ils devenaient bons amis, tous les deux.

Mary examina tous les costumes avec le plus grand sérieux, avant de s'arrêter sur l'un d'eux. C'était un costume de fée pour fille, disait l'étiquette. En tissu gris et brillant, il avait une traîne, ainsi que des ailes délicates dans le dos.

— Ooh ! s'exclama Zoe.

— Quoi ? lui demanda la fillette d'une voix endormie.

— Rien. Mais il est parfait pour toi. Parfait. On pourra te mettre de l'eye-liner. Et je pourrai te crêper les cheveux !

— Qu'est-ce que ça veut dire ?

— Les ébouriffer, comme si c'était du duvet de chardon.

Mary sourit mollement.

— Est-ce que je pourrai mettre du rouge à lèvres ?

— Eh bien, je ne vois vraiment pas pourquoi tu ne pourrais pas.

— Est-ce que tout le monde va vraiment venir ?

— Bien sûr, répondit Zoe, sans ajouter que tous les habitants du village seraient terriblement curieux et voudraient jeter un coup d'œil dans la maison mystérieuse, où ils n'étaient pas autorisés à entrer, même pour Samain, quand ils devaient s'en tenir au jardin.

Le ton de Mary se fit songeur.

— Certaines filles sont plutôt sympas. Je crois.

— Il y a toujours des gens sympas, répondit Zoe.

— Et toi, qu'est-ce que tu vas porter, Nounou Numéro Sept ? l'interrogea Patrick.

— Oh, je ne sais pas. Je vais peut-être juste me dessiner des traces de morsure.

— NON ! s'écria Hari en s'approchant. Oh, prends un costume de sorcière !

— Oui ! Oui ! Ou un GROS DINOSAURE, sûr et certain.

Mary sortit alors un modèle pour adulte de son propre costume : il était argenté, avec une longue jupe traînante et les mêmes ailes pâles et fines.

— Tu pourrais… Tu pourrais mettre ça, lui proposa-t-elle avec de grands yeux nerveux.

Zoe eut l'air soufflé.

— Eh bien, oui. D'accord. Euh. Je porterai celui-là.

Chapitre 18

Ils passèrent la journée à décorer la maison, mais l'effet était grandiose, cela ne faisait aucun doute. Même Mme MacGlone, ô miracle, s'y mit : elle aida à orner la maison de toiles d'araignées, de citrouilles, d'effrayants crânes en plastique, à l'intérieur desquels tremblotaient de minuscules lumières, et de vieilles poupées de Mary, dont plusieurs étaient cassées et un peu inquiétantes. Ils recouvrirent les lampes de papier crépon, et Mary était en train de mettre des grains de raisin dans un saladier pour faire office de globes oculaires, quand Mme MacGlone entra. La gouvernante regarda autour d'elle, puis croisa les bras, avant de les décroiser et de s'exclamer, les joues inhabituellement roses :

— Eh bien !

— Est-ce que vous restez pour la fête ? lui demanda Zoe avec un sourire. Avez-vous un costume ?

— Oh ! fit Mme MacGlone avant de détourner le regard. Je ne pensais pas être invitée.

Zoe s'approcha d'elle.

— Mais bien sûr que vous êtes invitée ! Madame MacGlone… vous êtes… vous êtes la colonne vertébrale de cette maison. Elle ne pourrait pas fonctionner sans vous.

La gouvernante secoua la tête.

— Oh, ce n'est pas vrai.

— Venez, s'il vous plaît. Avec votre mari.

Mme MacGlone attrapa son manteau, un sourire aux lèvres.

— Oh, d'accord alors. Peut-être.

Puis une idée lui traversa l'esprit.

— Vous savez. On n'a pas fait ça d'puis un moment. Ça va sans doute faire sauter tous les fusibles. Mais Wilby l'entretient… Ça coûte une fortune en électricité, bien sûr…

— Quoi ?

Mme MacGlone se rendit dans la cuisine pour ouvrir un placard, où se trouvaient la boîte à fusibles et le chauffe-eau. Elle laissa glisser sa main jusqu'à un interrupteur.

— Eh bien, quand faut y aller…, dit-elle, puis elle appuya dessus.

Dans un premier temps, Zoe ne comprit pas d'où venait cette lumière rougeoyante à la fenêtre. Les enfants se levèrent tous d'un bond, Shackleton en tête, pour traverser en courant le vestibule et ouvrir la porte d'entrée, laissant un courant d'air glacial s'engouffrer à l'intérieur. Quand Zoe les suivit dehors, elle en resta bouche bée. Toute la façade de la maison était illuminée, lui donnant un aspect fantomatique, d'une beauté envoûtante.

— Oh, ouah !

— Ce bon vieux Wilby ! commenta Mme MacGlone, toute guillerette.

* *

Ayant renoncé à calmer les enfants, Zoe les laissa s'habiller en écoutant une compilation de chansons d'Halloween à plein volume et, comme l'heure tournait, monta se changer.

Elle croisa Ramsay devant la porte de la bibliothèque.

— Vous fermez à clé ? lui demanda-t-elle.

— Ah. Eh bien. J'imagine…

Il regarda les clés dans sa main.

— Je pourrai fermer pour ce soir et après…

— Qu'avez-vous en tête ?

— Eh bien… la raison pour laquelle j'interdis aux enfants d'entrer…

— C'est parce qu'ils mettent leur nez partout et détruiraient votre stock ? Parce que cela vous déconcentre ? Parce que vous avez besoin de leur échapper ?

Il releva les yeux, surpris.

— Bien sûr que non. Les livres sont faits pour être lus. Ils veulent être lus, même. Non. Ce n'est pas… Ça n'a jamais été pour ce genre de raisons.

Il retourna la clé dans sa main.

— Non. Mon Dieu. C'est là que je garde tous les courriers… toutes les nouvelles et les informations au sujet d'Elspeth, des services sociaux et… vous savez. Tout. Tout ce qu'ils ne savent pas.

— Est-ce que vous songez à l'ouvrir ? À laisser entrer la lumière ?

Il haussa les épaules. Zoe se mordit la lèvre, puis baissa la voix.

— Est-ce que Mary et Patrick sont au courant… de tout ?

Il parut subitement inquiet.

— Mais je suis leur papa.

— Je sais. Mais…

— Je vois ce que vous voulez dire, la coupa-t-il en opinant du chef. Je me suis simplement toujours dit que… qu'ils enduraient déjà suffisamment de choses comme ça.

Zoe poussa un soupir. Il avait tort, mais raison, aussi, en un sens.

— Et Shackleton ? Est-il au courant ?

Ramsay secoua la tête.

— Bien sûr que non. Ce serait juste… Ça paraîtrait si injuste.

Elle acquiesça. Elle comprenait.

— C'est un bon garçon, vous savez, dit Ramsay d'un air pensif.

— Je sais ! s'exclama-t-elle. J'aime tous vos enfants !

Elle avait voulu le dire d'un ton léger et désinvolte, comme si elle s'était écriée : « J'aime le pamplemousse ! », ou : « J'aime la série *Brooklyn Nine-Nine* ! ». Mais cela ne donna pas du tout cette impression. Pas du tout, et Ramsay la dévisagea, avec des yeux avides, comme s'il cherchait désespérément quelqu'un – qui que ce soit – qui tienne à ses enfants. Zoe sentit de nouveau ce lien entre eux, terrible : elle avait tant envie de rester, mais elle ne le pouvait pas. Elle ne le pouvait pas.

— Je monte me changer, bredouilla-t-elle avant de se retourner. Vous devriez peut-être penser à fermer le meuble où vous rangez vos papiers, suggéra-t-elle.

Il fit oui de la tête.

— Oui. Oui, bien sûr.

Chapitre 19

À dix-sept heures, les phares des voitures avaient commencé à remonter l'allée, et il faisait presque nuit. Zoe enfila sa robe de tulle grise. Les ailes de fée étaient ridicules, mais, en un sens, plutôt seyantes. Mary passa la tête à la porte. Zoe la coiffa devant la glace, avant d'ajouter du maquillage blanc sur son visage et des tonnes de mascara noir.

— J'ai un look d'enfer ! commenta Mary.

— C'est vrai.

Elles entendirent des voix retentir en bas.

— Bien, tu vas devoir aller accueillir les invités, lui dit Zoe.

La fillette parut nerveuse.

— Est-ce que tu vas venir avec moi ?

— Oui.

Et, pour la première fois, la petite fille lui prit la main, et elles descendirent ensemble.

Les craintes de Mary se dissipèrent à une vitesse folle, c'était incroyable à voir. Zoe fit un grand sourire à Kirsty, vêtue d'un costume de sorcière sensationnel. Elle avait manifestement très bien mené sa campagne marketing : tous les enfants étaient là. De minuscules gremlins, des super-héros, un robot qui n'arrêtait pas de tomber dans les escaliers, quelques vampires peu discrets et deux dinosaures couraient dans toute la maison, telle une tornade.

— Ouah, Mary, ta maison est géniale ! s'exclama un farfadet peint en vert.

— Tu nous manques, à l'école, dit une autre fillette. C'est barbant. Tout le monde est sage, tout le temps.

Sourire aux lèvres, Zoe traversa la foule. Stupéfaite, elle aperçut une femme dans une ample robe de bal française, cerceau compris, brocart autour du cou, affublée d'une grande perruque grise et d'une énorme mouche, une ligne rouge peinte sur la gorge. Il lui fallut quelques secondes pour se rendre compte qu'il s'agissait de Mme MacGlone : déguisée en Marie-Antoinette, elle était en train d'organiser le jeu des pommes flottantes. Toute joyeuse, elle fit coucou de la main à Zoe, qui alla à sa rencontre.

— La maison devrait toujours ressembler à ça ! s'exclama-t-elle en agitant son gobelet de cidre.

Dans un coin, des enfants mangeaient du pain d'épice à la mélasse : en ligne, ils semblaient faire la course, dirigés par Agnieszka, qui faisait de grands gestes. Un large chapeau de sorcière et une perruque verte sur la tête, elle était à côté d'un homme costaud en costume intégral de squelette. Ils se tenaient la main. Zoe ne voyait pas qui se cachait sous ce masque, mais avait une petite idée de qui il s'agissait et de la raison pour laquelle un certain bateau n'allait plus s'amarrer sur l'autre rive du loch.

Les enfants savaient tous quoi faire. On fêtait Halloween différemment ici, songea Zoe. Dehors, une petite fille déguisée en lézard chantait à tue-tête une chanson de Taylor Swift, sous le regard admiratif des parents.

— Qu'est-ce qui se passe ?

— Il faut faire un tour avant d'avoir des friandises, lui expliqua Mme MacGlone. Vous ne le saviez pas ?

— Non, répondit Zoe, consciente que le plus petit des deux dinosaures était à côté d'elle.

— Je n'ai pas de tour, dit-il.

Zoe baissa les yeux et le prit dans ses bras.

— Tu es un tour à toi tout seul, et c'est ta fête. Donc, d'après moi, tu n'as pas besoin de tour. Tu es parfait comme ça.

— Ou… ! intervint le plus grand dinosaure. Tu pourrais raconter une blague très rigolote.

Ils s'entretinrent un petit moment, en chuchotant très fort, avant de se tourner de nouveau vers Zoe, qui essaya d'avoir l'air attentif. Patrick donna un petit coup de coude à Hari.

— POURQUOI, annonça Hari avant de regarder de nouveau son copain.

— Pourquoi les dinosaures… ?

— Pourquoi les dinosaures… ?

— Pourquoi les dinosaures disaient « meuh » ?

— Pourquoi les dinosaures disaient « meuh » ?

— Je ne sais pas, répondit Zoe. Pourquoi ?

Le petit dinosaure se contenta de hausser les épaules.

— Parce qu'ils apprenaient une nouvelle langue, sûr et certain ! hurla le grand dinosaure, et ils éclatèrent tous les deux de rire, même si Zoe était sûre à quatre-vingt-dix-neuf pour cent que Hari ne comprenait rien à cette blague.

Puis ils foncèrent sur Mme MacGlone pour la lui raconter en stéréo.

Quand Zoe attrapa distraitement son téléphone pour prendre des photos, elle remarqua un e-mail de Jaz.

Elle l'ouvrit, le cœur battant. Quand elle lui envoyait des photos ou des nouvelles de Hari, c'était toujours par WhatsApp. Par e-mail, c'était très inhabituel.

Sans surprise, elle vit de quoi il s'agissait. Des annonces immobilières.

Elle sortit pour les consulter, dans le froid glacial et le noir, ne souhaitant pas qu'on voie ce qu'elle était en train de regarder.

« Voilà ce qui est disponible, avait écrit Jaz. J'ai parlé au parc de logements sociaux, mais ils m'ont dit que, comme tu avais quitté ton dernier appart par choix, l'attente serait très longue. »

Zoe fit défiler les annonces. De minuscules studios, froids et humides, sur de grands axes. Des chambres spacieuses, mais dans des maisons en colocation, avec des inconnus, allez savoir où. Tous à un prix exorbitant.

Elle se retourna et, en voyant la maison, en eut le souffle coupé : toutes ses pièces éclairées, ses beaux murs de vieilles pierres couverts d'illuminations… Elle était magnifique. Comment avait-elle pu la trouver lugubre, inquiétante ? Comment avait-elle pu trouver cet endroit froid et solitaire ?

Bon, d'accord, il faisait froid. Elle frissonnait dans sa robe de tulle gris.

Soudain, une forme sombre sortit de la forêt, où elle avait supervisé le stationnement. Ramsay n'avait pas de costume (la journée avait été chargée), mais s'était subitement rappelé qu'un vieux masque de fantôme traînait quelque part dans la maison (on trouvait de tout dans la maison) et l'avait mis. Il avait bien fait, il l'avait vite réalisé. Comme les gens ne le reconnaissaient pas, ils se contentaient de le saluer jovialement, sans lui jeter de regards gênés, comme ils le faisaient lors des rares occasions où il s'aventurait en ville.

Tout le monde était arrivé à présent. Il se redirigeait donc vers la maison, frigorifié dans son costume noir, quand il l'aperçut, sa silhouette se découpant contre les lumières de la maison. La robe qu'elle portait lui allait bien, songea-t-il, sans même réaliser qu'il s'agissait d'un costume, jusqu'à ce qu'elle se tourne légèrement et qu'il voie les ailes. Elle avait les joues roses dans le froid, cela le fit sourire ; elle était belle. Puis il réalisa qu'elle avait la tête appuyée contre le mur, l'air très triste, et se mit à courir.

Chapitre 20

Dès qu'elle posa les yeux sur lui, avec son masque étrangement sexy, elle prit une décision. Si elle devait s'en aller, si elle devait partir, retourner à sa petite vie londonienne affolée, arracher Hari à cette vie qu'il s'était construite avec Patrick et Shackleton, et même Mary, alors au diable… elle allait faire quelque chose. Quelque chose pour elle. Parce que tout ce qu'elle faisait, elle le faisait pour les autres, et cela en valait le coup, oui, mais, tout à coup, elle éprouva un sentiment d'injustice. Pourquoi n'avait-elle jamais ce qu'elle voulait, elle ?

Elle fit signe à Ramsay de se taire et de la suivre jusqu'au bois, plongé dans l'obscurité.

Au milieu des arbres, à l'écart des lumières et du bruit de la fête, le silence régnait et il faisait un froid glacial. Les étoiles ressemblaient à des cristaux de glace dans le ciel, les arbres bruissaient doucement dans le vent, un hibou hululait. Elle ne dit pas un mot, elle se contenta de s'arrêter près d'un arbre, refusant de parler, d'évoquer toutes les difficultés, tous les problèmes.

Ce soir, elle ne serait pas la jeune fille au pair, et il ne serait pas son patron. Elle serait la fille venue du royaume des fées. Il serait le bel inconnu.

Il comprit tout de suite, pleinement, et arracha son masque, avant de le jeter sur le côté.

Elle dut tant se grandir qu'il finit par la soulever et la presser contre l'arbre pour mieux pouvoir l'embrasser. Elle ne remarqua même pas la rugosité de l'écorce, la morsure du vent, le murmure des feuilles qui tombaient doucement. Quand il l'embrassa, avec autant d'attention et d'assiduité qu'il était maladroit et hésitant dans la vie, elle n'eut plus conscience de rien. Ce fut une révélation. Sa bouche ; ses grandes mains dans ses cheveux et autour de sa taille ; son torse puissant. Il était irrésistible ; l'embrasser était tout ce qu'elle avait toujours souhaité.

Elle s'arrêta, le regarda dans le clair de lune.

— Et dire que je croyais que tu avais une femme enfermée dans le grenier.

— Oh, j'en ai une. Mon *autre* femme.

En voyant son visage, il s'interrompit.

— Oh, s'il te plaît. Laisse-moi faire une blague à ce sujet. Juste une fois.

— Je crois que tu es plus doué pour les baisers. On ferait sans doute mieux de recommencer.

Chapitre 21

Zoe aurait été incapable de dire s'ils étaient là depuis longtemps. Elle avait perdu toute notion du temps, de l'espace et du monde autour d'elle, et Ramsay ne brusquait rien, même s'ils étaient tous les deux conscients de leur excitation grandissante, de la chaleur qui montait entre eux dans l'obscurité de la forêt.

Elle entendit son nom au loin et reprit peu à peu ses esprits, même si elle ne supportait pas de devoir mettre fin à leur étreinte.

— ZOE !

— Ça doit être l'un des enfants ! s'écria-t-elle, réalisant qu'elle était haletante et qu'il avait la bouche tachée de rouge à lèvres.

Ils se regardèrent, le charme se rompant. Ramsay se recula en poussant un profond grognement, mais tendit la main pour lui caresser la joue.

— Ohh !

Elle soupira.

— ZOEEEEE !

— Tu restes là, dit-elle. Je ne peux pas… On… Tu sais.

— Oh oui, je sais, répondit-il avec amertume.

Elle lui jeta un regard navré, puis sortit en courant des bois, en se frottant la bouche. Son cœur battait à cent à l'heure. Oh là là. Oh là là. Elle avait tant envie de lui.

— ZOEEEE…

Surinder s'arrêta net.

— Mais qu'est-ce que tu fabriques ici ?

— Euh, je m'occupais des lanternes, répondit Zoe, mais c'était inutile.

Surinder s'en fichait : elle était visiblement bien éméchée.

— Zoe ! Nina va accoucher ! Elle va avoir son bébé !

— Oh, ouah, c'est génial !

— Et tout le monde a bu bien trop de cidre. Et toi ?

— Je n'ai pas bu de cidre, répondit Zoe, même si elle se sentait complètement grisée, comme étourdie.

— Bien. D'accord. Bien. Est-ce que tu peux m'emmener à l'hôpital ?

— Quoi ? Non ! La fête bat son plein !

— Pas vraiment, rétorqua Surinder.

Effectivement, les enfants, qui avaient eu leur dose de sucreries, de jeux des pommes flottantes et de danses au son de *Monster Mash*[1], commençaient à descendre la colline.

— Ils se sont bien amusés, fit remarquer Surinder, qui était habillée en infirmière-vampire sexy, ce dont Zoe ne put s'empêcher de penser que cela pourrait prêter à confusion à l'hôpital. Tout le monde se demandait où tu étais passée.

1. Chanson de Bobby « Boris » Pickett, datant de 1962 (*N.d.T.*).

— Peu importe. Vraiment ?

— BOUGE ! LE BÉBÉ ARRIVE !

— D'accord, d'accord. Allons-y. Laisse-moi au moins attraper mon manteau !

— On n'a pas le temps ! s'exclama Surinder en l'entraînant à sa suite.

Zoe envoya un rapide message à Ramsay pour lui dire de retourner à la maison et de s'occuper des enfants. Puis elles se rendirent à la petite voiture verte, qu'elles trouvèrent cernée de toutes parts par les véhicules des invités encore présents. Ramsay n'avait manifestement pas brillé en organisant le stationnement.

— Je vais passer une annonce…, commença Zoe.

— Non ! Il faut qu'on y aille ! Elle a besoin de nous ! Sa mère ne pourra pas être là avant demain !

— Lennox doit être avec elle.

— Oui, en train de la traiter comme une de ses brebis. Elle a besoin de nous !

Ne restait qu'une solution. Elles sautèrent dans le petit van bleu.

* *

Le trajet parut irréel. Tandis que Surinder n'arrêtait pas de jacasser, Zoe se concentrait sur la route, les pensées se bousculant dans sa tête, comme elle repensait à tout ce qui s'était passé.

Le petit hôpital qu'elle avait le sentiment de commencer à trop bien connaître était calme à cette heure de la nuit. Surinder sortit d'un bond pour se précipiter à l'intérieur. Zoe la suivit d'un pas plus tranquille. Elle aurait vraiment aimé ne pas être déguisée en fée (et, si elle s'en était aperçue, ne pas avoir plein de brindilles dans les cheveux), mais, en pénétrant dans le service d'urgence et en y découvrant une momie avec des béquilles et un jeune vampire très saoul en train de vomir dans un seau, elle se dit que le personnel en aurait déjà vu d'autres.

Surinder fit irruption dans le service de maternité, où elle avait déjà passé beaucoup de temps, d'un air dramatique, prête à s'émouvoir, mais trouva Nina assise dans son lit habituel, le nez dans un roman de Ngaio Marsh, Lennox déambulant dans les couloirs à la recherche de monnaie pour la machine à café.

— Quoi ?! Où est le bébé ?

— Ah, fit Nina d'un air triste.

— Fausse alarme ?

— Non. Le travail a commencé. Mais, apparemment… enfin. La sage-femme est venue m'examiner et m'a dit : « Ça va prendre du temps. »

— Oh ! Ooooh, j'imagine que tu n'avais pas envie d'entendre ça dans la bouche d'une sage-femme.

— C'est ce que je me suis dit. J'ai vu des millions de femmes accoucher, ces huit dernières semaines. Et, vraiment, on veut que ça sorte vite. Dans l'idéal, deux secondes après la péridurale. J'en ai vu beaucoup.

Elle fit une tête d'enterrement, puis poussa un soupir.

— Oh non. Ne me dis pas que ça va bien se passer.

— Pas de risque ! On m'a dit que c'était comme avoir un accident de voiture.

— Euh… merci.

La sage-femme passa voir Nina rapidement.

— Vous voilà ! Bon, maintenant, il va falloir bouger. Allez faire un tour.

— Vous venez de passer deux mois à me dire de ne pas bouger du tout ! Êtes-vous sûre que c'est une bonne idée ?

— Oui. Plus maintenant. Allez, bougez-vous.

— J'ai oublié comment on faisait, maugréa Nina. Tout comme je suspecte que je vais devoir porter un pyjama pour le restant de mes jours.

— Je me disais la même chose, intervint Zoe avec un sourire.

— Et regarde-toi maintenant… tu es une fée ! s'exclama Nina en lui rendant son sourire. Comment vont les petits monstres ?

— Ce soir, ils n'avaient que l'apparence de monstres, répondit Zoe d'un air songeur.

Nina haussa les sourcils, puis, avec difficulté et un peu d'aide, sortit du lit.

— D'accord, allons faire un tour. J'ai presque fini mon livre, de toute façon.

— Ça tombe bien… On a le van, lui apprit Surinder.

Zoe grimaça intérieurement. Oh non. Elle n'avait vraiment pas envie que Nina voie le van. Pas comme il était ; pas maintenant.

Mais le visage de Nina s'illumina.

— Oh oui ! Oui, s'il vous plaît ! Il me manque tellement !

Elle avait du mal à garder son équilibre. Son ventre était tellement gros qu'il semblait complètement absurde, impossible, qu'elle puisse tenir debout.

— Est-ce que ça vous dérangerait de me tenir chacune un bras ? leur demanda-t-elle, tandis que l'infirmière débranchait le moniteur.

Puis les trois filles partirent d'un pas décidé en direction du parking.

Chapitre 22

Il faisait un froid de canard dehors. Comment Zoe avait-elle pu ne pas s'en rendre compte plus tôt ?

— J'aurais dû avoir une autre contraction depuis le temps, dit Nina d'un air sombre. Sérieusement. Si on était à l'époque victorienne, ça prendrait cinq jours, et vous devriez tous me pleurer à chaudes larmes.

— Les médecins vont-ils déclencher l'accouchement ? l'interrogea Zoe, frissonnant de nouveau dans le vent froid, que seule Nina appréciait.

— Ils espèrent qu'il va sortir de lui-même… OH !

— C'est un garçon ! s'écria Surinder. Oh là là, espèce de menteuse ! Espèce de grosse menteuse !

Nina sourit timidement.

— Je… Je ne… Je ne voulais pas vraiment savoir. Promis. Mais ils m'ont fait passer tellement d'échographies ! J'ai craqué !

— Mais pourquoi est-ce que tu ne m'as rien dit ?

— Parce que…, répondit Nina d'une voix moins audible. Je sais. Je suis désolée. Mais… avec Lennox, on avait le sentiment que ce n'était rien qu'à nous.

C'était quelque chose de si spécial qu'on voulait le garder pour nous. Désolée.

— Oui, c'est ça, répondit Surinder.

Mais Zoe, poussant un profond soupir d'envie, comprenait parfaitement. Quelque chose entre Lennox et elle ; quelque chose de privé, précieux.

Elles durent aider Nina à monter les marches. Zoe était nerveuse. Nina s'apprêtait à vivre un événement qui allait bouleverser sa vie… Peut-être cela changerait-il la donne ? Peut-être ne ferait-elle pas vraiment attention ?

— MAIS C'EST QUOI, ÇA ?

* *

— Mais le van, répétait Nina. Le van.

Elles avaient dû la faire asseoir sur les marches, mais elle n'arrêtait pas de tourner la tête.

— Il… Je sélectionne soigneusement les livres. Ce sont… ce sont des livres que j'aime, et dont je sais que mes clients les aimeront. Il n'y a pas beaucoup de place, et je voulais remplir cet espace de livres merveilleux !

Elle parut sur le point de pleurer. Zoe se sentait terriblement mal.

— Je veux dire… À qui peut plaire un livre de coloriage Nessie ?

— À tous les enfants de cinq ans qui rentrent chez eux en car, répondit Zoe, mais elle avait une petite voix.

— Je veux dire… c'est juste… c'est juste de la camelote ! De la camelote écossaise débile, qu'on peut trouver n'importe où !

— C'est… C'est ce que voulaient les gens ! Je ne suis pas comme toi : je ne pouvais pas repérer automatiquement ce que désiraient les clients ! Tu as un pouvoir magique pour ça ! Je… Je pensais… Je pensais juste que mon travail était de m'assurer que le van rapporte de l'argent.

Nina secoua la tête.

— Mais ça ne marchera pas ! Peut-être à court terme, mais à la longue… Il faut des clients qui reviennent ! Qui te font confiance, qui savent que tu trouveras le bon livre pour eux !

— Mais, près du loch, il y a une réserve infinie de nouveaux clients ! Qui veulent un souvenir de leur voyage, pour se rappeler ce beau pays !

— Et tu leur vends de la camelote qui fleure bon le whisky ? Est-ce que c'est ce que tu penses de l'Écosse… Aïe !

Nina se plia en deux.

— Mon Dieu, qu'est-ce que tu as fait ? s'écria Surinder.

— Rien, répliqua Zoe, meurtrie.

— AÏE, AÏE, AÏE ! fit Nina avant de respirer profondément, pliée sur les marches. Nom d'un chien !

Nina se releva peu à peu, sans quitter Zoe des yeux. Puis elle eut une nouvelle contraction.

— Oh non.

— Viens, lui dit Zoe. On va te ramener à l'intérieur.

Nina secoua vigoureusement la tête.

— Je ne peux pas bouger… ohhh… BON SANG.

— On va aller te chercher un fauteuil roulant.

Surinder se leva d'un bond.

— Non…, répondit Nina, prise d'une nouvelle contraction.

— Eh bien, ils n'ont pas tort, quand ils disent qu'un choc peut provoquer le travail.

— Reste avec elle, lui intima Zoe. Je vais chercher de l'aide.

— Et Lennox ! dit Nina d'une voix rauque. Oh non, non, NON !

Zoe fila à l'intérieur pour revenir accompagnée d'une sage-femme, qui lui demanda de démarrer le van et d'allumer les lumières pour examiner Nina.

— Ah, fit-elle. Je… Je…

Nina poussa un hurlement.

— On dirait que le bébé arrive plus vite que prévu…

* *

Ensuite, tout se passa en un éclair. Zoe, ne se sentant pas à sa place, resta en retrait. Elle ne se souviendrait que des membres du personnel qui faisaient des allers-retours en courant et de la voix basse, encourageante de Lennox, qui apaisait Nina, lui disant qu'elle s'en sortait comme une cheffe. Elle se rendit compte qu'il lui parlait exactement comme à ses brebis (Surinder avait vu juste), mais son calme, sa manière de faire avec les animaux, semblait fonctionner sur Nina, même si elle faisait toutes sortes de bruits et jurait beaucoup. Zoe sortit dans le clair de lune et, contemplant le ciel, se remémora la nuit où Hari était né : la peur, la joie et l'énorme quantité de matière visqueuse, mais, même si elle savait ce que Nina endurait, elle ne se rappelait pas la souffrance, ne pouvait pas la revivre.

Elle ne se rappelait que la joie intense. Jaz prenait des photos débiles pour ces débiles de copains, et elle savait, à ce moment-là déjà (après être tombée enceinte sans même avoir rencontré ses parents), que c'était une erreur, une grosse erreur… mais, dès que Hari était arrivé, un lien s'était noué tant bien que mal, ils s'étaient soudés autour du bébé. Il l'avait aussitôt trouvé aussi extraordinaire qu'elle. C'était toujours le cas. Elle ne pouvait le nier.

Zoe entendit soudain un vagissement perçant ; une âme nouvelle, qui faisait son entrée dans le monde.

Elle consulta sa montre. Il était minuit, précisément. Ce bref intervalle dans lequel pouvaient traverser les esprits ; où les vivants et les morts pouvaient se rencontrer ; où leurs mondes entraient en collision.

Les larmes lui montèrent aux yeux.

Elle se rappela alors autre chose. À la naissance de Hari, elle s'était promis, encore et encore, de toujours faire ce qu'il y avait de mieux pour lui. Toujours.

Et ici, par une froide nuit d'automne, dans un petit hôpital niché au milieu d'imposantes collines, dont les contours sombres se profilaient sur le ciel étoilé, elle se rappela cette promesse.

Faire ce qu'il y avait de mieux pour lui.

Puis elle alla féliciter la jeune maman, qui, saine et sauve, ayant retrouvé la chaleur et le confort de son lit d'hôpital, un minuscule paquet emmailloté dans les bras, avait oublié toute rancune. Elle avait gagné cet insigne, ses galons de femme qui avait enfanté, avait mené cette bataille sanglante.

Nina ne cessait de pleurer, les yeux fixés sur ce minuscule visage ; elle faisait des câlins à tout le monde (et se penchait de temps à autre pour vomir à côté du lit).

— Allez, dis-nous, fit Surinder. Darcy ? Heathcliff ? Rochester. Willoughby. Willoughby, sans aucun doute. Lawrie. Gatsby. Ooh, j'aime bien Gatsby.

Nina regarda Lennox, qui lui rendit son regard en souriant.

— Ne sois pas bête, dit Nina. Je vous présente John.

Chapitre 23

Zoe les avait laissés, rentrant seule avec le van vers la demeure silencieuse.

Ramsay l'attendait dans la cuisine, assis dans le noir sans rien faire, espérant simplement qu'elle rentre à la maison. Il savait qu'elle aurait eu le temps de réfléchir ; de trop réfléchir.

Il regarda son visage. Elle ne souriait pas.

Elle s'approcha de lui, s'assit sur ses genoux et se lova contre son torse, puis tous deux se mirent à pleurer.

— Il faut que je parte, dit-elle. Il le faut. Un enfant a besoin de sa maman et de son papa.

Ramsay opina du chef, puis poussa un soupir.

— Et ce n'est pas bon pour Mary. Elle va avoir besoin de beaucoup de soutien, tu le sais. Elle ne va pas aller mieux comme par magie.

Il acquiesça de nouveau, tout en lui caressant la tête.

— On pourrait… on pourrait vous rendre visite ? proposa-t-elle avec espoir.

Pourtant, elle sentait que, fatalement, une fois de retour à Londres, quand elle ferait la navette dans les transports, quand elle aurait du mal à joindre les deux bouts et à payer ses factures, l'argent vous filant si vite entre les doigts dans les grandes villes, le charme serait rompu. Ils le savaient tous les deux.

— Bien sûr.

— Je pense que Nina va parfaitement s'en sortir. Si Lennox veut bien poser le bébé. (Zoe avait une bonne intuition à ce sujet : Lennox ne posait jamais le bébé.)

Ramsay fit oui de la tête.

— Elle veut faire les choses à sa manière, je le comprends, poursuivit-elle.

Ils n'échangèrent aucun nouveau baiser. Pas avec les dessins colorés des enfants accrochés autour de la nouvelle cafetière. Ils restèrent juste là, Zoe sur ses genoux, leurs deux têtes collées, l'une grosse, l'autre petite, pendant un long moment.

* *

À Londres, dans une jolie petite cuisine de Wembley, cela bardait.

— Mais c'est quoi, ça ? hurlait Shanti. C'est quoi, ces trucs ?

Elle était en train de lire l'e-mail de Jaz.

— C'est tout ce qu'on peut se permettre, ma chérie. Je ne peux pas faire plus.

Elle examina les annonces.

— Mais ces apparts sont horribles ! Je ne mettrais pas mon chien dans des taudis pareils !

— Mais… je veux qu'il soit près de moi ! Surtout maintenant qu'il parle ! On pourrait se balader tous les deux, aller voir des matchs de foot, je pourrais lui apprendre à être DJ et on pourrait être copains…

Shanti le considéra.

— Chéri, tu sais ce qu'on a dit. Il s'agit de faire ce qu'il y a de mieux pour ton fils.

— Ça veut dire être près de moi, s'entêta Jaz.

— Tu l'as vu, là-bas.

Il baissa les yeux.

— Tu vois bien qu'il est bien, là-bas.

— Mais c'est à des milliers de kilomètres d'ici.

— C'est moins loin qu'Ibiza, mon chéri.

Jaz fixait ses chaussures.

— Dis-lui, poursuivit Shanti. Elle doit être bouleversée.

— Il est deux heures du matin.

— Dis-lui. À sa place, je ne pourrais pas fermer l'œil.

Chapitre 24

Zoe était assise dans la cuisine, Ramsay leur préparant un café, quand son téléphone bipa. Qui pouvait bien lui écrire aussi tard ? Oh, bien sûr, DJ Jaz ne dormait pas aux mêmes heures que les autres.

— Je n'ai pas besoin de voir ça, grommela-t-elle tout haut. Tu as déjà gagné.

Mais elle ouvrit quand même le message, naturellement.

« Écoute, ces apparts sont tous pourris. Laissons tomber pour le moment, d'accord, bébé ? Tu sembles heureuse. Empêche-le juste de parler écossais et apprends-lui à supporter Tottenham. »

Zoe porta une main à sa bouche.

— Mon Dieu.

— Quoi ?

— Il… Mon Dieu ! Mon Dieu !

Elle fronça les sourcils.

— Mais il est hors de question qu'il soutienne Tottenham.

Elle garda les yeux rivés sur l'écran, la respiration lourde, pendant une éternité, puis répondit en lui envoyant un véritable flot d'émojis : des cœurs et des bisous à n'en plus finir.

— Des cœurs et des bisous ? dit Ramsay en jetant un coup d'œil par-dessus son épaule. Est-ce que je peux en avoir, moi aussi ?

Elle releva les yeux vers lui. La maison ne grinçait pas, comme si elle retenait son souffle, elle aussi. Dehors, les arbres bruissaient doucement, dans l'obscurité la plus profonde. Le moment était très paisible. Zoe le regarda, immense, à l'aise ; il la dévisageait avec envie et espoir, parfaitement irrésistible dans la lumière déclinante du feu de cheminée.

— J'imagine… que tu pourrais… venir visiter les chambres de bonne.

— Tu vas devoir me dire où c'est.

— Arrête un peu ! s'exclama-t-elle, et il l'attira contre lui.

— Tu es vraiment incroyablement petite. Je me suis souvent fait la réflexion.

— Vraiment ? répondit-elle, tandis qu'il la prenait dans ses bras. Va à droite, puis prends l'escalier de service.

— Bon sang, dit-il en s'arrêtant pour l'embrasser.

Puis il la reposa par terre. Il débarrassa leurs deux tasses de café, les rinça dans l'évier et les mit dans le lave-vaisselle.

— Eh bien, je crois que tu serais surpris de savoir à quel point ce genre de choses excite les femmes.

— Ah vraiment ? fit-il en lui prenant la main.

Puis ils éteignirent la lumière de la cuisine et sortirent sans faire de bruit.

* *

À Londres, Jaz reposa son téléphone.

— Est-ce qu'elle t'a répondu ? l'interrogea Shanti en lui caressant le dos.

Il hocha la tête.

— Elle doit penser que je suis un gros goujat qui n'arrête pas de créer des complications.

— Je pense que, de toute sa vie, elle ne t'a jamais trouvé moins goujat. Et moi, je suis très, très fière de toi.

Des larmes se formèrent dans les yeux de Jaz.

— C'est juste… C'est juste qu'il me manque.

— On ira lui rendre visite. Tu sais qu'il est mieux là-bas. Tu sais que c'est l'endroit qu'il lui faut, au grand air, entouré d'autres enfants ; pas tout seul dans un studio minable. Tu as vu ce qui était le mieux pour lui. Tu as fait ce qu'il fallait. Je suis si fière de toi.

Jaz s'assit en opinant du chef, les larmes roulant sur ses joues, et elle enfouit sa tête dans sa nuque, le serrant fort dans ses bras.

Chapitre 25

Mary se tenait bien droite devant le miroir, mal à l'aise, pendant que Zoe lui tressait les cheveux. Elle portait son nouvel uniforme scolaire : il semblait rêche, était trop grand pour elle, et la cravate était de travers. Elle fit la grimace.

— Tu es très jolie, lui dit Zoe. Et le Dr Wainwright a dit que tu pourrais rendre visite à ta maman après ta séance.

— Elle aime me brosser les cheveux, répondit la fillette d'un air songeur avant de regarder Zoe. Mais je ne sais pas si elle reparlera un jour. Est-ce qu'elle reparlera ?

— Je ne sais pas, répondit Zoe avec honnêteté. Mais je crois que rien ne peut la rendre plus heureuse que de passer du temps avec toi.

Mary opina du chef, l'air d'y réfléchir.

— Bien, dit-elle en prenant une profonde inspiration. L'école, maintenant.

Mary acquiesça tristement.

— Shackleton dit qu'il est prêt, et Kirsty va venir vous accueillir.

La fillette poussa un soupir.

— Tous ces livres… toutes ces aventures. Aucun d'eux ne se passait à l'école. Je ne crois pas qu'on vive des aventures à l'école.

Zoe sourit.

— Ah, Mary, lança-t-elle en achevant la tresse avant de la nouer avec un ruban en tartan. J'ai quelques livres en réserve pour toi.

Chapitre 26

Et maintenant, Noël approche. La pelouse est recouverte de petits cristaux de glace, et Patrick et Hari, bien emmitouflés, pareils à de minuscules skieurs, attendent avec impatience sur le perron.

Shackleton et Mary, eux, patientent à l'intérieur, ne mourant pas d'envie de sortir dans le froid. Mary fait ses devoirs et n'arrête pas d'envoyer des messages WhatsApp à ses amis. Shackleton prépare des scones. Ils discutent de temps en temps.

Ramsay est à l'étage, dans la bibliothèque, la porte grande ouverte. Il travaille, un feu brûlant dans la cheminée. Les garçons y couraient dans tous les sens tout à l'heure, mais, à présent, ils sont tous un peu nerveux.

Zoe et Ramsay ne sont pas près de parler de leur relation aux enfants, étant convaincus que ces derniers n'ont rien remarqué, ce qui est étrange, car s'il y a bien une chose que sait Zoe, c'est que les enfants remarquent tout. Mais ils se cachent jusque tard dans la nuit et dorment dans l'une des très nombreuses chambres d'amis inutilisées (ils pensaient s'en sortir impunément de ce côté-là aussi, jusqu'à ce qu'ils s'y retrouvent un soir et réalisent que Mme MacGlone avait préparé un feu, changé les draps et posé un vase de fleurs à côté du lit). C'est leur refuge, et ils entendent le garder pour eux le plus longtemps possible.

Il s'avéra que Wullie, du village, avait un second van d'occasion à vendre, et Zoe se sentit parfaitement idiote de ne pas y avoir pensé plus tôt. Elle fut tentée de le peindre avec un motif en tartan, juste pour choquer Nina, mais s'était sagement ravisée. Pour l'instant. Nina est de retour à Kirrinfief, auprès de ses habitués adorés. John l'accompagne parfois, mais Lennox a un porte-bébé et se déplace rarement sans son fils, si bien que, pour Nina, le congé maternité n'est pas l'épreuve qu'elle redoutait. Zoe, elle, va au loch. Les deux filles s'y retrouvent souvent, laissant Agnieszka tester son nouveau sandwich sur elles – jambon, fromage *et* tomates. Elles parlent de livres et de leurs enfants. Zoe ne va pas souvent à la ferme. Elle déteste vraiment cette poule.

Et maintenant, la grande voiture blanche remonte lentement l'allée des Beeches. Zoe s'avance d'un pas, la porte d'entrée grande ouverte, pour une fois.

Jaz descend en premier, d'un bond, puis ouvre galamment la portière de Shanti.

Du siège passager émerge une silhouette voûtée, le crâne un peu dégarni, portant un élégant costume avec une cravate.

Jaz se dépêche de faire le tour de la voiture, toujours avec un petit sourire, se dit Zoe, toujours un peu frimeur. Une femme au visage doux vêtue d'un sari et d'un épais manteau sort à son tour. Zoe craint qu'elle n'ait froid.

— Papa ! hurle Hari en bondissant vers lui avant de s'immobiliser en voyant les personnes plus âgées.

Il sait, se dit Zoe. *Il sait. Mais cela fait trop pour sa petite tête.*

Elle s'approche donc de lui, prend sa main dans la sienne – et celle de Patrick dans l'autre, parce que les familles sont diverses et variées –, avance d'un pas et dit bonjour.

Remerciements

Merci à : Jo Unwin de l'agence littéraire JULA ; Maddie West et Rachel Kahan des maisons d'édition Sphere et William Morrow ; Milly Reilly, Joanna Kramer, Charlie King, David Shelley, Stephie Melrose, Gemma Shelley, Liz Hatherell, Hannah Wood et tous les employés de la maison d'édition Little, Brown and Company ; Jake Smith-Bosanquet, Alexander Cochran et la brillante équipe de CW.

Mais aussi à : Rona Monroe pour m'avoir fait une suggestion très importante ; Shirley Manson pour m'avoir conseillée au sujet du monstre du loch Ness ; le magnifique hôtel *Betsy*, à Miami (www.thebetsyhotel.com), qui m'a prêté la *Writer's Room* pour achever l'écriture de cet ouvrage ; Muriel Gray pour tous les noms de fleurs et, plus généralement, être géniale ; Agnieszka Ford, qui a fait une offre pour que son prénom figure dans ce roman lors d'une vente aux enchères caritative – merci beaucoup, Agnieszka, et coucou, Sophia !

Sans oublier : le Board, Lit Mix, Laraine et mes chers Beatons.

Composition et mise en pages
Nord Compo à Villeneuve-d'Ascq

Imprimé en France par

MAURY IMPRIMEUR
à Malesherbes (Loiret)
en mai 2022

POCKET - 92 avenue de France, 75013 PARIS

N° d'impression : 262748
S32144/01